澤田瞳子

月ぞ流るる

文藝春秋

目次

登場人物相関図

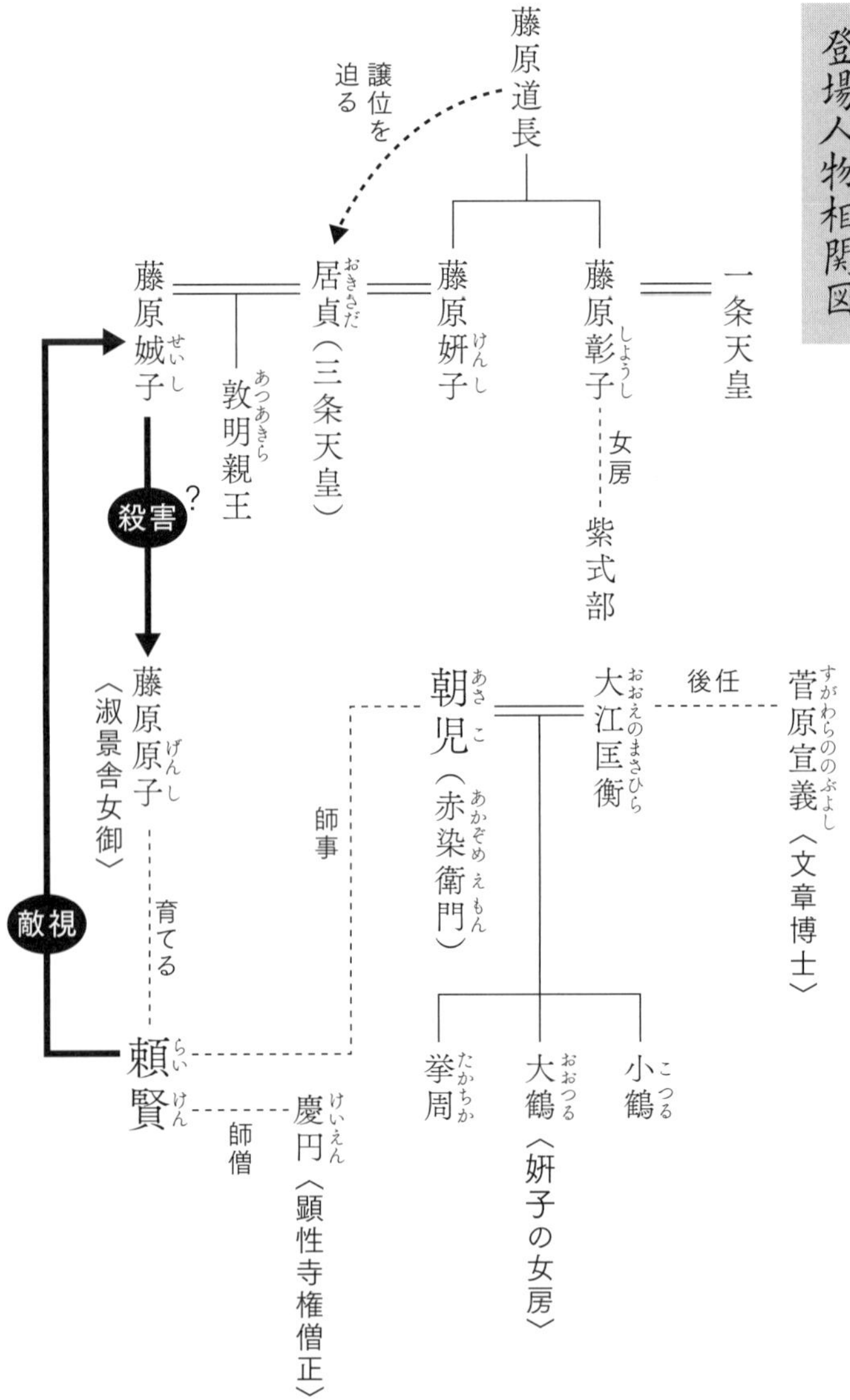

藤原道長
譲位を迫る
一条天皇
藤原彰子《しょうし》
藤原妍子《けんし》
居貞《おきさだ》（三条天皇）
藤原娍子《せいし》
敦明親王《あつあきら》
女房
紫式部
殺害?
藤原原子《げんし》〈淑景舎女御〉
敵視
育てる
頼賢《らいけん》
師事
師僧
慶円《けいえん》〈顕性寺権僧正〉
菅原宣義《すがわらののぶよし》〈文章博士〉
後任
大江匡衡《おおえのまさひら》
朝児《あさこ》（赤染衛門《あかぞめえもん》）
小鶴《こつる》
大鶴《おおつる》〈妍子の女房〉
挙周《たかちか》

平安京 内裏

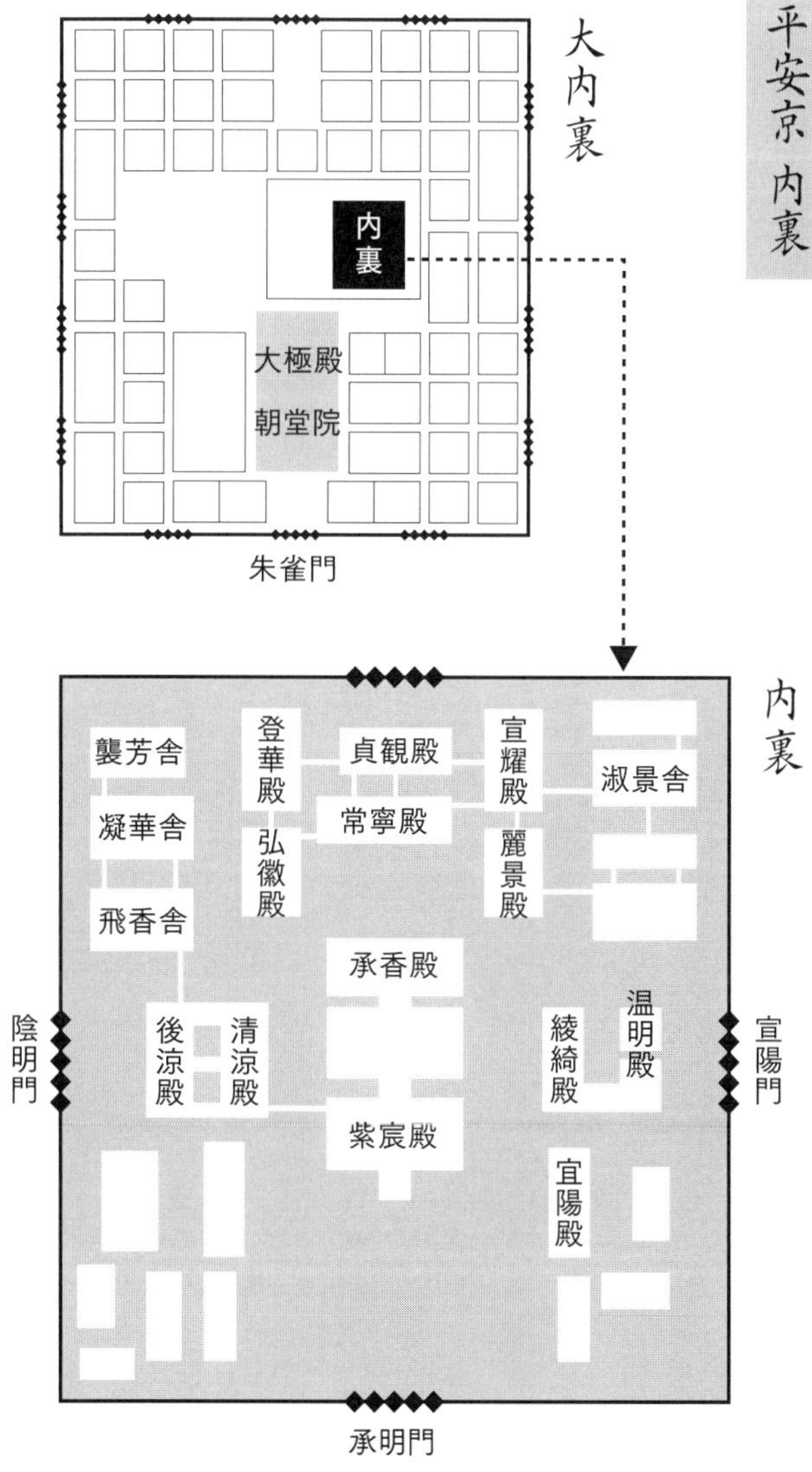
大内裏
内裏
大極殿
朝堂院
朱雀門
内裏
襲芳舎
凝華舎
飛香舎
登華殿
弘徽殿
貞観殿
常寧殿
宣耀殿
麗景殿
淑景舎
承香殿
後涼殿
清涼殿
綾綺殿
温明殿
紫宸殿
宜陽殿
陰明門
宣陽門
承明門

――世始りて後、この国の帝六十余代にならせたまひにけれど、
この次第書きつくすべきにあらず。こちよりてのことをぞ記すべき。
（「栄花物語」巻一　月の宴）

人の世が始まって以来、この国の帝は六十余代におなりあそばしたが、
それらの仔細は到底書き尽くせるものではない。
だからここでは、ごく最近の出来事のみ記すとしよう。

月ぞ流るる

有明《ありあけ》

薄雲に輪郭をにじませた下弦の月が、蔀戸《しとみど》の中にまで淡い月影を落としている。
脇息《きょうそく》に身をもたせかけてまどろんでいた朝児《あさこ》は、瞼《まぶた》の裏まで染みいるその明るさに、眉根《まゆね》を寄せながら身を起こした。娘たちの乳母《めのと》である紀伊《きい》ノ御《ご》が、気を利かせてくれたのだろう。肩にうちかけられていた夜着を滑り落とすと、誰も見る者がいないのをいいことに、ふわあと大きなあくびをかいた。

これが娘時代であれば、傍《かたわ》らの人の有無はどうあれ、大口を開けてのあくびなぞ到底できはしなかった。だがすでに五十六歳の秋を迎え、長年連れ添った夫まで見送った寡婦《かふ》の身ともなれば、一人で恥じらう必要なぞどこにもない。

めっきり白髪の増えた髪を撫《な》でつけて向き直った文机《ふづくえ》には、親類縁者から寄せられた文《ふみ》が幾葉となく重ねられている。そのいずれもが先々月十六日に亡くなった朝児の夫・大江匡衡《おおえのまさひら》を悼むものであることは、確かめるまでもなかった。

大江家はもともと学者の家柄。ただ六十一歳で亡くなった匡衡は、当代一の碩学《せきがく》の名をほしいままにする一方で、その関心はもっぱら己の立身出世に向けられていた。大国の受領《ずりよう》の任欲しさにほうぼうに熱心な働きかけを行うばかりか、現在、東宮《とうぐう》（皇太子）の外祖父として権勢を揮う左大臣・藤原道長《ふじわらのみちなが》にも早くから辞を低くしてすりよっていた。

その甲斐あって、亡くなった時の匡衡の官職は、式部大輔《しきぶのたいふ》と文章博士《もんじようはかせ》に丹波守《たんばのかみ》を兼ねるというまことに結構なもの。つい先日営まれた七七日（四十九日）の追善法要の際には、藤原道長のみならず、東宮・敦成《あつひら》（後の後一条《ごいちじよう》天皇）の母である皇太后・藤原彰子《しようし》からもおびただしい供物《くもつ》が届けられ、列席者を驚かせた。

匡衡の長男であり、蔵人《くろうど》として当今《とうぎん》・居貞《おきさだ》（三条天皇）に仕える挙周《たかちか》は恐懼《きようく》して、早速、道長の屋敷である土御門第《つちみかどだい》に礼にはせ参じた。

共に土御門第に行こうと誘いにきた息子を、朝児が喪中を口実に拒んだのは、そんな暇があれば、親類縁者から寄せられた悔やみの文に返事を記し、気の利いた歌の一首でも書き添えねばと考えたためであった。とはいえいざ文机に向かえば、すぐに眠気がこみ上げ、日に一、二通の返事を書くことすらおぼつかない。理由はわかっている。夫が病みついたのは、今年の晩春。それから四か月余りの看病疲れが、いまだ身体の奥底に澱《おり》の如く淀《よど》んでいるためだ。

朝児は積み重ねられた文の中から、適当に一通を抜き出した。流れるような女文字は、亡き匡衡の叔母である妙悟尼《みようごに》からの悔やみ状であった。

妙悟尼は今年、七十歳。二十数年前に夫を亡くして出家し、今は宇治で看経三昧の日々を送っている。

——雲居にて　眺むるだにもあるものを　袖に宿れる月を見るらむ

空に昇った月を眺めるだけで、亡き匡衡どののことが思い出されて悲しくなります。あなたもきっと涙で濡れた袖に宿る月を眺めてはあの方を偲び、泣きぬれていらっしゃるのでしょう——との歌意は、いまだ亡き夫の供養を欠かさぬ老尼らしい情愛に満ち溢れている。

朝児はゆっくりと薄墨《うすずみ》を磨《す》ると、斜めに差し入る月影に目を落とした。朝児の身じろぎの音に釣られたのか、高欄の下で松虫がかすかな声ですだき始めた。

——有明の　月は袂になかれつつ　かなしき頃の虫の声かな

ひと息に筆を走らせ終わると同時に、松虫の音が更に高くなった。

有明の月を眺めながら涙をこぼしておりますと、袖に滴《したた》った涙の玉ごとに月が宿り、その上、哀しみを更に誘うように虫が鳴いております——という歌に目を落とし、「悪くないわ」と小声で呟いた。

歌には自信がある。まだ娘の頃、通って来ぬ恋人を恨む妹のために代作してやった、

――やすらはで　寝なましものを小夜《さよ》ふけて　傾くまでの月を見しかな

の一首は、稀代の名歌として大宮人（貴族）たちから称賛されたし、息子の挙周が恋人に送る歌を代作してやったことも数知れない。

縦に折った文を懸紙《かけがみ》でくるくると覆い、上下を折り返して、文机の端に置く。心優しい妙悟尼は、朝児の返歌を読んで、更に涙に暮れ、匡衡の後生を祈ってくれるだろう。どこか他人事のような気持でそう考え、朝児は己の目尻にふと指を当てた。

夫が亡くなり、すでにふた月。葬儀や火葬の際こそこみ上げてきた涙は、気が付くとひどく遠いものへと変わっている。

なにせ二十歳の秋から、かれこれ三十余年も連れ添った相手だ。決して、その死が悲しくないわけではない。二人の娘に手伝わせて形見の品を整理すれば、様々な思い出に胸が詰まるし、夫の残した膨大な書き物を見るたび、片付けの手は止まる。ただ一方で朝児は、夫が荼毘《だび》に付され、日ごとにその痕跡《こんせき》が家の中から消えてゆくにつれ、静かな安堵が全身を浸してゆく事実を認めずにはいられなかった。

もともと朝児と匡衡は、互いに思い思われて夫婦となったわけではない。かねて昵懇《じっこん》であった双方の母が、わが息子、わが娘であれば年頃も立場も釣り合うのではないかと考えて取り持った縁談が始まりだ。

当時の朝児は、大納言・源　雅信《みなもとのまさのぶ》の屋敷にて、一家の姫君である倫子《りんし》付きの女房として働いていた。倫子は宇多《うだ》天皇の曾孫に当たる血筋正しき姫で、その屋敷には早くから我こそは婿《むこ》にふさわしいと自負する公達《きんだち》たちが、大勢出入りしていた。結局、倫子はその中で、摂関家の五男坊——つまりは今の左大臣・道長を夫に選んだが、眉目秀麗な男君を見慣れた朝児の眼には、背ばかりが高く、指肩《さしかた》（いかり肩）の匡衡は、どうにも風采《ふうさい》の上がらぬ男と映った。

このため、いざ匡衡が自分の元に通い始めた時は、「どうしてこんな御仁《ごじん》を背《せ》の君《きみ》にしなきゃならないの」と、父母を恨みもした。

しかもいざ添うてみれば、匡衡は万事華やかな大納言邸に勤める朝児の浮気を案じる一方、自らはこちらの女、あちらの女房へと渡り歩き、ついには他所《よそ》の女子に男児まで産ませてしまった。こうなると、朝児も辛抱を決め込む気にはなれない。もはや匡衡なぞ知ったことかとばかり、雅信邸に出入りする公達たちと浮名を流し始めたが、匡衡はそれを知った途端、かえって朝児を手放すのが惜しくなったらしい。生まれたばかりの男児を母親の手許から引き取って朝児のもとに伴い、どうか嫡子として育ててくれと頭を下げた。

「まったく——」

三十五年も昔の怒りが蘇り、朝児は脇息の端をぐっと握り締めた。幸い、靫君《ゆきぎみ》——長じた後は挙周と名付けられた男児はよく朝児に懐き、生《な》さぬ仲ととっくに知っているにもかかわらず、母子の仲はおおむね平穏である。

当節、妻が前夫との間に産んだ子を次の夫が養子にしたり、夫がほうぼうの女に産ませた子どもを嫡妻（正妻）がまとめて養育することは珍しくない。

朝児は源雅信の屋敷では、父・赤染時用《あかぞめときもち》の名にちなみ、「赤染衛門《あかぞめえもん》」という局名《つぼねな》で呼ばれていた。そんな朝児自身も、母親が早世した前夫との間に生した娘であって、赤染時用との血のつながりはない。

匡衡はその事実を承知していればこそ、朝児が生さぬ仲の幼児を拒みはせぬと睨《にら》んだのだろうし、実際それは正しかった。ただ顧《かえり》みればあの辺りからすでに、自分たち夫婦の間にはそこはかとない寒風が吹いていていたのだ。

これが互いの恋情だけで結ばれた恋人同士であれば、幾らでも別れる手立てはあった。だが仮にも挙周という息子を託され、その後、わが腹を痛めて二人の娘まで産んでしまっては、もはやそう簡単に離別なぞ出来はしない。そして燃え上がるような熱い思いなぞなくとも、なんとなく惰性《だせい》で暮しを営んで行けるのが、夫婦というものの不可思議さであった。

「朝児さま、お目覚めでございますか」

ぎしと床のきしむ音とともに、妻戸《つまど》の外で紀伊ノ御の声がした。

「ええ。いま何刻かしら」

「先ほど遠くで、気の早い鶏《とり》が鳴きました。そろそろ夜が明ける頃合かと存じます」

ほんの少しだけと思ったにもかかわらず、ずいぶん長い間、眠ってしまったらしい。これから床に臥し、辺りの眩しさに耐えながら寝直すのも面倒だ。しかたがない、このまま起きるとしようと決めた朝児の胸裏を汲んだかのように、「ところで」と紀伊ノ御が妻戸を開けながら続けた。

「よくお休みになっておいでてでしたのでお伝えしなかったのですが、昨夜遅く、宇治の妙悟尼さまの元よりお使いが参りまして。明後日の朝、東山山麓の顕性寺《けんしょうじ》で、叡山《えいざん》（比叡山）の御坊でいらっしゃる権僧正《ごんのそうじょう》・慶円《けいえん》さまが法華八講を催されるそうでございます。よろしければ、一緒にお出かけになりませんかとのお誘いでいらっしゃいます」

「それはありがたいお声がけだけど――」

夫を失った妻の喪《も》は、原則一年。その間は衣はもちろん、御簾《みす》や几帳《きちょう》などの室礼《しつらい》もすべて鈍色《にびいろ》（鼠色《ねずみ》）に替え、酒や魚肉を断って故人の冥福を祈る習わしである。

このため大江家では、蔵人である挙周はもちろん、藤原道長の邸宅・土御門第で女房として働く長女の大鶴《おおつる》までもが、服喪のため宿下《やどさ》がりをしている。そんな最中、自分一人が外を出歩くわけにはいかない。

だが首を横に振ろうとした朝児を制するように、紀伊ノ御は「行ってらっしゃいませな、朝児さま」と、肉付きの豊かな身体をぐいとひと膝進めた。

「これから長い服喪の間、ずっとお屋敷に引きこもっていらしては、気鬱《きうつ》の病にかかってしまいます。祭や宴《うたげ》の席であればともかく、ありがたい御僧の説法を聴聞するためのお出かけです。故人の追善供養のためと思って赴かれれば、亡き匡衡さまも彼岸《ひがん》でさぞお喜びになられましょう」

朝児には養い子である挙周の他、大鶴と小鶴《こつる》、二人の娘がいる。紀伊ノ御はその姉妹を共に育て上げた、辣腕《らつわん》の乳母。年こそすでに四十を超えているが、邸内の女房・召使たちの取りまとめ役を自負する豪胆な女であった。

「だいたい昨今はどこの北の方さまも、背の君が亡くなられたからと言って、じっと自邸に引きこもってはいらっしゃいません。喪の間も皆こっそり、鞍馬《くらま》や石山詣でに出かけ、気晴らしをしていらっしゃるものです。ならば法華八講に列し、匡衡さまの後生を願うぐらい、どうして人に後ろ指を指されるものですか」

どうやら紀伊ノ御は、朝児が土御門第への御礼にもうかがわず家の中に逼塞《ひっそく》しているのを、夫を失った悲しみゆえと勘違いしているらしい。その押しつけがましい忠義をありがたくも、また同時に疎《うと》ましくも感じながら、朝児は文机に置いたままの妙悟尼への便りに目をやった。

法華八講とは午前に一巻、午後に一巻と分けて法華経八巻を読誦・講義し、四日がかりで通読する法会《ほうえ》。故人の追善はもちろん、法華経の功徳《くどく》への結縁、算賀《さんが》（長寿祝い）など様々な目的のため、昨今、都のそここで盛んに行われている仏事であった。

通常の法華八講は名のある公卿《くぎょう》が主催し、列席者にも斎を振る舞う。だが今回は、都の者たちを法華経の利益に与らせようという叡山僧・慶円の発願によるものらしい、と紀伊ノ御はけたたましくしゃべり立てた。

「権僧正の慶円さまは、妙悟尼さまともかねて昵懇の間柄。もし妙悟尼さまの御子息がご在京でいらしたならば、さっと従僧《じゅうそう》として列席なされ、匡衡さまの成仏をご祈念くださったでしょう」

「ああ。それはきっと間違いないわね」

妙悟尼の息子は法名を寂昭《じゃくしょう》と言い、亡き匡衡には従弟に当たる。九年前に宋国に渡り、現在はかの地で仏道の研鑽《けんさん》に励んでいた。

こう申しては何ですが、と言いながら、紀伊ノ御は辺りを素早く見回した。

空はいまだ暗く、夜明けの気配は感じられない。しかしそれでも大きく西に傾き始めた月は確実に、先ほどまでの明るさを失いつつあった。

「連れ合いを失った夫婦とは、とかく不思議なもの。妻に先立たれた夫は、気落ちし、それからほんの数年で後を追うように亡くなる例が多うございます。ですが夫に先立たれた妻の大半は、それからむしろ伸び伸びと余生を過ごし、二十年、三十年も夫より長生きなさる方も珍しくございません」

そのいい例がわたくしでございますよ、と紀伊ノ御は大きく胸を張った。

「ご存知の通り、わたくしはもう十年も昔に夫を失いました。ですが、この家の皆さまにお仕えする日々があまりに楽しいためか、最近では亡き夫を思い出す折すら稀でございます。……いえ、匡衡さまを失われた朝児さまのお悲しみの深さは、わたくしもよくよく承知しておりますよ。ただこれから先、幾年もの年月を健《すこ》やかに過ごされるためにも、ご存知よりからのお誘いはなるべくお受けになられた方がよろしいかと、紀伊は存じます」

紀伊ノ御の言葉には、一理ある。朝児が若い頃仕えていた大納言家では、年も出自もばらばらな女たちが大勢働いており、中には夫を失ってから勤めを始めた老女房も幾人もいた。若さとは残酷なもので、口さがない青女房《あおにようぼう》や女童《めのわらわ》は、五十歳、六十歳の坂を越えた彼女たちをあざ笑って憚《はばか》らない。しかしそれに気づいていないはずはなかろうに、老女房たちはいつも闊達《かつたつ》で、「腰が痛い」「目がかすむ」と身体の衰えをぼやきつつも、自らの老いすら楽しんでいるかに見えた。

匡衡を失った今、朝児はあの老女房たちと同じ境涯《きようがい》となったのだ。四十歳を越えれば老人と言われる当節、自分がこれから何年、生きられるかは分からない。だとすればなおのこと、残された日々を愛おしまずしてどうするのだ、との含みある勧めに、朝児は内心、確かにそうだとうなずいた。

だいたい自分は別に、匡衡の死に打ちひしがれているわけではない。ならばこれからは自分のために残された時間を使うべきではないか、とも思われた。

「わかったわ。せっかくの叔母さまのお誘いです。ご一緒させていただきましょう」

「ええ。ぜひ、そうなさいませ。使いの者をまだ待たせておりますので、では早速その旨、伝えて参ります」

古《いに》しえより学問の家柄として名高い大江家の中でも、ことに匡衡の祖父である維時《これとき》とその従兄の朝綱《あさつな》は、本邦の史書編纂《ししょへんさん》を行う撰国史所《せんこくししょ》の別当《べっとう》（長官）を相次いで任されるほどの学識で知られていた。

現在、朝児が住まう七条東京極大路の屋敷は維時が造営したもので、敷地は広く、館も大きいが、とにかく何もかもが古びている。母屋《おもや》や北ノ対《たい》、東西の対ノ屋といった主だった建物はそれでも比較的手入れがされているものの、釣殿《つりどの》や泉殿《いずみどの》、中門廊《ちゅうもんろう》といった別棟は人が用《もち》いぬままに荒れ、長年、葺《ふ》き替えもせぬまま放置された屋根に雑草が生い茂っていた。

妙悟尼からの使いは、おおかた中門脇の侍廊にでも待たせているのだろう。ぎしぎしと床を鳴らして立ち去る紀伊ノ御を見送り、せっかくだから娘たちも法会に連れて行こうと朝児は思いついた。

長女である大鶴は二十七歳、次女の小鶴は十六歳。ただ早くから女房勤めを始めた姉娘に比べ、妹の小鶴は身体が弱いこともあり、ほうぼうから出仕の声をかけられながらも、いまだこの七条の屋敷で気ままな日々を過ごしている。

しかし日が昇るのを待って声をかけた娘のうち、大鶴は父親によく似た細面をしかめ、

「法華八講ですって。父さまの喪のため、しかたなく宿下がりをお許しいただいている身ですのに、そんな華々しい席に出かけられるわけがないじゃない」

と声を尖《とが》らせた。

「出かけるなら、母さまと小鶴で行ってくださいな。そうでなくとも権僧正の慶円さまは、うちの殿さまとはとかく不仲の間柄。父さまの成仏を祈るためとはいえ、そんなお方の説法に足を運んだりしちゃ、相役の女房衆からどんな陰口を叩かれるか分からないんだから」

「そうは言ってもお前、せっかく宇治の大叔母さまがお招きくださったのに」

つい咎《とが》める口調になった朝児に、大鶴は「母さまは親戚づきあいだけ考えていればいいんだから、いいわよね」と、切れ長の目を更に険しくさせた。

「道長さまの最近のお忙しさは、母さまだって知っているでしょう。昨年、懐仁《やすひと》（一条天皇）さまが亡くなられてからというもの、代わって即位なされた居貞さまの東宮にお孫さまの敦成《あつひら》さまが定められるやら、娘御の彰子さまが皇太后になられるやら……邸内の者はみな、ご多忙な殿さまのお役に少しでも立とうと、それぞれ懸命に働いているのよ。そんな中であたくしだけが、のうのうと法会に出かけられるはずがないじゃない」

大鶴が藤原道長の邸宅・土御門第で働き始めたのは、十二年前。まだ七つであった道長の次女・妍子《けんし》に仕える女房として、是非にと乞われてのことであった。

当時の道長は、甥である政敵・藤原伊周《これちか》を失脚させ、廟堂《びょうどう》の頂点に昇りつめたばかり。藤原一族の筆頭である藤氏長者《とうしのちょうじゃ》に左大臣の職を兼ね、長女・彰子を時の天皇である懐仁のもとに入内《じゅだい》させた道長直々の依頼に、匡衡はこれは出世の好機とばかり、喜んで大鶴を土御門第に遣った。

そして大鶴の側もまた、華やかな女房勤めが性に合っていたのであろう。特に寂しそうな顔も見せぬまま土御門第に住み込み、以来、ろくに大江家に宿下《やどさ》がりすらしなかった。

藤原妍子は二年前、当時まだ東宮であった居貞親王の妃として入内し、現在は中宮《ちゅうぐう》に立后《りっこう》されている。ただ、三十七歳の居貞は古くからの妃である藤原娍子《せいし》との間にすでに四男二女を儲けており、ことに長男の敦明《あつあきら》親王は妍子と同じ十九歳という年回り。それだけに大鶴を含めた妍子付きの女房たちは、どうにか居貞の寵愛《ちょうあい》を自らの主に向けさせるべく、日々頭を悩ませている。大鶴のとげのある口調は、そんな最中に主のそばを離れねばならぬ苛立ちゆえに違いなかった。

「じゃあ、大鶴。あなたは出かけないのね」

朝児の念押しに、大鶴は間髪《かんはつ》を入れず、大きくうなずいた。

「あたくしが行かなくたって、小鶴がいるじゃない。気ままなあの子だったら、どこにだって喜んで付いて行くでしょうよ」

だがその小鶴はといえば、とうの昔に日は昇ったにもかかわらず、いまだ寝所から出てこない。朝児は大鶴の説得を諦め、足音を忍ばせて小鶴の居間に向かった。

庭に面した蔀戸はすでに上げられ、清澄な秋の日差しが身舎《もや》の奥まで差し込んでいる。几帳に隔てられた奥に目を凝らせば、積み上げられた畳の上に横たわる人影が見えた。ただ眠っているわけではない証拠に、その身体が時折、左右に動く。どうやら畳に肘をついて身体を起こし、書物を読んでいるようだ。

「小鶴、起きているのですね」

朝児が声をかけた途端、几帳の奥の人影がぴたりと身動きを止める。すぐに観念したように几帳の端から顔をのぞかせ、

「その……起きるのが嫌だったわけではないのよ、母さま。ただ、読みかけていた本があまりに面白くって」

と、丸い目を決まり悪げにしばたたかせた。

「寝所に本を持ち込まないようにと、いつも言っているでしょう。父さまがご存命だったら、いったいどれだけ叱られたことか」

昨夜も遅くまで、書見にふけっていたのだろう。傍らの灯台の油皿からは、煤《すす》けた灯心が長々と垂れ下がっていた。

十六歳といえば、すでに通ってくる男君の一人や二人いても不思議ではない年齢である。しかし残念ながら小鶴には、いまだ浮いた話の一つとてない。生来の病弱に加え、化粧もせず、日夜書物のみ愛する暮しぶりからすれば、それも当然であった。

もともと小鶴は幼い頃から、匡衡の文蔵（書庫）に入り込み、読めもせぬ書物を楽しげに繰《く》る

奇妙な童であった。五、六歳の頃には、父親から学問の手ほどきを受ける異母兄・挙周の隣に座り込み、大きな目をきょとんと見開いて、さして面白いとも思えぬ四書五経の講義に耳を傾けもしていた。

当節、女が読み書きする字は、仮名文字が大半。四角四面な真名（漢字）は男が用いるものとされている。しかしそんな中で小鶴は『竹取物語』『落窪《おちくぼ》物語』といった他愛のない物語はもちろん、『伊勢物語』『大和物語』などの歌物語、『蜻蛉《かげろう》日記』や『土佐日記』といった読み物をあっという間に読破し、数年前からは大江家累代が集めた漢籍類を片っぱしから繙《ひもと》いている。

「小鶴が男だったらなあ。さぞ切れ者の学者となって、挙周と共に家の名を上げてくれただろうに」

亡き匡衡はことあるごとにそうぼやいたが、一方で小鶴は身体が弱く、季節の変わり目には必ず熱を出して寝込む。そんな折も書物を手放さず、朝児や紀伊ノ御の目を盗んではそれらを読みふける姿は、腹を空かせた蚕《かいこ》が一心不乱に桑の葉を食むさまにも似ていた。

小鶴は首をすくめながら、片手に摑んだままの書物を閉じた。それでもなお、本の続きが気になるのか、膝先に置いた本にちらちらと目を落とす次女に、「小鶴、あなた明後日、わたくしとともに法華八講の講義に行かない？」と朝児は尋ねかけた。

「法華八講ですって」

小鶴の目が、きらりと好奇に光る。朝児がうなずく暇もあればこそ、「行く、行くわ。もちろんよ」と声を弾ませた。

常日頃、書物にしか興味のない小鶴が、これほど外出に乗り気になるのは珍しい。朝児の怪訝《けげん》な表情に気づいたのだろう。「だって、法華八講でしょう」と、小鶴は普段は血の気の薄い頬を赤く染めた。

「母さまはご存じないの？　かの清少納言《せいしょうなごん》さまが記された『枕草子』……あの中に描かれている小白河殿《こしらかわどの》での法華八講の様の美々しさきらびやかさと来たら、それはもう素晴らしいものなのよ。それと同じ法会にうかがえるなんて、嬉しくて飛び上がりそうなほどだわ」

「あそこに記される法会ほど盛大かどうかは、分からないわよ。あれは時の右大将《うだいしょう》藤原済時《なりとき》さまがご施主でいらしたけど、今回は権僧正の慶円さま自らが主催なさるご様子だから」

苦笑した朝児に、「いいのよ、それでも」と応じ、小鶴は両手を嬉しげに胸の前で組み合わせた。

『枕草子』は今から十五、六年ほど前、時の帝の中宮・定子《ていし》に仕えていた清少納言が記した草紙《そうし》である。筆者が宮仕えの中で目にした様々な光景を思いつくままに書き留めており、その数年後に宮中を中心に広まった『源氏物語』と並んで、世の人々から高い称賛を得ている一冊であった。

「お誘いくださったのは、宇治の大叔母さまですからね。喪中の外出ということを、よくよく心得るのですよ」

小鶴に念押しして自室に引き上げると、朝児は紀伊ノ御を呼び、明後日の支度を整えておくよう命じた。

なにせ一年の喪の間の外出なぞ予定していなかっただけに、牛飼《うしか》いには牛ごと暇を出しているし、牛車《ぎっしゃ》は車宿《くるまやど》りで埃をかぶっている。こうなれば牛飼いと牛だけでも、親類縁者から大急ぎで借り受けねばならなかった。

「どうせお誘いくださるのなら、妙悟尼さまももっと早くにお声がけくださればよろしいですのにねえ」

つい今しがた、法華八講への列席を熱心に勧めたことなぞ忘れ果てた顔で、紀伊ノ御はぶつぶつと文句を言いながら出て行った。だが日が頭上を過ぎた時刻になってから、「大変でございますよ、朝児さま」と額を青ざめさせて、身舎に駆け込んできた。

「ご一族の方々のお屋敷に人を遣《や》って、牛をお借りしたいとお願いいたしました。するとどうでしょう。皆さま、その日は石倉《いしくら》（岩倉）の別墅《べっしょ》に出かけられるやら、方違《かたたが》いに行かれるやらで、牛飼いたちをお貸しできぬとのお返事でございます」

「なんと。それは困ったわね」

普段であれば徒歩《かち》で出かければいい話だが、服喪の身だけに人目に立つことは避けねばならない。

しかたがない。せっかくの誘いだが、ここはやはり列席をお断りしよう、と朝児が妙悟尼に宛てて文を書こうとした時、今度は紀伊ノ御の息子である秋緒《あきお》が、小走りに庭を駆けて来た。母親譲りの肉付きのいい身体をかがめ、高欄下に膝をついた。

大鶴には乳兄弟となる秋緒は、大江家の従僕の中でもっとも年若い。しかしどんな仕事にも嫌な顔一つせぬ気性が重宝がられ、亡き匡衡からも特に目をかけられていた青年であった。

「お客さまがお越しになられました。文章博士の菅原宣義《すがわらののぶよし》さまが、文蔵をご覧になりたいとおいでございます」

「ああ、そうでした。今日お越しになられるお約束でしたね」

朝児は壁際に置かれた手箱の蓋《ふた》を開け、真鍮《しんちゅう》作りの文蔵の鍵を取り出した。高欄越しに秋緒にそれを渡しながら、「宣義さまによろしく申し上げておくれ」と命じた。

「はい、承《うけたまわ》りました」

人好きのする丸顔をほころばせて、秋緒が請け合う。小走りに庭を去るその背を見送り、紀伊ノ御が「朝児さまも挙周さまもお人のよろしいこと」と唇を尖らせた。

「こちらのお家ご所蔵の書物は、匡衡さまのお祖父さまの代から、長年かかって集められたものではありませんか。いわば累代のお宝を、他家のお方に見せて差し上げるなんて」

「他家と言っても、菅原宣義さまは匡衡さま亡き後、文章博士に任ぜられたお方ですよ。我が家の文蔵の価値をよくよくご存知のお方を拒むのは、狭量にすぎましょう」

確かにそうですが、と答えながらも、まだ納得していないのだろう。紀伊ノ御はぷうと頰を膨らませた。

菅原家は大江家と並ぶ学者の家柄。中でも宣義は、かつて右大臣にまで昇り詰めた菅原道真《みちざね》を高祖父に持つ菅原家きっての秀才で、珍しい書物があると聞けば、洛外《らくがい》はおろか時には西国《さいごく》にまで足を延ばす変わり者として知られていた。

これで年齢が釣り合えば、小鶴の夫にもってこいなのだが、残念ながら宣義は今年四十二歳の分別盛り。北の方との間に、すでに元服済みの男子を三人も生している。

そんな宣義はかねて、大江家の書物を拝見したいと幾度も熱心に願い出ていた。匡衡が長らく言を左右にして断り続けていたその要望を、最近になって挙周が聞き入れたのは、宣義が先日、文章博士に任じられればこそであった。

文章博士は官吏《かんり》養成施設・大学寮の教官であると共に、天皇や公卿の依頼を受けて詩文・漢文の作成も行う。いわば文章博士着任は、学者にとって最大の栄誉であった。

挙周は現在はただの蔵人だが、いずれは父の跡を継ぎ、文章博士にとの夢を抱いている。そんな彼からすれば、ここで新任の文章博士に諂《へつら》っておくことは、何の損にもならない。いやむしろ、これがきっかけで宣義と昵懇になろうと願い、挙周は自ら彼を招いたのだった。

挙周は今ごろ、辞を低くして宣義を出迎えていることだろう。母親である朝児からすれば、息子の出世は確かに喜ばしい。しかし匡衡同様、そのために目上の者への阿諛追従《あゆついしょう》を欠かさぬ挙動は、学者の本分を逸脱しているとも思われる。

風の便りに聞く限り、菅原宣義は立身出世や世俗の地位には関心のない学究肌。それだけに同じ学者の家に生まれながら出世ばかり願う挙周と接すれば、彼はその浅薄さに呆れかえるのではないか。そう思うと、朝児は身のすくむ気がした。

（まったく、我が家の子どもたちと来たら――）

三人の息子娘がそろって成人してくれたことは、ありがたい。しかしだからこそ朝児の胸の中には、誰にも吐き出すことの出来ぬ彼らへのわだかまりが泥の如く沈んでいた。

分かっている。親の気持ちをよく慮《おもんぱか》り、一点の非の打ちどころもない子どもなぞ、この世にはいはしない。人の親とはきっとこういうものであり、朝児自身もきっと若い頃には幾度も両親を苛立たせていたのだろう。だが頭ではそう理解しながらも、母親だからこそ感じられる子どもたちとの齟齬《そご》は、そう簡単に打ち消せるものではなかった。

「あの、朝児さま」

物思いを破られて顔を上げれば、秋緒がまたも庭先に膝をついている。文蔵の方角を振り返り、「今、鍵をお渡しして来たのですが」と戸惑いのにじむ声で続けた。

「その折、宣義さまが、この家の方々は遠出をなさるのですか、とお尋ねになられまして。どうやら牛車を車宿りから曳《ひ》き出して拭き清めているところを、ご覧になったご様子なのです」

折しも迎えに出ていた挙周が、「実は母が親類から法華八講に誘われたのです。ですがなにせ喪中で牛も牛飼いも暇を出しておりまして」と説明すると、宣義は考え込むように眉根を寄せた。だがすぐに軽く両手を打ち鳴らし、「ならば我が家の牛車を牛ごとお貸ししましょう」と言い出したという。

「挙周さまもこれには驚かれ、それには及びませんとお断りになったのです。ですがお客人は生前の匡衡さまには大変お世話になったから、と頑として譲ろうとなさいませんで――」

まあ、という驚きの声が、朝児の口をついた。

「それは困りましたね。宣義さまはいったん言い出したら引かぬお方と聞いています。無理にお断りしては、かえってご機嫌を損ねるかもしれません」

何が何でも法華八講に行きたいわけではないが、妙悟尼を始めとする人々の気遣いを無にするのも憚られる。さりとて親類でもない菅原家から牛車を借りるのも、奇妙な話だ。どうしたものかと朝児が悩んでいるうちに、宣義は文蔵の見学を終え、帰って行ったらしい。

どすどすと荒々しい足音が響いたかと思うと、挙周が疲労をにじませた面もちで身舎にやってきた。円座《えんざ》も敷かぬまま、板間に乱暴に尻を下ろした。

「ああ、疲れた。母上、菅原宣義さまというお方は、本当に変わっておいでですよ」

水を持ってきてくれ、と紀伊ノ御に命じ、挙周は蝙蝠扇《かわほりおうぎ》でぱたぱたと襟元を扇ぎたてた。湿気を孕《はら》んだ埃がぱっと室内に満ち、朝児は衣の袖で顔を覆った。

「わたくしが挨拶を申し上げる暇もなく、何もかも一人決めにしゃべり立てられますし、文蔵に入ったら入ったで、あの本はいつお求めになったのか、あの巻子《かんす》は図書寮《ずしよりよう》にあるものの写しではあるまいか、と質問攻め。その癖、ご興味のあるものを見るだけ見ると、旋風そっくりの素早さで帰って行かれるのですから、まったく困ったものです」

「牛車を丸ごとお貸しくださると、秋緒から聞きました。お言葉に甘えてもいいものですか」

「しかたないでしょう」

運ばれてきた木椀の水をひと息に飲み干し、挙周は指先で唇を拭った。

「どんな変わり者であれ、文章博士さまであることに変わりはありません。菅原家の車を使うなぞいささか業腹《ごうはら》ではありますが、さりとてせっかくのお申し出を断って機嫌を損ねられては、何のために我が家にお招きしたのやら分からなくなってしまいます」

朝児の眉がぴくりと跳ねたことに気付かぬまま、挙周は蝙蝠扇をせわしく閉じた。

「宣義さまとお近づきになる口実が増えたと考えれば、悪い話ではございません。こたびの法会、わたくしは伺いませんが、宣義さまへの土産話にするためにも、しっかりご講説を聴聞してきてくださいよ」

挙周の頬骨の高い面差しとおっかぶせるような口調は、亡き匡衡にそっくりだ。こみあげる溜息を押し殺し、朝児は「そうですね」とうなずいた。

「菅原宣義さまはきっと、匡衡さまの後生を願えばこそ、牛車をお貸しくださるのでしょう。ありがたい説法をよくよくうかがうことこそ、宣義さまへの何よりのご恩返しになりますね」

父の後生を願うつもりなぞなさそうな息子への厭味が、口をつく。だが挙周はそんな母親の言葉なぞ意に留めぬまま、更にひとしきり宣義の悪口をまくし立て、自室へ引き上げていった。

息子の態度に、文句は言えない。挙周が立身出世にこだわるのは、言い換えれば大江の家名を挙げんがため。それはつまり、父母や先祖代々への崇敬の念から発している行為だ。

そう自らに言い聞かせ、朝児は法華八講に出かけるための支度を整えた。喪中の身とはいえ、外出をするとなれば袿《うちぎ》にしても袴にしても、すべて鈍色とはいかない。借り受ける牛飼いへの褒美や菅原家への礼物も入用だし、なにより法会への供物も準備する必要があった。

翌々日は薄い雲が朝からどんよりと垂れ込め、およそ秋とは思えぬ蒸し暑さとなった。よい場所で法会を聴聞するためには、早くから出かけねばなるまいが、なにせ今回の法華八講の主催者は、藤原道長との不仲が囁《ささや》かれている権僧正・慶円。名だたる顕官《けんかん》が行う法要でもなし、さして人出が多いとは考え難かった。

小柄な黒牛を繋《つな》いだ菅原家からの牛車は、まだ暗いうちに大江家に差し回されてきた。朝児は早く行こうと焦れる小鶴をしきりになだめ、陽が東山の稜線を離れるのを待って、ようやく用意の供物を牛車に積み込ませた。まだ十六、七歳と思《おぼ》しき牛飼いに褒美の絹を与えるのも、忘れなかった。

初めてこの地に都が置かれた約二百年前には、鴨川《かもがわ》の東岸に当たる洛東《らくとう》は、人の手の入らぬ荒野だったという。だが近年は都の東の入口である粟田口《あわたぐち》やその北に位置する白河《しらかわ》一帯に大宮人の別邸が建ち並び、行き来する人も徐々に増えている。

顕性寺《けんしようじ》は東山の麓《ふもと》に伽藍《がらん》を構える、小さな寺。まだ建てられて間がないのか、四囲に巡らされた築地塀《ついじべい》は白く、門柱の丹《に》の色も濡れ濡れと冴えていた。

本堂の蔀戸《しとみど》はそろって上げられ、金泥の色も鮮やかな釈迦如来《しやかにょらい》像の前に高座が設《しつら》えられているのが見える。

ゆっくり家を出てきたせいで、本堂のぐるりにはすでに十数輛《りよう》の牛車が座を占めていた。だが菅原家の牛飼いはためらう様子もなくその背後に回り込むと、本堂東の池の端に牛車を止めた。

本堂の正面ではないが、ここであれば本尊や講師《こうじ》の横顔を拝することが出来る。他の車越しに法会を拝するより見通しがいい上、池を吹き渡る風は爽やかで、それだけで朝児は胸の中に淀んでいた屈託が吹き払われる心地がした。

「さすがは菅原家さまねえ。牛飼いまでが頭がいいわ。こんな場所をすぐに見つけ出すなんて、その辺りの牛飼いには真似ができない技よ」

境内のざわめきと寺内の華やかな荘厳《そうごん》に浮かれているのだろう。小鶴が簾《すだれ》の隙間から外を見やり、声を弾ませる。

その姿が他の車から見えぬかとやきもきしながら、朝児は娘の袖を引いた。

「おやめなさいったら、はしたない」

「大丈夫よ。みな、ご本尊や高座の美々しさに目を奪われて、他の車のことなんぞ気にも留めていらっしゃらないわ。それに母さまだって、宇治の大叔母さまをお探ししなきゃならないんでしょう。お誘いくださったお礼だって、申し上げなきゃならないし」

「それは確かにそうだけど——」

朝児が口ごもったとき、小鶴があっと声を上げて、いっそう大きく身を乗り出した。撥《は》ね上がった簾の向こうに、他の車に付き従った雑色《ぞうしき》（下人）たちがこちらを興味深そうに振り返っているのが見える。今度こそ朝児は「おやめなさいってば」と、強い口調で娘を制した。

「でも、母さま。いよいよ法会が始まるようよ。ほら、お坊さま方がぞろぞろとお出ましになったわ」

ご覧なさいよ、と促され、朝児は渋々、物見の窓に顔を寄せた。

なるほど鈍色の法衣《ほうえ》に五条袈裟《ごじょうけさ》をかけた五、六人の僧侶が、渡廊《わたりろう》をしずしずと歩み、高座に近づきつつある。その背後、まだ少年の面差しを残した青年僧を従えて歩み出てきた老僧が、本日の講師である権僧正・慶円に違いなかった。

慶円は他の僧たちに比べると小柄で、すっぽりとかぶった練絹《ねりぎぬ》の帽子ばかりがやけに大きく見える。その癖、高座に上るや、大きな袖を翻《ひるがえ》して境内の聴衆に対峙した姿は悠然として、齢七十も間近とは思えぬ壮健さとともに、諸国の僧侶を束ねる僧綱《そうごう》の一員たる威厳を強くにじませていた。

法華八講では、まず読師《どくし》と呼ばれる役僧がその日の経題を唱えて、講師が経文を講釈する。その後、質問を出す係である問者《もんじゃ》が経典に関する問いを投げ、講師がそれに回答。そのやり取りに他の僧侶が判定を加える。

つまり講師は法華経の内容はもちろんのこと、細かな解釈や他の経典との齟齬についても通じている必要がある。加えて、これが日に二回、四日間に亘って行われるのだから、知力はもちろん、大変な気力胆力《たんりょく》がなければ、法華八講の講師は務まらぬのであった。

講説を行う慶円の声は太く、応答にも淀みがない。朝児は持参の水晶の数珠《じゅず》を手首にかけ、朗々たるその音吐に頭を垂れた。

先々月の匡衡の葬儀の席では、夫を失った混乱のただなかにあったし、七七日の追善の際は参列客の応対で頭がいっぱいだった。そう考えると心落ち着けて経文に耳を傾け、夫の成仏を願うのは、実に今日が初めてではなかろうか。

「いいお声ねえ」

同じように数珠を手にした小鶴が、相変わらずしげしげと外を眺めながら呟いたときである。

「なにをするッ」という押し殺した怒声が境内の片隅で響いた。

「うるさい。そちらが先にこちらの御車の榻《しじ》（牛車の牛繋ぎ部分を置く台）を蹴ったんだろうが」

声の方角に目をやれば、びっしりと並んだ牛車の列の端で、二人の雑色が互いの胸倉を摑み合っている。どうやら隣の牛車の従者に榻を蹴られた雑色が、主を馬鹿にされたと怒り出し、小競り合いになっている様子であった。

ただ、さすがに法会の最中であると承知しているためだろう。いがみ合う二人のやりとりは、あからさまな大声ではない。先に怒り出した雑色の側も、主の面目を立てるために声を荒らげただけで、大事にする気はないのだろう。

「さっさと謝れ。そうすれば法会の席に免じて、許してやる」

と、四方からの注視を気にした様子で、口早にわめき立てた。

しかしなにせ慶円の講説ばかりが朗々と響く寺内だけに、厳粛な法会の席に似付《につ》かわしからぬやりとりは、牛車の居並ぶ境内の隅まで否応なしに響き渡った。

見たところ、二輛の車はどちらも下簾《したすだれ》から鮮やかな色の袿をのぞかせた女車。にらみ合う二人を引き分けようとする従者たちも、揃いの水干《すいかん》に身を包んだ折り目正しそうな男たちである。

「大事にはならぬでしょう。あまりまじまじと見るものではありませんよ」

人が多く集まる場に、喧嘩は付き物。ただ道理を弁《わきま》えた下人ほど、いずれもその引き時をよく理解しており、早々に事を収めるものだ。権僧正開催の法華八講にわざわざやってくる女主の供ともなれば、この場で諍《いさか》い続けることの愚かさをちゃんと承知しているに違いない。

講師である慶円もまた、同じようなことを考えているのだろう。経典のありがたさを説く声をいっそう張り上げただけで、皆目、動揺した顔を見せない。その場の誰もが、もみ合う下人たちを横目に眺めながら、改めて慶円の講説に耳を傾けようとした時、本堂の隅に座っていた僧侶が一人、がばと勢いよく立ち上がった。

年の頃はまだ十四、五歳であろう。素絹《そけん》に袈裟をかけ、裳《も》をつけた姿には見覚えがある。先ほど、慶円に従って渡廊を歩んできた従僧であった。

高座を囲む衆僧《しゅそう》はもちろん、さすがの慶円までがぎょっと目を見開く。だが従僧はそれには一《いち》瞥《べつ》もくれず、そのまま庇《ひさし》の間から簀子《すのこ》へと走り出た。

「頼賢《らいけん》ッ」

慶円の口から、悲鳴に近い声が漏れる。頼賢と呼ばれた従僧はそれを背に高欄をまたぎ越えるや、履物もつっかけぬまま、庭先へ飛び降りた。思いがけぬ従僧の挙動に、互いの胸倉を摑んだまま、あっけに取られている雑色たちに駆け寄り、いきなりその一方の頰桁《ほおげた》を殴りつけた。

「な、なにをするッ」

およそ僧侶とは思い難い頼賢の挙動に、周囲の雑色が気色ばむ。すると頼賢は手近な一人に向かって更に拳を揮《ふる》いながら、「なにをするとはこっちの言葉だッ」と顔じゅうを口にしてわめき立てた。

「慶円さまのありがたいご講説の最中に喧嘩とは、この不届き者めがッ。かような心構えでは、おぬしばかりか御主どののまでが、死後は必ずや地獄行きに違いないぞ」

「や、やめよ。頼賢」

「法会の最中じゃぞ、とにかく今は落ち着け」

本堂から我勝ちに駆け下りてきた僧たちが、頼賢を遠巻きにして叫ぶ。しかし頼賢は彼らを顧《かえり》みもせぬまま、足元に倒れ伏した雑色の横腹を蹴飛ばした。

ぐえっとうめく彼をかばうように飛び出した雑色が、頼賢の脇にしがみつく。頼賢は躊躇《ためら》うことなく、それに膝蹴りを食らわすと、よろめいた相手の身体を力いっぱい突き退けた。その背後は、枯れ始めた蓮《はす》の葉が一面に広がる池だ。

そこここの牛車からああッと悲鳴が上がるのと、池の面に巨大な水柱が立ったのはほぼ同時。空高く舞い上がった飛沫《しぶき》に秋の陽が差し、ほんの一瞬、この場に似付かわしからぬ虹が虚空にかかった。

「ええい、捕らえろッ。あいつを捕まえるんだッ」

見れば、朝児の隣の車の御簾が撥ね上げられ、狩衣《かりぎぬ》姿の中年男が眉を震わせて叫んでいる。水干の従者がそのかたわらに膝をつき、「ですが」と狼狽《ろうばい》した顔で主と頼賢を見比べた。

「察するに、あの僧侶は権僧正さまの従僧。かような男を我々が捕えていいものでしょうか」

「馬鹿ぬかせ。ありがたい法華八講の座を乱し、列席の者に暴虐《ぼうぎゃく》を働く僧が、いったいどこにいる。乱心だ。あの僧は乱心しているに決まっている」

はっと低頭した従者が、暴れ回る頼賢を取り押さえようと駆けていく。だがそんな命を下す参列者は、他にほとんどいない。もはやこれでは法会どころではないとばかり顕性寺を立ち去ろうとする牛車、物見高く前に車を出そうとする車が押し合いへし合いして、境内はいまや混乱の坩堝《るつぼ》と化していた。

頼賢を取り押さえようと突進した従僕が、誤って手近な者に拳を揮い、頭に血の上った相手がそれに殴り返す。誰が敵やら味方やら分からぬ乱闘はあっという間に大きくなり、中には池の水に腰まで浸かって取っ組み合う男たちもいた。

その荒々しい気配に呑まれたのだろう。そこここの牛車につながれた牛までもが、牛飼いの手を振り切って、激しく角を振る。あおりを食って揺れた屋形《やかた》（車体）から次々と悲鳴が上がる。本堂の簀子の下で寄り集まって聴聞をしていた尼君たちが、その間を縫って、門を飛び出して行く。あまりに急いで走らせようとした車の輪が、寺門近くで隣の車にぶち当たり、車軸を折られた車が土煙《つちけむり》を挙げてどうと傾いた。

「お、落ち着きなされ。みな、落ち着くのじゃ」

簀子では僧侶たちが懸命に両手を振り回しているが、その叫びに耳を傾ける者は誰もいない。むしろ乱闘は刻々と大きくなり、境内の混乱は激しくなる一方だ。

今、牛を繋いで逃げ出そうとしても、押し合いへし合いする牛車の波に呑まれるばかりと考えたのだろう。菅原家の牛飼いは庭隅の杭に結わえた牛の首を幾度も撫で、牛を落ち着かせようとしている。

いくら頭に血が上っているとしても、もみ合う男たちが無関係な牛車にまで乱暴を働くはずがない。朝児は震える手を励まして、数珠を懐に納めた。

「あっ、大叔母さまよ。母さま、あそこに宇治の大叔母さまが」

小鶴の素《す》っ頓狂《とんきょう》な叫びに物見の窓を開ければ、杖を手にした妙悟尼が供の女童《めのわらわ》とともに境内を右往左往している。下手をすれば、勢い余った車に轢《ひ》かれかねぬと案じ、朝児は窓の簾を撥ね上げた。

「叔母さま。どうぞこちらにお越しください」

すでに高齢ではあれど、妙悟尼は目も耳も衰えがない。境内の混乱の中でもすぐに朝児の声を聞き分けたと見え、杖をつきつき、こちらへと駆けてきた。牛車の轅《ながえ》に取りつき、激しく肩を上下させた。

「お、おお。朝児どの。牛飼いの顔や車がいつもと違いましたゆえ、分かりませんでしたぞ」

「申し訳ありません。喪中のことで、牛飼いに暇を出しておりまして」

妙悟尼と女童《めのわらわ》がそろって乗り込めば、牛車の屋形は身動きもならぬ狭さである。壁際に身を寄せて下簾を掲げ、「そろそろ、他の車も落ち着き始めたのではないですか。これではもはや法会どころではありません。わたくしたちも引き上げましょう」と朝児は牛飼いに命じた。

すると女童に背をさすらせていた妙悟尼ががばと顔を上げ、「ああ、待ちやれ、朝児どの」としゃがれ声でそれを制した。

「まだ、寺を去るわけにはいかぬのじゃ。実は今日は、朝児どのに引き合わせたいお方がおってのう」

「いま、この寺ででございますか」

境内にひしめいていた牛車は半分ほどにまで減ったが、乱闘はいまだ続いている。如何《いか》に紹介したい者がいるとしても、女子供ばかりでこれ以上、顕性寺に留まるとは思いがけぬ話であった。

「正直に言えばの、今日、朝児どのを法華八講にお誘いしたのは、それが目的でもあったのじゃ。とはいえもちろん、匡衡どのの菩提《ぼだい》を共に弔《とむら》いたいとの思いが、真っ先にあってのことじゃが」

「それはいったい、どなたさまなのですか」

胸の底をかすめた不快を押し殺して問うた朝児に、妙悟尼は車の外にちらりと目をやった。

「お一人は権僧正の慶円さま、そしてもう一人は先ほどより、あそこで取っ組み合いの喧嘩をしておる頼賢どのじゃ」

突拍子もない話に、朝児は耳を疑った。だが妙悟尼は朝児の驚きなぞ先刻承知とばかり、「実はこれは、慶円さまたってのご依頼でのう」とかぶせるように続けた。

「詳しくは慶円さまのお口より直に聞いてもろうた方が早かろうが、いささか込み入った仔細《しさい》があるのじゃ。どうかしばし付き合ってはくれまいか」

「けど、大叔母さま」

と話に割って入ったのは、小鶴であった。

「この分じゃ、そのうち検非違使《けびいし》の衆が駆けて来て、乱闘に関わった者たちを捕縛《ほばく》するんじゃないかしら。そうなると慶円さまはともかく、あの頼賢とかいうお坊さまは真っ先に検非違使庁に引っ張って行かれるわよ」

都の治安を守る検非違使は、洛中洛外で騒動が発生すれば、武具を携えて駆けつけ、その鎮圧に当たるのが勤めである。場合によってはその理由を究明し、処罰を加えることもあるだけに、乱闘を起こした張本人である頼賢が、簡単に放免されるとは思い難かった。

「ああ、確かに。それは小鶴の申す通りじゃのう」

妙悟尼はやれやれとばかり、小さく首を振った。

「仕方がない。ならば今日は、慶円さまにだけでも会うてはくれぬか。そうすればあの頼賢どのがなぜかような喧嘩を始めたかの理由も、おのずと聞くことができよう」

「見たところ、あたしより年下のようだけど、いつもあんなに喧嘩っ早い御坊でいらっしゃるの」

「それもこれも、すべて慶円さまがお話しなされようて。ではとりあえず、堂舎《どうしゃ》に向かおうぞ」

女たちのやりとりが聞こえたのか、牛飼いが轅に牛をつなぐ。まだ混雑する境内を斜めに横切り、渡廊の裏の車寄せに牛車をつけた。

乱闘はまだ続いているが、もはや自分たちの力では収拾がつかぬと諦めたのだろう。高座を取り囲んでいた衆僧はすでに慶円ともども僧房へ引き上げ、本堂は柱に下げられた幡《ばん》や本尊の前に捧げられた供物だけを残して、閑散《かんさん》としている。

妙悟尼は慣れた足取りで渡廊を歩み、朝児と小鶴を棟廊の一室に導いた。部屋の隅に置かれていた几帳を立てまわし、自らは長押《なげし》の際に腰を下ろした。

「阿栗《あぐり》や、慶円さまをお呼びしてきておくれ。お疲れのところ申し訳ありませんが、お約束の大江家の北の方をお連れしたと申し上げるのじゃぞ」

「はい、かしこまりました」

まだ七、八歳と思しき女童が、切り髪を揺らして簀子を駆けてゆく。

その足音をかき消すように、けたたましい蹄《ひづめ》の音が門の方角で轟《とどろ》いたのは、ようやく検非違使が駆けつけたためらしい。逃げ惑うような足音、「おとなしくしろッ」という権高《けんだか》な怒号に、朝児は身をすくめた。

荒事《あらごと》は苦手だ。数々の不満がありながらも、朝児が大江匡衡と三十余年も添い遂げられたのは、彼がどんなときも声を荒らげたり、物に当たったりせぬ男だったことが大きい。

それだけに、どうしてこんな騒動に居合わせねばならぬのだと、朝児は恨めしい思いで妙悟尼を横目で睨んだ。しかし当の老尼はそんな姪の眼差《まなざ》しには知らぬ顔で、小鶴と楽しそうにしゃべり込んでいる。

「お待たせして、申し訳ない。いやはや、検非違使の奴らは頭が固うございますわい」

けたたましい声とともに慶円が棟廊に駆け込んできたのは、朝児たちが堂宇《どうう》に導かれてから四半刻（三十分）あまりも経った頃だった。

几帳の陰にいるのが、一家の主を失ったばかりの妻と娘だと聞かされているのだろう。慶円は円座も敷かぬまま、簀子にどすんと腰を下ろした。先ほどの講説の際の印象そのままに、年の割に磊落《らいらく》な印象を受ける挙措《きよそ》であった。

「本日の法会の主催は、他ならぬ拙僧。その本人がこれっぽっちも怒っておらぬと申しますに、検非違使の奴らめ、乱闘に加わっていた者たちを片っぱしから引っ張っていきよりました」

言われてみれば、いつしか境内は先ほどまでの混乱が嘘のように静まりかえっている。最初に胸倉を摑み合った一人なぞ、それぞれの主の面目を立てようと思っただけでございますのにな、と続け、慶円はがしがしと盆の窪を掻いた。

「では、頼賢どのも」

「ああ、あ奴は真っ先に捕らわれてしまいました。あのような暴虐を働いた以上、しかたありませぬなあ」

妙悟尼の問いにため息交じりに応じ、慶円は「さて、それはそうと」と口調を転じた。几帳の陰に座る朝児と小鶴に対峙するように、その場に座り直した。

「そちらにいらっしゃるのが、前の文章博士さまの北の方さまでいらっしゃいますな。せっかく洛東までお運びいただきながらかような次第となり、まことに申し訳ありませぬ」

もともと慶円は、加持祈禱《かじきとう》の霊験あらたかな高僧として知られ、昨年没した先帝からも厚い崇敬《すうけい》を受けていた。それだけに親しげな慶円の口調に、朝児は狼狽した。だが、かろうじて、いえ、と声を絞り出した朝児にはお構いなしに、慶円は立て板に水の勢いで言葉を続けた。

「本来であれば、弟子の頼賢もこの場に同席させねばならぬのですが、先はどご覧になった通りの始末。それゆえまずは拙僧より、北の方さまにお願いごとをさせていただきたく存じます」

率直に申し上げましょう、と言いながら、慶円はぐいとひと膝、身を進めた。

「あの頼賢を、大江家さまの門弟にしていただきたいのです。あれは今年十五歳になったばかり。叡山《えいざん》にて内典《ないてん》(仏教関係書籍)は一通り学ばせておりますが、それ以外の和漢の書物に関してはまったく無知のままでございまして――」

「お待ちください。それはまた、何故でございます」

確かに大江家は学者の家柄。亡き匡衡は私塾こそ構えはしなかったが、その門を叩く人物は労を惜しむことなく受け入れ、暇を見ては講義を行っていた。

しかしながらそれはあくまで、俗世にある者に限っての話。出家の身、しかも権僧正に仕える従僧が、在俗の学者からわざわざ和漢の書物を学ぼうとするなぞ聞いたことがない。

（それに――）

高欄から飛び降り、何の躊躇もなく雑色を殴りつけた頼賢の姿が、脳裏に鮮やかに蘇る。朝児は両手で己の二の腕を抱き、ぶるっと身体を震わせた。

僧侶とは古来、御仏《みほとけ》の慈悲を説き、衆生《しゅじょう》を教え導くのが務めである。それにもかかわらず、他人に手を上げて憚らぬ僧など、挙周がよしと言ったとしても、荒事が苦手な朝児からすれば恐ろしくて家に入れることはできない。

「大江家の主はわたくしではなく、息子の挙周でございます。ともあれ、権僧正さまのご意志はよく分かりました。一度、息子に聞いてみますので、お返事にはしばしのご猶予をくださいませ」

頼賢の本性を早くに目にし得たのは、こうなってみると幸いであった。とりあえずこの場はなんとか誤魔化し、挙周に一部始終を告げた上で、彼から正式に断りを入れさせよう。挙周とてこの大乱闘の話を聞けば、朝児の意見に否は言うまい。

だが朝児の返事に、慶円は「ああ」と何かに思い至ったような声を上げた。

「拙僧がややこしい物言いをしましたゆえ、勘違いさせてしもうたようでございますな。ご子息にお尋ねいただくには及びません。頼賢の師となっていただきたいのは、ご子息ではなく、北の方さまです」

「なんですって」

驚愕《きょうがく》の声が、朝児の口をついた。

「わ、わたくしにあの御坊の師になれと仰《おっしゃ》られるのですか」

「さよう。妙悟尼どのからうかがったところによれば、北の方さまはお若い頃には源倫子さま付きの女房として働かれ、才女として随分名を挙げていらしたとか。さすれば頼賢に和漢の書物を手ほどきするぐらい、さしたる苦ではございますまい」

「困ります。女房として働いていたのは、もう三十年も昔の話。確かにひと通りの書物は通読しておりますが、人に教えられるほどではありません。そもそもわたくしがもっとも得意とするのは、歌なのです。学問の師として迎えられるのであれば、どうぞ息子の挙周にお願いします」

「確かに本来であれば、それが筋でござろうがなあ。そうしたくても出来ぬ仔細が、あ奴の身にはございますのじゃ。有体《ありてい》に申せば、ご子息どのを含め、昨今、宮城《きゅうじょう》に官職を得ておられる御仁は、決してあの頼賢には近寄ろうとはなさいますまい」

慶円の口調にはいつしか、重苦しいものが含まれている。それに誘われたように、傍らの小鶴が身を乗り出した。

「まあ。それはどういう仔細ですか」

「小鶴、おやめなさい」

突然話に割り込んできた娘を、朝児は叱責した。しかし慶円はそんな几帳の内側の諍いには素知らぬ顔で、「そうじゃのう。師になってくだされとお願いしておる以上、あ奴に関する一切は包み隠さずにお話しするのが筋じゃわな」と自分自身に言い聞かせる口調でひとりごちた。

「実はあの頼賢は本来は、拙僧の弟子ではござらん。五年ほど前までは、拙僧と同じく比叡山僧である前の権少僧都《ごんのしょうそうず》・尋光《じんこう》どのの弟子をしておりましてな」

あ奴はその当時から、気に入らぬことがあると手の付けられぬ暴れようをする奴でしてのう、と慶円は早口に付け加えた。

「尋光どのは優れた学僧じゃが、その分、気が弱くていらっしゃる。野犬の如く見境のない頼賢にほとほと手を焼いておられるのは、当時のお山では知らぬ者のおらぬ話でしてな。それが何とも哀れでならなんだゆえ、拙僧が手元に引き取った次第でございますのじゃ」

「ですが、そんなに幼い頃から乱暴の限りを尽くされるとは。なにか故あって寺に入れられたお子なのですか」

小鶴は一度好奇心に駆られると、およそ年頃の娘とは思えぬ振る舞いをする。はきはきとした口調で畳みかける小鶴に、慶円は戸惑った様子で目をしばたたいた。しかし、むしろ相槌《あいづち》を入れられた方が話しやすいと考え直したのだろう。

「さあ、そこでございますのじゃ」

と、先ほどの講説の名調子を思い出させる口ぶりで続けた。

「尋光どのが頼賢を弟子にしていたのには、理由がありましてな。頼賢の母御は、従一位関白・藤原兼家《かねいえ》さまの娘御。お名を綏子《すいし》さまと仰せられ、藤原道長さまの妹君にして、現在、帝位におわす居貞さまの女御《にょうご》だったお方でございますのじゃ」

「では、頼賢さまは帝の皇子――」

「いいや。それが違うゆえ、話がややこしゅうございますのじゃ」

小鶴の素っ頓狂な声に、慶円は暗い顔で首を横に振った。

「叡山では知らぬ者のおらぬ話ゆえ、包み隠さず申しましょう。居貞さまがまだ東宮でいらした二十年あまり前、綏子さまはそのお妃として入内なさいましたが、どういうわけかあまりお仲がよろしくありませんでな。ほんの一年で父御のお屋敷に里下がりなさり、以来、一度も内裏《だいり》に参入なさっておられぬのです」

天皇や皇太子の妃は、常に内裏に暮らしているわけではない。当人の体調や親族の都合などに従い、彼女たちは頻繁《ひんぱん》にそれぞれの実家に宿下がりする。寵愛の著しい妃は、宮城からせっつかれて早々に内裏に戻るが、そうではない場合、三年、五年と実家に留まり続けることも珍しくなかった。

「二十年あまり前、ですか」

当時、朝児は育児に追われ、屋敷の外で何が起きているかなぞ顧みる暇がなかった。それだけに藤原綏子入内の話もぼんやりとしか記憶がないが、先ほど慶円は頼賢の年を十五歳と言っていなかっただろうか。

「さよう。それから七、八年も経った頃でございます。ご実家にずっとお留まりのはずの綏子さまがご懐妊なさったとの噂が、宮中に流れましてな。綏子さまの異母兄である藤原道長さまが、居貞さまの命を受けて糾問《きゅうもん》に当たったところ、当時の弾正大弼《だんじょうだいひつ》・源《みなもとの》頼定《よりさだ》さまと綏子さまの密通が明らかになったのでございます」

まあ、と驚きの声を上げたのは、小鶴の方が早かった。物見高い娘に不躾《ぶしつけ》な言葉を口走られてはたまらない。朝児は几帳に、ぐいと身を寄せた。

「――つまり頼賢どのは、綏子さまとその大弼どののお子なのですね」

さよう、と慶円は大きな息をついた。

「長らく御夫君と不仲とはいえ、仮にも東宮妃が不義の子を孕むなど前代未聞。それだけに道長さまを始めとするご兄弟がたはこぞって、腹の子を堕ろせと説得にかかったらしゅうございます」

しかし綏子は頑としてそれを拒み、どうしても堕胎せねばならぬのなら、食を断って母子ともども自害すると言い立てた。このため綏子の兄弟たちは渋々子堕ろしを諦め、こうなれば死産を願おうと腹をくくったが、そんな一族をあざ笑うかのように、生まれてきたのは五体満足な男児だった。

密通の果ての妊娠に狼狽したのだろう。赤子の父親である源頼定は、詰め寄る綏子の兄弟たちに知らぬ存ぜぬを貫き、遂には病と言い立てて自邸に引きこもる始末。ただいくら不義の子を産み落としたとはいえ、綏子はいまだ皇太子妃の立場にある。他の男との間に産んだ子を、その手許で育てさせるわけにはいかなかった。

「そこに助け船を出してくださったのは、同じく居貞さまの女御として入内していらした、藤原原子《げんし》さま。綏子さまの兄君・道隆《みちたか》さまの娘御で、あの藤原定子さまの妹君に当たるお方でございました」

原子にとって、綏子は七歳上の叔母。それだけに綏子の難儀に、見て見ぬふりは出来なかったのだろう。

綏子と異なり、居貞から厚い寵愛を受けていた原子は、自ら幼い赤子を抱いて居貞の前に進み出た。そして、「どうかこの子が物心つくまでは、わたくしの元で育てさせてください」と嘆願したのであった。

「長じた後は必ずや叡山に入れ、同じ藤原氏の出である尋光さまの元で、出家させます。それまではこの子に人並みの暮らしをお許しください。叔母も二度と、源頼定どのには逢わぬと申しております」

こう頼んだのが綏子であれば、居貞も決して許しはしなかったはず。しかし、若く、華やかな美貌の持ち主の原子は、居貞の鍾愛《しょうあい》の女御であった。そして腹立ちを堪えて考えれば、その父親と母親がいかに憎くとも、生まれてきた赤子にはなんの罪もない。

「かくして頼賢は原子さまのお手元に引き取られましたが、哀れなことに原子さまはそれから四年後、たった二十二歳のお若さで急逝なさいましてな。頼賢は結局、五歳の頑是《がんぜ》なさでお山に放り込まれ、いまに至っている次第でございます」

「なるほど。そうかがえば、頼賢どのの先ほどの態度も、少しは理解できぬでもありません」

綏子は原子の死から二年後、流行《はや》り病のため、三十一歳で亡くなった。父親の源頼定は現在も公卿として出仕を続けているが、愛人の妊娠に恐れおののいて知らぬ顔を決め込んだ彼のことだ。

比叡山に入れられた頼賢に対し、父子の情を示しているとは思い難い。

先ほど頼賢は、慶円の講説が妨げられたことに激怒した。師である僧侶を過度に敬い、それ以外の者たちに暴力を揮うのは、自らの境遇への憤懣《ふんまん》の表れに違いない。生身の阿修羅《あしゅら》もかくやと思われた頼賢の喧嘩っぷりが、朝児には急に哀れと感じられてきた。

「ただ比叡のお山とて、所詮はいまだ悟れぬ凡夫の集まりでございます。僧の中には頼賢の出自をあてこすったり、聞えよがしに父母の悪口を申す輩《やから》もおりましてな。頼賢はそのたびごとに喧嘩を吹っかけ、四度のうち三度までは見事勝ちはするのですが、おかげでどうにも学問に身が入らぬ有様でございます」

一人前の学僧になるには、仏典に通じているだけでは不十分である。四書五経はもちろん、漢籍和書、詩歌集……ありとあらゆる知識を身に着けてこそ、僧は都の貴顕から厚い信頼を得ることができる。その点からすれば、いかに日々激しい憤懣を抱えているとはいえ、学問を疎かにする頼賢は、僧侶としてはおちこぼれ。さりとて寺外から師を招こうにも、複雑な出自の頼賢に好んで近づき、帝の不興を買おうとする人物もおるまい。

「そりゃあ有体に申せば拙僧も、ご子息のような新進気鋭の学者どのを頼賢の師にしてやりとうございますよ。ですがさような真似をしてご子息に迷惑がかかっては、こちらも寝覚めが悪い。それでこうして北の方さまに、お声をかけさせていただいたわけです」

すでに七十歳近い慶円は、自分亡き後、暴れ者の弟子がどうなるかと懸念しているのだろう。権僧正の高位にありながら、自ら朝児を招き、ことの次第を打ち明けたのも、その危惧の表れに違いない。

(だけど――)

熱のこもった慶円の眼差しを避け、朝児は袴の膝に目を落とした。

確かに朝児は幼い頃から和漢の書に触れ、歌詠《よ》みとしても名を馳せてきた。だが自分とてまた、すでに高齢にさしかかった身だ。三人の子どもを一応に育て上げ、寡婦となった今、自分を待っているのは夫の菩提を弔う余生だけ。そんな平穏な日々を振り捨てて、あんな乱暴者と関わり合う己なぞ、どうにも想像ができなかった。

頼賢の生まれ育ちに、哀れを覚えぬではない。しかし同情だけでその学問の師匠になったりすれば、どんな騒動に巻き込まれることか。

朝児は几帳の帷子《かたびら》に手をかけ、そこから半身をのぞかせた。

「申し訳ありません。やはりわたくしには荷が重うございます」

と言いながら、慶円に向かって深々と頭を下げた。

「並みのお子であればいざ知らず、すでに出家を果し、僧として法会にも出ておられるお方となれば、仏典に関する知識はおそらくわたくしより上。かような御坊の師になるほどの学識は、わたくしにはございません。せっかくのお話ではございますが、何卒、お許しください」

「朝児どの。慶円さまがこれほどに仰っておいでなのですぞ」

妙悟尼が皺《しわ》に囲まれた目を見開いて、腰を浮かす。だが慶円は軽く片手を上げ、いやや、とそれを制した。

「北の方さまの申されるのも、もっともじゃ。それに、いまだ当人に引き合わせもせぬまま、とにかく師となってくだされと頼んだこちらも悪い。返す返すも残念じゃが、どうぞお気を悪くしてくださるなよ」

頼賢の出自から、そう簡単に引き受けるはずがないと考えていたらしい。いささか未練をにじませつつも、慶円はあっさりと頼みを引っ込めた。もしかしたらこれまでにも、幾人かに同じ依頼を持ちかけ、やはり同じように断られているのかもしれない、と朝児は思った。

「慶円さま、こちらにおいででしたか」

この時、軽い足音がして、三十がらみの僧侶が簀子の端に膝をついた。

「検非違使庁から使いが参りました。頼賢を取り調べるに当たり、二、三、権僧正さまにおうかがいしたき事があるそうです」

「やれやれ、しかたがないのう。じゃがそれもこれも、あ奴の少しでも早い放免のためじゃ」

朝児に一礼して、慶円が席を立つ。その姿が渡廊の向こうに消えるのを待たず、朝児は小鶴を促して立ち上がった。

「わたくしどもも失礼いたしましょう。叔母さま、本日はお誘いいただき、ありがとうございました」

本来なら妙悟尼を宇治まで送っていくべきかもしれないが、菅原家の牛車を借りている以上、寄り道は憚られる。加えて、下手に一つ車に相乗りなぞして、考え直せとせっつかれるのも面倒であった。

境内はがらんと静まり返り、ぬかるんだ池端の地面にかろうじて先ほどの乱闘の名残りが刻まれているばかりである。待たせていた車に乗り込んで寺を出れば、門の脇には検非違使の下部《しもべ》と思《おぼ》しき男たちが、空馬の轡《くつわ》を取って人待ち顔に控えていた。

「引き受けて差し上げればよかったのに」

小鶴がぼそりと呟いたのは、牛車が鴨川を渡り、東京極大路の辻を折れた直後であった。だが朝児は、がらがらと鳴る車の音にまぎれて聞こえなかったふりで、物見の窓の向こうにそびえたつ東山に目をやった。

朝晩の冷え込みが弱いせいか、すでに晩秋にもかかわらず、山々の紅葉の色づきは淡い。それだけにくっきりと濃い稜線の果てにそびえる比叡山の高さが、朝児の目にはいっそう際立って映った。

五十とも百とも言われる塔頭《たっちゅう》を擁する比叡山延暦寺《えんりやくじ》は、王城鎮護《おうじょうちんご》の大寺。それだけに都の大宮人の中で、子弟を比叡山に入れる者は数多い。また、宮城内の争いに疲れ果て、叡山で遁世《とんせい》を果す人物も珍しくなく、道俗の違いこそあれ、都の風評のほとんどはそのまま叡山に筒抜けのはずだ。

若い頃、女房勤めをしていた朝児は知っている。人というものは、大勢が寄り集まれば、必ずや誰かの噂に興じずにはいられない。そして一度、噂の矛先を向けられた者は、どれだけ歳月が経っても、その時の怒りや悲しみを忘れられぬものだ。

頼賢の生まれ育ちを哀れとは思う。だがあの年若い僧に手を差し伸べるなぞ、容易な行為ではない。一度も他人の間で揉まれたことのない小鶴の言葉が、ひどく腹立たしかった。

「遅いお戻りでございましたな。法華八講はいかがでした」

屋敷に戻るや否や、挙周が車寄せまで出迎えにきた。

とはいえそれは朝児たちのためというより、菅原家の牛車を案じてという方が正しいのだろう。朝児と小鶴が車から降りるや、菅原家の牛飼いに近づき、「文章博士さまに、くれぐれもよろしくお伝えしてくれよ」と、鹿爪顔で念を押した。

「はい、確かに承りました。過分な褒美まで頂戴し、ありがとうございます」

歯切れのいい返答を残して、牛車が引き上げていく。その鴟尾《とびのお》（牛車の最後尾の部品）が門の向こうに消えるのを見送ってから、挙周は自室に引き上げようとしていた朝児を追ってきた。

「さて、法会の様をお聞かせください。人出のほどは、供物は多うございましたか」

「それが兄さま、法華八講どころじゃなかったのよ」

小鶴が足を止めて、挙周を振り返る。なに、という息子の声を背に部屋に入り、朝児は庇の間に置かれた褥《しとね》に座り込んだ。

「お疲れでございましょう、朝児さま」

紀伊ノ御が汲んできた水を飲み干す間も、小鶴は簀子にたたずんだまま、身振り手振りを交えて顕性寺での一部始終を語っている。やがてその声が途絶えたと思う暇もなく、挙周が足音も高く、部屋に飛び込んできた。

「よ、よくぞ。よくぞお断りになられました、母上」

勢い込んだその口調に、朝児は面食らった。だが挙周は母親の表情には気づく様子もなく、拳を握り締め、比叡山のある東北の方角をじろりと睨み据えた。

「まったく、慶円さまというお方は験力《げんりき》目覚ましい御坊とうかがっておりましたのに、そんなとんでもないことを言い出されるとは。わたくしではなく、母上に目をつけたのはまあ慧眼《けいがん》と呼ぶべきかもしれません。しかしそれで我が家が道長さまに疎まれる事態となったら、どうしてくれるつもりなのですかね」

挙周はちっと荒々しい舌打ちをした。

慶円は宮城の官人を頼賢の師に迎えては、当人が帝の不興を買うかもしれないと案じていた。しかし挙周はそれに加え、藤原道長の目を憚っている様子であった。

「亡くなられた麗景殿女御《れいけいでんのにょうご》（藤原綏子）さまに不義の子がいるとの噂は、小耳にはさんだことがございました。女御さまの子はすなわち、道長さまの甥……。藤氏ご一族のかような恥部に母上が関わり合われては、今後の我が家の興隆に必ずや障《さわ》りが出たことでしょう」

亡き匡衡は生前、事あるごとに藤原道長への追従を欠かさなかった。六年前、挙周が蔵人に抜《ばっ》擢《てき》された際には、その喜びを漢詩や和歌に記し、「それもこれも皆、道長さまのご恩顧のおかげ」と派手に吹聴《ふいちょう》した。

そんな父親を間近に見てきたせいだろう。挙周もまた、帝への忠誠より先に道長の顔色をうかがうところがあり、妍子付きの女房である妹の大鶴からも、しばしば道長の好みや最近の趣味などを聞き出している。その嗜好《しこう》に合った品々を捧げ、道長の歓心を買おうとするやり口は、驚くほど亡き匡衡と似ていた。

すでに二人の娘を天皇の妃とし、左大臣として権勢を揮う道長の機嫌取りに懸命になる気持ちは、理解できぬでもない。しかし弟子取りを頼まれた朝児の驚きや、頼賢の肩身の狭さなどには皆目思いを至らせず、ただただ大江家の栄達しか考えぬ息子に、朝児の胸にじわじわと不快がこみ上げてきた。

挙周が思いがけぬ乱闘に巻き込まれた母を気遣おうともせぬことも、苛立たしかった。

「大げさな。匡衡さま亡き今、わたくしはただの寡婦ですよ。それが誰に学問を教えようとも、道長さまのお気に障ることはないでしょう」

「なにを仰います。母上はご自身のお立場を、よく分かっておられぬのですね」

いいですか、と挙周は父親譲りのいかり肩に、ぐいと力を込めた。

「務めを退いて長いとはいえ、母上はかつては道長さまの北の方さまにお仕えしていた身。大鶴が妍子さまの元に出仕できるのも、かつて歌人として鳴らした母上の娘だからです」

藤原定子に清少納言が、藤原彰子に紫式部《むらさきしきぶ》が仕えたように、近年、娘を入内《じゅだい》させるほど地位のある公卿の間では、学識豊かな女性を娘付きの女房に雇うことが流行っている。だがそれは、頭のいい女房で娘の周囲を固め、天皇の気を引こうというような簡単な話ではない。

女子も男子同様、実家の財産を相続できる当節、身分の高い娘はみな自らの荘園や財物を持っている。加えてもし入内した娘が皇子を産み、その子が天皇に即位すれば、娘は母后として権力を有し、新帝の後見として政《まつりごと》にも携わらねばならない。そんな時に母后を助け、莫大な財産を管理するのは、その身の回りに仕える女房たち。いわば彼女たちは後宮《こうきゅう》を支える女性官僚となるべく、女房勤めをしているのであった。

「そりゃ、大鶴は母上ほどの学識はありません。ですが道長さま、妍子さまに可愛がられ、入内のお供まで仰せつかっている最中《さなか》、母上がよりにもよってご一族の疫病神《やくびょうがみ》を弟子に持ったりすれば、土御門第の皆さまはさぞご不快に思われましょう」

「疫病神、ですか」

「さようです」

挙周は間髪入れずに、朝児に言い返した。

「父上が亡くなられ、すでにふた月。母上もそろそろ暇を持て余し始められた頃かもしれません。ですが家内であれば写経や読書、外であれば社寺参詣など、寡婦らしい暇つぶしの方法は何なりとありましょう。この先、誰になにを頼まれたとしても、とにかく大江家の名を傷つけるような真似だけはなさいませんように願います」

暇つぶし、だと。かっと熱いものが胸を塞ぎ、朝児は膝の上の手を握り締めた。

これからの日々が寡婦としての毎日になることは承知している。穏やかな日々を望んだのは、他ならぬ自分だ。

ただどんな形であろうとも、それは朝児にとって確実に過ぎていく一日一日である。それをまるで役にも立たぬものであるかのように、扱われることには我慢がならなかった。

この時、紀伊ノ御が簀子を駆けて来て、「挙周さま、挙周さま」と忙しくその名を呼び立てた。

「菅原家さまよりお使いが参りました。ただ牛車をお貸ししただけにもかかわらず、牛飼いにまで過分な褒美を賜り恐縮です、とのお言葉です」

「おおっ、もう来たか」

待ち構えていたとばかり、挙周が立ち上がる。どすどすと部屋を出て行こうとして足を止め、

「いいですね、母上」と朝児を顧みた。

「母上に頼み事をしたり、妙な誘いをかけてくるお人は、これから先、幾人もいるでしょう。ですが軽はずみな真似をしては大江家の名に傷がつくと心がけ、なるべく目立たぬように日々をお過ごしくださいよ」

「待ちなさい、挙周」

これまでの人生、腹立たしいことは数え切れぬほどあった。物に当たったり、辺りかまわず泣きわめいて気持ちを晴らしたことも一度や二度ではないが、こればかりは面と向かって怒らねば腹の虫が癒《い》えぬ。

しかし挙周はよほど気が急《せ》いていると見え、朝児にはお構いなしに、紀伊ノ御を引き連れて足早に渡廊を駆けていく。

あまりに腹を立てた反動であろう。身体の芯が引き抜かれたに似た虚脱と落胆に、朝児はかたわらの脇息にぐったりと身を預けた。

自分がこれから何年生きるのかは分からない。ただそれが大江家のためと枷をかけられ、子どもたちからあれこれ口出しされる日々とすれば、自分は何のためにこれまで夫に仕え、子を育て、

有形無形、様々な辛抱をしてきたのだろう。

朝児は文筥《ふばこ》の蓋を、手荒に取り払った。乾いた硯に墨を磨ると、ありあう料紙に手早く筆を走らせる。まだ墨も乾かぬそれを立文に仕立て、「秋緒、秋緒はいますか」と呼び立てた。

「お召しでございますか、朝児さま」

「この文を大急ぎで、宇治の妙悟尼さまの元に届けておくれ。その場でお返事をいただき、場合によってはあちらのお指図に従うのですよ」

「今からでございますか」

朝児が妙悟尼と一緒だったことを知っているためであろう。庭に片膝をついたまま、秋緒は怪訝そうに目を瞬《しばたた》かせた。だが朝児はそれに気づかぬふりで、「そうです。さあ、急いで。ぐずぐずしていては、帰りは夜中になってしまいますよ」と若い家従を急《せ》き立てた。

挙周は菅原家の使いの応対に頭がいっぱいで、秋緒や自分が何をしようと見咎めないだろう。首をひねる秋緒を見送ると、朝児は文蔵の鍵を握り締めて立ち上がった。透渡廊《すきわたりろう》を小走りに急ぎ、西ノ対の北に建つ文蔵に向かった。

日に二度、必ず窓を開け放ち、風を入れさせているにもかかわらず、幅五間（約九メートル）の文蔵は湿った書物の臭いに満ちていた。壁に沿って拵《こしら》えられた棚には、巻子本・冊子本、様々な書物がびっしりと押し込まれ、それぞれに題簽《だいせん》が付けられている。予備の鍵を持っている小鶴の仕業か、書見用にと隅に置かれた文机には、読みかけと思しき本が無造作に広げられていた。

昼なお薄暗い文蔵の真ん中に立ち、朝児は森閑たる林を思わせる書棚を見回した。史書であれば『古事記』『日本紀《にほんぎ》（日本書紀）』に始まり、清和《せいわ》・陽成《ようぜい》・光孝《こうこう》の三代の帝の事績を収集した『三代実録』。ああ、それに菅原道真の手になる『類聚国史《るいじゅうこくし》』や、匡衡の祖父である維時が撰述に関わった『新国史』もある。

いきなり史書が難しければ、『万葉集』に始まる歌集か。それとも『孝経』『詩経』あたりから漢籍を学び、その上で本邦の書物に戻った方がいいのだろうか。

挙周や大鶴・小鶴に学問を手ほどきしたのは匡衡だが、子どもたちの小さな手に初めて筆を持たせ、字を書くことを教えたのは朝児だ。あの時、胸の底を震わせた未知なるものへの期待と驚きが、再び朝児の身体を揺さぶった。

穏やかな暮しを欲してはいる。しかしそれが、子どもたちに言動を縛られる窮屈《きゅうくつ》な暮しだとすれば、まっぴらごめんだ。何のために生きるのかも分からぬような日々を送るぐらいなら、いっそあの荒くれ者と正面からぶつかってみる方がよっぽどましではないか。

挙周は藤原道長の勘気《かんき》を案じているが、すでに夫を失った自分はもはや世捨て人も同然。倅《せがれ》の言葉を借りれば暇つぶしの日々の中で、朝児が頼賢を弟子に取ったとしても、宮城の政に多忙な道長は「それはまた物好きな」としか思わぬはずだ。仮にどうしても道長が不快の意を示すのであれば、その時は自分が直接、彼の元に赴き、頭を下げればいい。

役に立ちそうな書物を、朝児は片っぱしから棚から抜き出した。両手でそれらを抱えて身を翻したとき、ぎし、と妻戸の辺りで足音がした。読み終えた本を返しに来たのだろう。数冊の冊子を手にした小鶴が敷居際に立ち、目を丸くして朝児を見つめていた。

「まさか、母さま」

「何でもないのよ。気散《きさん》じに、本でも読もうかと思って」

言い捨てて文蔵を出る朝児に追いすがり、「待って。あたし、お手伝いをするわよ」と小鶴は声を低めた。

「だって、放っておけないじゃない。お寺に暮らしていれば、本当は学問はし放題。望めばどんな書物だって読めるのよ。それなのにあの頼賢どのはご自分の出自への腹立ちのあまり、勉学を放り出してしまっているなんて。もったいなくって、あたし、知らん顔は出来ないわ」

いかにも本好きの小鶴らしい感慨に、朝児は驚くよりもまず呆れた。だが小鶴は母親の無言にはお構いなしに、「それに母さまだって、弟子は一人より二人の方がやりやすいはずよ」と畳みかけた。

「あたし、史書や漢籍はほとんど読んだのだけど、歌集だけはどうも苦手でならなかったの。だから母さま、あの頼賢どのに学問を教えるついでと思って、あたくしに歌の手ほどきをしてちょうだいな」

朝児は思わず、小鶴に向き直った。

若い頃、歌人として名を馳せた朝児を母として持ったためだろう。大江家の子どもたちは小さい頃から四角四面な書物に親しむ一方で、歌を作らねばならぬ際はすぐに朝児に代作を頼み、自ら苦吟《くぎん》することがなかった。朝児もまたしかたがないとそれを引き受け、子どもたちに歌の手ほどきをしてこなかったが、まさか小鶴の側からこんなことを言い出すとは。

歌のうまい女性は、男にとってあこがれの的。少しぐらい小鶴が風変わりであろうとも、歌の上手との評判が立てば、求愛してくる男性の一人や二人、現れよう。そうなれば自分もこの末娘の先行きに、やきもきせずに済む。これはまさに、願ったりかなったりだ。

「わかりました。そういうことであれば、いいですよ。頼賢どのもわたくしと差し向いより、その方が気楽でしょうから」

朝児の返事を皆まで聞かず、小鶴は嬉しそうに両手を打ち鳴らした。朝児が抱えていた巻子を引き取り、先に立って渡廊を歩き出した。

「ただ、いざ頼賢どのがお越しになるまでは、挙周や大鶴はもちろん、紀伊ノ御にもこのことは黙っているのですよ」

「もちろんよ、母さま」

嬉し気に声を弾ませた小鶴は本当に、邸内の誰にも朝児とのやりとりを秘し続けたらしい。それから三日後の午後、頼賢が師僧の慶円に付き添われて大江家にやってくるや、古い屋敷は蜂の巣をつついたような大騒ぎとなった。

普段であれば、挙周は日中、出仕して留守だが、なにせ喪中で家に逼塞している最中だけに隠し事はできない。

「は、母上。これはいったいどういうことですか」

血相を変えて飛んできた挙周の背後では、大鶴までが顔を青ざめさせている。

そんな子どもたちをちらりと見やり、朝児は用意していた数本の巻子を抱えて立ち上がった。

教場替わりと定めた西ノ対に向かいながら、「二人に迷惑はかけません。なにかあれば、わたくしが道長さまに謝りにまいります」と背中越しに言い放った。

「何かあってからでは、遅いのよ、母さま。あたくしたちのことも考えて下さらないと」

大鶴の金切り声を振り捨てて足を急がせれば、庇の間に慶円と頼賢がたたずんでいる。邸内の混乱ぶりから、これが朝児の独断と察したのだろう。

「妙悟尼どののお言葉に従って、ありがたくまかり越しました。されど、ご迷惑をおかけしているようでございますな、北の方さま」

慶円が白い眉を器用に上げ下げした。

「いいえ。お気になさらず。大丈夫でございますよ」

挙周と大鶴があれほどに道長の顔色をうかがうのは、つまりは気が弱いからだ。いかに道長と不仲とはいえ、慶円は当今・居貞からも重用され、叡山では三本の指に入る高僧。それがじきじきに大江家に車を乗りつけ、弟子を置いていけば、二人とてこれ以上の否は言うまい。

それよりも朝児は、慶円の背後に立つ頼賢の堅い表情の方が気になった。わざと朝児を無視するかのように庭に向けられた目は落ち着きがなく、肩にも腕にも力が入っているのがはっきり分かる。

「さあ、どうぞ、こちらへ。娘の小鶴も、頼賢どのにお目にかかれるのを楽しみにしておりました」

「小鶴どのとは、先日の法会にお越しじゃった娘御でございますかな」

頼賢を安心させようと明るい声をつくろった朝児に、慶円がこれまたわざとらしいほどのんびりと応じた。

「さようでございます。年頃の娘の割にあけすけすぎるところが難ですが、頼賢どののご同門となるには、ちょうどよろしいかと」

「それはありがたいお計らい、礼を申しまする。——これ、頼賢。おぬしもこれからは北の方さまを師と仰ぎ、礼節を尽くすのじゃぞ」

慶円に背を叩かれ、はあ、と頼賢は肩をすぼめた。

この年頃の男性はとかく扱いが難しいものだが、頼賢は特にそれに輪をかけている。これは学問よりもまず、自分や小鶴に馴染ませる必要がありそうだ。

西ノ対の一室には文机が二基並べられ、その一方の前で小鶴がぱらぱらと草紙を繰っている。慶円と頼賢の姿にあわてて居住《いず》まいを正し、「ようこそ、お越しあそばされました」と頭を下げた。

「こちらこそ、これからは弟子がお世話になり申す。では夕刻、宮城よりの帰り道に迎えに参りますでな。それまで、よろしゅうお頼みいたします」

権僧正である慶円は、五日に一度、宮城に上がり、天皇の玉体護持の祈禱を行う。すでに朝児は妙悟尼とのやりとりの中で、頼賢をその往還の間、大江家に留らせ、講義を授ける手筈《てはず》と決めていた。

慶円が出ていくと、頼賢は更に落ち着きを失った様子で四囲を見回した。その態度は十五歳と

いう年齢にしてはいささか幼く見えたが、朝児はそれにには知らぬふりで、用意の書物を頼賢の目の前に積み上げた

「さて、頼賢どの。史書に漢籍、歌集に日記と色々そろえてみました。何か読みたい書物はありますか。もしおありであれば、まずはそれを学んでいただこうかと」

「別に……特になにもありません」

ようやく聞くことができた頼賢の声は、ひどくそっけない。わかりました、と朝児はうなずいた。

「ではとりあえずは、『日本紀』を共に読みましょう。ちなみにこちらの小鶴は、『万葉集』を学ぶことになっています。歌に興味はおありですか」

「あるもんかい、歌なんて……」

そっぽを向かんばかりの口調で、頼賢は吐き捨てた。それでもちゃんと返事を寄こすのは、ここまでの道中、慶円がよほど口を酸っぱくしてあれこれ言い聞かせてきたからと見える。つまり案外、素直なところがある少年なのだ、と朝児は感じた。

「あんなのは、なよなよへなへなした公卿どもが詠むものだろう？　俺にゃそんな知識は、要《い》りっこないからさ」

頼賢の出自から言えば、歌の一つでも詠めるようになっておいて損はない。しかしそこはやはり顔も知らぬ両親への反発があるのだろう。そんな頼賢に小鶴が傍らから、「それなら」と話しかけた。

「では頼賢どの、『孫子』や『呉子』でも読んだらいいんじゃない。絶対にお山では読ませてもらえない書物じゃないかしら」

「兵法書かあ。それは面白そうだな」

頼賢はぱっと顔を輝かせた。

『孫子』『呉子』は東周の時代に記された兵法書。多くの戦を分析し、勝つための手立てについて詳述する『孫子』に対し、『呉子』は兵法について物語形式で説いている。漢籍としてはいささか難解な上、朝児も詳読しているとは言い難いが、荒事が得意そうな頼賢には、もってこいの書物かと思われた。

「ではとりあえず、『呉子』から取りかかりましょうか。ただ頼賢どの、いくらご興味がおありとはいえ、兵法書が御坊の役に立つことはないと思いますが、それでもかまいませんか」

「まったく役立たないってことはないんじゃないかな。だって兵法の中には、隠れている敵を探し出したり、敵に関するあれこれを調べる方法だって書いてあるんだろ」

敵という物騒な言葉は、僧形の頼賢にはおよそ似つかわしくない。返答に窮《きゅう》した朝児に代わり、

「面白いことを言うのね」と小鶴が笑った。

「御坊の喧嘩っ早さは、この間の法華八講の席で見たけれど。比叡のお山にはそんなにたくさん、嫌いな相手がおいでなのかしら」

「お山じゃねえよ。俺の本当の敵は、あっちさ。まあ正確に言えば、敵っていうより、仇《あだ》だな」

頼賢は比叡山のある東北ではなく、西北の方角を顎で指した。

「内裏の奥も奥。もうすぐ承香殿《じょうきょうでん》の主になるって噂の女狐《めぎつね》が、俺と俺を育ててくださったお方の仇なのさ。今に見てろよ。このままじゃ済まさねえからな」

承香殿は内裏の後宮七殿《しちでん》五舎《ごしゃ》の一つである。天皇の数多い妃の中でも、ことに地位の高い女性が住まうことで知られ、年明け頃には当今・居貞の皇后である藤原娍子が移り住むと囁かれていた。

「女狐って……ちょっと、めったなことを言わないほうがいいわよ。承香殿に入られる皇后さまといえば、いまの帝との間に幾人ものお子を儲けてらっしゃる、ご威光著しいお妃さまじゃない」

「ふん。なにがお妃さまだよ。あの女は帝のご寵愛を奪われるのを恐れ、俺の育ての親の原子さまを呪い殺させたんだぜ」

「なんですって」

小鶴が叫んでから、あわてて自分の口を両手で押さえる。恐る恐る目だけを動かして頼賢を見つめ、「それは本当なの」と声を震わせた。

「ああ、まことさ。だって俺は、原子さまがいきなり鼻や口から血を流してぶっ倒れ、そのままお亡くなりになるのを、この目で見たんだからな」

藤原原子は、頼賢の年の離れた従姉。当時まだ東宮だった居貞の元に、十五歳の若さで入内し、不義の子として産まれた頼賢の養育に名乗りを上げた心優しい女性のはずだ。

「原子さまが入内したとき、あの女狐は二十四歳。すでに皇子を一人産んではいたものの、まだうら若い原子さまに東宮さまの寵愛が移るのが、恐ろしくてならなかったんだろ。親切そうな面をして、宮城じゃ陰に日向に原子さまに嫌がらせをし続けていたらしいぜ。局の渡殿《わたどの》にむさいものを撒《ま》かれたり、犬の死骸が殿舎《でんしゃ》に投げ込まれたこともあったらしい」

居貞の最初の妃・藤原綏子はとうの昔に実家に戻っており、当時、彼の後宮にいたのは原子と娍子の二人のみ。それだけに嫌がらせが誰の仕業であるかは、後宮では周知の事実だったという。ただ原子からすれば、すでに子まで生した東宮と娍子の間に、自分が割って入った遠慮があったのだろう。周囲の女房たちには口止めを命じ、東宮にも告げ口めいたことは一切行わなかったという。

「それだけで、原子さまのお心の優しさは分かろうってものなのに、あの女狐はどうしても原子さまが邪魔でならなかったんだろ。自分の乳母に命じて、原子さまを呪い殺しちまったのさ」

当時、頼賢は五歳。それでも原子が亡くなった日の有様は、忘れたくても忘れられない、と悔しそうに吐き捨てた。

「秋の最中だってのに、妙に生温かい風の吹く嫌な天気の日でさ。原子さまが、こんな日は髪でも洗ってさっぱりしたいと仰ったんで、女房たちはその支度を始めていたんだ」

まだ童子だった頼賢はその頃、原子の実の子同様に育てられていた。しかし原子がもろ肌脱ぎとなり、洗髪するとあっては、さすがに席を外さねばならない。

「さあ、こちらへ。貝覆《かいおお》い（貝合わせ）でもして遊びましょう」

女房にそう促されて立ち上がった頼賢は、背後で上がった甲高い悲鳴に足を止めた。

驚いて振り返れば、唐衣《からぎぬ》と袿を脱ぎ、小袖に袴だけの姿となった原子が、耳盥《みみだらい》を抱えるようにして倒れ伏している。その耳孔から流れ出した鮮血が、まるで華奢《きやしや》な彼女の身体に忍び入ろうとする真っ赤な蛇のようだった。

「いや、耳だけじゃねえ。驚いて走り寄れば、鼻からも口からもぼたぼたと真っ赤な血が流れ出してたな。すぐに典薬寮《てんやくりよう》から御医師がすっ飛んできたが、そのまま手当の甲斐もなく、原子さまはお亡くなりになっちまったんだ」

まだ二十二歳と若盛りの原子の死に、当然、後宮では不審の声が渦巻いた。折しもその当時、娍子の腹心である少納言ノ乳母が、息子の病のためと称して宿下がりしていたことから、疑惑の目は娍子のもとに集中した。しかし娍子は周囲からの疑いに対して、知らぬ存ぜぬと言い張り、結局、原子の死の理由はうやむやのまま、人々の記憶から忘れ去られてしまったのである。

「なによ。じゃあ、本当に娍子さまが犯科人《はんかにん》かどうか、怪しいんじゃないの」

小鶴が唇を尖らせる。その途端、頼賢は文机を拳で打ち、「馬鹿を言えッ」と声を荒らげた。

身をすくめた朝児には目もくれず、小鶴に向かって大きく身を乗り出した。

「原子さまはいつもころころとよく笑う、それはそれはお健やかなお方だったんだ。それがいきなり血を流してぶっ倒れるなんて、どう考えたって、普通じゃねえ。そうなると、原子さまを殺す理由のあるやつなんぞ、あの女狐以外、いないだろうが」

「まあ……確かに、そうなるのかしらね」

「俺はいつか必ず、あの女狐の化けの皮を引っぺがしてやるんだ。こういうことを言うと慶円さまは、恨みなぞは何も生まぬと眉をひそめられるんだけどさ。けど、俺が原子さまの仇を取らずして、いったい誰がそれを果たせるってんだ」

原子の実家・中関白家《なかのかんぱく》はすでに没落し、その兄弟姉妹も大半が鬼籍に入っている。ゆえに自分だけは原子の無念を忘れるわけにいかないのだ、と頼賢は顔を歪めた。

「なるほど、兵法書を読みたいと仰る理由、よくよく分かりました」

こほんと咳払いをした朝児を、頼賢はすさまじい勢いで振り返った。

「古しえより伝えられてきた書物の中には、あらゆる知識が詰まっています。もしかしたら学問をする中で、原子さまの死の謎の手がかりも見つかるかもしれません」

「ほ、本当かい」

「ええ、もちろんです」

学問が現実に対し、それほど直接的な効き目を発揮せぬことは、朝児自身、よく承知している。ただ十年も昔の原子の死を、いまだ昨日のことのように語る頼賢は、十五歳という年齢にしてはいささか直截にすぎる。

そもそも頼賢の話を聞く限りでは、本当に娍子が原子を殺《あや》めたかどうか、はなはだ心もとない。にもかかわらず娍子一人を仇と思い定める態度は、そのまま頼賢の視野の狭さを物語っている。多くの書物に触れ、自分や小鶴と語り合えば、この僧の知る世界はわずかなりとも広がろう。その過程で彼の恨みが少しでも和《やわ》らぐことこそが、慶円の真実の望みに違いなかった。

「では、頼賢どの。とりあえず今日は、我が家の文蔵をご案内しましょう。叡山の経蔵（仏典を納める書庫）にはさすがに及ばないでしょうが、それでも古今東西、集められる限りの書物を納めております。読みたい書物があれば、借りて行っても構いませんからね」

学問をどう役立てるかは、学ぶ者次第だ。しかし書物には、何でも記されている。他者を憎む虚《むな》しさ、罪を許す大切さ……そして人間の世々不変の営みと古しえより今日に至る歴史も、すべては本の中にある。

人は己自身の一生しか、体験することはできない。だが書物には、現実の生涯の中で触れることの叶わぬ経験と知識が無尽蔵に記されている。そして朝児自身、夫の不実に苦しんだとき、三人の子どもたちの育児に悩んだとき、救いとなったのは、書物に記された過去の人々の事績だった。

書物による救済を、この若い僧にも与えてやりたい。朝児は目顔で頼賢を促した。

「早くしないと、慶円さまが戻ってこられますよ。さあ、参りましょう」

簀子に落ちた秋の日は、甘葛《あまずら》を思わせるほどとろりと柔らかい。頼賢の袈裟を縁どる錦がそれを弾けさせ、朝児の目を眩しく射た。

上弦《じょうげん》

真っ赤な蜻蛉《とんぼ》がひと群、冬枯れた芒《すすき》の群をかすめて飛んで行く。吹く風の冷たさなぞ知らぬとばかり、ついと空高く舞い上がる機敏さに、簀子に腰を下ろしていた朝児は目を細めた。

万事、見栄えを気にする息子の挙周は、庭に奔放《ほんぽう》に生える芒を嫌い、毎夏、家従に命じて刈り取らせようとする。そんな中、せめてここだけはと残させた西ノ対の庭の芒に弾ける冬陽が、朝児の顔を眩しく照らし付けていた。

「今日は頼賢どのはどうしたのかしら。もう正午を過ぎたというのに、まだいらっしゃらないなんて」

蔀戸の奥から顔を出した小鶴が、首をかしげる。その目の前の文机に広げられた草紙には五、六首の歌が走り書きされ、推敲《すいこう》の跡が残っていた。

「確かにおかしいですね。何か事情が出来て、今日は慶円さまはお山を降りられなかったのかもしれません」

「けどそれなら、お使いの一人ぐらい断りに来てもいいのに」

唇を尖らせながら、小鶴は手許の筆を取り上げた。草稿に更に手直しを加える娘に目を走らせ、確かに、と朝児は胸の中で呟いた。

慶円の依頼を受け、朝児が頼賢に学問の手ほどきを始めてから、すでにふた月。朝児の予想通り、挙周と大鶴は道長を憚るのと同様に、権僧正たる慶円の威光もまた気にしているらしく、もはや頼賢については知らぬ顔を決め込んでいる。

一方で十五歳の頼賢は当初こそぶっきらぼうな態度を示したが、余計なことを詮索《せんさく》せぬ朝児と万事あけっぴろげな小鶴に少しずつ警戒を解いたのだろう。今では、水を向ければ叡山暮らしの様々をぽつぽつ語る程度には、朝児たちに親しんでいる。

もともと頭はいいらしく、『呉子』の読解にもさして手こずらず、先に先にと進みたがる。その性急さには、初めての講義に苦心する朝児が気圧《けお》されるほどであった。

ただ頼賢はともかく、師僧の慶円はすでに高齢である。冬を迎え、朝晩の冷え込みが厳しいこの季節、慶円が風病（風邪）でも引き込み、叡山を降りられなくなったことは十分に考えられた。仮にそうだとすれば、見舞いの一つも送らねばなるまい。慶円と親しい宇治の妙悟尼にでも尋ねてみるか、と朝児が考えたその時、従僕の秋緒が簀子の下に膝をついた。

「朝児さま、慶円さまがお越しでございます」

「まあ、こんな時刻にご到着なんて。寝坊でもなさったのかしら」

素っ頓狂な声を上げる小鶴を目で叱りつけながらも、朝児は胸を撫で下ろした。

慶円が叡山から都に降りてきたとなれば、当然、頼賢も供をしていよう。これほど遅くなった理由は不明だが、ともあれ今日の講義は無事に始められそうだ。

しかし秋緒はちらりと門の方角に目をやってから、「ただ」と戸惑いを面上に浮かべた。

「どうやら本日、頼賢さまはお供をしておられぬようです。それに慶円さまが是非、朝児さまにお目にかかりたいと仰せです」

頼賢を置き去りにしての訪問とは、もしかしたら慶円は、兵法書である『呉子』を頼賢に読ませていることに文句があるのだろうか。それとも朝児よりももっとふさわしい師が見つかり、頼賢をそちらに遣りたいとの断りか。

なんの前触れもない慶円の訪れと頼賢の欠席に、そんな不安がこみ上げる。だが急いで片付けた西ノ対に通されるや、慶円は以前と変わらぬ磊落な態度で円座を尻に敷いた。

「いやはや、北の方さまにはお礼を申さねばならぬわい」

と朝児に向かって、深々と頭を下げた。

「頼賢め。北の方さまや小鶴どのに親しくしていただいているのが、よほど楽しいと見えましてな。こちらから戻る牛車の中ではいつも、今日は何を学んだ、何を間水《けんずい》（間食）に出してもろうたと嬉しそうにしゃべり続けよります。おかげでお山での仏事や仏典の学習にも、別人の如き熱の入りよう……それもこれも北の方さまのおかげですわい」

「それはよろしゅうございました。それで本日は頼賢どのはどうなさったのですか」

「さて、それじゃ」

込み入った話になるかもしれないと考え、小鶴にはすでに席を外させている。それでもなお、慶円は白い眉を強く寄せて声を低めた。

「実は今日は、北の方さまのお加減が悪いらしいと嘘をつき、頼賢は叡山に残してまいりました。妄語戒《もうごかい》は僧侶にとって、犯してはならぬ五戒《ごかい》の一つ。出家の身でかような禁を破った拙僧を、どうぞお許しくだされ」

「――なにかあったのですか」

慶円ほどの高僧が、理由もなしに嘘をつくはずがない。身を堅くした朝児に、慶円はうむと頤《おとがい》を引いた。

「昨夕、右大臣さまのお使者が叡山に来られましてな。本日、拙僧が内裏に参入した後、自邸に立ち寄り、娘御に授戒を施《ほどこ》してくれとの仰せでしたのじゃ」

右大臣・藤原顕光《あきみつ》は、藤原道長の従兄。宮城では暗愚《あんぐ》と陰口を叩かれつつも、その血筋ゆえに太政官《だじょうかん》の顕職《けんしょく》にある男である。

「確か右大臣さまには、娘御がお二人いらっしゃると聞いておりますが」

「受戒させたいと言ってこられたのは、上の娘御の元子《げんし》さまじゃ。それ、亡き先帝の女御でいらっしゃった」

昨年没した懐仁（一条）帝には、皇后・定子、中宮・彰子をはじめ複数の妃がいたが、その中で元子は帝の寵愛乏しく、早くに実家に宿下がりをしてしまった幸薄い女御。それにもかかわらず出家を志すとは、元子は先帝のことをいまだ忘れられぬのだろう。同じく夫を失った身として、朝児はいささか肩身の狭いものを感じた。

しかし慶円はそんな朝児の感慨を振り払うかのように、「実は元子さまは身ごもっていらっしゃる」と低い声で続けた。

「は――はい？」

先帝が亡くなったのは、昨年六月。閏《うるう》十月も半ばの今、どう考えても計算が合わない。間抜けな声を漏らした朝児をまっすぐに見つめ、慶円は低い声で続けた。

「腹のお子の父御は、よりにもよって源頼定さまじゃと。すでに右大臣さまが夜ごと通うて来られる頼定さまを見咎め、一部始終を白状させたとのお話ゆえ、間違いなかろうて」

「つまり――」

「生まれてくるお子は、頼賢の腹違いの弟妹になる。やれやれ頼定さまというお方は、本当に罪作りなことばかりなさる」

一度ならず二度までも、女御さまを孕ませるとはのう、と呻いて、慶円はがしがしと頭を掻きむしった。

「右大臣さまは娘御の密通にお腹立ちでな。一昨日には自ら元子さまの髪を切り落とし、人前に出られぬお姿にしてしまわれた。おかげで先ほど拙僧がうかがってみれば、元子さまは身もだえして泣いておられるわ、右大臣さまは顔を真っ赤にして喚き散らされるわ、まあ大変な騒ぎでございました」

実のところ、天皇や東宮の妃であった女性が、後日、臣下の妻となる例は皆無ではない。たとえば現在の大納言・藤原実資《さねすけ》の亡き妻は、一度は師貞《もろさだ》（花山《かざん》）天皇の女御となったものの、天皇の出家に伴って実家に戻り、その後、実資と結ばれた女性。ただ並みの男が相手ならともかく、源頼定にはすでに、東宮女御だった藤原綏子を孕ませた過去がある。よりにもよってそんな男に身を任せた娘の自堕落《じだらく》さに、藤原顕光が激怒するのも無理はなかった。

それにしても頼定なる人物は参議《さんぎ》として国政にも携わっている癖に、よくよく恋多き男と見える。しかも普通の女では飽き足らず、帝や東宮の妃にばかり手を出すとは。

「さすがにこんな話を頼賢の耳には入れられぬ。それでしかたなく嘘をつき、あ奴は叡山に置いてきた次第じゃ。北の方さまを偽りの具に用いてしまい、まことに申し訳ない」

「いいえ、ご事情をうかがえばしかたありません。子は親を選べぬと言いますが、頼賢どのには気の毒なお話ですね」

「ああ、まったくじゃわい。右大臣さまはなんとしても二人を添わせるつもりはないらしく、拙僧が元子さまに戒を授けている間も、あのような男とは別れよ、とかたわらでずっと怒鳴っていらした。もし元子さまがおとなしくその通りになされれば、頼賢はこのまま何も知らずに済もう。北の方さまもそのおつもりで、しばらくはそ知らぬ顔をしてくだされよ」

「さて、うまくゆくでしょうか」

「なにせ前回、綏子さまを孕ませた際には、藤原家さまからの叱責に対し、自分は何も知らぬ関係ないと言い通した弱腰な御仁じゃ。右大臣さまにすべてが露見した今、やはり逃げを打ち、さっさと元子さまと別れることは十分あり得ると思うのじゃがなあ」

その場合、腹の子は元子の子どもではなく、右大臣家の末っ子として育てられるのだろう。頼賢同様、父母を含めた親族すべてから望まれぬ子が生まれることに、朝児は嘆息した。

「いずれにしても、頼賢どのの気持ちを無用に騒がせることもありません。ではわたくしは何も聞いていないことにいたしましょう」

だがそう慶円に約束してからひと月も経たぬ間に、思いがけぬ騒動が都に持ち上がった。出家したはずの元子が夜陰に乗じて自邸を抜け出し、源頼定と駆け落ちを果たしたのである。

「た、大変よ。母さま」

最初にその知らせを朝児の耳に入れたのは、長女の大鶴であった。

大鶴の主である藤原妍子は、先月、居貞《おきさだ》（三条）天皇の子を妊娠していることが判明し、年明けにも実家である東三条殿に宿下がりすると決まっている。このため大鶴は喪中の身にもかかわらず、しばしば東三条殿を訪れては宿下がりの支度を手伝っていたが、その日、広い邸内は寄ると触ると源頼定と元子の噂で持ち切りで、下従や水仕女の中にはわざわざ屋敷を抜け出し、元子の邸宅を見物に行く者までいるという。

大鶴の話によれば、頼定は元子が尼形にされてからも頻繁にその屋敷に通い、当の元子もまた、もはや人目を憚ることなく頼定を迎え入れる始末。そのふしだらに怒った父親の右大臣がついにたまりかね、「どこへなりとも行ってしまえ」と喚いたところ、元子はすぐさま待っていたとばかり家を抜け出してしまったという。

「出奔には乳母も同行しているらしく、お屋敷からは元子さまの身の回りの品がひと揃い消えていたんですって。だからそんなに遠くに行ったわけではないだろうと、みな話しているわ」

「待って、大鶴。噂がそんなに広まっているということは、お二人が行方をくらませたのは昨夜ではないのね」

朝児の問いに、大鶴はええとうなずいた。

「一昨日、つまり十一月十二日の夜だそうよ。そうでなくとも二十二日に行われる大嘗祭《だいじょうさい》のせいで、上つ方々は大忙し。そこに加えてのこの騒ぎで、右大臣さまは今にも倒れかねぬ憔悴《しょうすい》ぶりでいらっしゃるみたい」

大嘗祭は、天皇が即位後、初めて行う新嘗祭《にいなめさい》（収穫祭）である。数ある宮中祭祀《さいし》の中でももっとも格が高い儀式だけに、このところの公卿たちの多忙ぶりは常の比ではない。元子と頼定はそんな世情を承知し、すぐには追手がかかるまいと駆け落ちに踏み切ったのに違いない。

もっとも元子はともかく、頼定は仮にも従四位上参議の地位にある。当然、大嘗祭にも参列せねばならぬ身での出奔とは、あまりに思い切った行為である。

（しかも一昨日の夜となると——）

朝児は庭をはさんだ西ノ対に、目を走らせた。

次に頼賢が大江家に来るのは、明日。これまで慶円との約束を守って知らぬ顔をしてきたが、さすがにその時には、頼賢の耳にも父親の不祥事が届いていると考えねばなるまい。

（とりあえず調度《ちょうど》の類は、なるべく片付けておきましょう。ああ、それに書物も破られたりせぬよう、最低限のものだけ出しておくようにせねば）

朝児は荒事が苦手だ。だが頼賢の出自を考えれば、父親の二度目の過ちに、彼がどんな荒れようをしてもしかたがないとも思う。

しかし秋緒や紀伊ノ御に手伝わせて西ノ対を整頓したにもかかわらず、翌朝、大江家を訪れた頼賢の表情は普段となに一つ変わらなかった。息を詰めて見守る朝児にはお構いなしに文机の前に腰を下ろし、厨子棚や文台《ぶんだい》がないせいでがらんと広い室内を不思議そうに見回した。

「誰か方違《かたたが》いにでも来るのかい、朝児さま」

遠出などに際して行先の方角が悪いと占われた時、比較的方角のよい別の場所に移動してから、目的地を目指すことを方違いと呼ぶ。大江家のような貴族層では、他人の方違いに際して屋敷の一室を貸すこともあるだけに、普段と異なる室内に頼賢がそう勘違いしたのも無理はなかった。

「え、ええ。まあ、そんなところです」

ぎこちなく笑みをつくろう朝児に、小鶴が物言いたげな目を向けている。元子と頼定の駆け落ちの一件をすでに姉から聞かされていることは、疑うまでもなかった。

「ふうん、それならいいけどさ。なにせ昨日から慶円さまはもちろん、お山の衆がよってたかって腫物《はれもの》に触るみたいな扱いをしてくるんだ。まったく困っちまうよ」

返答に窮《きゅう》した朝児にはお構いなしに、頼賢は文机に頬杖をついた。団栗《どんぐり》を思わせる丸い目で朝児を仰ぎ、「朝児さまだって、聞いているんだろう？　俺の親父の話をさ」と明日の天気を取り沙汰するような口調で続けた。

「ええ、まあ。詳しくは存じませんが、あらましぐらいは」

「ふん。あんな色惚《いろぼ》けした奴のことなんざ、あらましだけでも十分だろ。だいたいあんな野郎に言い寄られて引っかかる女がいるってんだから、馬鹿馬鹿しいよな。齢だってそろそろ、四十が見えてきているはずだぜ」

顔をしかめて言い放つや、頼賢はまっすぐに背筋を伸ばした。それと同時に、文机に置かれていた書物を手早く開いた。

「どうしたんだい、朝児さま。さっさと講義を始めとくれよ」

もはや頼定の話なぞ終わったとばかりの態度に、朝児は狼狽した。

「え、ええと。今回からは料敵編に入るのでしたね」

と言いながら、手許に置いていた『呉子』をあわてて繰った。

「おいおい、しっかりしとくれよ。料敵編を読み始めたのは、前回だったじゃないか。俺はもう、次の治兵編まで先に読んできたのに」

「そ、そうでした。ごめんなさい。では、頼賢どの。前回の続きから読んでください」

「あいよ。——呉子曰く、凡《およ》そ敵を料し、卜《うらな》わず之と戦う者に八あり」

いざ敵と対峙した際、考えるまでもなく戦をしかけてもよい相手には八種類ある——という『呉子』料敵編を朗読する頼賢の顔には、朝児が案じていた怒りも苛立ちもない。それがあまりに意外で、朝児は書物に目を落とすふりをして上目遣いに彼をうかがった。しかし頼賢はそれに気づいているのかいないのか、読経で鍛えたと思しき朗々たる声で音読を続け、そのまま料敵編をすべてひと息に読み通した。

「よ、よく誤りもせずに読み通しましたね。さて、この料敵編はその名の通り、敵を観察することの重要性について説いています。そもそも呉子の生きた時代の戦いとは――」

おかしい。なぜ頼賢は実父の二度目の過ちに際し、動揺を見せないのだろう。平静をつくろって講義を行いながらも、朝児の頭の中はその疑問でいっぱいだった。

それとも頼賢は内心の怒りを押し殺し、素知らぬ顔を装っているのか。だとすればどこかでその不満を吐き出させてやらねば、いつどこでまたひどい暴れようをするか分からない。

そんなことを考えていたせいだろう。講義を終え、頼賢が慶円の車で帰っていった頃には、朝児は普段の比ではなく疲れ切っていた。脇息に寄りかかって、額を押さえる朝児に、「母さま、大丈夫」と小鶴が気づかわしげに近づいてきた。

「ええ、大丈夫よ。それにしても頼賢どのがあんなに落ち着いているなんて、思いもよらなかったわ」

「確かにねえ。けどあれは案外、強がっているわけじゃないのかもよ」

「それはどういう意味なの」

思いがけぬ小鶴の言葉に、朝児が問い返したときである。大路の方角で突然、うわあっと叫び声が起きた。一瞬遅れて、重いものがぶつかるような響きが地面を揺るがし、牛の鳴き声が交錯した。

驚いて跳ね立つ暇もあらばこそ、従僕たちが庭を横切って門の方角へと駆けてゆく。朝児はそのうちの一人を呼び止め、「どうしたのです」と問うた。

「は、はい。ご門前で網代車《あじろぐるま》が野良犬に吠え付かれ、驚いた牛が暴れ出したようです。幸い、屋形（人間が乗る牛車本体）は覆《くつがえ》らずに済んだようですが、轅が折れてしまい、難儀している様子でございます」

「それは大変。もしよろしければ、替えの車が整うまでの間、うちの車宿りに引き入れさせて差し上げなさい」

牛車の停車場である車宿りは、自邸の牛車に加えて、来客の車も止められるよう、広さだけはゆったりと拵えられている。壊れた牛車にどんな人物が乗っているのかは知らぬが、代わりの車を呼ぶまでの間、往来で人目にさらされ続けるのは気の毒にすぎる。

「それはさぞ、お喜びになられましょう。さっそくその旨、お伝えして参ります」

大急ぎで従僕が駆け出すのと前後して、よいしょ、よいしょ、という威勢のいい声が築地塀越しに聞こえてきた。近隣の家々から飛び出してきた男たちが屋形を支え、車を動かし始めているらしい。ぎいぎいという車の軋《きし》みが、時折そこに重なった。

牛車を曳く牛には、気性が穏やかなものが用いられるのが常。犬に吠えられた程度で暴れるようなしつけの悪い牛を使っているとは、乗っているのは低位の貴族なのだろうか。それともまだ日のあるこの時刻に出歩いているのだから、すでに致仕《ちし》（退職）したどこぞの隠居か。

車の軋みが次第に大きくなり、車宿りの方角でぴたりと止まる。それを待っていたかのように先ほどの従僕が庭に現れ、「あの、北の方さま」と呼びかけた。

「車宿りにお入りになられた方々が、ぜひお方さまにお礼を申し上げたいと仰せです。卑《いや》しからざるご人品とお見受けいたしますが、いかが致しましょう」

「車に乗っておられるのは、男君ですか」

「しかと改めたわけではありませんが、男君と女君、それにお供の女房どののお三方かと存じます」

牛車は最大四人まで乗れるものだが、前後に御簾を垂らしてしまえば、中の様子はよく分からない。それだけに従僕の返事が曖昧になるのもしかたがなかった。

「ここはどなたのお屋敷だとお尋ねがありましたので、先の丹波守兼文章博士さまのご邸宅だと申し上げました。そうしますと、それはやはりぜひ御礼をと重ねて仰せられました」

「わかりました。とはいえわざわざ車からお降りいただくのも申し訳ありません。ここはわたくしからうかがいましょう」

大江匡衡は生前はその文才ゆえに、あちこちの公卿から願文《がんもん》や奏上文《そうじょうぶん》の作成を頼まれており、その交誼《こうぎ》は驚くほど広かった。もしかしたら夫の知り合いかもしれないと、朝児は気やすい思いで車宿りへと向かった。

屋敷の正門脇、中門廊に接する形で建てられている車宿りは、三方を壁で覆った檜皮葺《ひわだぶき》の建物。牛車からそのまま中門廊に上がれるよう、板敷の廊が車宿りの隅まで長くせり出している。

その真ん中に留められた牛車は四方の金具は古び、ところどころ漆の塗りも剝げている。牛車の背後に控えた粗末な身形《みなり》の牛飼いに、朝児は素早く目を走らせた。

枯れた葦《あし》そっくりに痩せた老女が御簾の隙間から顔を出し、「あっ、こちらの女主さまでございますか」と叫ぶ。さようです、と応じるよりも早く御簾が上がり、三十五、六歳と思しき狩衣姿の男が、牛車の屋形の内側から朝児に頭を下げた。

その背後で扇で顔を隠している女が身にまとっているのは、唐草を織りなした鮮やかな緋錦の唐衣。同じく経錦《たてにしき》の狩衣姿の男とともに、古びた網代車には不釣り合いなほど華やかな身形である。それでいて彼らの背後に積み上げられた無数の葛箱や櫃《ひつ》が、ひどく所帯じみた気配を放っていた。

「難儀をしている最中にお助けいただき、まことにありがとうございます。大変不躾なお尋ねをいたしますが、亡き文章博士さまの北の方さまでいらっしゃいますか」

まさか御簾を上げ、直接、話しかけられるとは思ってもいなかっただけに、朝児は返答に窮した。だからといって女房を呼び、几帳を立てさせるのも大仰《おおぎょう》にすぎる。しかたなく朝児は扇で顔を隠し、「はい、さようです」と応じた。

「亡き文章博士さまには、宮城にて大変お世話になりました。ご子息の挙周どのとも儀式などの折、幾度となく御同席したことがございます。——時に北の方さま、本日は挙周どのは」

「はあ。何やらお手伝いせねばならぬことがあると、左大臣（藤原道長）さまのお屋敷に伺候《しこう》しております」

さようでございましたか、と男は明らかな落胆を顔に浮かべた。目鼻立ちは大ぶりで決して美形とは言い難いが、喜怒哀楽をはっきりと浮かべる面相には、ひどく親しみやすい気配があった。

「有体に申しますと、北の方さま。実は本日、わたくしが東京極大路を通ったのは、どこかで挙周どのにお目にかかれまいかと思うてでございました。それがたまたま犬に吠えかかられ、こうしてお屋敷に難を避けさせていただこうとは、まったく考えてもおりませんでしたが」

「息子にいかなる御用でしょうか」

朝児の口調が警戒を孕んだのに気づいたのだろう。男はなだめるように片手を上げ、いやいや、と陽気に笑った。

「胡乱《うろん》な者ではございません。風の便りに、わたくしの倅がこちらに出入りしているとうかがいまして。それは是非ご挨拶を申し上げねばと思うただけでございます」

倅との言葉に、朝児は眉を寄せた。

身形から察するに、目の前の男は有位の貴族だ。そんな人物の息子がわが家に出入りしていれば、朝児の耳に入らぬはずがなく、唯一の心当たりはと言えば自分が勉学を教えている頼賢しかいない。

「まさか――」

朝児が声を漏らしたのに、男は大きめの唇を嬉しそうにほころばせた。

「おお、北の方さまもご存知でいらっしゃいましたか。さよう、ただいま叡山に入っているわたくしの倅が、こちらさまで学問をお教えいただいているとやら。息子と申してもろくに顔を合わせたことすらございませんが、それでもわが子がお世話になっているのに変わりはございませんからなあ」

にこにこと頬をほころばす男――いや、源頼定の顔立ちは、鰓《えら》の張った頼賢の面《おもて》とはあまり似ていない。それだけに図々《ずうずう》しすぎる頼定の言葉がおよそ信じられず、朝児は絶句した。

だいたい頼定は頼賢が生まれたとき、その母親との関わりを否定し、無様なまでの逃げっぷりを見せたのではなかったか。それが今になって父親と名乗って出るなぞ、厚顔無恥《こうがんむち》にも程がある。

加えて現在、頼定は藤原元子と駆け落ちのまっただ中。だとすれば牛車の奥に座る女性こそ、妊娠中の元子に違いない。にもかかわらず二人して堂々と人前に姿を見せる大胆さも、朝児の理解を越えていた。

無言になった朝児に、頼定は一瞬、表情を引き締めた。だがすぐに、「さては北の方さまは、わたくしと元子さまの噂を聞いておられるのですな」と、秘密の話を打ち明けるかのように声をひそめた。

「こう申しては何ですが、元子さまの父君はいささか頭が硬うございましてな。これでもわたくしの父は成明《なりあきら》（村上《むらかみ》）天皇の皇子、母は西宮《にしのみや》左大臣 源 高明《みなもとのたかあきら》の娘……出自にしても参議という身分にしても、元子さまの夫としてなに一つ不足はございません。されど右大臣さまはとにかくわたくしが気に入らず、仲を裂こうとばかりなさるのです」

この時、低いすすり泣きが牛車の奥から流れ出した。頼定は大急ぎで膝行《しっこう》すると、深く面伏せて泣き崩れる元子を抱き寄せ、朝児の目も憚らず、その背を大切そうに撫でた。

「わたくしはただ、このお方と平穏に暮らしていければいいのです。しかしながら右大臣さまにこうまで疎まれては、いずれは宮城での勤めにも支障が出て参りましょう。まったく困ったものでございます」

宮仕えをする者は、下は末端の官司の下官から上は政を担う太政官の上卿《しょうけい》まで、みな勤務状況を厳しく管理されている。休暇を取る場合は事前の申請が必須であり、それらの手続きを経ぬ欠勤は、その後の出世にも影響を及ぼしかねぬ失態と見なされた。

駆け落ちが三日前となると、頼定はそれ以来、無断欠勤を続けているのだろう。とはいえ普段通り出仕をしようにも、参議である頼定は元子の父親・藤原顕光と同じ太政官の一員。如何に厚かましい頼定とはいえ、こんな状態で恋人の父と職場で顔を合わせることはさすがに憚られるはずだ。

（つまり――）

喉の奥にこみ上げてきた苦いものを、朝児はぐいと飲み下した。

この男がかつて見捨てた息子の縁を頼って大江家に来た理由が、ようやく分かった。要は頼定は大鶴や挙周に、藤原道長への口添えを頼みたいわけだ。

太政官の席次において、道長は藤原顕光よりも立場が上。加えて、先代・当代の帝に娘を奉《たてまつ》り、その権勢甚だしきこと満月の如き道長が仲立ちをすれば、顕光も娘と頼定の仲を許さぬわけには行かなくなる。

人とは愚かなもので、ともすれば己の身を第一に考えてしまうもの。ただそれにしても、頼定の自分本位は度を越している。しかもそんな男にひっかかり、子まで孕んでしまう女もいるとは、世の中とは本当に分からぬものだ。

「申し訳ありませんが、挙周はいつ戻るやら分かりません。事によっては、東三条殿に泊まり込むこともあり得ますが、ともあれ頼定さまがお越しになられた旨だけはお伝えしておきます」

「それはありがとうございます。わたくしたちはこれより、この乳母が親しくしております権律《ごんのりつ》師《し》・実誓《じっせい》さまの中御門富小路のお屋敷に身を寄せるつもりです。何事かございましたら、いつでもそちらにお伝えくださいい」

実誓は叡山僧でありながら洛中に邸宅を構えており、そこに愛人を囲っているとの噂もある素行の悪い人物である。そんな実誓の屋敷に身を寄せる仲ともなれば、元子の乳母こそまさに彼とただならぬ関係にある女性なのだろう。

主が主なら乳母も乳母だ。朝児は内心、そう呟いた。しかし頼定はそんなことにはまったく頓着せぬ様子で、今後の居候《いそうろう》先をくどいほど繰り返し、ようやく運ばれてきた新しい牛車に乗り換えて、大江家を出て行った。

日が暮れ切ってから戻ってきた挙周に一部始終を伝えれば、驚いたことに源頼定は昨日から今日にかけて、藤原道長の信頼厚い権中納言・藤原行成《ゆきなり》、道長の娘・皇太后彰子の右腕である皇太后宮太夫・源俊賢《としかた》などの屋敷を訪ね歩き、そのすべてで道長への口添えを頼んでいるという。

「なんとまあ、面の皮の厚い」

「まったくです。道長さまもほうぼうから届いたその話に、困った奴じゃなあとため息をついておいででした」

頼ってきたのが我が家だけであれば少しは同情もするが、まさか手あたり次第に取り成しを依頼していたとは。ほとほとあきれ返った朝児に、挙周は急に表情を引き締めた。

「しかし、母上もこれで少しはお分かりになられたでしょう。あの頼賢とやら申す坊主を家に入れるのは、いい加減におやめくださいませんか」

「なにを言うのです、挙周」

とっくの昔に諦めたと思っていた息子の文句に、朝児は声を尖らせた。だが挙周は母親の反発など承知だとばかり、「あまり外に出かけられぬ母上には、よくお分かりになられぬでしょうが」と続けた。

「世の中には人の弱みに付け込もうとする輩が、大勢いるのです。そういった奴らから身を守るためには、とにかく隙を見せず、ただただ危ういものを身辺から遠ざけるのみです。そもそもあの坊主さえ我が家に出入りしていなかったならば、頼定どのとてわたくしに仲立ちを頼もうとは思いつかなかったでしょう」

「道長さまがそなたに、頼賢どのの出入りを不快と仰ったのですか」

いいえ、と挙周はすぐさま首を横に振った。

「すでに頼賢の話はお耳に入っているはずですが、あのお方は特に何も」

「ならば、問題などないでしょう」

「母上」

どうして分からぬのだとばかり眉を吊り上げる息子を、朝児は睨みつけた。

匡衡と夫婦になって以来、大概のことは我慢してきた。しかし今回ばかりは、自分が堪えさえすれば済むという話ではない。

挙周は知らぬのだ。頼賢があの年まで、叡山でどれほどの孤独に耐えてきたかを。そして今この家で、どれほど楽しそうに勉学に励んでいるのかを。

もしここで頼賢の訪れを拒めば、年若い彼は傷つき、かつて以上の怒りと孤独に責め苛《さいな》まれよう。そんな知れ切った苦しみの中に、頼賢を追いやるわけにはいかない。一度つないで手を離すことは、差し伸べられた手を拒む以上に残酷な行為なのだ。

「今日はたまたまよかったものの、頼定どのが来られた折、頼賢が我が家にいたらどうなっていたことか。親子の情にほだされたあ奴から口利きを頼まれたら、母上も嫌とは仰れなかったのではないですか」

「頼賢どのはそんなお子ではありません。仮に今日の一件をわたくしが話したとしても、頼定どのに怒りこそすれ、それで心をほだされはしますまい」

小鶴は頼賢の態度を、「強がっているわけじゃないのかもよ」と評した。あの時はよく理解できなかったが、こうして目を吊り上げ、何としても頼賢を大江家から引き離そうとしている息子を前にすると、その意味がよく分かる。

同じ血が身体に流れていようとも、親子は結局、別個の人間。お互い分かり合えぬ点や許しがたい点があるのは、当然だ。そして父母から早くに見捨てられた頼賢はそもそも血のつながりになぞ微塵《みじん》も価値を見出せず、それだけに頼定の二度目の密通を知っても、特段驚きもしないのだろう。

しかし朝児の言葉に、挙周は軽く頭を振り、わざとらしくやれやれと呟いた。

「お言葉ですが、それはいささか甘いお考えです。いかにこれまで離れていたとはいえ、実の父親からの頼みをむげに断れる子なぞ、そうそうおりますまい」

馬鹿な、と朝児は胸の中で低くうめいた。赤子の頃から実の子同然に慈《いつく》しんできた息子に、これほどの失望を抱いたことはかつてなかった。

何としても朝児に言うことを聞かせようとする挙周はきっと、母と自分がまったくの他人であると理解できていないのだ。血のつながりを持たぬ挙周が朝児との仲を盲目的に信じ、血のつながりがある頼賢は頼定の挙動に微塵も関心を持たぬとは、親子とはなんと難しいものなのか。だが血縁や家のためにとの名目の下、互いの言動が束縛されるとすれば、それはもはやただの疎ましい軛《くびき》でしかない。

そう思うと頼賢が急にうらやましくすら感じられ、「とにかく」と朝児は震えそうな唇に力を込めた。

「頼賢どののことに関して、そなたの指図は受けません。それほどにあのお子が信じられぬのであれば、次に頼賢どのがお越しの際、今日の出来事を包み隠さず話してみようではありませんか」

「おお、そうしてくだされ。それで頼賢が頼定どのに少しでも同情を寄せるようであれば、あの坊主の出入りについて、考えをお改めくださいよ」

売り言葉に買い言葉、激しく言い合って自室に引き上げれば、室内には西ノ対から運び出した調度や書物が積み上げられ、足の踏み場もない。ああもう、と顔をしかめ、「誰か、手の空いている者はいないの」と朝児は忙しく女房を呼び立てた。

「これをすぐに元の場所に片づけておくれ。ああ、書物はわたくしが運ぶから、触らないように」

駆けつけてきた紀伊ノ御たちに矢継ぎ早に命じ、朝児は文机に積まれていた本を抱え上げた。それがいささか手荒に過ぎたのか、もっとも上に載せられていた一冊がずるりと滑り、折り癖のついた丁（頁）を開いて床に落ちる。

自らの迂闊《うかつ》に歯がみしながらそれを拾い上げ、朝児は古びた書物に目を落とした。ところどころに押紙《おうし》（付箋）が施された本は、『古今和歌集』。この家に嫁いだ後、朝児も幾度となく読み返した思い出深い書物であった。

今は小鶴が読んでいる最中らしく、押紙の中には比較的新しいものも混じっている。今にも草紙から落ちそうなそれを挟みなおそうとすれば、流麗な字で記された一首が目に飛び込んでくる。


——天の河　雲の水脈《みを》にてはやければ　光とどめず月ぞ流るる

詠み人知らずのこの作は、天の川にかかった雲が風に流されてどんどん動いていく様を、まるで月が流されて行くかのようだと詠《うた》ったもの。夜の光景をおおらかに切り取った一首である。

同じ空にかかる月と雲ですら、時に仲違いしたかの如く別の方角に流されてゆく。ならば同じ血を分け合った親子が異なることを考えたとて、何の不思議もない。そう気づけば美しい夜の景色を詠んだ歌の底に、多くの思いが渦を巻いているかのようだ。

頼賢は歌はなよなよして嫌いだと言っていた。しかしこの和歌を読ませれば、彼はどんな感想を抱くだろう。そんなことをぼんやり考えた五日後、いつもの如く大江家にやってきた頼賢は、源頼定にまつわる一部始終を朝児から聞かされるや、冷水を浴びせつけられたかのように顔をしかめた。まったくあの野郎、と吐き捨てて、ぐいと下唇を嚙《か》んだ。

「とはいえわたくしの息子や娘たちは、頼定どののご依頼に応えるつもりはありません。頼賢どの、それでよろしいですね」

だが、すぐに「ああ」と答えるだろうという朝児の予想とは裏腹に、頼賢は机に頰杖をついて考え込む顔になった。

「どうかしましたか」

「いいや。あの野郎、そんなあちこちに口添えを頼むぐらいなら、いっそ自分で道長さまのところに出向いて頭を下げりゃいいのにと思ってさ」

「さすがの頼定どのも、ご自分がどれほど道理に合わぬ真似をしていらっしゃるかはご存じなのでしょう。だからこそ誰かの口利きがなければ、東三条殿には足を向けられぬのかと」

「ふうん。ひどい腰抜け野郎だな」

そうぼそりと呟いたものの、頼賢はまだ何か考える面もちで床に目を落としている。その沈黙に朝児が不安を覚えた刹那、「あのさ、朝児さま」と頼賢はおもむろに朝児に上目を使った。

「その道長さまってお方は、うちの親父が何をしているか、もうご存じなんだろう?　だったら今、俺が会いたいってお願いしたら、すんなりお目通りを許して下さるんだろうか」

頼賢の言葉があまりに意外で、朝児はえっと声を上げた。そんな朝児をひどく真っすぐな目で見つめ、「俺、道長さまにお会いしたいんだ」と頼賢は繰り返した。

「待ってください、頼賢どの。それは頼定どのの今後について、口添えを頼むということですか」

「――ううん。まあ、そんなところかな」

道長は太政官筆頭の左大臣と藤原氏の筆頭を兼ねる、この国きっての権勢者。その屋敷には日々、陳情の官人が詰めかけているが、よほどの縁故ある人物でない限り、まず目通りは許されない。とはいえ血縁関係で言えば、頼賢は道長の甥に当たる。加えて現在、世間を騒がせている源頼定と藤原元子の駆け落ち事件に関してとなれば、道長もどうにか暇を見つくろって会ってくれよう。

しかしいったいどういう風の吹き回しで、頼賢はあれほど口汚く罵《のの》っていた父親のためにひと肌脱ぐ気になったのだ。何やら裏切られた気分に急かされ、「本当にいいのですか」と朝児は繰り返さずにはいられなかった。挙周に念押しされた言葉が川の流れのように胸をよぎり、こめかみがずきずきと音を立てて脈打った。

「こんなことでもなきゃ、道長さまには会えないだろうからさ。ああ、俺がこう言いだしたってことは、うちのお師匠さまには内緒にしておいてくれよ」

「当たり前です。お伝えできるものですか」

比叡山は古しえより、王城鎮護の大寺。天皇や東宮の身体鎮護を祈願《きがん》する護持僧や全国僧侶を統括する僧綱の僧官を多く輩出してきた大寺だけに、叡山の衆僧はみな天皇への敬意が厚い。このため叡山僧の中には、近年、専横《せんおう》の度を強める道長を毛嫌いする者も多く、半年前、道長が延暦寺に参拝した折には、何者かがその馬に礫《つぶて》を投げる騒ぎとなった。

もし頼賢が道長に面会を請うたと広まれば、この少年がまた叡山でまたどんな嫌がらせを受けるか知れたものではない。ただそれを承知しておろうにわざわざ道長に面会を求めるとは、人が親子の軛から完全に逃れるなぞ、やはりそう容易な話ではないのか。

「じゃあ、今度こちらにうかがった時、こっそり抜け出して道長さまの元に行こうぜ。慶円さまが迎えに来られるまでに戻ってくれれば、誰にも見咎められずに済むだろう?」

「……わかりました。ではまずはわたくしの昔の縁故を使って、お目通りを願いましょう」

まるで自分だけが高い塀の内側に取り残されているかのようだ。いつしか目の前の頼賢に自らを重ね合わせていたことに気づきながら、朝児は両手でこっそりと己の二の腕を抱いた。

深い落胆が辺りの光景を黒ずませ、庭を飛び交う蜻蛉の赤さがだけがひどく目に痛かった。


――昇り初《そ》めたばかりの朝日が、すっかり葉を落とした紅葉の枝を明るく照らし付けている。その足元に汚らしく丸まった枯れ葉までが、かりそめの命を吹き込まれたかのように曙光《しょこう》の色に染まっていた。

「おおい、頼賢。頼賢はどこだ。権僧正さまが都に降りられるぞ」

堂舎の建ち並ぶ斜《なぞえ》に響く大声に、法蔵の縁側に寝ころんでいた頼賢はのそのそと起き直った。枕にしていた書物を法蔵番の老僧に返し、目の前を流れる小川の水で顔を洗う。それからようやく「今、行くぞ」と怒鳴り、堂宇の間を縫って走り出した。

比叡山延暦寺は山頂から東峰にかけての森の中に、東塔・西塔・横川と呼ばれる三つの区画が点在する大寺である。それぞれの区域の中には更に五、六個の谷があり、併せて三千とも言われる堂舎が一帯にびっしり建ち並んでいる。頼賢が慶円に従って暮らす東塔東谷は延暦寺の本堂にもほど近く、いわば比叡山の中心地。それだけにほんのわずかな距離を急ぐ間にも、そこここの堂宇に起き居する者と否応なしに顔を合わせる羽目となる。

「こら、頼賢。おぬし、また僧房《そうぼう》（僧侶の宿舎）を抜け出しておったのか」

「さすがはあの父御の息子だ。どんなところにでももぐり込んで寝られると見える」

下卑た笑みを顔に貼り付けた低位の僧たちが、すれ違いざまにあざ笑う。ほざけ、と胸の中でわめき返して、頼賢は懐深くに納めた水晶の数珠をぐいと握り締めた。

嘲笑《ちょうしょう》や侮蔑《ぶべつ》には慣れている。父親の不行跡《ふぎょうせき》なぞ、今更、蚊に刺されたほどの痛みも与えはしない。それにも気づかず、いつも似たような言葉で自分を嘲る《あざけ》彼らに、頼賢はほとほと愛想が尽きていた。

「慶円さま、頼賢が参りました」

「ようやく来たか。よし、お山を降りるぞ」

急峻《きゅうしゅん》な比叡山は乗物での登り降りが難しく、年老いた慶円ですら山裾の里までは徒歩で下り、そこで牛車に乗り換えねばならない。

一行の先頭に立って斜面を降りながら、頼賢は今日の手筈を頭の中でなぞった。

まずはいつものように一条東京極大路の辻で慶円一行と別れ、大江家に行くふりをする。しかしその実、足を運ぶのは藤原道長の屋敷である東三条殿で、朝児ともそこで待ち合わせる約束を交わしている。このため頼賢はこの数日、宮城に向かう慶円たちとばったり辻で出会ってしまわぬよう、どの大路を通るべきかを詳細に検討していた。

大江家には立ち寄らず、朝児とも東三条殿で落ち合おうと決めたのは、頼賢の藤原道長への目通りが大江家の他の人々にも秘密だからだ。

この面会のために、朝児はきっと相当な手間をかけたのだろう。そう思うと祖母ほど年の離れた朝児への申し訳なさに、山を降りる足がおのずと速くなった。

加えて朝児は、自分が道長への目通りを希望した理由を、実父の不行跡を詫びるためと勘違いしている。その本当の理由を知ったなら、朝児はどれだけ悲しみ、怒ることか。もしかしたら、二度と大江家への出入りも許されなくなるかもしれない。

(けど——)

父の源頼定の二度目の密通は、頼賢にとってはまたとない好機だ。これを逃せば、自分のような日陰者《ひかげもの》が道長に会う機会は金輪際《こんりんざい》巡って来るまい。

内裏に向かう慶円を東京極大路で見送ると、頼賢は四囲を注意深く見回した。今日は東市《ひがしのいち》が立つ日とみえ、往来の人々はみな市のある南へと足を急がせている。その混雑に交じり、なるべく身を屈めながら二条大路南の東三条殿へと足を向けた刹那、すぐ傍らの築地塀の内側から、黒いものが弧を描いて飛び出してきた。

とっさに後ろにとびしさった頼賢の目の前で、飛来したそれは折しも大路を行く荷車の上に落ちた。一度、積み荷の上で弾んでから、そのまま地面に転がり落ちる。

どうやら、市での商いに行く途中の籠屋らしい。荷台に積まれていた竹籠が、音を立てて大路へとなだれ落ちる。一瞬遅れて、荷車の端に座っていた二、三歳の女児が、驚きのあまりうわあっと泣き声を上げた。

「ど、どうした。いったい何が起きたんだ」

荷車を曳いていた男が慌てて車を止め、顔を真っ赤にした娘を抱き上げる。

ますます大きくなる女児の泣き声を背に、頼賢はその場に這いつくばった。黒いものと見えたのは黒漆塗の大きな浅沓《あさぐつ》で、地面に落ちた衝撃のせいか、中央に白い亀裂《きれつ》が入っている。しげしげと眺めながらそれを拾い上げ、「なんだこりゃ」と呟いた。

浅沓は通常は革で作られる履物だが、目の前の沓《くつ》はどうやら桐製と見える。たまたま荷台に落ちたからよかったものの、あの女児に当たっていれば怪我の一つもさせただろう。

都の東端の大路である東京極大路沿いには、公卿の邸宅が多く建ち並んでいる。浅沓が飛んできた屋敷の築地塀は古び、ところどころ雑草まで生えているが、それでも有位の人物の住まいに変わりはあるまい。

荷車に乗っていた女児はいまだわんわんと泣き喚き、父親を狼狽させている。頼賢は沓を手にしたまま、十間（約十八メートル）ほど北にある門めざして駆けだした。折しも門前を掃き清めていた老翁の足元に沓を叩き付け、「おいッ」と怒鳴った。

「こんなものを大路に向かって投げるんじゃねえ。危ねえだろうが」

突然の怒声に、老僕は皺に埋もれた目を見開いた。だがすぐに沓を拾い上げると、「ちょ、ちょっとお待ちください」と言いおいて、邸内に駆け込む。待つ間もなくばたばたと足音を立てて戻ってくるや、額に汗をにじませて頭を下げた。

「主がお詫びをと申しております。どうぞ庭にお通りください」

大路に散らばった籠の様子から見るに、まだ父娘がここを立ち去るまでは時間がありそうだ。彼らの代わりに一言文句を言ってやろうと、頼賢は案内されるまま老僕に従った。

かつては豪壮《ごうそう》な邸宅だったのだろう。門内には幾つもの対ノ屋が建ち並んでいるが、いずれも古び、釣殿なぞは水の涸れた池に向かって崩れ落ちている。

大江家でも使っていない棟は荒れ、庭の手入れも行き届いているとは言い難かった。しかし目の前の光景は、到底その比ではない。庭木は長らく剪定されていないと見え、ほとんど藪と化している場所すらある。

こんな屋敷の主とは、どんな変わり者かと頼賢が不安を覚えたとき、鞾《かのくつ》（飾り付きの短い革靴）と先ほどの浅沓を片足ずつ履いた狩衣姿の男が階《きざはし》から立ち上がった。小脇になぜか蹴鞠《けまり》の鞠を抱えた、風采の上がらぬ痩せた四十男であった。

「脱げた沓のせいで、ご迷惑をおかけしたとやら。まことに申し訳ありませぬ」

言いながら男は小脇に抱えた鞠を叩き、「しかしこれで、『日本紀（日本書紀）』皇極《こうぎょく》天皇紀の正しさが証しできました」と楽しそうに笑った。

「ご存知ありませんか。かの書物によれば大織冠《たいしょくかん》・中臣鎌子《なかとみのかまこ》（藤原鎌足《かまたり》）は、法興寺《ほうこうじ》の槻樹《つきのき》の下で打毬《だきゅう》が催《もよお》された折、中大兄王子《なかのおおえのおうじ》（天智天皇《てんち》）の脱げた沓を捧げ奉ったのがきっかけで、その腹心となったとやら」

「あ、ああ。話だけはな」

いきなりの多弁に毒気を抜かれた頼賢に、そうでしょうそうでしょう、と男はいささか長めの顎を大きくうなずかせた。

「ただこれまでどれだけ鴨沓《かも》（蹴鞠用の革靴）を用いて鞠を蹴っても、なかなか沓が飛んでいきませんでね。さては打毬とあるのは蹴鞠ではなく、毬杖《ぎっちょう》（棒で玉を打つ遊び）の意味なのか。いやいや、まさか毬杖で沓が脱げることはありますまいなどと、あれこれ考えておりました。ところが浅沓を履いて鞠を蹴ってみれば、ほら、ご覧の通り。つまり中大兄王子は打毬の際、浅沓を履いていたと考えるべきなのです」

満足げに笑う男の顔には、年に似合わぬ稚気すら漂っている。その不釣り合いに不気味なものを覚え、頼賢は一歩後じさった。すると男はああと膝を打ち、「それどころではありませんでした」と急に表情を引き締めた。

「それで、大路では誰かに怪我を負わせましたか。だとすれば手当をさせなければ」

「いいや、怪我人は出ていないけどよ。ただ、通りがかりの籠屋があんたの靴に籠を崩され、ひどい迷惑をこうむっているぜ」

それは大変と呟くと、男は庭先に控えた老僕に、屋敷の中に入れて十分な詫びをするようにと命じた。それから頼賢をつくづくと見やり、「よくぞ教えてくれました」と頭を下げた。

「いいや、俺はたまたま通りがかっただけさ。分かってくれたなら幸いだ。じゃあな」

「お待ちなさい。そなたにもせめて何か礼をせねばなりません」

男は言いざま、狩衣の懐に手をつっこんだ。だがどれだけまさぐってもなにも入っていなかった見え、むむむと唇を引き結ぶと、やかましい音を立てて沓を脱ぎ捨て、傍らの殿舎へと身を翻した。

「やめとくれよ。別に褒美なんぞが欲しくて、ここに怒鳴り込んだわけじゃねえんだ」

「――ああ、あった。これにしましょう」

頼賢の制止なぞまったく耳に届いていない様子で、男は庇の間に置かれた机から分厚い紙束を取り上げた。ついで、あり合う反故《ほご》で真新しい筆をくるくると巻き、その上にぽんと置いた。

「つい先日、領国《りょうごく》より届いた鳥《とり》の子《こ》紙《がみ》です。筆はありあわせの品で申し訳ないですが、それでも唐国《からくに》より買い求めた上品《じょうぼん》……。御坊に進ぜますので、写経の紙にでもお使いください」

あまりに肉が乏しいため気づかなかったが、間近で見れば、男の背丈は天を突くかと思われるほど高い。さあ、と胸元に突きつけられた品を渋々手に取ると、一枚一枚が分厚い鳥の子紙の束はずっしり重く、降り注ぐ日差しを受けて、銀泥を施したかのように光っている。

こんな上等な紙を写経に使うのはもったいない。朝児に贈ればさぞ喜ぶだろうと、頼賢は思いついた。

「ありがとよ。じゃあ遠慮なくいただくぜ」

「ええ、どうぞどうぞ。書き心地のよさだけは、受けあいますよ。これまでさんざん色々な紙を使ってきましたが、これを用いてしまうともう元には戻れません」

「ふうん。あんた、そんなに書き物をするのかい」

男の右手の中指には大きな肉刺《まめ》が盛り上がり、手のひらには墨もこびりついている。叡山には経典の筆写を専門とする僧がいるが、食堂《じきどう》でたまに同席する彼らのそれとよく似た手であった。

「ええ、学問と書き物は我が家の家職ですから。――あ、もしかして学問はお好きですか。ではもしよろしければ、ぜひこれも」

止める間もなく再び庇の間に上がるや、男は今度は真新しい草紙《そうし》を摑んで戻ってきた。長い身体を二つに折るようにして、頼賢の顔を覗き込んだ。

「先だって敦賀《つるが》に来た宋《そう》の商人が持参した、『李賀集』でございますよ。さっそく買い求め、三部ほど筆写しましたので、よろしければ」

受け取ってぱらぱらと繰れば、中身はどうやら漢詩集らしい。ここのところ読んでいる『呉子』とはまったく異なるきらびやかな語句の羅列が、目の前の邸宅のみすぼらしさをますます際立たせた。

「あんた……いったい、何者だい」

恐る恐る問う頼賢に、男は虚を衝かれた顔になった。だがすぐににっこり笑い、「大した者ではありません。ただの不器用な学問好きですよ」と頼賢に草紙を押し付けた。

「ああ、ただ御坊自らに鳥の子紙をお持たせするのは、あまりに失礼ですね。誤って折れ目がついたり、破れてしまったりしてはいけません。荷物持ちも兼ねて、うちの者をお供させましょう」

なるほどその申し出はもっともだが、これから藤原道長の屋敷に行くのに、供連れともいかない。頼賢は束の間考えてから、「それなら」と切り出した。

「すまねえけど、これは七条東京極大路の大江家に届けてくれねえか。叡山の頼賢に頼まれたと言やあ、屋敷の者が受け取ってくれるはずだ」

自分でもいささか図々しい気がしたが、男は屈託なく紙束を受け取った。「大江家さまですね。わかりました」と、色白の顔をほころばせた。

「では間違いなく、お届けしておきましょう。——ですが、そなたさまとはまたすぐにお目にかかる機会もあるやもしれませんね」

男の言葉に、頼賢はわずかにひっかかりを覚えた。京の都に貴族は数多い。そんな中でもう一度この男と会うなぞ、よほどの縁がなければありえぬ話だ。

とはいえその理由をわざわざ問いただすのも憚られ、頼賢は中途半端に頭を下げて屋敷を出た。門の傍らには竹籠が積み直された荷車が寄せられ、先ほどの女児が機嫌のいい顔で笑っている。邸内に呼ばれたのか、父親の姿は見当たらない。あの老僕でも蜜がけの粔籹《おこし》でも与えられたらしく、甘い匂いがぷんと鼻先に漂ってきた。

「ちぇっ、寄り道をしちまった。朝児さまはさぞ待っていらっしゃるだろうな」

往来の雑踏をかき分けて向かった東三条殿は、築地の高さからして他邸の比ではなく、侍烏帽子《さむらいえぼし》に足半をつっかけた侍が門前で厳めしく四囲を睥睨《へいげい》している。括《くく》り袴の脛《すね》を剥《む》き出し、左右の袖を背で結わえた武張った身ごしらえに加え、黒漆塗りの太刀がひどく物々しかった。

手持ちの衣の中でももっとも新しいものを身につけて来たが、それでも簡素な裳付衣《もつけごろも》が場違いだったのだろう。頼賢の姿に、侍たちがそろって目を尖らせた。

東三条殿そのものは、代々、藤氏長者が受け継いできた私邸に過ぎない。ただ現在、帝位にある居貞（三条天皇）は母が藤原氏の女であったことから、この屋敷で生まれ育ったし、過去、内裏が焼亡した折、天皇がここを御座所《ござしょ》とした例も数え切れない。一方で道長は、宮城でさばききれなかった政務は屋敷に持ち帰り、かねて目をかけている官吏たちを呼びつけて、その処理を手伝わせている。いうなれば東三条殿は壮麗な内裏を助けるもう一つの内裏、天皇と深く結びついた藤原家の権勢そのものの表れであった。

「大江家の北の方さまとご一緒に、道長さまにお目にかかるお約束をしているんだい。さっさと通してくれよ」

「馬鹿を言え。いくら小童《こわっぱ》だからと言って、見え透いた嘘にゃだまされないぞ」

侍たちが一斉にどっと笑う。その途端、狩衣に身を包んだ小男がすさまじい勢いで屋敷の奥から駆けてきて、侍たちを突き退けた。

「頼賢とはおぬしのことか」

「これは、惟憲《これのり》さま――」

狼狽した面持ちで、侍たちがその場に膝をつく。だが惟憲と呼ばれた五十がらみの彼はそれには一瞥もくれず、頼賢の腕を引っ摑んだ。

「みなさまお待ちだ。さっさと来い」

「おい、放せよ。一人で歩けるからよ」

ふりほどこうとする頼賢に、惟憲はつんと形のいい鼻を蠢《うごめ》かせた。間近に見れば、およそ年齢には似合わぬ整った顔つきをした男であった。

「暗くて寒い山内しか知らぬであろうおぬしを、わざわざ案内してやっているのだ。つべこべ言わずに歩け」

すでに季節は冬にもかかわらず、邸内には小菊や紫苑《しおん》が咲き乱れ、気の早い椿まで花開いている。強い薫物《たきもの》の匂いがあたりに漂っているのは、周囲の殿舎から流れ出してきたものだろう。

振り返れば先ほどの侍たちは、今しもやってきた牛車を邸内に案内しようとしている。それと行き違うように別の牛車が車宿りから出て来て、ゆっくりと大路を去って行った。

渡殿や簀子を行き交う女房や家司《けいし》の足音、そこここの殿舎から響いてくる人々の話し声が、ひろい邸内をうわんと揺さぶっている。池に放たれた鯉までがその熱気に浮かされたように、大きな鰭《ひれ》をひらめかせて汀《みぎわ》を泳いでいった。

「大江家の北の方さまもすでにお越しだ。まったくおぬしのような輩にお目通りを許すとは、左《さ》府《ふ》（左大臣）さまもお心が広くていらっしゃる」

ぶつぶつ言いながら、惟憲は庭を回り込み、透廊《すきろう》を横に眺めながら一棟の堂宇に向かった。階《きざはし》の下でしつこいほど足を払わせてから、庇の間に頼賢を上がらせた。

部屋の端には几帳が立てられ、その裾から地味な袿がわずかに覗いている。朝児が帷《とばり》の間から顔をのぞかせ、ほっとしたように微笑んだ。

「よかった、無事にたどりつけましたか。なかなか来ないので心配していましたよ」

「おぬしが頼賢か」

朝児の言葉におっかぶせるように響いた声に飛び上がったのと、肉付きのいい初老の男がどすどすと床を鳴らして隣の間から出てきたのはほぼ同時。朝児が几帳の陰に身をすくめる暇もあらばこそ、男は唐織《からおり》の狩衣の裾を翻して、頼賢の目の前に胡坐《あぐら》をかいた。

「ふむ。間近に眺めれば、綏子によう似ておる。いかにも利かん気そうな目元なぞ、憎らしいほどそっくりだ」

そういう彼自身、男にしては濃いまつ毛に縁どられた目の光は強く、福々しい体格には似つかわしからぬ鋭いものを宿している。

頼賢はとっさに男を睨み返した。すると男はにやりと唇を歪め、はははと天井を仰いで哄笑した。

「なるほど、なるほど。これはいかにもわしの甥だ。下手をすれば倅の頼通《よりみち》どもよりも、よっぽど腹が据わっておるかもしれん。こうなると叡山如きに放り込んだのが悔やまれるわい」

頼賢の掌《てのひら》はいつの間にか、汗でじっとりと湿っている。頼賢はそれを素早く衣の腰で拭い、まだ笑いの余勢を頰に残した藤原道長の顔を上目でうかがった。

道長は摂政《せっしょう》関白太政大臣・藤原兼家の五男。藤原氏に生まれついたとはいえ、本来であれば一族の末っ子として、せいぜい太政官の末席程度にまでしか出世できぬはずの男であった。

だが父親についで、兄たちが相次いで亡くなり、目の上のたんこぶであった甥までもが落魄《らくはく》したことから、状況は一転。今ではこの国の政のすべてを掌握する権勢者として、都の童ですらその名を知らぬ者はいない。

「聞けばおぬし、赤染衛門に学問の手ほどきを受けているとか。まったく、我が家の娘どもですら叶わなかった贅沢をしよって」

聞きなれぬ名に、頼賢は几帳を顧みた。すると朝児が蚊の鳴くような声で、「赤染衛門とは、道長さまの北の方さまにお仕えしていた頃のわたくしの局名です」と道長の言葉を補った。

「さて。そんなかけがえのない師をせっつき、わしへの目通りを願い出たとはなにゆえだ。やはりあれか、ほとんど顔を合わせたこともない父親でも、その苦境は気がかりか」

どうやら道長は、気になることは全て問わずにおられぬ気性らしい。忙しく膝を揺さぶりながら、どうだとばかり身を乗り出す。その双眸《そうぼう》をひるまず見つめ返し、頼賢はきっぱりと首を横に振った。

「いいえ、違います。源頼定のことであれば、これっぽっちも興味はありません。あんな奴、どこで野垂《のた》れ死にしようが、知った話ではないです。それよりも道長さまにお願いしたいのは、私を宮中真言院《しんごんいん》付の従僧にご推挙いただけないかということです」

道長の目がわずかに細められる。同時に几帳の帷がばたりと揺れ、息を飲む気配が伝わってきた。

宮中真言院は宮城内、内裏の南西に堂宇を構える修法道場。弘法大師《こうぼうだいし》空海《くうかい》の奏上によって創建され、国家の安寧《あんねい》を祈願する後七日修法を始め、天皇の玉体安護や御悩平癒《ごのうへいゆ》など、国のための祈願を行わせるべく、高位の阿闍梨《あじゃり》を数名常置していた。

「それはまた思いがけぬことを申すな。おぬし、年は幾つになった」

「はい、十五歳です」

「その若さでは、叡山でさしたる竪義《りゅうぎ》（僧侶の学識を測る試験）も受けておらんだろう。真言院に詰める阿闍梨衆は、畿内諸寺より選りすぐられた高僧ばかりだ。おぬしの如き若輩者を、かようなお方に仕えさせるわけにはいかん」

「どうしてもなりませんか」

「しつこいぞ。身の程をわきまえろ」

手厳しい言葉を浴びせ付けつつも、道長の唇には薄い笑みが水に落とした墨のように、じわじわと浮かび始めていた。

「とはいえ、だ。何故かような願いを抱いたのか、話だけであれば聞いてやらぬでもないぞ。叡山での暮らしに飽きが来て、手っ取り早い立身出世を思いついたか。それとも師僧の慶円と反りが合わんか」

ぐいぐいと根問いしながら、道長は頼賢に向かって大きく身を乗り出した。

頼賢は官位官職を持たぬ身のため、さして道長に気圧されはしない。だが宮城に勤める官人ならば、こんな態度を取る道長に恐懼し、場合によっては胸の裡《うち》をすべて吐露《とろ》してしまうだろう。この男が左大臣にまで昇り詰め得た理由が、なんとなくわかる気がした。

「そうではありません。私はただいま帝の傍に侍っている女狐の化けの皮を、引っぺがしてやりたいのです。道長さまとて、姪御でいらっしゃる藤原原子さまがかつて恐ろしい女狐に殺められたとの噂はご存じでしょう。私はその事実を明らかにして、女狐を懲らしめてやりたいのです」

「頼賢どのッ」

朝児ががばと立ち上がり、几帳越しに青ざめた顔でこちらを見下ろした。

「何ということを仰るのです。まさか、そなた、最初からそれが目当てで道長さまに」

「もちろんだよ、朝児さま」

朝児が血の気の失せた唇をわななかせる。それでいてその面上には同時に、わずかな安堵も浮かんでいた。

「女狐、女狐か。なにせ宮城には山ほど狐が巣くっているのでな。それだけでは誰のことか、よく分からんぞ」

「当今の皇后、藤原娍子のことだよ。俺の養い親の原子さまを殺したのは、あいつの仕業に違いねえ」

それまでの丁寧な口調が、つい吹き飛ぶ。だが道長はそれを気にする風もなく、「なるほど。あの白狐か」と大きく膝を打った。

「白狐だって」

「ああ、おぬしは娍子さまに直にお目にかかったことはないか。あのお方は袿やお髪《ぐし》の色が、そのままお顔に映るのではないかと思われるほど、肌が白くておいでてな。それゆえわしは親しい者たちには、娍子さまを白狐と呼んでおるのよ」

現皇后につけるには、あまりに不届きな綽名《あだな》である。しかし道長はそれを隠す素振りもなく、懐から取り出した扇を手の中でもてあそび始めた。

「あの女子が相手となれば、わしの元に来たのは確かに慧眼だな。ふむ、こちらにとっても悪い話ではない」

娍子は居貞との間に多くの皇子・皇女を産んでおり、その寵愛は深い。ただ一昨年、次女である妍子を天皇のもとに入内させた道長からすれば、当今の古女房とも呼ぶべき娍子は目の上のたんこぶ。この夏、娍子が皇后に立てられた際には、宿下がりしていた妍子をわざわざその儀式の日に内裏に上がらせて宴を開き、娍子の立后の儀式に参加するはずの公卿を呼び集める嫌がらせまでしている。

「そうだろう、道長さま。ただあの女の身辺を探ろうにも、俺みたいな僧形がむやみに後宮をうろうろしちゃあ、一度で怪しまれちまう。けど真言院の従僧になっちまえば、色々なところに勝手に出入りできるじゃねえか」

頼賢の養い親だった原子は、藤原娍子、藤原綏子に次いで、三番目に当今のもとに上がった妃。存命であれば間違いなく妍子の妨げとなった女性だけに、道長はその死の謎自体については、さして関心はあるまい。ただ仮にも皇后である娍子が他の妃殺害に関与していたと明らかにできれば、その地位を剝奪し、娘の妍子を取って代わらせることもできる。

確かに、と道長は天井の隅に目を据えた。

「とはいえおぬしのような若い僧侶を真言院に配するのは、どう考えても唐突だ。こういう話は念には念を入れ、なるべく怪しまれぬ者を送り込まねばならぬ。あの白狐の父は、わが父・兼家の従兄である亡き左大将・藤原済時。正直、親の身分は低く、後ろ盾になる者とて参議に上ったばかりの弟しかおらぬくせに、あの女は帝からとにかく気に入られておるからな」

道長からすれば、自分の娘ではなく娍子を皇后に据えた天皇に対し、忌々《いまいま》しい思いがあるのだろう。荒々しく舌打ちをして、扇で己の肩を軽く叩いた。

「下手な真似をして、こちらまで波をかぶってはたまらん。とはいえ白狐が皇后となった今、原子の死を謎のままとしておくのはあまりに惜しい。——よし」

この時、どうと風が吹き、手入れの行き届いた庭の木々が大きく揺れた。吹き込んだ風にばたばたと揺れる几帳の端を手で押さえ、「赤染」と道長は朝児を呼んだ。

「いい折だ。おぬし、うちの妍子の女房とならんか。その上で、おぬしは頭病《ずや》み（頭痛持ち）で、数日に一度は遠縁の僧の加持を受けねばならぬことにしよう。そうすればこ奴が後宮に出入りしても、誰も奇妙には思うまい」

「ご冗談はおやめください、道長さま。今更出仕なぞ、わたくしには荷が重うございます」

朝児の応えは、ほとんど悲鳴に近い。道長はあきれ果てたとばかり、鼻の頭に皺を寄せた。

「おぬし、あまりに長い間、家に引っ込んでおったせいで、色々なことを忘れ果てたと見える。わしが戯れなぞ言わぬことは、よく承知しているだろうが」

真冬にもかかわらず、道長の顔は血色よく火照《ほて》っている。その勢いに呑まれたように、朝児が言葉に詰まる気配がした。

「心配するな。すぐにとは言わん。知っての通り、うちの妍子はようやく帝の子を孕み、年が明ければこの家に宿下がりすると決まっている。女房勤めを始めるのは、その後からでいいだろう。――おい、頼賢」

「は、はい」

「原子の死から、すでに十年が経つ。それほど長きにわたって、あの白狐を恨み続けてきたおぬしだ。これから更にもう半年余り待つことになっても、文句はないな」

道長が朝児を女房として雇い入れんとするのは、別に頼賢のためだけではあるまい。

娍子が帝との間に生した子は、男子が四人に女子が二人。生まれた皇子が次の天皇になれるか否かは、その子がどれだけの後ろ盾を有しているかにかかっている。娍子の父である藤原済時は藤原の一族ではあるが、ついに大臣になることはなく亡くなった人物。その息子は天皇の寵愛厚い姉の威光あって、すでに参議に登っているが、次なる天皇の後ろ盾になるにはあまりに不十分である。

それだけに今ここで妍子が男児を産めば、その子が道長の後押しを受け、天皇の座に就く公算は大きい。つまり道長はその時、国母となった妍子を支える人材として、朝児を欲しているわけだ。

ここで頼賢が否を言ったとしても、道長はあの手この手を使って朝児を雇おうとするだろう。ならばいっそ自分が傍にいた方が、朝児の役に立てるはずだ。

「わかったよ。それなら妍子さまが後宮にお戻りになるまで、待つとするさ」

道長はよしとばかり、両手を打ち鳴らした。几帳の向こうの朝児を顧み、「なあに、心配はいらん」と笑った。

「おぬしの娘もすでに妍子に仕えているし、かつての古なじみもまだ幾人かは後宮にいるだろう。夫に先立たれたといって家の中に逼塞していては、身形にも構わず、老け込んでゆくばかりだ。むしろこれを好機と思って、家の外にも眼を向けることだな」

道長は円座を蹴立てて立ち上がった。「惟憲、惟憲はいるか」と呼び立てるのに合わせ、先ほどの小男が庭の隅から駆けて来た。

「赤染どもを門まで送って行ってやれ」

と命ずるや、道長はまたしてもどすどすと足音を立てて部屋を出て行った。現れた時同様、少々蕪雑《ぶざつ》すぎる挙措であった。

「では、北の方さま。どうぞこちらへ」

惟憲は慇懃《いんぎん》な態度で、朝児をうながした。後に続こうとする頼賢を忌々し気に睨みつけてから、先に立って透廊を歩き始めた。

時に天皇の御座所にも用いられるだけに、この東三条殿で働いているのはいずれも目端の利く者揃いのはず。この惟憲という男もまた、道長の信頼厚い家司なのだろう。ただ、客に好悪を剝《む》き出しにする点が、いささか僭越《せんえつ》に感じられはするが。

透廊や簀子をたどる間にも、そこここの部屋ではあるいは家司たちが難しい顔を寄せ合って帳面を眺め、あるいは女房たちがばたばたと何かを運び出そうとしている。米か、それとも炭か。

巨大な荷を積んだ車が次々と曳き入れられ、雑色が慌ただしくそれらを蔵へと案内する。屋敷じゅうがうわんと音を立てるその賑わいに、頼賢はまるでこの邸宅自身が一つの町のようだと思った。

左大臣の屋敷でこの有様ならば、宮城は更に賑やかに違いない。幾ら実の娘も一緒とはいえ、おとなしい朝児がそんな場所で働くのは大変そうだと、遅まきながら心配になった。

「あのさ、朝児さま。妙なことに巻き込んじまって、ごめんよ」

恐る恐る背後から声をかけた頼賢を、朝児は困ったような笑みと共に振り返った。

「いいのですよ。実を言えば、以前から道長さまには請われていたことです。それにしても頼賢どのにはすっかりだまされました」

文句を言いながらも、朝児の眼差しは温かい。ごめんよ、と頼賢が再度詫びたとき、先を歩いていた惟憲がはたと足を止めた。

その肩の向こうを見れば、地味な紫の袿を薄様に重ね着した老女が、すっくと背をのばしてたたずんでいる。年は朝児とさして変わらぬだろうが、雪をいただいたかのように白い髪と真っすぐに引き結ばれた大きな唇が、頼賢の目を妙に惹いた。

「惟憲どの。おぬし、退きなされ。本日のこなたは、皇太后・彰子さまのお使いじゃ」

言いざま、惟憲を睨みつけた老女の視線が、朝児に流れる。それと同時に朝児があまと声を上げ、一歩、老女へと近づいた。

「これはお久しぶりです、藤式部《とうしきぶ》さま」

「なんと、赤染どのか。そなたが勤めを退かれてから、二十年……いや、二十五年になりますか。お互い、年を取りましたなあ」

謹厳実直《きんげんじっちょく》を絵にしたようだった老女の顔が、途端にほころぶ。とはいえそれは年を経た猫がにやりと笑うに似て、どこか物《もの》の怪《け》めいた表情であった。

「藤式部さまはお変わりなく、いまだ彰子さまにお仕えでいらっしゃるとか。後宮での日々はさぞ気が張りましょうに、相変わらずご気丈なこと」

藤式部は事もなげに、なにと言い放った。

「指折り数えれば、女房勤めを始めてからの歳月の方が、外にいた年月より長くなってしまいましたでな。それに一歩、宮城の外に出れば、あれが『源氏物語』の書き手よと指差され、気の休まる暇がない。それであれば慣れ親しんだ宮城におる方が、よほど楽というものです」

頼賢は胸の中で、あっと叫んだ。なよなよした物語は和歌同様に苦手だが、それでも貴族の子女に大人気の『源氏物語』の名ぐらいは知っている。

そういえばあの物語の作者は、道長の長女・彰子に仕える女房だったと聞く。ただ稀代の貴公子の栄華と恋を描いた話の筆者にしては、目の前の老女は色気も愛想もない。そのぶっきらぼうな物言いと相まって、まるでかさかさに乾いた古紙そっくりだ。

意外の念に打たれた頼賢には眼もくれず、「それにしても、最近はいかがしてお過ごしじゃ」と藤式部は続けた。

「はい。存知よりのお方に勉学を教えたり、娘に歌の手ほどきなぞして、それなりに忙しくしております」

「おお、それはよかった。お子も成人なさり、ご夫君も先立たれた今、赤染どののほどのお方が家に籠《こも》っておられるのはもったいない。一度、物語の一つでも書いてみてはいかがかな」

「そんな、わたくしには及びもつかぬ話です」

謙遜した朝児に、藤式部はいささか鼻白んだ顔になった。

「妙な遠慮はやめなされ。有体に申してな、『源氏物語』を書きながら、わたしは時折、赤染どののことを思い出しておったのじゃ」

「わたくしを、ですか」

「おお。お互い倫子さまにお仕えしていた折、女房どもがどんなに賑やかにしゃべり交わしていても、赤染どのはいつもその輪から少し離れて、同輩をじっと眺めておられた。あれほどに冷静な赤染どのであれば、わたしとはまた違う眼で世の中を見られるのじゃろうなあと思ってな」

「なにを仰いますか。それは買いかぶりというものです」

だが苦笑いを浮かべた朝児とは正反対に、藤式部の表情は真剣だった。

「いいや、そんなはずはない。当節、文章を書く女子は世に数多《あまた》おるが、あの清少納言にしても和泉式部にしても、所詮は己身の回りの出来事を書いているだけ。ではその他の読みものはと言えば、中身はいずれも滑稽《こっけい》な取るに足りぬことばかりで、腹立たしいかぎりじゃ。物語とは本来、この世の外の事を描くものではなかろうにな」

「そりゃあいったい、どういうことだい」

怪訝に思って口を挟んだ頼賢に、藤式部はいま気が付いたような顔で眼を転じた。

「なに、御坊は物語に興味がおありか」

「そんなものは一分たりともないけどよ。けど物語ってのは、とにかく面白ければいいんじゃねえのかい」

叡山の経蔵には、衆俗を仏道に導く方便として記された説話集が少なからず納められている。小難しい経典にはなかなか耳を傾けぬ者たちでも、わかりやすい物語に仮託すれば、仏法への信心を抱くようになるからだ。

仏像を壊した罰を受けて、牛に生まれ変わった男、強欲の咎で地獄に落ちた金貸し……人が物語に惹かれるのは、そういった物語の奇抜さと目新しさゆえではないのか。そう答えた頼賢に、藤式部は呆れ果てた面もちで、「賢そうな面構《つらがま》えの割に、つくづく愚かな御坊じゃなあ」と言い放った。

「御坊は物語の意義をしかと考えたことがなかろう。よいか。この世のいいことや悪いこと、美しいことに醜いこと。それを誰かに伝えるべく、手立てを尽くし、言葉を飾って文字で描いたものが物語じゃ。つまり紛《まご》うことなき真実が根になくては、物語とはすべて絵空事《えそらごと》になる。いいか。物語とはありもせぬ話を書いているふりをして、実は世のあらゆる出来事を紡ぐ手立てなのじゃ」

「ならばますます、わたくしには物語なぞ書けませんよ」

穏やかに口を挟んだ朝児に、藤式部はきっと眉を吊り上げた。焦れた様子で、いきなりどんと片足で床を踏み鳴らす。朝児がびくりと身をすくめ、半歩、後じさった。

「ええい、歯がゆい。赤染どの、そうでなくともそなたは大江家の北の方。あれほどの和歌の才に加え、数多の史書を読んで来られたそなたであれば、『源氏物語』を越える物語が書けることは間違いあるまいに」

「――さあさあ、藤式部さま。そのあたりにしてくだされ」

それまで無言だった惟憲がこの時、今にも朝児に摑みかかりそうな気配を見せた藤式部を制した。朝児と藤式部の間に無理やり身体を割り込ませ、早く行けと後ろ手に朝児をうながす。それとともに、目顔で背後の堂舎を指した。

「式部さまは本日、彰子さまのお使いでお越しなのでしょう。あまりお帰りが遅くなっては、彰子さまが案じられますぞ」

「お、おお。さようであった。それは確かに、惟憲どのの仰る通りじゃが」

惟憲の陰に隠れるように透廊を渡る朝児を、藤式部は悔しげに睨みつけた。もう一度、大きく床を踏み鳴らし、「忘れなさるなよ」と声を荒らげた。

「そなたさまが書くのにふさわしいのは、『源氏物語』の後を継ぐ物語じゃ。下手な絵空事なんぞにうつつを抜かしては、このわたしが承知しませんぞ」

頼賢は朝児の背を守るようにして、小走りに駆けた。幾つもの簀子や渡廊を過ぎ、遠目に南の大門を望むあたりまで来てから、「ありゃあ、いったいなんだい」とようやく背後を顧みた。

「俺は読んでいないけれど、『源氏物語』ってのはそれはそれは美しくて切ない物語なんだろ。その書き手があんな鬼みてえな婆さんとは、ちょっと興ざめだぜ」

「悪いお人ではないのです。ただ、昔から物語というものに熱心すぎて、誰に対してもあの通りでいらっしゃるのが困りものなのですが」

朝児は頼賢を促して、車寄せに向かった。待たせていた牛車に共乗りしながら、「ああ、それにしても」とため息をついた。

「頼賢どのがそこまで原子さまの仇を取ろうとなさっているとは、考えもしませんでした。とはいえ、わたくしを口実に内裏に出入りするとなれば、さすがに慶円さまには隠しておけますまい。いったいそれはどうなさるのですか」

「ううん。まあ、なんとかなるさ。朝児さまが実際に女房勤めを始めるまで、まだしばらくあるようだしよ」

そう答えながらも頼賢はすでに、どうやって娍子の所業を暴くかについて思い巡らせていた。原子の死への関与を疑われた娍子の腹心・少納言ノ乳母は、いまも変わらず宮仕えを続けていると聞く。皇后たる娍子に近づくことは難しかろうが、乳母であればまだ、偶然を装って知己となることも容易ではなかろうか。

(もしくは原子さまにお仕えしていた女房どもが、まだ宮城に残っていればいいんだけどな)

原子に傅《かしず》いていた女房のほとんどは、主の死に従ってそれぞれ勤めを辞めてしまっただろう。だがたとえば半人前の女童や位の低い青女房《あおにょうぼう》、もしくは樋洗童《ひすましわらわ》といった下働きの中には、いまだ内裏に留まり、別の主に仕えている者もいるかもしれない。

焦りは禁物だ。涙にくれることしか出来ぬ子どもだった日から十年かかって、ようやく内裏に入り込む手蔓《てづる》を得た。ここは用心に用心を重ねて、確実に娍子を追い込まねば。

娍子が生した皇子のうち、長男の敦明親王は藤原妍子と同い年で、すでに元服を果している。とはいえ来年、妍子がもし男児を産めば、敦明親王の将来は閉ざされ、一生を古皇子として終えるやもしれない。女の頂点である皇后に昇りつめた娍子を追い落とすのは、それからでも決して遅くない。いやむしろその方が、この十年、悔しさに歯がみし続けてきた甲斐があるというものだ。

思いがけない成り行きに疲れたのか、朝児は牛車の壁にもたれかかって、軽く眼を閉ざしている。やがて大江家に車が着くと、小さく頭を振って身を起こした。

「さて、慶円さまが迎えに来られるまでの間、少しでも机に向かいますか。いつもと違って、墨の香り一つ漂わせていないようでは、ご不審を抱かれましょうから」

確かにな、と応じて西ノ対に向かおうとした刹那、頼賢の名を呼ぶ声が庭から響いた。大江家の家従が走り出てきて、高欄の下から頼賢に布包みを手渡した。

「先ほど、菅原宣義さまのお屋敷より使いが参りました。これをこの家にお通いの御坊にとお預かり申し上げました。恐らくは頼賢さまのことではないかと」

覚えのない名に首をひねりながら開けた包みの中身は、艶《つや》のある鳥の子紙に書物と筆である。

ああ、と頼賢は膝を打った。

「なんだい。さっきの野郎はそんな名前だったのか。そういや、お互い、ちゃんと名乗りゃしなかったなあ」

「いま、菅原宣義さまと聞こえましたが。頼賢どのはお知り合いなのですか」

怪訝な表情になった朝児に、頼賢は東三条殿に向かう道中で起きた一部始終を語った。すると朝児は、「なるほど、それは実にあのお方らしい話ですね」と苦笑した。

朝児は普段、ほとんど化粧をしない。だが、さすがに道長に会うためであろう。珍しく紅をほどこした唇の両端に、きゅっと小さな皺が浮かんだ。

「宣義さまは、当代一の大学者。少々世情に疎くていらっしゃるのが難ですが、気のいいお方でいらっしゃいます。いずれ折を見て、お礼にうかがえば、また面白いお話が聞けることでしょう」

と、そこまで言いかけて、朝児ははたと言葉を切った。虚空を見据えて、眉をひそめたその姿に、頼賢は首をひねった。

「どうしたんだい、朝児さま」

「いいえ、もしかしたらわたくしの勘違いかもしれません。ただ――」

「ただ、どうしたんだい」

「ちょっと、西ノ対で待っていてください。上の娘に少し確認してきます」

朝児は頼賢の応えを待たず、あわただしく身を翻した。待つ間もなく小走りに戻って来ると、頼賢のかたわらに座り、「やはり、記憶通りでした」と荒い息をついた。

「菅原宣義さまには、もう二十年あまりも前から連れ添っている北の方さまがおいでなのです。いま娘に尋ねてみれば、そのお方は前山城守《さきのやましろのかみ》・橘輔正《たちばなのすけまさ》さまの上の姫君だとか」

「橘輔正って、そりゃあ誰だい」

朝児の表情は、先ほどまでとは別人の如く硬い。ちらりと周囲を窺《うかが》ってから、「そのお名前に聞き覚えはありませんか」と声を低めた。

「ああ、全然ないさ。俺に関わりがあるお人なのかい」

「はい。源頼定どのの北の方さまのお父上です」

とっさにその意味が分からず、頼賢は目をしばたたいた。すると朝児は念押しする口調で、

「つまり頼定どのと菅原宣義さまは、それぞれの北の方さまを通じての義兄弟というわけです」

と畳みかけた。

「とはいえ、頼定どのはご存じの通りの浮かれ男。ましてや頼賢どのの母君との関係に飽き足らず、またしても密通を働いているとあっては、北の方さまとのお仲がいいとは思えませんが」

頼賢は当然ながら、父親の正妻の顔なぞ見たこともない。ただ自分がろくでもない父のおかげで苦労しているように、きっとその北の方もまた余人には明かせぬ苦しみを抱いているだろう。そう思うと、実際に血のつながった父より、彼に振り回されている正妻の方がひどく近しく感じられる。そしてそんな女性を挟んで、先ほどのいささか間抜けな男が遠縁に当たるという事実に、不思議な親しみすら湧いてきた。

「ふうん。そりゃあ面白いや。ただ、俺がこれをいただいたのは、別に自分で使うつもりじゃねえんだ。朝児さま、よかったらもらってくれよ」

頼賢が紙の束を朝児の手に押しつけた時、門の方角が騒々しくなった。慶円が内裏での勤めを終え、頼賢を迎えに来たのである。

「ちぇっ。今日に限ってまた、早いご退出だなあ」

「待ってください、頼賢どの。こんな立派な紙を、わたくしがいただくわけには参りません」

庇の間に出ようとした頼賢に、朝児が追いすがる。頼賢は首を横に振った。

「けど俺がもらって帰っても、どうせ写経の紙にしかならねえよ。こんなに美しい紙をお山に眠らせておくのは惜しいじゃねえか。筆と草紙は俺がもらっておくから、朝児さま、使ってくれよ」

「頼賢、頼賢はおるか。権僧正さまのお迎えじゃぞ」

けたたましい呼び声は、慶円付の従僧たちのものだ。あいよ、とそれに怒鳴り返してから、頼賢は朝児を振り返った。

「ほら、さっきの婆さんも、朝児さまに物語を書けって言ってたじゃねえか。よかったら、その紙に書いとくれよ。そうしたら俺、最初に読ませてもらうからさ」

「もう、頼賢どのまでそんなことを」

朝児がむっとした様子で声を尖らせる。生真面目な朝児らしい反応にへへっと笑い、頼賢は足早に門へと向かった。

頼賢を拾い次第、すぐに叡山に引き上げるため、慶円の牛車は門内に曳き入れず、大路に停めたままになっている。焦れた表情の従僧たちにぺこりと頭を下げ、頼賢は一行の尻についた。すると東京極大路を北に歩み始めて間もなく、牛車の物見がからりと開き、「頼賢はそこにおるか」という慶円の声が聞こえてきた。

「はい、ここにおります」

懸命に伸び上がっても、物見窓の位置は頼賢の背丈より高い。それでもつま先立ちをしながら答えると、窓の奥にちらりと慶円の禿頭が光って見えた。

「北の方さまは息災でいらしたか。お子がたが左大臣さまと縁が深いとあっては、日々、なにかとお忙しくなさっているのじゃろうなあ」

慶円が朝児の安否を尋ねることはこれまで幾度もあったが、その息子や娘について触れるのは初めてである。奇異な思いで仰いだ窓の向こうから、深々とため息をつく気配が漂ってきた。

「実はなあ、頼賢。このところ、主上《おかみ》と左大臣さまのお仲がどうにもぎくしゃくしておいでなのじゃ。三日前に行われた大嘗祭の折、儀式を執《と》り行うはずの行事と小忌上卿《おみのしょうけい》が、突然、都合が悪いと申して参内《さんだい》なさらなんだらしい。主上はそれは左大臣さまの嫌がらせだと仰せになって、ひどくご立腹でなあ」

行事とは儀式を司る係、また小忌上卿とは祭礼に当たって神楽を舞う公卿を指す。どちらも天皇一世一代の大嘗祭には欠かせぬ、重要な役職であった。

ただ官人・公卿は身内に不幸が生じたり、内裏に行く途中で不吉な出来事に遭遇すると、これは身の障りだと判断して、出仕を慎んでしまう。それだけに上卿が急遽、大嘗祭に欠席することも決してあり得ぬ話ではなく、いかに晴れの儀式とはいえ、天皇ともなれば笑ってそれを許すだけの度量が要るはずだ。

もともと慶円は藤原道長と不仲である。だが当今はそんな事実には目もくれず、慶円の加持祈禱の験力を信頼して、彼を護持僧に選んだ。それだけに思いがけぬ慶円の慨歎に、頼賢はどう相槌を打つべきかと迷った。すると慶円はそんな弟子の逡巡《しゅんじゅん》を察した様子で、「わからぬか、頼賢」と続けた。

「そりゃあ、わし自身とて左大臣さまと仲がいいとはお世辞にも言えぬ。ただ、主上はわしの比ではなく、どうにも左大臣さまと反《そ》りが合わなすぎる。ご気性においてはまったく水と油じゃわい」

慶円は案外世渡りに長《た》けており、道長と反りが合わぬ一方で、その息子たちからは厚い帰依《きえ》を受けている。今年の春には是非にと乞われ、道長の三男・顕信《あきのぶ》の出家に立ち会いまでしたほどだ。それだけに慶円と道長は互いを嫌い合っていたとしても、それを公の場で剝き出しにすることはない。だが、「主上と左大臣さまはそうはいかぬらしい」と慶円は呟いた。

昨年帝位に就いた居貞は、三十七歳。いささか病弱な質らしく、事あるごとにやれ瘧《おこり》（マラリヤ熱）だの御熱だのと、慶円を呼び召して祈禱を行わせている。

ただ病弱は実は道長も同じであり、今年の五月には激しい頭痛を病み、あわや落命かと公卿たちが色めき立つ騒ぎとなった。

「血筋で言えば、主上の母君は左大臣さまの姉君。つまりお二方は、血を分けた叔父と甥でいらっしゃる。ならば両者むつみ合うて政を執られればよろしかろうにな。なまじご縁が深いゆえじゃろうか、どうにも互いのなさりようが苛立たしく感じられてならぬと見える」

頼賢は先ほど対面したばかりの道長の姿を、脳裏に思い浮かべた。自らの欲するところに向かって疾駆して憚らぬ道長にとって、反りの合わぬ帝はさぞ忌々しい存在と映っていよう。並みの相手であればたやすく追い落としもできようが、なまじそれが治天の君として仰がねばならぬ帝だけに、敵意もまた剝き出しになるのかもしれなかった。

(なるほどなあ。だから道長さまはあんなに易々《やすやす》と、白狐追い落としに手を貸してくださったわけか)

頼賢の仇は娍子一人。だが道長は彼女の罪を暴くことで、娍子を寵愛する帝を疲弊させ、その手から皇位を奪い取ろうと考えているのかもしれない。敵を切り崩すためには、どんな小さな隙も見逃さぬ道長の手腕に、頼賢はほとほと感嘆した。

「よいか、頼賢。大江家のお子がたは、左大臣さまと縁が深い。これから帝と左大臣さまの対立が更に深まれば、あのお屋敷で生臭い政の一端に触れることもあるやもしれん」

じゃがな、と続ける慶円の表情は相変わらず見えない。その代わりとばかり、師僧の法衣に織り込まれた金糸《きんし》銀糸《ぎんし》が、牛車の天井に小さな光を投げかけているのが分かった。

「おぬしはまず何をさておいても、御仏に仕える僧侶じゃ。どんなことを見聞きしたとて、それはすべて俗世のことと受け流し、自らの研鑽のみに努めるのじゃぞ。わしはおぬしを叡山一の学僧にしたいと願えばこそ、北の方さまにご無理を申し上げているのじゃ」

慶円の忠告は、すでに遅い。とはいえまさかそれを口にするわけにもいかず、はあ、と頼賢は不自然にならぬ程度の応えをした。

当今・居貞は十一歳で東宮となったものの、実際に天皇の座に就いたのは、それから二十五年も経ってから。しかも即位に際しては、前帝が藤原彰子に産ませた皇子・敦成を自らの跡取りとすることが定められており、天皇といってもその権力は弱い。

道長は一日も早く居貞を退位させ、自分の孫である敦成を帝位につけたいのだろう。そして居貞はそうはさせるかと歯を食いしばり、すでに老境に差しかかった道長の命数が尽きる日を待っているのに違いない。

そして今、自分はきらびやかな内裏で繰り広げられる政争のただなかに、なに一つ武器を持たずに飛び込もうとしている。道長は決して敵ではないが、さりとて味方でもない。頼賢が役に立たぬとなれば、弊履《へいり》の如く、簡単に見捨てるだろう。

（だけど――）

幼かった自分を守り、可愛がってくれた原子の容貌は、十年の歳月の間にもはや忘れ果てた。覚えているのはただ、原子の耳や鼻から流れ出した血の赤さと、うろたえる女房たちの悲鳴だけだ。

原子の死の謎を解き、仇を取れるのは、自分しかいない。そしてその覚悟だけを胸に、已はこれまで様々な人々から浴びせ付けられる嘲りを耐え忍んできた。師僧たる慶円への恩を忘れたわけではないが、原子への恩はそれに勝る。

ごめんよ、と胸の中で繰り返しつつ、頼賢はそれからも素知らぬ顔で大江家通いを続けた。一方で年が改まった一月十日、帝の子を身ごもった妍子が道長のもとに宿下がりをすると、朝児は数日に一度の割合で大鶴とともに彼女の許に出向き、その身の回りの世話を焼くようになった。せっかく頼賢が足を運んでも、朝児の不在ゆえに講義を受けられぬまま叡山に帰らねばならぬ折もあった。

　そんな時に頼賢の相手をしてくれるのは、姉や母の忙しさなぞ知ったことかとばかり、相変わらず読書三昧の日々を送っている小鶴であった。ただ小鶴は共に勉学に励みたいわけではなく、頼賢が幼少時を過ごした内裏の有様に興味があるらしい。暇を見てはあれこれしゃべりかけてくるため、どうにもやかましくてならない。

（ちぇっ、女ってのはこんなに口うるさいものなのかよ）

　そう疎ましく感じる一方で、小鳥のさえずりに似たおしゃべりは、頼賢がかつて過ごした原子の局を思い出させもする。

　昼夜となくそここで響く、女房衆の話し声。やれ花が咲いた、月が出たといってはころころと笑う、原子の声。

　大江家の西ノ対なぞ、もちろん華やかな後宮には及びもつかない。そう頭では理解しながらも、頼賢は小鶴とのやりとりに過ぎ去った昔を偲ばずにはいられなかった。

　一月中旬、東三条殿が火災に遭い、道長の主邸である土御門第に妍子が屋移りすると、朝児もまたそちらに足しげく通い始めた。新たな主である妍子の臨月が近づくにつれ、そのまろくに大江家に戻って来なくなった。

「こう忙しくちゃ、講義どころじゃねえだろう。お産が落ち着くまで、俺はしばらくこっちに来るのを遠慮させてもらおうか」

　お産が命に係わる大事であることぐらい、頼賢とて知っている。加えて生まれてくる子に道長がどれほどの期待を寄せているか分かるだけにそう申し出ると、朝児は疲れをにじませた顔をほころばせた。

「ありがとう、頼賢どの。正直に言えば、そうしてもらえると大変助かります。では妍子さまが無事に身二つになられ、少し日が経ちましたら、改めてこちらから叡山にお知らせします」

「わかったよ。けど、朝児さまも無理はするなよな」

「ええ。ですがいよいよお産が間近とあって、土御門第には腕利きの験者が召されるやら、上卿がたからのお見舞いが届けられるやら……その騒がしさは祭礼の日の大路もかくやの有様で、休んでいる暇なぞないのです」

女房も家司も大勢いるはずの屋敷で手が足りぬのは、最近、道長の孫である東宮・敦成が病で寝込んだり、道長の五男坊・教通《のりみち》の権中納言昇進が取り沙汰されたりと、一家の身辺がとかく騒がしいためだ。

「ことに教通さまのご昇進は、主上のお声がかりだそうでしてね。それというのも主上はご自身の側近である藤原懐平《かねひら》どのをどうしても権中納言にしてやりたくて、それと引き換えに道長さまにご子息の昇進を持ちかけて来られたのですって」

藤原道長と帝の不仲を知らなければ、朝児の言葉を聞き流したことだろう。へえ、そうかい、と頼賢は努めてさりげなく相槌を打った。

「二人が共に出世できるなら、悪い話じゃねえよなあ」

「けれど道長さまは、そんなことをしては中納言ばかりが増えてしまうと反対なさったそうなのです。おかげで土御門第の女房はみな、祝い事の準備をしていいやら悪いやらと困り顔をしていますよ」

この一件は結局、二人の権中納言昇進に加え、道長の長男である頼通が権大納言に出世する形で折り合いがついた。

道長からすれば、帝は自分のお気に入りを無理やり太政官に押し込もうとするわがままな人物と映っただろう。そして帝からすれば道長は、これを好機とばかりに二人の息子を出世させた油断ならぬ男と見えたはずだ。

(なるほどなあ。道長さまが帝を疎ましく思うわけだ。お互いどうにも相性が悪すぎらあ)

大江家まで聞こえてくる噂がこれなのだから、宮城の中では両者の対立は更に熾烈《しれつ》を極めていよう。そしてそれはすなわち、帝の寵愛厚い娍子と道長の娘である妍子の対立でもある。

(何としてでも、男の子を産んでおくれよ、妍子さま)

頼賢は顔を合わせたこともない従姉に向かって、心の中でそう呼びかけずにはいられなかった。

叡山の自坊を夜中に抜け出し、山内の各堂を巡ってその本尊に額ずいて、男児誕生を祈りもした。だが秋風の立ち始めた七月七日の朝、比叡山にもたらされたのは、昨夜、藤原妍子が女児を産み落としたとの知らせであった。

「女だって。そりゃあ、本当かよ」

「間違いないさ。道長さまが何度も女房どもに確かめていたのを見たんだからさ」

我が耳を疑った頼賢にそう告げたのは、安産を祈願する高僧を手伝うべく、土御門第に詰めていた叡山僧たちであった。

生まれた赤子が女児だったとの知らせに邸内は静まり返り、安産祈願のために雇われていた衆僧験者はいずれもいたたまれぬ面持ちでそそくさと帰路についたという。見送りに出てきた女房衆はもちろん、門を固めた侍までがそろって顔を青ざめさせていた、と僧たちは疲れをにじませた口調で語った。

「お産が近いと知った上卿がたが宵から押しかけてきたせいで、お屋敷はひどい賑わいぶりだったんだ。けどそれも、生まれたのが女君と分かるや潮が引くみたいに帰って行ったし、左大臣さまはあまりの腹立ちにご自室に引きこもり、家司どもに当たり散らしていらしてな。帰り際、怒鳴り声が塀越しに聞こえてきたほどだ」

生まれるのが男か女かは、蓋を開けてみなければわからない。それだけに道長の怒りようはどう考えても理不尽である。

しかしその憤懣は収まるどころか日を追うにつれて激しくなったと見え、叡山にはその後も、

「参内なさった道長さまが、宮城の内豎《ないじゅ》（下働き）の失態に目を吊り上げて怒鳴られたらしい」

「五夜の産養《うぶやしない》の際にみなに下される禄を、支度なさっておられなかったらしいぞ」

などという噂が続々と流れてきた。

赤子誕生の夜から始めて、三夜目、五夜目、七夜目、九夜目に親類縁者が集まって宴を行なう産養は、生まれた子の幸運と一族の繁栄を願う重要な儀式である。それだけに藤原氏に何の益ももたらさぬ女児のための盛儀が、道長には忌々しくてならなかったのだろう。

ただ道長がそんな有様となれば、産婦である妍子はもちろん、彼女に仕える女房たちはどれほど肩身の狭い思いをしていることか。それだけに頼賢は朝児の身を案じられてならなかったが、月が改まり、吹く風が日ごとに冷たくなっても、大江家からの使いはなかなか叡山を訪れなかった。

さすがに心配になった頼賢が、慶円をせっついて大江家に問わせれば、朝児は妍子が出産を終えて以来、ほとんど宿下がりもせぬまま土御門第に詰めているという。

「これは内裏で聞いた話じゃがな。妍子さまはお産からこの方、日夜、涙に暮れてお過ごしで、側仕えの衆も手を焼いておられるとか。北の方さまはそんな妍子さまを見るに見かね、身を粉にして働いておられるのじゃろう」

あの優しい朝児のことだ。それは十分考えられる。顔を曇らせた頼賢に哀れむ目を向け、「とはいえ、案じる必要はないぞ」と慶円は無理やりのように明るい声をつくろった。

「近々、帝は土御門第に行幸《ぎょうこう》なさり、姫ぎみと初めて対面なさる。久々に背の君に会われれば、妍子さまのお気持ちも少しは晴れようて」

幸い赤子は健やかで、すでに将来が楽しみなほど、くっきりとした目鼻立ちという。妍子の身体さえ回復すれば、母子は内裏に戻る。そうなれば朝児も自《おの》ずと暇になるはずだ、と言葉を続けかけ、慶円は不意に「痛たた」と頰を押さえた。

「どうなさいました」

驚いて膝行しようとする頼賢を片手で制し、顔を歪める。恐る恐る口を開けては閉じを繰り返してから、「もう大丈夫じゃ。大事ない」と肩の力をほっと抜いた。

「いや、この半月ほど、時折、奥の歯が痛んでならんでのう。心配はいらん。もう痛みは止まったゆえ、後で孔雀明王《くじやくみようおう》さまの護符《ごふ》を嚙んでおけば、程なく治るわい」

「またですか」

頼賢があきれ顔になったのは、慶円がこれまでにもしばしば歯痛で苦しんでいたからだ。ことに二年ほど前には、洞《ほら》が生じるほどに痛ませた奥歯が幾度加持を行なっても癒えず、医者上がりの役僧が無理やり押さえつけて、歯を抜く騒動となった。

頭痛に腹痛、疝気《せんき》に癪《しやく》……加持祈禱で癒える病は様々あるが、ことに歯痛は質が悪い。痛みが去ったと思ってもしばらくするとぶり返し、結局、七転八倒しながら歯を抜く羽目になる例がほとんどだ。

つくづく眺めれば、鰓の張った慶円の右頰がわずかに腫れている。この分ではいずれ一昨年と同じことを繰り返すのだろうが、残念ながらあの時、慶円の歯を抜いた役僧はすでにお山を降り、今は故郷の淡路《あわじ》に戻っている。

慶円さま、と頼賢はひと膝、師僧に詰め寄った。

「悪いことは申しません。どうせ痛み続ける歯なら、いまのうちに抜いてしまったらどうですか。なんでしたら、私が糸をつけて引き抜きましょう」

「馬鹿をぬかせ。おぬしなんぞに、恐ろしゅうて頼めるものか」

ぶるっと身を震わせてから、慶円はまた顔を歪めた。そのまましばらく肩で息をついていたが、やがて世にも情けない面持ちで上目遣いに頼賢を眺めた。

「とはいえやはり、抜いてしまった方がいいのじゃろうなあ」

「恐らくは。以前の例を思いますと、どうせまた苦しむ羽目におなりではと存じます」

「実を申せば、主上からも再々、同じことを勧められておってな。西京極大路の三条近くに、歯を抜くのがうまい媼《おうな》がいるらしい。昨年、主上が歯の痛みに耐えかねて呼び寄せてみたところ、毛筋ほどの苦痛も与えぬまま悪い歯を抜いてくれたそうじゃ」

「へええ。並ぶ者なき位におわすお方でも、痛むところは同じなのですね」

慶円が聞いてきたところによれば、その媼は元々はどこぞの邸宅で働いていた水仕女《みずしめ》。亡き夫が歯痛に苦しんでいたことから歯抜きがうまくなり、今ではそれを生業《なりわい》にしているという。

「息子が馬寮《めりょう》だか主計寮《しゅけいりょう》だかの雑色をしている縁もあり、宮城の官吏の間では西京極の多満女《たまめ》といえば知らぬ者はおらぬ歯抜き上手なのじゃと。その噂がとうとう主上の耳にも入り、御歯を抜かせることになさったわけじゃ」

「そんなお婆さまがおいでであれば、なにも迷う必要はないのでは」

今からでも参りましょう、と急き立てた頼賢に、慶円は恨めし気な目を向けた。

「おぬしはこれまで歯を抜いておらぬゆえ、気軽にそんなことを言えるのじゃ。糸をつけられ、ぐいと引っこ抜かれる恐ろしさを一度でも味わっておれば、もう少しわしを気遣うはずじゃぞ」

さりながら慶円自身、いつまた強い痛みが襲ってくるかと思うと、おちおち気が休まらぬのだろう。次の出仕日、いつものように内裏での祈禱を終えて郁芳門《いくほうもん》から出てくるや、物見窓をわず

かに開け、

「今日はまっすぐ叡山には帰らぬ。西京極大路を三条まで下れ」

と従僧たちに命じた。なにか続けようとして、鈍いうめきを漏らし、そのままあたふたと窓を閉ざした。

慶円がまたも歯痛に苦しんでいることは、すでに叡山じゅうの知るところである。それだけに頼賢はもちろん他の従僧も、慶円が悪い歯を抜きに行くのだろうと疑わなかった。

だが内裏を回り込んで右京《うきょう》に入り、西京極大路の辻を折れれば、辺りは繁華な左京《さきょう》が嘘のように田畑ばかりが広がっている。

もともと平安京は造営時、朱雀大路を挟んで東を左京、西を右京と名付けて街区を整えた。ただ桂川に近い右京は湿気が強く、少し雨が続けば、濁流が町に流れ込む。このためわずかでも財のある者は好んで左京に暮らし、右京の大半は田畑として用いられるか、さもなくば荒れるがままに放置されていた。

ことに西京極三条辺りといえば、嵯峨野《さがの》にもほど近いうら寂しい地。それだけに道の左右からあっという間に消えていった人家に、頼賢は他の従僧と本当にここでいいのかと顔を見合わせずにはいられなかった。

双ヶ岡《ならびがおか》に背を向けて道を急ぐうち、痩せた畑の向こうに小さな集落が見えてきた。近づくにつれ、その中でももっとも小さな一軒の門口に数人の男女が寄り集まっているのがわかる。薄汚れた水干姿の男からよしありげに被衣《かつぎ》をいただいた女まで、性別も身形も様々だったが、いずれも顔をしかめ、悄然としている点だけが似通っていた。

「おお、あれだな」

従僧の一人が、法衣の裾をたくし上げて駆け出した。小家の門口で人々をさばいていた男に近づくや、すぐに彼を伴って小走りに戻ってきた。

「これはこれは、権僧正さまのお越しとは恐縮でございます。わたくし、歯抜きの多満女の倅で、友成《ともなり》と申します」

ぺこぺこと頭を下げた小柄な男は三十がらみ。どこか病んでいるのではと思うほどどす黒い顔の中で、白目の青さだけが妙に際立っている。これがどこぞで雑色勤めをしているという男と見えた。

「あちらでしばしお待ちください。すぐに母を連れて参ります」

友成が指さす方角を見れば、古びた柴折戸《しおりど》の向こうに、四囲に広縁《ひろえん》を巡らした一軒が建っている。周囲の家々に比べていささか小綺麗なところからして、貴人の来訪時に用いる建物なのだろう。

先客がいるのか、柴垣のかたわらには質素な網代車が寄せられ、軛から放たれた牛がのんびりと草を食んでいた。

「どこのお人かは知らぬが、わしが車から降りては居心地悪く思われよう。庭の隅に車を寄せ、そこで待たせてもらおうぞ」

とはいえ権僧正である慶円の車は、網代車の屋形や袖に大きな八葉《はちよう》の文様《もんよう》をあしらった大八葉車。高位の公卿や僧侶にしか許されぬ牛車の訪れに、先客の側はすぐにこれは礼を尽くさねばならぬ相手と悟ったらしい。

身形のいい従僕が一人、小走りに駆けてきて、「いかなる大寺の御坊かは存じ上げませんが――」と慶円の車の前で腰を折った。

「わが主が、ぜひ家にお上がりいただくようにと申しております。わが主は車にて待たせていただきますので、どうぞお気になさらずとのことです」

「それはお気遣いいいただき、恐縮じゃ。されど物事には順序というものがござる。先にこちらに来られたのは、御主の方。後より参った拙僧は、これにて待たせていただくのが道理じゃろう」

歯痛に苦しめられてはいても、さすがは叡山にその人ありと言われた慶円である。自ら前簾を掲げて答えたのに、従僕は恐縮しきった顔で戻って行った。

小家は建物の規模の割に軒が深く、中にいる人物の姿まではよくうかがえない。従僕はその軒下に膝をつき、家の中に向かってなにやら話しかけていた。しかしやがて広縁に影が落ち、ひょろりと背の高い男が一人、沓をつっかけて家内から現れたのに、頼賢は目を瞠《みは》った。いつぞや藤原道長の元を訪《おと》った道中、大路に沓を蹴り飛ばした菅原宣義であった。

頼賢に気づいているのかいないのか、宣義は柴折戸に身を寄せ、慶円の牛車に目を注いだ。大きく一つうなずくと、迷いのない足取りで近づいてきて、

「このような場所でお声をおかけすることを、お許しください。比叡山の慶円権僧正さまかと拝察いたします」

とさして悪びれた風もなく問うた。およそ歯痛に悩まされているとは見えぬ、明晰な口調であった。

「うむ、その通りじゃ。して、そなたはどなたかな」

「これは失礼いたしました。わたくしは正五位下文章博士、菅原宣義と申します。今日は歯痛で苦しむ末の息子を伴って、こちらにうかがっておりました」

「ほう。まだ小さいお子が歯痛とは、お気の毒な」

慶円がそう応じるのを待っていたかのように、家の内側からか細い子どもの泣き声が聞こえてくる。それをちらりと振り返り、宣義はまったくですと首肯《しゅこう》した。

「とはいえ拝見したところ、権僧正さまの歯痛もずいぶん酷そうでございますな。もしよろしければ、どうぞ先に歯抜きの多満女にお見せください」

「そういうわけにはいくまい。そちらのお子が先じゃろうて」

「それが歯抜きの恐ろしさを乳母からさんざん吹き込まれたと見え、わが倅は先ほどから家の柱にしがみつき、なだめても脅しても動こうとせぬのです。権僧正さまが先に歯を抜き、平然とお帰りになられるのを見れば、少しは落ち着くのではと思うのですが」

なるほど、と慶円が応じた時、先ほどの友成が庭を横切って駆けてきた。額ににじんだ汗をしきりに拭い、「お待たせいたしました。母の手が空きましたので、お一方、どうぞこちらへ」と目顔で隣の家を指した。

「さような次第であれば、お子のためじゃ。先に手当てを受けさせていただこう」

そう言って車から降りた慶円の顔は、わずかに青ざめている。まだ覚悟が定まらぬうちに順番が回ってきたことに、怯えを隠せぬ表情であった。

なにせ加持祈禱が効かぬとなれば、残る歯痛の治療法は抜歯しかない。それに恐怖を抱くのは、大人であれ子どもであれ同じであった。

「ええ、ぜひぜひ。そうしていただけば、わたくしも助かります。――ところで失礼を承知でもう一つ、お願いがあるのです。権僧正さまがお戻りになられるまで、それなる御坊をしばしお貸しいただけませんか」

そう語る宣義の目は、ひたと頼賢に向けられている。驚いて半歩退いた頼賢と宣義を交互に見比べ、「こやつをじゃと」と慶円は呟いた。

「はい。見たところ、これなる御坊はお供の衆の中でもっとも年若なご様子。そんなお方より、歯を抜くのはさして怖くないと説いていただければ、倅もさらに安堵いたしましょう」

「なるほど、確かに道理じゃのう。歯を抜くのは、大人でもひどく怖いもの。ましてや幼きお子であれば、周囲がよくよく言葉を尽くさねば、なかなか得心《とくしん》はなさるまい。こ奴でよろしければ、好きなだけ使ってやってくだされ」

ありがとうございます、と低頭する宣義の横顔を、頼賢はまじまじと眺めた。

この男はいったい何を考えているのだ。父の頼定と宣義が義理の兄弟になる以上、頼賢にとって宣義は血のつながらぬ伯父。そんな彼の突然の申し出に、警戒の念がむくむくと胸の中に湧き上がった。

しかし慶円はそんな頼賢に気づくよしもなく、友成に導かれるまま、従僧を従えて隣家に歩み去った。宣義は馬のように長い面《おもて》を軽く俯《うつむ》けてそれを見送っていたが、やがて「では参りましょうか」とこぽこぽと沓を鳴らして歩き出した。

硬い表情で後に従う頼賢を振り返り、「それにしても、驚きました」とのんびりした口調で続けた。

「源頼定どのに他所で生した息子がいるとは、かねて耳にしておりました。ですがまさか、あなたがそのお子とは。大江家さまであれこれ話を聞き、ようやくそれに思い至りましたよ。都は広いようで、案外狭うございますなあ」

「あんた……何を考えているんだい」

「別になにも。ただわが妻の縁だけでたどって行けば、頼賢どのはうちの狛君《こまぎみ》の従兄どの。かようなお方の言葉であれば、倅も言うことを聞くやもと思いましてね」

近づけば子どもの泣き声は更に激しくなり、それをなだめていると思しき従者の声まで聞こえてくる。

宣義は無造作に沓を脱ぎ、頼賢をうながして階を上がった。

薄暗い屋内に目を凝らせば、七、八歳の少年が一人、妻戸の端にしがみつき、顔を真っ赤にしてしゃくりあげている。頼賢の禿頭が悪かったのか、更にひるみを顔に走らせた彼に、宣義はいささか大げさにため息をついた。

「これ、狛君。あまりにそなたが嫌がるから、後からお越しになられたお偉い僧正さまに、先に歯抜きに行っていただくことにしましたよ。そなたもいい加減聞き分けて、泣き止みなさい」

「けど、父上——」

狛君と呼ばれた少年の顔が見る見る歪み、大粒の涙が頬を伝う。まったくこれです、と宣義はあきれたように首を振った。

「こちらは、叡山においでのそなたの従兄どのです。せっかく初めてお目にかかるのにそんなに泣いてばかりいては、狛君はひどい泣き虫だと笑われてしまいますよ」

しきりにしゃくりあげながらも、狛君は上目遣いに頼賢を見た。

頼賢とて身に覚えがあるが、この年頃の童は年の近い年長者に憧れを抱くものである。宣義にとんと肩を突かれ、頼賢はしかたなく狛君の傍らに膝をついた。肩を引いて胸を張り、「初めてお目にかかるぜ、狛君どのとやらよ」と笑ってみせた。

「俺は比叡山で、慶円さまって権僧正さまにお仕えしているんだ。その慶円さまが歯を病まれてしまってよ。それでここを訪ねたところ、たまたま宣義さまに行き会ったたってわけだ」

頼賢の乱暴な口利きが珍しいのか、狛君は顔を涙で汚したまま、きょとんと眼を瞠った。馬面の宣義にはあまり似ず、涼し気な目元が愛らしい少年であった。

「叡山の御坊でも、歯痛になられるのですか」

「おうよ。俺はまだ罹《かか》ったことがないが、歯痛ってのはどんなお偉い方でもなるらしいぜ。ここだけの話、内裏の奥の奥にお住まいの主上だって歯痛に苦しんで、ここの婆さんの世話になっているんだと」

「本当ですか」

痛みに苦しめられたり、恐ろしい歯抜きをせねばならぬのが自分だけではないと知って、安堵したのだろう。強張《こわば》っていた狛君の頬から、わずかに力が抜けた。

「並ぶ者なき御位におわす帝だって、つまりは俺たちと同じお体をしてらっしゃるんだ。だとすりゃあ歯を抜かれる時には、今のおめえみてえにぶるぶる震えあがられたのかも知れ――」

これはさすがに言い過ぎだったらしい。宣義がごほんと咳払いをして、頼賢をさえぎった。

「もうわかりましたね、狛君」と言いざま、頼賢と狛君の間に身体を割り込ませた。

「歯抜きとは決して、恐ろしいものではありません。得心したのであれば、あちらの井戸で顔を洗っていらっしゃい。そんなに汚れた面では、人前に出られますまい」

「はい、父上」

従僕に導かれて階を降りながら、狛君はこっそりと頼賢を振り返った。それににっと笑いかけた頼賢に、宣義が太い眉をひそめた。

「よりにもよって主上を引き合いに出すとは。あなたは口の利き方というものを知らぬのですか。こんな若人《わこうど》が御弟子では、慶円さまもご苦労が多いことでしょう」

「なにを言うんだい。書物の真偽を検《あらた》めるために、わざわざ沓を飛ばすあんたにゃ言われたくねえよ」

「真偽、真偽ねえ。それを申さばあなたとて、古きことを掘り返し、事の真偽を検めようとしているのではありませんか。わたくしに文句を申す筋合いではありますまい」

なに、と呟いた声がかすれる。腰を浮かした頼賢にはお構いなしに、宣義は剝き出しの土が目立つ庭に目を向けた。

ろくに手入れもしておらぬのだろう。葉だけを疎ましいほどに茂らせた芒《すすき》の叢を、乾いた秋風が小さく揺らしていた。

「風の便りによれば、最近、大江家の北の方さまは宿下がり中の中宮姸子さまの女房として、土御門第に出入りしておられるとか。わたくしも存じ上げておりますが、あの北の方さまは慎ましく、およそ宮仕えには向かぬお人柄です。大姫（姉娘）がすでに姸子さまにお仕えしているところにもってきて、すでに老齢の母御までが今更それに倣《なら》うとは、いささか合点が参りません」

ですがそれもこれも、あなたを軸に考えてみれば納得が行くのですよ、と続けた口調は、これまでと何一つ変わらない。にもかかわらず頼賢は、冷たい手が己の尻から背を撫で上げていったような気がした。

「わたくしの言葉が誤っているのなら、教えてください。あなたは育ての親である藤原原子さまが誰に殺《あや》められたのか、すでに確信を抱き、その事実を明らかにせんとなさっておいでなのですね」

「あんた……何を企《たくら》んでいるんだい」

菅原宣義は世情に疎い学者だと、朝児は言った。しかしこれでは世情に疎いどころか、他人の身辺を嗅ぎまわる野良犬ではないか。頼賢はいつでもこの場から駆け出せるよう、小腰を浮かせた。

「いいえ、何も。わたくしはただ知りたいだけなのです」

「嘘をつけ。ただの好奇心にしちゃあ、度が過ぎているだろうが」

語気を強めた頼賢に、宣義はわずかに目を細めた。それと同時に、それまでののらりくらりとした面差しが急に翳《かげ》り、尖った鼻梁《びりょう》の脇に薄い影が兆した。

「違います。わたくしは本当に、知りたいだけなのです。世の中で何が起きて、何が起きていないのか。たまさかにこの世に生まれ落ちた身なればこそ、わたくしはただそれをこの目で見極めたいだけなのです」

「そりゃつまり、野次馬ってことかよ」

頼賢は眉を吊り上げて、宣義の言葉をさえぎった。しかし宣義は再度、違います、と繰り返し、小さく首を横に振った。

「そなたさまも大江家さまで学問をしておられるのであれば、世の中に史書なるものがあるのはご存知でしょう」

急に変わった話の矛先に、頼賢は宣義が自分を煙《けむ》に巻こうとしているのだと思った。しかし
「てめえ――」といきり立つ頼賢を片手を上げて制しながら、

「過去の出来事を記録した史書には、すべてが描かれているのです。時の政の是非から、天変地《てんぺんち》変《へん》、果ては時の民草《たみぐさ》の考えていたことまでがみな」

と、宣義は静かに続けた。どこかに書かれていることを読み上げるにも似た、落ち着き払った口調であった。

「ですがこの国で神代《かみよ》の昔より書き継がれてきた史書は、今から百年ほど前にわたくしの高祖父が編纂した『日本三代実録』が最後となってしまいました。以来、本邦の出来事を記した正史はありません。それゆえ文筆の家に生まれた者の宿業として、わたくしはこの国で起きたことのすべてを自らの目で見極めねばと思い定めているのです」

「すべてって――そんなこと、どう考えたって無理だろうが」

『日本紀』の記述の正誤を確かめるため、わざわざ庭で蹴鞠を行う男だ。こんな無謀を思いついても不思議ではない。しかしいずれにしたところでこの世のすべてを見極めようなぞ、考えることがあまりに突拍子にすぎる。

「いいえ、無理ではありません。誰かがそれを為さねばならぬのです。そうしなければ、後の人々が我々の生きた時代を顧みた時に、この世には我々なぞ存在しなかったことになってしまいます」

「そんなことはねえだろう。大げさな」

「ではお尋ねしますが、なぜ我々はこの国をしろしめす天皇を主上と仰ぎ、その傍に侍る太政官に政《まつりごと》を委《ゆだ》ねているのですか。比叡のお山を都の鎮護《ちんご》と仰ぎ、伝教大師《でんぎょうだいし》（最澄《さいちょう》）さまをその開基《かいき》と崇《あが》め奉っているのですか。それもこれもすべて古しえの人々が記した史書が今の世に伝えられ、我々が日々見聞きする事柄の始まりを教えてくれていればこそでしょう」

つまり、と続ける口調はいつしか、頼賢に講義を行う際の朝児のそれと、どこか似通っていた。

「史書とはただ過ぎ去った日々を記しただけの、退屈な書物ではありません。いま生きる我々が何者であるかを告げ知らせ、生きるべき道を教えてくれる何にも代えがたい道しるべです。世の人々は昨今、末法《まっぽう》の世が近いと言ってはしきりに嘆いておられます。ですがわたくしに言わせれば、読み継がれるべき史書の存在せぬこの百年は、末法以上に嘆かわしい世でございますよ」

仏典によればこの世は、釈迦が説いた教えが正しく世に流布《るふ》し、修行者が悟ることができる「正法《しょうほう》」の世、教えは説かれるものの修行者が悟ることができない「像法《ぞうほう》」の世、更に修行者が絶え、誰一人として救われない「末法」の世に大別できるという。一説にその末法の世は、これから四十年ほど先から始まると囁かれており、都の公卿には寺院を建立したり経塚を築いたりすることで、無明《むみょう》の世の中で御仏の救いを得んと足掻《あが》く者も少なくなかった。

史書が記されぬ程度のことを末法の世と比べるなぞ、叡山の衆僧が聞けばなにを馬鹿なと嘲るだろう。だが宣義の表情は生真面目で、およそ冗談を言っているとは思い難い。こいつ、と頼賢は頬を引き締めた。

朝児が折に触れて話すせいで、頼賢もこの国のおおまかな来し方ぐらいは承知している。本邦の歴史書の始まりは、まだ都が奈良にあった古しえに編纂された『日本紀』。その後に作られた、主に奈良の都での出来事を記した『続日本紀』、この平安京に都を移した桓武《かんむ》天皇からその第三皇子たる淳和《じゅんな》天皇の治世について記した『日本後紀』、仁明《にんみょう》天皇の事績をまとめた『続日本後紀』、文徳《もんとく》天皇の事績を記した『日本文徳天皇実録』、大学者・菅原道真が宇多《うだ》天皇の命令で編纂した『日本三代実録』の五つと合わせ、計六つの史書が日本の正史とされている。

今から七十年ほど前には、撰国史所《せんこくししょ》なる役所が設置され、『日本三代実録』に続く国史編纂が試みられもした。しかし結局、七番目の史書は完成せぬまま、撰国史所は解散。それというのもこの時期から、天皇や公卿を始め、太政官の実務官僚の間に、それぞれで日記をつける習慣が広まっており、なにもわざわざ手間暇かけて史書を作らずとも、貴族たちは好きな時に過去の事例を調べられるようになっていたからだ。

加えて『日本三代実録』の編纂者である菅原道真《すがわらのみちざね》は、国史編纂の一方で、過去の史書すべての分類を宇多天皇から命じられてもいた。その結果作られた『類聚国史《るいじゅうこくし》』二百巻は、『日本紀』から『日本文徳天皇実録』までのすべての記事を神祇《じんぎ》・帝王・音楽・歳時など十八の項目に分類・再編集し、かつての出来事を条項ごとに調べられる便利な書物。そのあまりの手軽さから、出来事を時代順に並べた史書なぞもはや古臭いとする風潮は、今日ではごく当たり前のものとなっていた。

頼賢自身、初めて朝児からなにを読むかと問われた際に兵法書を選んだのは、史書なぞかび臭くってかなわぬとの思いが、心の隅にあったからだ。だが宣義は今では誰も顧みぬ史書を重視し、それが存在せぬのであればせめてとばかり、世の出来事に眼を凝らしている。いささか時代遅れなその挙動は、この変わり者にはひどくふさわしい気がした。

「もしかしてあんた、いずれ史書を書こうとしているのかい」

思わず口をついた問いに、宣義はわずかに頬を緩めた。

「ええ、そうです。いずれは。ですが今はまだその時に備え、少しずつ史料を集め、わからぬことを調べ歩いているだけです」

狛君はすでに機嫌を直したらしい。子犬が騒いでいるかのような明るい歓声が、井戸端から微《かす》かに響いて来る。

宣義はその響きを追うかの如く、庭に顔を向けた。しかし実のところその双眸は目の前の荒れた庭ではなく、人の目ではたやすく追えぬ何かを見ようとしているかに、頼賢には感じられた。

「藤原原子さまが亡くなられたことは、疑う由《よし》もない事実です。ですがその尋常ならざる死の理由は、どれだけ調べても分かりません。だからこそもし頼賢どのが何かしらのわけに思い至っていらっしゃるのなら、教えていただきたいのです」

きっと宣義は原子の死のみならず、納得できぬ事象はすべて一人で調べ歩き、その真実にたどり着こうとしているのだろう。

この男を信頼するわけではない。ただ史書なぞという古臭いものを信じ、たった一人、それに打ち込もうとする不器用さだけは、信が置ける気がした。

頼賢は素早く四囲を見回した。古びた几帳が置かれただけの室内に誰もいないと確かめてから、宣義にぐいとひと膝近づいた。

「白狐……じゃねえや、主上の皇后が関わっているんじゃねえかと疑っているんだけどな。実のところは、まだ何の証拠もねえ」

「ああ、藤原娍子さまですか。確かに原子さまが亡くなられた当初から、そんな噂はあったようですね」

すでに様々調べ尽くしてきたのか、宣義はためらう様子もなく娍子の名を口にした。娍子のことを語るとどうしても語気に憎悪が滲《にじ》む頼賢とは異なり、その面上には敬意も侮蔑も——感情めいたものは皆目浮かんでいなかった。

「原子さまがご生前、娍子さまの女房から嫌がらせをされていたのは事実。とはいえ仮に原子さまが毒を盛られたとしても、娍子さまの手の者がそう簡単にその御身に近づけたとは思えませんねえ」

当時の噂では、娍子の腹心である少納言ノ乳母が手を下したのではないかと囁かれていた。だが宣義はその風評に対し、「それはありえません」とあっさり言い放った。

「わたくしも調べたことがあるのですが、少納言ノ乳母は原子さまが亡くなられる半月前に病の息子の看病のために宿下がりして、当時は宮城におりませんでした。しかも倅から瘧《おこり》を移されて寝付き、事件の頃には枕も上がらぬ有様だったとか。これは娍子さまに命じられ、乳母どのの元に薬を運んだ典薬寮の官人から聞いた話ですから、間違いありません」

「その瘧が仮病ってことはねえのかい」

「仮にも典薬寮に勤める者が、仮病を見抜けぬはずはないでしょう。それにわたくしが話を聞いた彼もまた、その後、瘧を移されて大変な目に遭ったそうです」

とりあえず少納言ノ乳母が犯科人という思い込みは退けるべきだと諭《さと》され、頼賢は両手で乱暴に頭を掻いた。

「畜生。そうなると、どこをとば口にすりゃあいいんだよ」

「わたくしが調べた限りでは、今回、妍子さまのご出産に際して新たに雇い入れられた女房の中に、かつて原子さまにお仕えしていたお人が数名おいでだそうです。まずはその面々にお会いになられ、当時の様子をうかがってみられては。——ええと、ちょっとお待ちください」

宣義は狩衣の脇に手を突っ込んで、何やらがさがさと探り出した。やがて一枚の書き付けを取り出して目を眇《すが》め、「ああ、これです」と呟いた。

「甲斐式部《かいのしきぶ》どの、筑紫《ちくし》ノ輔《すけ》どの、中宰相《なかのさいしょう》どの……ああ、それに右近《うこん》どのと仰るお方も併せて四名がそれだとか。頼賢どの、お名に聞き覚えはありますか」

「ああ。みんな、よく覚えてら。あの頃はそろって綺麗な女房衆と見えたけど、今はきっといい年増女なんだろうなあ」

原子の局でたった一人の男児だっただけに、当時の頼賢はとかく皆から人形の如く可愛がられて育った。今からすれば顔から火が出るような話だが、夏の暑い日などは裸に剝かれて遣水《やりみず》で水遊びをさせられた記憶もうっすらある。

「そうですね。このうちお三方は原子さまの死後、それぞれの実家に戻って嫁ぎ、子を産まれたそうです。ただ右近どののだけは宿に下がらず、内侍司《ないしのつかさ》で女孺《にょうじゅ》（後宮の下働き）の束ねとして出仕を続けていらしたとか。そこでの働きぶりを見込まれて、一時的に娍子さまのお側に上がっておいでですが、いずれはまた内侍司に戻られるのでしょう」

「へえ、あの右近がかい。ひどく気が弱い青女房だった覚えがあるけど、そりゃまた偉くなったもんだ」

内侍司の女官は天皇に近侍《きんじ》し、後宮の雑事全般を差配するのが職務である。女孺の監督役となればさして任は重くないが、それでもやかましい女たちを束ねて働き続けるのは、さぞかし気苦労が多いはずだ。

「そうでしたか。右近どのは昔は気が弱いお方だったのですか」

宣義は書き付けをしまい込みながら、話をうながすように上目を使った。

「ああ、年はまだあの当時、十七、八だったんじゃねえか。原子さまはご自分の妹みてえに可愛がっていらしたけど、それすらも恐れ多いと言いたげに、いっつも他の女房たちの後ろに縮こまっていたぜ」

「なるほど、それは今もあまり変わりませんね。わたくしも出仕の折、幾度かお目にかかったことがありますが、なるべく目立たぬように立ち回ろうとなさって、かえって人目を惹いておられますよ。それにしても、もし右近どのに話を聞かれるのであれば、わたくしもご一緒させていただきたいものです」

とはいえ頼賢一人が後宮に出入りするだけでも目立つであろうに、こんな背丈ばかり高い宣義が一緒では、女房衆に何を噂されるか知れたものではない。

右近から役に立つ話を聞けたなら必ず知らせると請け合い、頼賢は折しも戻ってきた慶円に従って、宣義と別れた。

痛む歯をよほどうまく抜いてもらったのだろう。帰路、慶円はひどく上機嫌だった。

「おぬしらも歯が痛んだら、加持なぞやめて、さっさとあのお婆に抜いてもらうがいいぞ」

と、およそ僧侶らしからぬ軽口まで叩きすらした。

だが二日、三日と日が経つにつれ、今度は歯の抜き跡がうずき始めたらしい。読経や講説（経典の講義）の最中に顔をしかめることが増えてきた。

「弱ったのう。三条のお婆からは、跡が痛めば詰め薬を出すと言われたのじゃが。先だって宋より帰国した僧どもが、天台山よりの書状やら贈り物やらを大量に届けてきよったため、しばらくはお山を降りることすら難しい忙しさじゃ」

宋国の天台山国清寺《こくせいじ》は、伝教大師最澄が留学中に滞在して教えを受けた寺。叡山との交流は深く、智証大師《ちしょうだいし》円珍《えんちん》を始めとする多くの叡山僧が、渡海のたび、国清寺に立ち寄っては、経典や宝物の交換を続けてきた。

「では慶円さま、私が薬をもらってきましょうか」

「よいのか、頼賢」

「朝児さまの講義もなく、暇で暇でたまりません。ついでに大江家にも立ち寄り、ご一家のご様子もうかがってまいります」

本当に立ち寄りたいのは右近たちが詰める土御門第だが、そんなことを師僧に漏らすわけにはいかない。翌日、いささかの良心の呵責《かしゃく》を覚えながら、頼賢は日の出を待って叡山を降りた。

すでに九月も半ばとあって、山深い比叡の峰の木々は鮮やかに色づき始めている。しかしあちらこちらに咲く朱色の葛の花を踏み散らして降りた洛中の風はまだ温かで、日向を駆けていると汗ばんで来るほどだ。

力なく飛ぶ秋の蚊を手で追いながらたどりついた歯抜きの多満女の家には、今日も頰を押さえた老若男女が寄り集まっていた。それをかき分け、行列をさばいていた友成に声をかけると、彼はすぐさま家の奥から麻布の袋を取り出してきた。

「一日に一度、これを歯の洞にお詰めください」

友成は薄様に包まれた薬を麻袋から摑み出し、頼賢の掌に無造作に置いた。樟脳《しょうのう》と桂皮《けいひ》が入り混じったような薬の匂いが、頼賢の鼻を強く衝いた。

「足りなければ、いつでも取りにお越しくだされればよろしゅうございますよ。どうぞお大事になさってくださいませ」

似たことはしばしばあるのだろう。友成は慣れ切った口調で言いながら、ところどころすり切れた麻袋を家の軒下に放り投げた。

礼を述べて、西京極大路を北上する道すがらも、薬を納めた懐からは濃い薬の香が漂ってくる。どうやらそのせいと見えて、往路にはあれほどしつこかった藪蚊までが、帰りには一匹も寄って来ない。思いがけぬ薬効に、こりゃあいいや、と頼賢は呟いた。

なにせ叡山は深山の奥だけに、夏の蚊はもちろん、百足《むかで》を始めとする虫に年中悩まされる。後で一服いただき、虫よけ代わりに懐中しておこう。

二条大路を東に折れると、閑散とした秋の野面はほどなく、道の両側に小さな家々が建ち並ぶ街区に変じた。やがて雲一つない青空の果てに、壮麗な内裏が姿をのぞかせる。まろやかな秋の日差しを受けた朱雀門《すざくもん》の瓦が、軒先に止まる鴉《からす》の羽にまで明るい輝きを投げかけていた。

繁華な大路を人をかき分けかき分け進み、東京極大路で再び道を北に取る。やがて見えてきた土御門第の門前には無数の衛士《えじ》が列をなし、大小の牛車がびっしりと道の際に居並んでいる。今をときめく左大臣・藤原道長の邸宅となれば来客の多さは当然だが、それにしてもこの賑わいは度を越している。野次馬たちが物見高く成した人垣に割り込み、頼賢は手近な男の袖を引いた。

「おい。こりゃあ、何の騒動だよ」

「なんだい、知らねえのか。主上が先日お生まれになった姫君とのご対面を果たすため、道長さまのお屋敷にお渡りなのさ」

いつぞや慶円は、近々、天皇が妍子が産み落とした娘と会うと言っていたが、ちょうど今日がその日に当たるらしい。

耳を澄ませば、野次馬たちのざわめきに交じって、邸内から微かに管絃《かんげん》の音が響いてくる。なにせ至高の位におわす天皇とその姫君となれば、親子の対面といっても楽人が従い、饗宴《きょうえん》や競《くらべ》馬《うま》（馬を走らせて優劣を競う行事）を伴う一大儀式になる。大路にずらりと並べられた牛車の数から推すに、内裏の主だった公卿たちも陪席《ばいせき》している模様だ。

今ごろ朝児を始めとする女房たちは、屋敷を挙げての饗応《きょうおう》に走り回っているだろう。しかしだからといって、せっかく抜け出してきた叡山にこのまま帰るのも業腹だ。

頼賢は人垣の間をすり抜けた。豪壮な唐破風《からはふ》を置いた唐門の左右を固める侍の中に、いつぞや東三条殿で言葉を交わした髭面の男たちの姿を認め、彼らに向かって小走りに駆けた。

「ちょいと通してくれよ。こちらにお勤めの大江家の北の方さまに用事があるんだ」

「なんだ。いつぞやの坊主か」

侍たちの側も頼賢を覚えていたと見え、腰の刀の柄《つか》に両手を預けながら、ぐいとこちらに向き直った。

宮城から遣わされた衛士たちが辺りを睥睨《へいげい》しているために、どことなく手持無沙汰にしていた面もちであった。

「だが、今日は無理だ。見ての通り、帝がこちらにお渡りでな。胡乱な者を通しては、わしらが叱られてしまう」

「なら、あの惟憲って家司を呼んどくれよ。あいつなら、嫌とは言わねえはずだぜ」

「馬鹿を言え。惟憲さまは今、ご饗応の支度でそれどころではいらっしゃらぬ」

ただ侍たちはかつて、多忙極まりない家司が自ら頼賢を出迎えたことを知っている。それだけに口先では突っぱねながらも、その面上には本当にこのまま頼賢を追い返していいのかとためらう色があった。

「なあ、頼むよ。今日を逃すと、俺は今度いつ都に出られるか分からねえんだ。あんたらにゃ迷惑をかけねえからさ」

「それはまことだな」

間髪置かずに首肯した頼賢に、侍たちは顔を見合わせた。邸内にはいま、天皇に付き従ってきた近衛府《このえふ》の衛士がびっしりと蝟集《いしゅう》している。ならばここで頼賢の一人や二人通したところで、何の騒動にもなるまいと言いたげな表情であった。

「しかたがないなあ。わしらが通したのは、内緒だぞ」

「ありがとよ。恩に着るぜ」

ぺこりと頭を下げて邸内に入れば、左右の侍廊には美々しく着飾った衛士が近衛府の官人に率いられて行列し、物々しいことこの上ない。牛車から放たれた牛が庭先の杭に一列につながれ、その向こうの池には楽人たちを乗せた竜頭鷁首《りゅうとうげきしゅ》の船が、金色の金具を光らせて浮かんでいる。鮮やかな花をつけた萩の茂みが、晴れがましい光景に一層の華やかさを添えていた。

池の対岸である南庭に大小の幄《あく》（幕屋）が巡らされているのは、この後の儀式の準備だろう。絶え間なく流れる楽の音に牛の鳴き声、遠くから響いてくる馬の嘶《いなな》きが重なり、それだけでも巨大な鐘の中に押し込められたかのようなやかましさだ。

見回せば、南庭に面した寝殿の広庇《ひろびさし》に、衣冠束帯《いかんそくたい》姿の公卿が列を成して座している。そのただなかにちらりと藤原道長の顔が見えたところから察するに、帝はすでに姫宮との対面を終え、陪《ばい》従《じゅう》の顕官との宴の席にあるらしい。

深い屋根に遮《さえぎ》られ、寝殿の奥の間に座す人物の姿は見えない。だが頭ではそうと理解しながらも、頼賢は公卿たちの肩の向こうにいるはずの人影を目で探さずにはいられなかった。

そう、あの奥には帝がいる。頼賢の母である綏子に背かれ、白狐たる娍子を寵愛し――そして、あの愛らしかった原子から背の君と慕われた帝。そして今は藤原道長と相争い、互いの隙を窺い合っている、至高の御位におわすお方。

天皇その人に対して、頼賢は何の好悪の情も抱いていない。ただ帝さえいなかったならば、頼賢はそもそも比叡山なぞに入れられず、当然、原子の仇を取ろうとも考えなかった。いや、そもそも綏子が源頼定と密通することも、結果、自分がこの世に生を受けることもあり得なかったかもしれない。

そう考えると寝殿の奥深くに座す帝が、自分を取り巻くすべての事象の源とも感じられてくる。頼賢はぐいと下唇を噛みしめ、公卿たちが笑いさざめく寝殿から目をもぎ離した。

雲が出てきたのか、不意に陽が陰り、冷たい風が池の面を騒がせる。萩の茂みが大きく揺れ、小さな花弁をほろほろと辺りに振り散らした。

(そういや、主上は原子さまの死をどう考えているんだろうな)

頼賢が知る限り、あの当時、居貞はうら若い原子を娍子にも劣らぬほどに寵愛していた。ならば原子の不審な死に嘆き悲しみ、その原因を追及させてもおかしくない気もするが、内裏内で調べが命じられたとは聞いていない。

だとすれば、と頼賢は再度、寝殿の奥に目を据えた。もしや頼賢が知らぬだけで、帝はとっくの昔に原子の死のわけを承知しているのではあるまいか。いや、あえて更に想像を逞《たくま》しくすれば、彼自身が原子の死に何かしらの関わりを持っていることすら考えられる。

(こりゃあ、宣義の野郎に相談しなきゃな)

可能であればこの後、菅原宣義の屋敷にも寄りたいが、さすがに時間が足りぬだろう。どうにか彼の意見を求める手立てはないかと考えながら、頼賢は池の南岸を大きく回り込んだ。そのまま西ノ対のかたわらを通り過ぎ、北庭に建つ下屋《しもや》に近づけば、厨《くりや》と思しき一軒からはもうもうと炊煙が立ち、下女たちが酒瓶や折敷を手に慌ただしく気に走り回っている。

そのうちの一人を摑まえて尋ねれば、妍子とその女房はすでに帝の御前を退き、いまは居室のある東ノ対に戻っているという。

僧形の頼賢を、姫宮に近侍する加持僧の従僧とでも勘違いしたらしい。腰が二つに折れ曲がった白髪の水仕女は、まったく疑う様子を見せぬまま、ただ、と声を低めた。

「あんた、お近くに寄るなら十分お気をつけよ。なにせ妍子さまときたら、帝の行幸が恐ろしくてたまらないご様子で、このところは食事もろくに喉を通らずにいらしたほどだ。うっかりご機嫌を損ねたりしたら、女房がたからどんなにお叱りを受けるか分からないよ」

父の期待に反して女児を産んだ妍子が、肩身の狭い思いをしていることは想像に難くない。それだけに夫である帝の行幸をさぞ心待ちにしていたはずと思っていたが、妍子の様子はどうやら正反対だったようだ。

わかったよ、と言い置いて向かった東ノ対は、午前にもかかわらず蔀戸が下ろされている。辺りは寝殿や南庭の賑わいが嘘のように静まり、その一棟だけが薄暗い宵闇に閉ざされているかにも見えた。

目の前の庭は美しく手入れされ、大輪の菊が籬《まがき》を成して咲き乱れている。黄白が入り混じったその華やかさがかえって、東ノ対の不気味な静寂を際立たせていた。

本当にここに妍子と女房たちがいるのだろうか。およそ人がいるとは思えぬのだが、と首をひねり、頼賢は庭先から広庇に手をついた。固く閉め切られた妻戸や蔀戸の奥を窺おうとしたその時、微かなすすり泣きが耳を打った。

その声は切れ切れで、南庭から相変わらず響いてくる楽にかき消されそうなほどか細い。それがゆえにより一層、悲嘆の深さを感じさせる歔欷《きょき》に、頼賢は大きく身を乗り出した。

まるでそれを合図にするかのように、目の前の妻戸が突如、ばたりと開いた。盥を手にした女房が青ざめた顔で庇の間に走り出るや、すぐ足許に身を乗り出した頼賢の姿に飛びしさる。だがすぐに、「まあ」と大きく眼を見張って、その場に片膝をついた。

「頼賢どのではないですか」

「朝児さま」

久方ぶりに会った朝児の頰はこけ、くっきりした隈が目元に浮かんでいる。その唇の端がわななき、目尻に光るものが浮かんでいるのに気づき、頼賢は朝児と妻戸の奥をせわしく見比べた。

「どうしたんだい、朝児さま。なんで、泣いているんだよ」

朝児はあわてて袖口で目尻を拭った。だがそんなことをしても、潤んだ双眸と赤く染まった鼻の頭までは隠せるものではない。

「何があったんだ。教えてくれよ。もしや、そんなにご奉公がつらいのかい」

「違います。これは——」

妻戸の奥で、ばたばたと慌ただしい足音が起こった。朝児が立ち上がる暇もあらばこそ、今度は艶やかな黒髪が目を惹く若い女房が一人、袴の裾を乱して飛び出してくる。途中で足をもつれさせたのか、頼賢の目の前を通り過ぎようとしてつんのめり、そのままがくりと孫庇《まごびさし》に倒れ込んだ。

「お、おい。大丈夫かよ、あんた」

仰天しながら声をかけた頼賢は、女房の背がわなわなと震えているのに気が付いた。

「なんと——なんとお気の毒な妍子さま……」

という切れ切れの呻きが、その唇から漏れた。

「せっかく五体満足なお子を授かりながら道長さまに疎まれ、今度は主上にまでなんて……姫君にも妍子さまにも、なんの咎もおありではないのに」

「おやめなさい、大鶴。人目があります」

朝児の口調の厳しさに、頼賢は目の前の女が大江家の長女だと理解した。だが大鶴の側は激しく髪を乱して顔を上げ、「けど、母さま」と青ざめた唇を震わせた。あまりの悲しみと怒りのため、頼賢のことなぞ視界に入っていない面持ちであった。

「こんなことが、この世にあっていいはずないわ。そりゃあお子が姫君だったために、道長さまが落胆なさったのは当然よ。けどそれならせめて主上は、妍子さまにもっとお優しくしてくださってもいいじゃない。それなのに、あんなご無体なお言葉を——」

大鶴の語尾が、涙にくぐもる。うわっと堰を切ったように泣き伏した大鶴に誘われたかの如く、開きっぱなしの妻戸の向こうから幾つものすすり泣きが低く流れ出してきた。

折しも饗宴が終わり、帝が動座《どうざ》を始めたのか、南庭の楽の音が高まる。一帯に響く女たちの歔欷を、その華やかな音色がますます哀れなものに貶《おとし》めていた。

「……しばらくは内裏に戻らずともよい。そう、帝が妍子さまに仰せられたのです」

頼賢に語るというより、自らに言い聞かせるかのように朝児が言葉を落とした。

「このところ道長さまと主上が不仲でいらっしゃることは、わたくしたちも存じています。ですがそれで妍子さままでを遠ざけられるとは、あまりにあのお方がお可哀想です」

「しばらくってのは、どれぐらいなんだよ」

朝児が妍子に従って内裏に入るのが遅れれば遅れるほど、原子の死の原因追及もまた先延ばしとなる。だが朝児は頼賢の問いに含まれた意図には気づかぬ様子で、「早くとも年明けまでは戻るな、と」と応じた。

「妍子さまは道長さまのご意志とは関わりなく、それはそれは帝をお慕いしておいでなのです。しかし帝は妍子さまのことを、憎たらしい道長さまの娘御としか見ておいでではないのでしょう。出来る限り妍子さまを遠ざけ、娍子さまやそのお子がたとの団居《まどい》の時を持ちたいとお考えのようです」

朝児はなにかを堪えるかのように、双の瞼を伏せた。

妍子が再来月にも内裏に戻ることは、二か月も前から定められている。しかし帝は赤子を抱いて進み出た妍子を眺めるや、「まだ産の疲れは取れていないようだな」と冷たい声で言い放ったという。

「長女でいらっしゃる当子《とうし》内親王《ないしんのう》さまが近々、野宮にお移りと決まり、主上はそのお別れを惜しんでおられるとか。そんなお悲しみがかえって帝のお心から、妍子さまと姫宮を遠ざけてしまっているのかもしれません」

内裏では、清浄なる皇女を伊勢神宮の巫女《みこ》として奉り、天皇に代わって天照大御神《あまてらすおおみかみ》に仕えさせるならわしがある。伊勢斎王《さいおう》と呼ばれるこの高貴なる巫女は、天皇の妹や娘の中から選ばれる例が多いが、彼女たちは天皇の代替わりや肉親の死に遭わぬ限り、伊勢から戻ることができない。

嵯峨野の野宮は、斎王が伊勢に発つ前に精進潔斎《しょうじんけっさい》を行う別宮である。一度そこに入れば、たとえ親兄弟であろうとも異性との接触は許されない。

昨年、新斎王に定められた当子内親王は、まだ十三歳。娍子所生の長女との別れを帝がどれだけ悲しんでいるかは想像に難くないが、とはいえその苦しみを妍子や幼い姫宮にぶつけるのはお門違いだ。

「道長さまと帝の仲は、そんなにお悪いのかい」

頼賢の問いに、朝児は素早く四囲を見回した。大鶴がいまだ泣き伏したまま、激しく背を波打たせているのを確かめてから、こくりと頤を引いた。

「わたくしもまた聞きばかりで、自分で見たわけではありません。ただ帝のご命令に道長さまが異議を唱えたり、反対に道長さまが提議なさったことを帝が退けられる例が、日々増え続けているとやら仄聞《そくぶん》しております」

藤原道長は現在、太政官の筆頭たる左大臣。それだけに本来であれば相和して政を執るべき二人の諍いに、宮城の官吏たちは日々翻弄されているらしい、と朝児はつけ加えた。

高齢でうるさ型の公卿の中には、臣下の分をわきまえぬ道長の態度に腹を立てている者もいるが、そんな気骨のある人物はほんの一握り。大半の公卿は道長にへつらい、それがまた更に帝の怒りを買っているという。

「一つ一つの出来事は、うかがう限り、大した話ではないのです。皇后・娍子さまが内裏から退出なさる際、遷御《せんぎょ》先の修繕を命じられた木工頭《もくのかみ》（宮城の工事を担当する役所の長官）が多忙を言い立てて断ったり、帝の布告なさった奢侈《しゃし》禁令《きんれい》を無視して、道長さまが祭礼の使いの装束を作り直させたり」

とはいえ帝も道長さまも人間ですから、と続けて、朝児は深いため息をついた。

「しかも帝と道長さまそれぞれに、阿諛追従して扈従《こじゅう》なさる方々がおいでで、それがまた更に話をややこしくなさるのですから厄介でなりません」

きっと宮城の公卿や官人は、二つに割れた朝堂《ちょうどう》の間で、どちらに付けば得かと右顧左眄《うこさべん》しているのだろう。

長年政に携わっている点では、左大臣たる道長の存在は無視できない。外孫の敦成親王が、東宮に定められている事実も、道長には有利だ。ただこれまでの功績や今後のことを脇に置けば、現在、優位に在るのは、間違いなく当今たる帝。しかも彼が娍子との間に儲けた皇子たちがすでに成人であることを考えれば、万一、敦成の身に何事か起きたとき、帝位が道長とは無縁な親王に転がっていく可能性とて皆無ではない。

人の世とは、とかく先の見えぬもの。帝を脅かすほどの道長の栄華とて、いつどんな形で曇り始めるか知れたものではない。それだけに道長派・帝派の者たちは、それぞれ自分の主が倒れぬように懸命で、それがまた両者の間に不必要な対立を呼び起こしているのだろう。

（だけどよ――）

薄暗い殿舎の奥に、頼賢は目を凝らした。

華やかな内裏で争い合う男たちは、まだいい。勝てば栄耀栄華を極め、負ければ己の不運に歯がみするのみ。気の毒なのはそんな彼らの間で板挟みになり、自らではどうにもならぬ境涯に追いやられる女たちだ。

後宮の女が寵愛を巡って争うのも、男たちの諍いに駆り出され、何としてでも帝の子を産まねばと思えばこそ。そしてそんな戦いさえなければ、原子とてそもそも後宮に入る必要はなく、あんな死に方をせずに済んだかもしれない。

細く長く響く歔欷が、まるで十年の歳月を経て耳を打つかのようで、頼賢はぶるっと身体を震わせた。

南庭で奏でられる楽の音が、更にまた高くなった。

十日夜《とおかんや》

枯れ葉一つ浮かばぬほどに清められた池の面を、冷たい北風が騒がせている。広い南庭を吹き渡り、渡廊を過ぎるその風には、強い煤の臭いが含まれていた。

柑子《こうじ》を載せた高杯《たかつき》を掲げて東ノ対へと渡りながら、朝児《あさこ》は思わず顔をしかめた。途端にいがらっぽいものが喉を塞ぎ、激しい咳がこみ上げてくる。

「ちょっと、大丈夫なの。母さま」

渡廊の先を歩いていた大鶴が、驚き顔で振り返る。顔を背けて大きく咳込んでから、「ええ、平気よ」と朝児は応じた。

「もう納まったから気にしないでちょうだい。風の冷たさが少し、喉に堪えただけだわ」

目尻に涙を浮かべながらの朝児の言葉に、大鶴は形のいい鼻をひくひくと動かした。淡い絹雲がかかる空を忌々し気に仰ぎ、「確かに、ひどい風だわ」と眉をひそめた。

「宮城が火事に遭ったのは、もう二日も前なのに、まだこんなに風が臭うなんて。本当に火が消えているか、不安になってしまうわね」

「大丈夫でしょう。昨日、顔を出した挙周《たかちか》も、ちゃんと鎮火したと話していたもの」

宮城の中心部に位置する采女《うねめ》町《まち》（采女司《うねめのつかさ》の詰所）から火が出たのは、一昨日の午前であった。

風の強い冬、ましてや人の多い宮城ともなれば、正直、火事は珍しいものではない。

ただ采女司はもう何十年にもわたって官人・采女が任ぜられておらず、出火元である建物も長らく無人のまま放置されている。加えて、采女町のすぐ東には天皇や后、皇子女たちの暮らす内裏がある。一昨日、たまたま帝は洛南の石清水八幡宮《いわしみずはちまんぐう》に行幸して留守であったが、内裏の北西、つまり火元の采女町と目と鼻の先の凝華舎《ぎょうかしゃ》には、藤原道長《みちなが》が掌中の珠《たま》と慈しむ外孫・敦成《あつひら》親王が暮らしている。

それだけに突然の出火の報に土御門第は上を下への大騒ぎとなり、家司たちが勤めを擲《なげう》って飛び出してゆく始末。幸い、火は内裏の西廊まで類焼したところで消火されたが、帝の留守の間に起きた不可思議な火災は、二日経ってもなお、土御門第の人々の胸に重い石となってわだかまっていた。

妍子《けんし》贔屓《びいき》の大鶴は、己が主に冷淡な帝への怒りから、最近では主上の悪口を口にして憚らない。一昨日も采女町で火が出たと知るや、「きっと帝の周囲にいる奴らの仕業だわ」と吐き捨て、朝児を狼狽させた。

「なんということを言うの、お前。なんの証拠もないのに」

「けど、よりにもよって帝がお留守の間に、人気《ひとけ》のない殿舎から火が出るなんておかしいじゃない。まさか帝が命じられたとまでは言わないけど、東宮さまを邪魔だと思う奴らが嫌がらせとして企んだと考えるのは、あながち間違いじゃないはずよ」

宮城で火が出た当日は、藤原道長もまた、帝の行幸に随行して留守であった。指示を仰ぐべき主の不在に混乱する土御門第で、大鶴の呟きを聞きとがめた者は朝児以外いなかった。

火事の真実の原因なぞ、朝児のような一介の女房には知りようがない。ただ、娘の大鶴すらが帝とその周辺の者たちをあからさまに憎む事実に、朝児は軽い眩暈《めまい》を覚えた。

（いつの間に、都はこんな争いの場になってしまったのかしら）

人が複数いれば、諍いが起きるのは当然の理。朝児が若かった頃とて、政を巡る対立は至るところで起きていた。道長の父・兼家は、自身の外孫である懐仁《やすひと》親王（一条天皇）を即位させるために、時の帝をなかば騙すようにして退位させたし、道長とその甥・伊周が関白の座を争った時には、後宮で道長の娘・彰子《しょうし》と伊周の妹・定子《ていし》が帝の寵愛を獲得すべく火花を散らしもした。

ただ少なくとも兼家は、時の帝を力や言葉で脅しはしなかった。また道長とて伊周を政敵として憎みはしたが、彼の没落後にはその身辺の者に手を差し伸べもした。

それに比べて当節、道長は帝の政に公然と文句をつけて憚らず、おかげでそれぞれの近臣までもが、相手の悪口をあからさまに口にする。一昨日なぞも、采女町火事の鎮火を土御門第に報告しにきた挙周は、「どうせ焼けるのであれば、皇后さまの御座所が焼ければよろしかったですのに」と朝児に漏らす有様だった。

帝は働き盛りの三十八歳、道長はすでに老齢に差しかかった四十八歳。加えて最大の手駒《てごま》である東宮・敦成はまだたった六歳に過ぎず、少しでも番狂わせが起きれば、道長の栄華は一日にして失われる。それだけに道長は何としても主上を退位に追いやらねばと焦っているし、対する帝の側はともすれば道長とその一派を宮城から追い落とせるやもと考えている。その勢力の拮抗《きっこう》が、宮城じゅうを激しい諍いの渦に巻き込んでいた。

もともと朝児は、争いは苦手だ。それだけにこんなにぎすぎすした宮城の諍いを目の当たりにすると分かっていれば、どれだけ口実を拵えてでも宮仕えを断っただろう。

こうなれば一日も早く内裏に入り、頼賢《らいけん》を引き入れる役目を果たして、勤めを辞すしかない。だが月が師走《しわす》に改まった今もなお、妍子が内裏に戻る目処はつかない。一方で道長はいまだに妍子の女児出産が腹立たしくてならぬらしく、ろくに見舞いにも顔を出さなかった。

実家は針の筵《むしろ》、内裏に戻っても針の筵となれば、妍子の安住の地はどこにあるのか。大鶴の後に従って渡殿を進む朝児の胸に、女であるがゆえの彼女の悲しみが痛いほど迫った。

今しも厨から運んできた柑子は、妍子の同母兄・頼通《よりみち》が産後の妹をいたわるべく、わざわざ紀伊から取り寄せたもの。しかしながら妍子は高杯に盛られた果物にちらりと目を投げただけで、物憂げに首を横に振った。

「欲しくないわ。皆でお上がり」

「ですが、妍子さま。少しはお上がりになりませんと」

大鶴の勧めが聞こえていないかのような顔で、妍子は脇息に身をもたせかけた。

姫君を産み落としてからこの方、もともと華奢だった身体からは更に肉が落ち、双の頬にも暗い影が刻まれている。その憔悴ぶりは、大人の思惑なぞ知るよしもない姫宮の健やかな成長ぶりとは、まったく裏腹であった。

「では、書物なぞお読みになられますか。先日、姉君の彰子さまが美しい絵入りの草紙を二十帖もお送りくださいましたよ」

「草紙ですって」

妍子の双眸が、雲母《きら》を刷《は》いたかのように底光る。はい、と大鶴が首肯した途端、妍子は目の前の高杯から柑子を一つひっ摑み、それを大鶴めがけて投げつけた。

手元が狂ったのか、柑子は大鶴の単《ひとえ》の裾に当たっただけで、そのまま御簾《みす》を翻して、外へと転がって行った。まるで癇癪《かんしゃく》を起こした子どもそっくりの挙措に、大鶴ばかりかその場に居並んだ女房までもが、小さな悲鳴を上げて身をすくめた。

「姉君が送って寄越したとなれば、どうせ『源氏物語』か『大和物語』といったところでしょう。そんな甘ったるい色恋の話なんて、読んでいられるものですかッ」

叫ぶ端から声が上ずり、光るものが妍子の頰を伝う。大鶴は柑子の汁で裾が汚れているのも気づかぬ様子で、「も、申し訳ありません」とその場に両手をつかえた。

「ですが、せめて美しい絵だけでもご覧になれば、少しはお気が紛れるのではと思いまして」

「どれほど美しいと言ったって、絵空事なんかで気が紛れるものですか。姉君も姉君だわ。前《さき》の帝に愛され、二人もの皇子を産んだ幸せなお方が、わたくしの悲しみなんか分かるはずないのに
——」

うわっと泣き伏した妍子に、あわてて大鶴が這い寄る。妍子をなだめ、隣室に設《しつら》えられた御帳《みちょう》台《だい》へと導こうとする女房たちを横目に、朝児は転がった柑子を追って簀子《すのこ》へと出た。

『源氏物語』は彰子の側仕えである藤式部が記した、貴公子・光《ひかる》源氏を巡る物語。また『大和物語』は往古の天皇や皇女、公卿たちの和歌とその逸話を描いた歌物語で、いずれも当節、女たちに人気の書物である。

彰子は妍子の同母姉。妹が辛い現実を少しでも忘れることが出来るようにと、読みやすい物語を選んだのだろう。だが実の姉妹とはいえ、亡き先帝との間に二人の男子を儲けた上、現在は東宮の母として皇太后の地位にある彰子と今の妍子の境涯は、天地ほどに異なる。妍子が思わず姉への嫉妬を口走るのも、無理からぬ話であった。

磨き上げられた簀子に転がった柑子は半ば潰れ、皮から薄黄色い汁を滴らせている。朝児は軽く手を叩いて下人を呼ぶと、柑子を捨て、簀子を清めるよう命じた。ついで主の去った部屋に戻り、柑子の盛られた高杯を掲げて、先ほど渡ったばかりの渡殿へと引き返した。

姉の心配りを素直に受け止められぬ妍子の気持ちは、よく分かる。朝児とて夫が他所の女に子を産ませていると知った時には、やるかたのない怒りのぶつけ先に悩み、あれこれ気を遣ってくれる友人や親族を疎ましく感じたものだ。

そしてそんな折は朝児もまた、様々な物語に描かれる晴れやかな逸話を腹立たしく感じた。ただ一方で、ふと思い立って手に取った折、日々の辛さ哀しさを晴らしてくれたのもまた物語だ。継母からいじめられる娘を主人公とした『落窪《おちくぼ》物語』を読めば、苦しんでいるのは自分一人ではないと慰められ、琴の秘技が大団円をもたらす『宇津保物語《うつほ》』を読めば、若い頃から得意であった和歌の腕をもっと磨かねばと思い直す。

物語の中には、人が一生で味わいきれぬほどの喜怒哀楽が存在する。どんなに哀しい経験も物語の世界に照らし合わせれば、それはすでにあったものであり、これからもあり続けるものでしかない。そしてほんの数十年の生涯を生きることしかできぬ生身の人間にとって、その事実は生きる上で何より心強いことなのだ。

とはいえ自らの悲しみに埋没している今の妍子に、そんな言葉が届くわけがない。朝児は渡殿に足を止め、小さなため息をついた。

「おやおや、浮かぬ顔じゃな。いかがなさった、赤染《あかぞめ》どの」

しゃがれ声に飛び上がれば、中庭を挟んだ壁渡殿に藤式部がたたずんでいる。

目をしばたたいた朝児にはお構いなしに、藤式部は足早に手近な対ノ屋を渡って近づいてきた。朝児の肩越しに、はるばると池の広がる南庭に目を走らせ、つまらなそうに唇を片頬に引いた。

「久方ぶりにうかがってみれば、やはり土御門第は東三条殿に比べて、屋形も庭も地味じゃなあ。さっさと東三条殿を再建なされればよかろうに、道長さまも何をぐずぐずしておられるのやら」

土御門第は元は、藤原道長の義父・源雅信《みなもとのまさのぶ》の住まい。雅信の死後、その娘であり、道長の北の方である倫子《りんし》を通じて道長の所有に帰した邸宅だけに、藤原氏代々の主邸たる東三条殿に比べると見劣りがするのは仕方ない。いかにも藤式部らしい率直な物言いに苦笑しながら、「今日はまた、いかがなさったのです」と尋ねかけた。

「彰子さまより、妍子さまのご様子を見て来てほしいと命じられてな。先だってお送りした草紙が気に入られたようであれば、また別の書物をお送りしたいとの仰せじゃ」

「それは……ありがたいお心遣いでございます」

一瞬舌をもつれさせた朝児に、藤式部は白いものの交じった眉を器用に片方だけ跳ね上げた。半端に柑子が盛られた高杯と、しんと静まり返った東ノ対を素早く見比べ、なるほど、と一人ごちた。

「――とはいえ、じゃ。まだお加減が優れぬのであれば、無理にお目にかかっても詮無きこと。彰子さまにはその旨、うまく申し上げておきましょうぞ」

藤式部とて、妍子の近況はよくよく承知しているのだろう。よろしくお願いいたします、と頭を下げてから、朝児はふと話頭を転じた。

「そういえば、式部さま。先日の内裏の火災は、大変でございましたね。彰子さまもさぞ肝をつぶされたのではありませんか」

彰子は現在、東宮として内裏に在る長男・敦成と離れ、土御門第からほど近い邸宅・枇杷殿《びわどの》に暮らしている。それだけに、まだ六歳の敦成の御座所の間近で起きた火災に、枇杷殿はさぞ大騒ぎとなったのではと思われた。

「あの程度の昼火事如き、彰子さまは別に肝をつぶしなぞいたされぬよ。火事師《ひごとし》の仕事であるのが、一目瞭然じゃもの」

「火事師――と申されますと」

聞きなれぬ言葉に、朝児は思わず問い返した。すると藤式部は皺に埋もれた目を見開いて、わずかに身を引いた。人を人とも思わぬ普段からは、およそ似付かわしからぬ挙措であった。

「まさかと思うが、赤染どの。そなた、火事師を知らぬのか」

戸惑いながら、朝児はええとうなずいた。すると藤式部は肉の薄い顔に驚愕をみなぎらせて、忙しく左右をうかがった。

近くに人の姿がないと確かめてから、ぐいと朝児に顔を寄せる。幾度も小さく首を振り、「わたしとしたことが」と舌打ちした。

「赤染どのがそれはど物を知らぬお方とは、知らなんだ。それとも早くに家に入られ、お子の扶育や背の君の立身出世のみに思いをいたしていると、みなさようになってしまわれるのか」

藤式部は一度結婚をしたものの、当の夫が早くに没したことから、宮仕えを決意したと聞く。まるで夫や子供のために心を砕く女子が愚かであるような言いざまには腹が立つが、どうやら藤式部は本心から朝児が火事師とやらを知らぬことに驚いているらしい。その驚愕ぶりに、朝児は本当に自分が余人より並外れて物知らずなのではと不安を覚えた。

「お教えくださいさい、式部さま。火事師とは何者ですか」

「人から銭をもらって、火つけを働く輩じゃよ。道長さまも頻繁に雇い入れていらっしゃるご様子じゃが、赤染どのは本当に知らなんだのか」

「火つけでございますと」

放火は理由次第では、終身禁獄《きんごく》（拘禁）にも処せられかねぬ重罪である。それだけにそんな行為を生業とする者が存在する事実が信じられなければ、藤原道長がそんな輩を雇っているとの話もまた信じられない。

絶句した朝児をまじまじと見やり、「なんとまあ、おめでたい話じゃのう」と藤式部は嘆息した。

「考えてもみよ。誰かが他人の屋敷から物を盗もうとしたとき、もっとも手っ取り早いのはどういう手立てじゃ。屋敷の一角に火を放ち、家内の者がそこに気を取られている間に、蔵を破るのが確実であろう」

とはいえ放った火があまりに大きければ、狙う宝物まで焼き尽くされ、盗賊自身も怪我を負いかねない。被害を最小限にしながらも、間違いなくその屋敷を混乱に陥れられる程度の火事。もしくは追手を足止めできるほどの、大規模な火災。それらを自在に起こせるのが火事師だ、と式部は早口に語った。

「藤氏長者《とうしのちょうじゃ》（藤原氏一門の頭領）ともなれば、人の恨みは数多買っておられるし、お屋敷から何かを盗み取ってやろうと目論む輩も数多い。そんな者どもから害をなされぬよう、道長さまはあらかじめ火事師に銭を与え、かえってご邸宅に手を出させぬよう計らっていらっしゃるのじゃよ」

「それはいつ頃からなのですか」

「さあて。藤氏長者となられた前後よりと聞いておるから、かれこれ二十年ほど昔になるな。道長さまの父君の兼家さまも、かねて火事師をお側近くに寄せていらしたらしいぞ」

そんな以前から、と朝児は呟いた。

上は内裏から、下は名もなき衆庶の暮らす掘っ立て小屋まで、都はとにかく火事が多い。だが改めて考えてみれば、確かに道長の所有する邸宅では他家に比べて比較的火災が少なく、盗賊に入られたとの話もあまり聞かない。それは道長家に仕える侍たちが傑物揃いで、厳しく警固に当たっているからとばかり考えていたが、まさか盗人の手先である火事師を手なずけているためとは。

藤式部に言わせれば、彼らの仕事は盗賊の片棒担ぎだけではない。気に食わぬ上役への嫌がらせや、作事現場の妨害、政敵を陥れるための火災など、請け負う仕事は種々雑多という。

「大きな声では言えぬがな。今から百五十年ほど昔、時の大納言の伴善男《とものよしお》さまが応天門《おうてんもん》に火を放ったとの咎で、流罪に処された事件があったじゃろう。あれなぞも一説には、古しえよりの名族たる大伴氏《おおとも》が目障りでならぬ太政大臣・忠仁公《ちゅうじん》（藤原良房《よしふさ》）さまが、火事師を用いて起こさせた火災とやら。つまりいささか怪しげな火難が起きたなら、それは誰ぞが火事師を雇ってさせたものと考えたほうがよいわけじゃ」

「では、先日の火事は——」

帝が留守の間に無人の殿舎から火が出た不可思議さを、大鶴はしきりに口にしていた。そして火事師なる輩の存在を知った上で考え直せば、確かにあれほど奇妙な火災はない。

藤原道長の外孫である東宮・敦成は、まだ弱年。彼に万一のことがあれば、東宮の座はすでに成人している帝の息子、敦明《あつあきら》親王のもとに転がり込む可能性もある。そして道長と不仲である帝は間違いなく、実の息子に帝位を譲りたいと考えているはずだ。

冷たいものが背中を伝う。それでいてこめかみだけがどくどくと脈打っているのが、はっきりと分かった。

「まず間違いない。あれは道長さまや敦成さまを面白く思っておらぬ衆が、火事師に命じてさせたことじゃろう」

ただ、と藤式部は唇に薄い笑みを乗せた。

「都に幾人の火事師がいるのかは、わたしも知らぬ。しかしいずれにせよ道長さまは家司に命じ、名だたる火事師には金品を与え、決してわが方へは害を為さぬようにと命じておられる。あの付け火を働かせた奴らはおそらく、そんなことも知らずに火事師を雇ったのに違いあるまい」

火事師からすれば、かねて銭を受け取っている道長への恩こそあれ、新たな依頼人の言うなりになる必要はない。とはいえ依頼を手厳しく断れば、意趣返しとばかり都の治安を守る検非違使に通報され、我が身が危うくなる恐れもある。そこで人々が気づきやすい昼間に火を放ち、適当なところで消火される程度の火事を起こすことで、双方への面目を立てたのだろう、と藤式部は語った。

「今ごろ道長さまは、依頼人は誰かを火事師から聞き取り、そ奴らへの処遇を思い巡らしておられような。それが何者かは知らぬが、敦成さまや道長さまを困らせてやれと放たせた火が、自分たちに火の粉を降らせることになろうとは、まあ気の毒な話じゃわい」

「とはいえ都には、道長さまのご命令を頑として聞かぬ火事師もいるのでは」

「それはもちろんじゃ。今回の火事師がそういう輩でなかったことは、幸いじゃな」

出産前の妍子が内裏から戻った直後に東三条殿を襲った火事を、朝児は思い出していた。広大な屋敷の半分以上を焼き尽くしたあの火災では、妍子や道長といった一族の者たちこそ無事であったが、下人や青女房の中には炎に巻かれて亡くなった者もいると聞く。

あの時はなんという時期に、としか思わなかった火事までが、俄然《がぜん》、恐ろしい策謀から来たものと見えてくる。

藤式部は濁った眼で朝児を凝視していたが、不意に「——怖いか」と呟いて、庭へと目を投げた。

吹き付ける風は先ほどよりも激しくなり、池の岸辺には白い波頭が砕けている。灰色の小鳥が一羽、池端の巨石をかすめて飛び、そのまま藪のただなかに落ち入るように姿を消した。

「有体に申せばわたしもな、最初に火事師の話を聞いたときは政の暗がりを覗き込んだかのようで、慄然《りつぜん》としたものじゃ。されど人の世とはどのみち、綺麗なだけでは渡ってゆけぬ。ましてや道長さまや彰子さまの如きお方の傍に侍っておれば、こちらが身を守らねば誰かに傷つけられる。そう思えば付け火を生業とする者なぞ、さして怖いとは思わなくなるぞよ」

「……式部さまも、そ奴らに会われたことがおありなのですか」

朝児の問いに、藤式部は無言だった。だがそれはどんな言葉よりも雄弁な返答であると、朝児には感じられた。

かつて彰子とともに懐仁天皇の寵愛を争った藤原定子は、父親の急逝や兄弟の左遷の憂き目に遭った上、出産のために身を寄せた実家が全焼。内裏に帰るに帰れず、身を寄せるあてもない不遇のうちに、皇女を産んだ。

聡明で心優しく、十三年前に没した定子の遺児たちを手許で養育している彰子が、自ら火事師に仕事を命じているとは考え難い。しかしそれでも道長とその子女の栄華は、明らかにそういったほの暗い生業の者によって支えられているのだ。

「——彰子さまはかれこれ五、六年前より、歯を病んでおられてのう」

突然変わった話の矛先に、朝児はどう相槌を打つべきかと戸惑った。

「叡山の阿闍梨に加持を行なわせたがどうにも治らず、とうとう西京極三条に暮らす腕のいい歯抜きの媼を内々に招いて歯を抜かせられた」

それというのも、と続ける藤式部の横顔は、言いたくないことを無理やり絞り出しているかのようであった。

「その媼の息子が、かねて東三条殿に出入りしておってな。友成《ともなり》の母親は歯抜きの上手らしいぞ、と道長さまが彰子さまに勧められたのじゃ。わたしとしてはかような胡乱な輩の肉親を彰子さまに近づけたくはなかったのじゃが、なにせ夜ごと歯痛に苦しんでおられるのを間近にすると、そうも言っておられぬでな」

「友成と申しますと——」

「馬寮だったか図書寮だったか……ともかく表向きはどこぞの官司の雑色《ぞうしき》をしておるらしい。卑屈そうな面構えの癖に、人をこう下よりすくい上げて見よってな。まったくいくら役に立つとはいえ、かような男に目をかけられるとは、道長さまも下手物《げてもの》好きでいらっしゃる」

友成、と朝児は口の中でその名を転がした。胡乱な輩とはっきり言うからには、それが道長の元に出入りしている火事師なのだろう。そしてどうやら自分が考えている以上に、火事師なる者は平然と洛中をうろつき回っているようだ。

まあ、おかげで彰子さまの歯痛だけは見事に雲散霧消《うんさんむしょう》なさったが、と付け加え、藤式部は太い吐息を落とした。

「いかに華美であろうとも、内裏は所詮、鬼邏卒《おにらそつ》どもが骨肉相食《こつにくあいは》む修羅《しゅら》の場じゃ。正直申してわたしは、彰子さまや敦成さまたちには醜い争いなぞなるべくお目にかけたくない。されど華やかな栄華の裏でうごめく輩は、あれこれ口実を作っては日の当たるところにさまよい出てくるでなあ」

藤式部は現在、藤原彰子の腹心の一人。それだけに心優しい主と、彼女を取り巻く激しい政争の板挟みとなることも多いのに違いなかった。

「それにしても赤染どのは何故今更、宮仕えを始めようとお思いになった。すでにお子がたもそれぞれ独り立ちをなさっている以上、そのお年でなにも窮屈な暮らしを願わずともよかろうに」

「はあ、好きで勤め始めたわけではないのですが。やむをえぬ事情がございまして」

言葉を濁したのをよほどの理由と思ったのか、藤式部は哀れむ目で朝児を見つめた。

「大きな声では申せぬが、致仕できる折があれば、早めに逃げるのも一つの道じゃぞ。おそらくこれから先、妍子さまを取り巻く境涯は更に苦しきものになろうでなあ」

「……やはり、そうお感じになられますか」

こと宮仕えにおいて、朝児と藤式部の経験は比べものにならない。つい問うた朝児に、「当然じゃろうて」と藤式部は即答した。

「申しても詮無き話じゃが、妍子さまさえ男児をお産みになられていれば、道長さまは自らのご令孫の父親として帝を遇し奉り、徒《あだ》や疎かには扱われなんだじゃろう。されど産まれたのが姫宮さまじゃった以上、こうなれば一日も早く東宮・敦成さまに帝位をお譲りいただこうと、陰に日向に策を巡らされるに違いない」

敦成の母親である彰子は、折ごとに道長に対して、東宮の即位は急がないでほしいと伝えているという。しかし道長は自身の年齢を思うにつけ、焦らずにはいられぬのだろう。彰子の言葉にまったく聞く耳を持たないのだ、と藤式部は語った。

「そうなれば今後、帝はますます妍子さまに辛く当たられようし、妍子さまはいま以上に、お父君とご夫君の間で板挟みにおなりになる。お仕えする主のお苦しみを間近にするのは、辛いものじゃ。赤染どのも何卒ご無理はなさるなよ」

朝児からすれば現在の妍子の懊悩《おうのう》ですら正視するに堪えぬのに、まだこれ以上の苦しみがやってくるというのか。とはいえ激しい対立の中にむざむざ妍子を置き去りにもしがたいと思った矢先、気になる噂が土御門第に流れてきた。内裏におわす帝が、歯痛に苦しめられ、西京極あたりに住む媼に歯を抜かせるというのである。

「本当に帝が歯を抜かせられるのですか。しかも西京極の媼に」

朝児の耳にその噂を運んできたのは、久方ぶりに土御門第に顔を出した息子の挙周であった。

朝児の顔色が完全に変わっていたのだろう。挙周はいささかたじろぎながらも、「なにもそんなに驚かれずとも」と苦笑した。

「帝とて生身のお身体でいらっしゃるのですから、歯の一本や二本、損なわれる折もございましょう。かの媼の歯抜きはそれはそれは巧みで、内裏に働く官人の中にも世話になっている者は多いとやら」

大晦日を二日後に控えた土御門第は、女房たちがしきりに渡殿を行き交い、下人たちが蔵や雑舎から様々な道具類を運び出している。間もなく来る新たな年の支度のみならず、のびのびになっていた妍子の内裏への還御《かんぎょ》が、いよいよ年明け十九日と決まったからだ。

それだけに普段であれば、こんな忙しい時期にのこのこと訪ねてきた息子の相手なぞする気にはなれなかった。だが思いがけずその口から飛び出してきた「歯抜きの媼」の名に、朝児は居住まいを正した。

「その媼の息子は確か、友成とやらと申すのでは」

「母上は世間知らずかと思いきや、妙なことをよくご存じでいらっしゃいますな。まさにその通りでございます」

挙周によれば、帝は二年前にもやはり歯痛に苦しめられ、西京極の媼の世話になったという。その後、長らくは平穏な日々を送っていたのが、年の暮れも迫った極月の始めになって、突然、再度の歯痛を訴えたのであった。

「とはいえもはや暮れも迫っておりますれば、歯抜きは新年の諸々の儀式が一段落した正月七日に、こっそりと媼を内裏に召して行われるそうでございますよ」

一年の中で、正月はもっとも儀式の多い時期。確かに七日といえば主だった儀式はひと区切りついているが、それでも邪気を払う白馬を天皇が御覧じる白馬節会《あおうまのせちえ》や、七種の若菜を摘んで粥を煮る人日《じんじつ》の節供《せっく》が催され、宮中はまだまだ慌ただしいはずだ。

そんな時節に歯抜きの媼を招くとは、帝の歯痛はそれほどひどいのか。

（それとも——）

妍子の内裏への還御が決まったのは、帝が歯痛を訴え始めたという十二月の始め。まだ宿下がりを続けよとの帝の勧めを押し切って、妍子みずからが「後宮に戻ります」と言い立てたのである。

これは果たして偶然か。それとも何者かの意図があってか。

冷たいものが、背筋をじわじわと這い上って来る。ぐいと両肩を引いて朝児がそれを堪えたとき、「赤染どの、赤染どのはおいでですか」との呼び声が孫庇で弾けた。

「はい、こちらにおりますが」

御簾の隙間から身体を乗り出せば、半年ほど前に雇い入れられた右近《うこん》という名の女房がきょろきょろと四囲を見回している。

年の頃は、三十手前。道長に見込まれて妍子付きの女房として雇われるまでは、長らく内侍司で働いていたという噂の、ひどく無口な女房であった。

「妍子さまがお召しでございます」

「わたくしをでいらっしゃいますか」

妍子の女房の中で、朝児は新参者。大鶴の手伝いを兼ねて御前に出ることはあっても、妍子から直々に用事を言いつけられたことはほとんどない。

それだけに朝児は何かの間違いではないかと問い返した。しかし右近は色白の顔をこくりとうなずかせただけで、もはや用事は済んだとばかり踵《きびす》を返した。

「では、母上。わたくしはこれで。大鶴にもよろしくお伝えくだされ」

妹に加え、母親までが妍子のお気に入りに取り立てられていると映ったのだろう。どこか嬉し気に立ち上がる挙周を見送ると、朝児は首をひねりながら妍子の居間へと向かった。

姫宮が生まれてから、すでに五か月。日に日に大きくなる赤子の愛くるしさに慰められたのか、ここのところ妍子は落ち着きを取り戻し、かつてのように泣きわめくことは激減していた。

だが今、御前に進み出れば、道長に似て目鼻立ちの際立った妍子の表情は久方ぶりに険しく、居並ぶ女房たちの面差しも暗い。薄墨を流したかのように沈んだ局の気配に、朝児は思わず部屋の隅に控えた大鶴を顧みた。だが大鶴は母親の眼差しを避けて俯くと、かたわらの文机に置かれていた手箱を捧げ持ち、それを朝児の前に進めた。美しい蒔絵《まきえ》の施された蓋を開け、中から一首の歌が書き付けられた陸奥紙《みちのくがみ》を取り出した。

戸惑いながらそれを受け取った朝児に、妍子が暗い目を向けた。何かを堪えているかのように赤らんだその頬が、朝児の目には、薄暗い局の中に咲いた一輪の花かと映った。

「赤染は歌の名手と聞きました。そのお作になんと返せばいいか、考えてちょうだい」

「返歌を詠めと仰せですか」

ええ、と応じた声は今にも泣き出しそうに上ずっている。朝児はあわてて妍子から目をもぎ離した。

手元の陸奥紙は上質の絹を思わせてひんやり冷たく、目に痛いほどの白さが淋漓《りんり》たる墨の色を際立たせている。朝児は力強い男の手蹟《しゅせき》でひと息に記された和歌を目だけで読み上げ、そして息を飲んだ。

――春来れど　過ぎにし方の氷こそ　松に久しくとどこほりけれ

春が訪れるというのに、これまでに凍った氷は松の枝に長らく宿り、いつまでも溶ける気配がありませんね――という歌意は、歌の送り手と受け手の間に横たわる深い亀裂をありありと物語っている。まるでお互いの不仲を確認し合うかのような、あまりに冷ややかな詠草《えいそう》であった。

いったい誰がこんな歌を、と目を上げた朝児に、大鶴が顔を近づけた。

「帝よりただいま届いた御製です。母さま、なんとかいい返歌をお願いします」

「ちょっと待ってください。そんな」

確かに和歌は、朝児の得意とするところ。妹や挙周のために代作をしてやったことも、数知れない。しかしそれら恋人の夜離れを怨じた作や不仲となった愛人への言い訳の歌はすべて、表向きはどうあれ、お互いの心の底にはそれぞれを思い合う真情があるはずと信じて詠んだ作である。

目の前の歌の如く、お互いの不仲を露呈するばかりの詠草に、赤の他人の朝児がどう返歌できよう。

だいたい朝児は、妍子に仕えて日が浅い。妍子が帝を一途に慕っていることは何となく察せられるが、冷淡な帝あてにどんな歌を送ればいいのかまではさすがに分からない。

だが悲鳴に近い声を漏らした朝児に、大鶴は大きく首を横に振った。

「いいえ。お願いです。かようなお作への返歌が出来るのは、もはや母さましかおらぬのです」

「無理を言わないでください。これほどの重任、わたくしには到底果たせません」

そうでなくとも今、帝と妍子の間には藤原道長という動かしがたい岩が立ちはだかっている。そんなところに下手な返歌なぞ送っては、それがどんな波風を立てるか知れたものではない。あまりの恐ろしさに、指先が小さく震えた。

「お許しください、妍子さま。わたくしには無理です」

床に額をこすりつけた朝児に、妍子は双の眸《ひとみ》を潤ませた。

「どうしても、駄目ですか」

「はい。わたくし如きが帝へのお返事を代作するなぞ、恐れ多うございます。妍子さまがお詠みになった歌を手直しさせていただくのであればともかく、ただ代詠をと仰られても、何とお詠みすればいいのかわかりません」

「手直しならしてくれるのですね」

もちろんでございます、と応じた朝児に、妍子は小さく眼を瞬かせた。光るものがその目尻ににじんだ。

「言葉は……帝にお伝えしたい言葉は、様々に浮かんでくるのです。ですがそれをそのまま歌に織りなしていいのか、どうしても自分ではわからなくて」

「よろしければ、どうぞお聞かせください。憚りながら、推敲のお手伝いをさせていただきます」

女房の一人がおずおずと妍子の前に文机を運び、筆硯《ひっけん》と料紙を整える。妍子はしばらくの間、筆を握り締めたまま、雲母刷りで千鳥《ちどり》を織り出した料紙を見つめていた。だがやがてぶるっと身体を震わせるや、穂先から散った墨が床を汚すほどの勢いで、ひと息に一首の歌を書き付けた。


――千代経《ふ》べき　松の氷は春来れど　うち解けがたきものにぞありける

帝からの歌を受け取って以来、幾度となく胸の中で繰り返し続けてきたのだろう。もはや朝児の手直しなぞ必要がないほどに、歌の形は整っている。

しかしながら、「千歳の齢を保つ松の枝に宿った氷です。春が訪れたとて、その松の齢同様、簡単に溶けるものではありますまい」という歌意は、帝からの歌以上に頑なで、まったく取り付く島がない。

いったいどうすればと眩暈すら覚えた朝児に、「こんな……こんな歌しか思い浮かばぬのです」と妍子は声を震わせた。

「妍子さま、どうぞ落ち着いてくださいませ。ご本意をおうかがいせねば、わたくしもお直しができません。そもそもかように帝を突き放したお言葉は、決して妍子さまのご真意ではいらっしゃらぬのでは」

これまで妍子は、帝がどれだけ冷淡でも、その歓心を得ようと懸命であった。姫宮との対面のために行幸した帝から、「まだしばらくは実家に留まるように」と命じられて泣き崩れたのも、帝を慕えばこそだ。

だが朝児の言葉に、妍子は艶やかな黒髪が乱れるのも厭《いと》わずに、激しく首を横に振った。置かれたままの筆硯を乱暴に片手で払いのけ、うわっとそこに泣き伏した。耳ざわりな音と共に、硯が床で覆り、真っ黒な流れがゆるゆると床を汚した。

「だって……だってわたくしがどれだけ帝を思うても、あのお方はわたくしを愛しいとは思うてくれぬではないですかッ。過ぎにし方の氷なぞとその御心を突き付けられたら、もはや突っぱねるしかないわ」

「それは勘繰り過ぎではございませんか。そもそも歌とは、幾通りもの読み方ができるものです。帝のご真意を端から疑ってかかっては、通じる思いも通じなくなってしまいます」

帝の詠草の「過ぎにし方の氷」を詠み手自身の思いと解釈すれば、帝は妍子に対して一片の愛情も抱いていないことになる。ただその一方で、同じ語句を妍子の思いと解釈し、頑なな妻の心がほぐれることを願った作と読むことも、決してできぬわけではないのだ。

とはいえ妍子はこれまで、帝に対して冷たい態度を取ったことがない。それだけに帝の歌の解釈が、妍子の推測通りであることは、残念ながら疑いようがない。要は帝は妍子を愛しきれない己の真情を吐露し、まだ内裏に戻って来るなと通告しているのだ。

しかしそこに更に冷淡な詠草を返したりすれば、二人の仲はもはや取返しのつかないものとなる。辺りに散った墨が、差し入る陽を映じてぬめぬめと玉虫色に光る。その暗い輝きが、妍子の複雑な愛憎を物語っているかに思いながら、「わたくしがお手伝いします。もう一度、歌をお詠みください」と朝児は身を乗り出した。

「無理よ。だって帝は結局、左府道長の娘であるわたくしがお嫌いなんだもの。そんなお方にこれ以上慕わしいと申し上げても、突き放されるだけだわッ」

年が明ければ二十一歳になる妍子は、藤原道長の次女。六歳年上の姉・彰子が道長の政敵との戦いを間近に眺めてきたのとは異なり、物心ついた頃から藤氏長者の姫として風にも当たらぬよう育てられてきた。それだけに他者から露骨《ろこつ》な憎悪をぶつけられるのは、これが初めてなのに違いない。

「これ以上、帝にすがりついても、自分がみじめになるばかり。そんな目に遭うのは、真っ平ごめんよ」

上ずった主の声に、大鶴が強く下唇を噛みしめる。探る目つきで、妍子の顔を仰いだ。

「それでは、妍子さまはもう二度と内裏には戻られぬのですか。このまま里第《りてい》で姫宮さまをお育てあそばす、と」

「そ、そんなことは言っていないわ」

はっと頬を強張らせ、妍子は大鶴を遮った。

「歌はあくまで歌。参内とは別よ。内裏には帝が何と仰られても帰るわ。だって……だってわたくしは帝の中宮なのよ」

結局、と朝児は胸の中で呟いた。どれだけ冷淡に扱われても、妍子は心の底から帝を嫌いはできぬのだ。父親と帝の不仲に心を痛め、宿敵の娘と帝から見られていることを知りつつも、それでももしかしたらという期待にすがりつかずにはいられない。そして道長は妍子が帝からどんな仕打ちを受けるか承知しつつも、その還御を留めはせぬだろう。なぜならこのまま土御門第に留まっていても妍子の身の上には何も起きぬが、内裏に戻れば、帝の気まぐれ次第では、また彼の子を孕む可能性もあるためだ。

朝児はわななきそうな唇を、ぐいと噛みしめた。それでも視界が水を透かしたかの如く揺らめき、こぼれた墨の輪郭がにじむ。

帝はこの国の至高の君。その妃となることは、女の身には望むべくもない栄誉のはずだ。だが今、誰もがうらやむはずの立場にある妍子は、政の荒波に揉まれ、父と夫という身近な男たちに翻弄されている。

なんと哀れな、との思いが、朝児の視界を黒ずませた。

藤式部はこんな事態も承知していればこそ、朝児に早めの致仕を勧めたのか。とはいえ頼賢との約束がある以上、ここで妍子の側を離れるわけにはいかない。

歌がしたためられた料紙を、朝児はかたわらの女房に押し付けた。驚いて身を引きかける相手の腕を、強く摑んだ。

「誰か、字の上手にこの歌を写させてください。松が枝《え》に結び、内裏にお届けを」

「よ、よろしいのですか」

「はい。大変なお覚悟の上でお詠みになったご詠草です。わたくしがお直ししていいところなぞひと所とてございません」

無理に帝に媚びる歌を作らせては、妍子が更に哀れになるばかり。そんな真似は、決してさせることはできない。

二人のやりとりに、妍子がわずかに肩の力を抜く。やつれた頰に浮かんだ安堵の笑みが、ひどく痛々しかった。

年が改まり、新年の儀式がひと通り済むと、妍子の内裏還御の支度はいよいよ本格的なものとなった。なにせ一年に及ぶ長い留守の後だけに、妍子の局である飛香舎《ひぎょうしゃ》は主だった調度が片付けられ、閉め切ったままになっている。それだけに道長は土御門第から心利いた家司を飛香舎に送って掃除を行わせるとともに、姫宮のための道具・衣装を納めた長櫃《ながびつ》を二十箱近くも内裏に運ばせ、新たな生活の用意を整えさせた。

千鳥の遊ぶ浜のありさまを螺鈿《らでん》で描き出した鏡道具、装身具ひと揃いを納めた桐唐草文様《きりからくさもんよう》の蒔絵手箱……果ては琴に琵琶《びわ》などの楽器や盤双六《ばんすごろく》まで、その荷のおびただしさは、ようやく乳離れしたばかりの女児の身の回りの品としてはあまりに豪奢である。このため妍子付きの女房の中には、「よろしゅうございましたなあ。道長さまのご勘気も、春の訪れとともにようやく緩んだようでございます」と嬉し涙を浮かべる者までいた。

しかしながら朝児の目には、贅を尽くしたその調度類は幼い姫宮のためというより、内裏で妍子母子を待ち受ける帝に対する示威《じい》としか映らなかった。妍子自身もまた、同様のことを感じているのだろう。飛香舎に運ぶ荷の目録が届いてもなんの興味も示さず、大鶴たち女房に「代わりに目を通しておくれ」と下げ渡す始末であった。

土御門第に流れてくる噂に注意して耳を傾けたところ、かねて挙周から聞かされた通り、内裏では正月七日に帝が西京極三条大路の媼に歯を抜かせ、昨年来の御悩《ごのう》が平癒したという。それが本当にただの歯痛によるものか、それとも媼の息子という火事師を召そうとしてのことかは分からない。

だが少なくとも、これでようやく朝児は内裏に入り得る。多忙に紛れ、文すら送れぬままであったが、頼賢もきっと叡山で待ちくたびれていよう。

（ご還御の前に一日、お暇《いとま》をいただいて、家に戻ろう。頼賢どのをお呼びし、今後の思案をしかと定めておかねば）

土御門第の中庭には荷車が幾輌も曳き入れられ、雑色たちが内裏に戻す妍子の調度類を次々と積み込んでいる。物憂げにそれを眺める妍子のかたわらに控えながら、朝児がそう考えた時である。「赤染、赤染はおるか」というけたたましい呼び声がして、対ノ屋の孫庇に人影が差した。

怪訝な顔で振り返った女房たちが、驚きも露わにあわてて平伏する。脇息にもたれかかっていた妍子が、「まあ」と呟いて居住まいを正した。

「父君、どうなさったのですか。お珍しい」

姫宮が誕生した昨年七月以来、道長が儀式以外で妍子の居室を訪れるのは、これが初めてである。

それだけに女房の中には急いで立ち上がり、乳母とともに隣室にいる姫宮を連れて来ようとする者もいた。だが道長は握りしめた笏《しゃく》を軽く振ってそれを制し、

「おお。いたか、赤染。わしの自室まで来い」

と、隣の対ノ屋にせわしく顎をしゃくった。

内裏の勤めを終え、帰宅したばかりなのだろう。中紫の束帯に鶴を織り成した平緒《ひらお》を下げたその姿は、内裏への還御の日が近づいてもなお暗鬱《あんうつ》な東ノ対には不釣り合いな華やかさである。

しかしながら今、くっきりとしたまつ毛に縁どられた大きな目は、女房たちの中でも下座に控えた朝児一人にひたと据えられている。止められてもなお、女房が連れてきた姫宮には目もくれず、道長は「よいな」と念押しして、踵を返した。

「は、はい。かしこまりました」

肩身の狭い思いで、朝児はそそくさと立ち上がった。真っすぐに背を伸ばした妍子の双眸が、ひたと背中に据えられているのが分かる。真夏の日差しにも似た熱すら背に覚えながら、北ノ対にある道長の自室に小走りに向かった。

「おお、来たか。いや、昨夜は内裏に候宿《こうしゅく》（宿直）していたのだが、夜更けになって源頼定が宿所を訪ねて来よってな。それとなく退出を勧めても知らぬ顔をしよって、まったく弱ったぞ」

久方ぶりに聞く、頼賢の父親の名である。なんと、と呆れかえった朝児を尻目に、道長は円座

にどっかりと胡坐をかいた。

大臣以上の役職にある公卿は、数日おきの宮城での宿直《とのい》が義務付けられている。すでに左大臣として政務の中心にある道長とてそれは例外ではないが、なにせ五十の坂も見えてきた当節、まだ寒い新春の宿直は身体に堪えるのだろう。ぶるっと身体を震わせて、傍らに引き付けた火桶に手をかざした。

「確か頼定さまは現在、参議の職においででございましたね」

頼定は右大臣・藤原顕光の娘である元子と駆け落ちした後、一時は元子の乳母の知人の屋敷に身を寄せた。しばらくはそのまま出仕もせずに引きこもっていたが、どこからも助けの手が差し伸べられぬことに焦れたのだろう。元子を逗留先に残して、自身は自邸と元子のもとの行き来を始め、結局そのままずるずると宮仕えを再開したと聞く。

「おお。しばらくは右大臣どのもおかんむりでいらしたが、なにせ駆け落ちから間もなく、娘御が身二つとなってしもうたからな。さすがに知らぬ顔を決め込み続けるわけにもいかず、最近では居候《いそうろう》暮らしの元子どのに、そろそろこちらの屋敷に戻ってはどうだと勧めているらしいぞ」

「はあ、それはよろしゅうございました」

頼定が捨てたはずの息子の縁まで使って大江家を訪れたのは、自分と元子の仲を周囲に認めさせんとしてだった。右大臣・顕光が孫可愛さに渋々我を折ったとあれば、頼定とて心置きなく参議の任に専念できるはずだ。

気のない相槌を打った朝児をにやりと見やり、道長は胸の前に脇息を引き付けた。行儀悪く、それを両手で抱え込み、「されど、じゃ」と続けた。

「人の欲とは、限りのないものでなあ。頼定め、かねて懸念の女子との仲が認められた途端、また別の欲が頭をもたげて参ったらしい。宿直中のわしにあれこれ阿諛追従した上、どうか納言職を賜りたいと言って来よった。足かけ六年も参議のままとあっては、亡き父母に顔向けが出来ぬのだと」

言葉面こそ不機嫌そうだが、福々しい道長の頬には隠しきれぬ笑みが浮かんでいる。人目を憚り、こそこそと自分を訪ねてきた頼定の姿を思い返してか、くくっと厚い肩を揺らした。

「なんとまあ。それはわがままにもほどがございましょう」

政治の大半は道長を筆頭とする太政官によって担われているが、除目《じもく》任官を含め、その政の最終決定を下すのは帝である。そしてその帝からすれば、頼定は過去にみずからの女御と密通し、子供まで産ませた男。彼を参議に任じたのは亡き先帝だが、当今の御代《みよ》になって、その座を追われなかっただけでもありがたい慈悲と思うべきではないか。

あまりに自らの行いを省みぬ頼定の言いざまに、我知らず声が高ぶる。道長はそんな朝児を面白そうに眺めながら、「おお、もちろんじゃ。わしもさように申してやったわい」と首肯した。

「するとな。頼定の奴め、面白いことを言い出したぞ。道長さまのためとあれば、自分は現在、叡山は慶円《けいえん》さまの元で修行しておる息子の頼賢に命じ、何事かお役に立たせましょう。御坊のお側に長くお仕えしておる倅であれば、他では聞けぬ醜聞の一つや二つ、承知しているやもしれませんので――じゃと」

朝児は我が耳を疑った。そんな朝児の顔をつくづくと眺め、道長は笏の先でぽりぽりと己の顎を掻いた。

「まったく、どこまでも愚かな男じゃのう。頼賢がとっくの昔に父親を見限り、わしの元を訪れてきたなぞ夢にも思うておらんらしい。そりゃあ、叡山の慶円とわしは犬猿の仲だ。されどいくらそれを追い落とすためとはいえ、頼定如き腰抜けの力を借りようとは思わぬ。わしは自分の欲するものは自らの手で奪い取ることにしているからな」

慶円は昨年末、帝のお声がかりによって大僧正に任ぜられた。叡山の衆僧と道長の対立がいまだ続く最中の大僧正補任は、道長からすれば不快の極み。それを承知で慶円を引き立てる帝に、朝児は暗澹《あんたん》たる思いになったものだが、両者の対立を自らの取引の具に使おうとする頼定のやり口には、まったく腸《はらわた》が煮えくり返る。

「さて、そこでだ。妍子が内裏に戻る前に、改めておぬしの意見を聞いておきたい。頼賢は間違いなく、原子の死の理由を見つけられると思うか」

「それは――」

朝児は返答に窮した。なにせ原子の頓死は、十余年も昔。頼賢の必死さは疑うべくもないが、だからと言って、当時分からなかった死の原因がそうそう容易に判明するとは思い難いのもまた事実だ。

「答えよ、赤染。おぬし、どう考えておる」

脇息を抱えたしどけない姿勢とは裏腹に、道長の眼光は鋭い。このときになって朝児は道長が滅多に瞬きをせぬ男であると気が付いた。男にしては輪郭のはっきりした双眸が朝児の視界いっぱいを占め、まるで一挙手一投足まで窺われているような気がした。

自らの権勢を守るためであれば、天津日嗣《あまつひつぎ》の位を受けた帝と諍うことも、また火事師の如き無頼の輩を雇い入れることも厭わぬ道長だ。もしここで無理かもしれないと答えれば、道長は頼賢の使い道を改め、彼を用いて慶円を失脚させる策を巡らせるかもしれない。

無論、頼賢が自堕落な父親の言うなりになるとは思い難い。しかし権謀術数《けんぼうじゅつすう》に長けた道長にかかれば、頼定を用いずとも、頼賢を自分の意のままに動かすことはさして難しくはあるまい。

（まったく、頼定どのは）

源頼定が差し出がましい申し出さえしなければ、こんな事態にはならなかった。どこまでも周囲に迷惑をかける彼への怒りに、朝児は膝の上に置いた手に力を込めた。

「――ご心配は要りません。頼賢どのは必ずや、目的を果されることでしょう」

何の確信もない。だが後に引けぬ思いで言い放った朝児に、道長はほう、と眉を跳ね上げた。

「万事慎重なおぬしがそうまで言うのは、珍しい。頼定の申し条が、それほどに腹立たしいか」

「はい。仰せの通りでございます」

朝児は長年、家刀自《いえとじ》として大江家を支え、挙周や大鶴、小鶴の迷惑にならぬよう身を処してきた。それだけに同じ人の親にもかかわらず、あっさり捨てたはずの息子を今になって利用せんとする頼定は、忌々しくてならない。

子どもは決して、一人で育つのではない。本来ならば両親を始め、まわりの人々の慈しみを受けて学び、一人前の大人になるのだ。そんな当然の扶育すらわが子に与えず、藤原原子や慶円たちに頼賢を押し付けながら、今になって父親面とする頼定に、朝児はほとほとあきれ返っていた。

彼のような父親にこれ以上、頼賢を利用させてはならない。頼賢に恨みを晴らさせるというよりも、頼賢自身の今後のためにも、朝児はそう自らに言い聞かせた。

「ただ頼賢どのは、十年以上かかって後宮に立ち入るとば口を得たほど、意志の強いお人です。だとすればわたくしたちには分からぬ事実を暴き立て、原子さまの死の謎に迫ることも十分あり得ましょう」

「ふうむ。おぬし、ずいぶん頼賢を買っておるのだな」

「ええ、それはもう。わたくしには大切な学問の弟子でもございますから。手塩にかけた弟子を頼定さまの如きお人に利用されるなぞ、真っ平ごめんでございますよ」

わざと莞爾《かんじ》と笑った朝児に、道長は「よし」と手を打ち鳴らした。

「そうまで言うのなら、ここはおぬしを信じよう。ただそれにしても、頼定は自らの欲望にあまりに忠実に過ぎる。ああいった男は、なにか務めを投げ与えておかねば、またちょこまかと尻尾を振ってわしに付きまとってくるだろうな」

呼んでもおらぬのに役に立とうとする頭の悪い犬ほど疎ましいものはない、と呟いて、道長は唇をへの字に歪めた。

「しかたがない。あ奴には何か、適当な仕事を押し付けておこう。とはいえあれほど頭の悪い輩に任せられるようなことが、はてさて何かあったかのう」

他人を犬呼ばわりして憚らぬ道長に、朝児は不快と恐怖を同時に覚えた。

怜悧《れいり》な道長からすれば、自分に従おうとする理由がはっきり透けて見える頼定など、信頼に足る人物とは映らぬのだろう。そして同時にそんな道長の目には、自分も頼賢も――もちろん妍子を始めとする己の子どもたちも、ただの手駒に過ぎぬというわけだ。

妍子が帝に送った返歌が、ふと脳裏をよぎる。慕わしく思っている帝を突っぱね、自らの心を「うち解けがたき氷」にたとえた妍子。もしかしたらあれは帝に対する虚勢であると同時に、自分と帝を操《あやつ》ろうとする道長への精一杯の反抗だったのかもしれない。

皇太后という女の極め得る最高の座におわす彰子も、帝位を確実に約束された東宮・敦成も、畢竟《ひっきょう》、この道長の我意によって動かされているにすぎない。己の欲望のために頼賢を利用しようとする源頼定は、朝児には腹立たしい。だが一方で自分がついつい道長の欲望の手駒として働いてしまうのは、彼の有する権勢を恐れ、おのずとその力の前にひれ伏してしまっているからか。

かつて朝児は、出世のために道長に媚びて憚らぬ夫を、内心、蔑《さげす》みの目で眺めていた。だがそんな自分がいつの間にか、夫と同じ境涯に陥るとは。そんな自分が情けなく、朝児は軽く目を伏せた。

ただそう考えれば、帝はまったく大変なお人だ。天皇を支える太政官のうち、首座たる左大臣の座は道長に占められ、第二座である右大臣・藤原顕光《あきみつ》は政務にも儀式にも昏《くら》い暗愚。残る太政官のうち道長に媚びぬ気骨者は、世相を顧みぬ頑固者と名高い大納言・藤原実資《さねすけ》や、亡き内大臣・藤原伊周《これちか》の弟である中納言・隆家《たかいえ》ぐらいしかいないのに、帝は憚ることなく道長に楯突き、太政官の采配に従おうとしない。

朝児は現在、妍子の女房だ。それだけに妍子を冷淡に遇する帝には、怒りを覚えずにはいられない。しかしその一方で、ろくな後ろ盾のいない藤原娍子を寵愛して皇后の座を与え、その所生の皇子・皇女を慈しむ帝の情愛ある行動には、一抹の感嘆すら覚える。

誰もがとかく易《やす》きに流れ、力ある者ばかり勝つ無常のこの世で、もしかしたら帝一人だけが悲しいほどに澄み、自分を含めた世人はみな濁れる酒に酔いしれているのではあるまいか。

いったんそう思ってしまうと、自らを含めた土御門第の誰もが、輝かしき権勢の前に膝を屈する惰弱の輩と見える。とはいえそんなことを口に出せるわけもなく、鬱々たる思いで妍子の内裏還御の支度を手伝ううち、あっという間に暦は正月十七日を迎えた。

その前々日、朝児は一日休みをもらい、大江家に戻った。だがせっかく叡山に文を送ったにもかかわらず、頼賢は慶円が咳病《がいびょう》（インフルエンザ）に罹って看病をせねばならず、お山を降りることができなかった。

——では慶円さまがご快癒なさったら、飛香舎に訪ねてきてください。衛府には、頼賢どのはわたくしの甥と告げておきます。

唐国では、天子と皇太子以外の男子は後宮に立ち入れぬと聞くが、本邦の後宮は男子禁制ではない。各妃の殿舎には父親や兄弟が親しく出入りし、夜ともなれば女房たちは己の局に恋人を引き入れ、ひと時の逢瀬《おうせ》を持つ。それだけに内裏警固の六衛府《ろくえふ》にさえ告げておけば、頼賢の飛香舎への立ち入りは容易なはずだ。

朝児の送った文に、頼賢はもはや不要となったらしき経紙の裏にたった一文字、「応」とだけ書いて寄越した。秋の末から春先にかけて流行する咳病は、時に人の命を奪う恐ろしい病である。慶円の高齢を考えれば、落ち着いて返事を記す暇なぞないのは当然だった。

妍子の宮城内の住まいである飛香舎は藤壺《ふじつぼ》とも呼ばれ、東宮・敦成の暮らす凝華舎《ぎょうかしゃ》の真南に位置する殿舎である。それだけに妍子が後宮に還御するや、敦成の母親である彰子はさっそく飛香舎を訪い、久方ぶりの姉妹の団居《まどい》の時を持った。

道長の影が濃く差す土御門第を離れたことで、少しは心の曇りが取れたのだろう。妍子はかつての苛立ちぶりが嘘のような笑顔で姉を迎え、朝児たち傍仕えの女房を安堵させた。

また、早くに母親と引き離され、東宮として窮屈な暮しを強いられている七歳の敦成からすれば、若く美しい叔母がすぐ隣の殿宇《でんう》に戻ったことが、嬉しくてならないらしい。なにかと口実をつけては飛香舎を訪れ、時にはようやく伝い歩きを始めた姫宮の遊び相手を買って出もした。

「やっぱり無理にでも内裏に戻られて、よかったわ。残念ながら帝はなかなかこちらにお渡りくださらないけど、それでも妍子さまのお顔色の明るくていらっしゃることといったら」

内裏還御が吉と出るか凶と出るか、祈る思いでいたのだろう。飛香舎暮しを始めて半月が過ぎた頃、大鶴は心底ほっとした表情で朝児にそう漏らした。

皇后娍子は昨年八月に身体の不調を訴え、内裏を退いている。それだけに現在、後宮にいる妃は妍子一人であるが、帝からすれば対立著しい道長の娘には手を触れる気になれないらしい。妍子の還御後、慰労の使いを飛香舎に遣わしたきり、一度もお渡りはない。

「でも、それも仕方がないらしいのよ。母さまは、帝のご病気の噂はもうご存知？」

「ご病気って、まさかまた、歯を――」

息を飲んだ朝児に、大鶴は虚を突かれた表情になった。だがすぐに「違うわよ」と苦笑いして、四囲を見回した。

「典薬寮で働いているお医師がこっそり教えてくれたのだけど、最近、帝はお目の具合が優れられぬのですって。典薬頭《てんやくのかみ》（天皇の侍医）を内々に召して、金液丹《きんえきたん》を服していらっしゃるけど、はかばかしくはよくなられぬそうよ」

金液丹は辰砂《しんしゃ》や金から作られ、万病に効くと伝えられる丹薬《たんやく》。国内ではほとんど生産されぬ、唐渡《からわた》りの珍品である。

典薬寮でもほんのわずかしか備えていないはずの薬を服するとは、帝の目はよほど悪いのだろうか。ただ一方で、そんな病状をなぜ典薬寮の官人が大鶴に教えたのかが気にかかる。

探る目になった朝児に、大鶴は髪が乱れるほどの勢いでそっぽを向いた。

「とにかく。これで帝が娍子さまのもとに通っていらっしゃるなら、妍子さまもまた暗いお気持ちになられるでしょうけど、御悩ならしかたがないわ。もしかしたらお心の弱りから、また妍子さまに優しくしてくださる日が来るかもしれないし」

そうね、と我知らず打ちかけた相槌を、朝児はぐいと飲みこんだ。自分が綺麗ごとを考えているのは、よく分かっている。ただ主である妍子を大切に思う一方で、娍子と帝の仲を裂くような言葉には同調したくなかった。

中途半端に唇をつぐんだ朝児に、大鶴は物言いたげな目を向けた。何か考え込むように幾度か唇を尖らせたり戻したりを繰り返した末、「――清原儀春《きよはらよしはる》どのと仰るのよ」と聞き取りづらい早口で言った。え、と問い返した朝児を一瞥し、だから、と声を高ぶらせた。

「あたくしに帝のご病状を教えてくれたお人よ。かつての典薬頭、清原重人《しげと》さまの孫に当たるお方で、いまは主典《さかん》として見習い医師をしていらっしゃるの」

勝気な長女の珍しいうろたえぶりに、朝児は一瞬ぽかんとし、それからこみ上げてきた笑みをかみ殺した。ただの医師が、大鶴に帝の体調について漏らすわけがない。それはつまり、両人が勤めを離れた仲であればこそだ。

典薬寮の医師たちはこのところ、三日に一度の割合で飛香舎に伺候し、中宮である妍子と姫宮の診察に当たっている。少なくとも土御門第で暮らしていた間、大鶴に通ってくる恋人がいた気配はない。だとすれば妍子が内裏に戻った後に、清原儀春なる青年医師は大鶴を見初め、その局に通ってくる仲となったのだろう。

「よかったわねえ、大鶴」

他人に手厳しい娘だけに、言い寄って来る男君なぞ滅多におるまいと思っていた。それだけにしみじみと声を落とした朝児に、「やめてちょうだい」と大鶴はぶっきらぼうに言い放った。

「背の君が出来たって、すぐ致仕するつもりはないんだから。母さまみたいに家刀自となって家の中に籠るなんて、まっぴらよ」

冷たい水を胸元にぶっかけられた気がして、朝児は目を見開いた。大鶴自身、自分の舌鋒《ぜっぽう》の鋭さに気が付いたのだろう。あ、と軽く息を飲み、「違うのよ。その、あたくしは」と急いで言葉をつくろった。

「あたくしはただ、もうしばらくは妍子さまにお仕えし続けたいの。だって今の妍子さまはあまりに寄る辺なくていらっしゃるから」

「ええ、分かっているわ。大鶴は忠義者ね」

笑おうとする唇の端が、微かに震える。折しも「誰か、どなたかいらっしゃいますか」という野太い訪いが庭で響いたのに応じるふりで、朝児は袴の裾を乱して立ち上がった。

頭がよく、気の強い大鶴が、家の切り盛りにかかりきってきた自分を冷たい目で見ていたことは知っていた。だが自分が大江家を支え、亡き匡衡や挙周の出世を陰で支えてきたからこそ、大鶴も若くして妍子の女房となり得たのではないか。

子どもとはみな、何らかの形で親を踏みつけにして育っていくものだ。それぐらい、頭では理解している。にもかかわらず、図らずも突き付けられた大鶴の本音は、己でも驚くほど深く朝児の胸をえぐっていた。

「ごめんくだされ。中宮さまにお仕えの赤染衛門さまに御用があり、まかり越しましてございます」

妻戸を開けて庇に出る間も、訪いの声は止むことなく続いている。それに自分の名が含まれたのに首をひねりつつ、御簾越しに庭先に目を向ければ、金襴《きんらん》の袈裟をかけた僧侶が一人、葉を落とした藤の木の下できょろきょろ辺りを見回している。まあ、と朝児は声を筒抜かせた。

「頼賢どのではありませんか」

明るい早春の日差しを受けた背はたくましく伸び、かつてわずかに留まっていた少年のあどけなさはもはや微塵もない。考えてみれば、頼賢もすでに十七歳。とはいえ一年近く見ぬ間に、その姿はあまりに大人び、真新しい袈裟と相まって、どこからどう見ても一人前の僧侶であった。

「朝児さま、大変ご無沙汰しております」

大江家では同じ部屋に上がり込み、机を並べもした。しかしさすがに後宮ではそんな不調法もしがたいと分かっているのだろう。六尺（約百八十センチメートル）はありそうな背をまっすぐに伸ばし、頼賢は深々と低頭した。

そんな落ち着き払った挙措は、およそかつてのやんちゃさとは程遠い。朝児はふと、目に見えぬ帳《とばり》が自分と頼賢の間に下ろされたような寂しさを覚えた。

この感覚には記憶がある。挙周にしても大鶴にしても、幼い頃は母親である朝児の後を慕い歩き、なに飾ることなく泣き、笑った。だがいつしか大人になった彼らは朝児との間に見えざる垣を築き、明らかに存在していた澄明な心の触れ合いは互いの顔色を窺い合うものに変わってしまった。

立ちすくんだ朝児に、頼賢は怪訝そうに眉を寄せた。素速く四囲をうかがって、近辺の簀子に人気がないと確かめてから、小走りに勾欄際《こうらんぎわ》に近づいてきた。簀子の端に肘をつき、勾欄の下に頭を突っ込む。青々とした頭をぐいとひねって、朝児の顔をすくい見た。

「どうしたってんだよ。元気がない面だけど、そんなに内裏の暮らしは窮屈なのかい」

すでに大人の野太さを備えた声にもかかわらず、その口調には悪戯《いたずら》っ子を思わせる稚気が満ちている。きらびやかな袈裟には似つかわしからぬ態度に、朝児は「頼賢どの――」と呟いて、簀子に走り出た。

「なにをそんなに驚いているんだよ。お互い、別に何にも変わっちゃいねえだろうに」

「いいえ。頼賢どのはお変わりになりましたよ。ずいぶんご立派におなりですこと」

そうかなあ、と首をひねりながら、頼賢は半素絹《はんそけん》の袖口を両手で引っ張った。

大江家に出入りしていた頃はいつも簡素な裳付衣《もつけごろも》一枚で、袈裟をかけているところはほとんど見た覚えがない。とはいえさすがに後宮に出入りするとなれば、少しは身形を改めねばと考えたのだろう。真新しい五条袈裟のみならず、片手首には水晶の数珠まで提げている。

鼻の奥がつんとしたのは、まだ冷たい春風のためではあるまい。朝児はせわしく眼をしばたたき、「それにしても、ずいぶん頼賢どのをお待たせしてしまいました。申し訳ありません」と話題を転じた。

「しかたがねえよ。妍子さまも大変だったんだろ。慶円さまもずいぶん案じておいでだぜ」

勾欄から頭を引き抜くと、頼賢は両の袖を忙しくはたいて居住まいを正した。

「それにこっちはこっちで、色々やることがあったんだ。朝児さまは菅原宣義《のぶよし》って奴をご存知だろう。朝児さまのところに通えない分、俺はあいつの家に出入りして、原子さまが亡くなられた当時のあれこれを調べていたんだ」

「まあ。菅原家さまに」

「おうよ。あいつは最近はとんと誰も書かなくなった史書って奴を、いずれは自分の手で編もうと考えているらしい。それで宇多《うだ》の帝以来、ここ百年ほどのあれこれをこつこつ調べているというんで、俺も一緒に原子さまがらみの様々を集めさせてもらっているんだ」

「史書、ですか」

朝児は複雑な思いで呟いた。頼賢は知らぬ様子だが、今から約六十年前、結果として未完に終わることとなった七番目の史書の編纂《へんさん》を仰せつけられていたのは、亡き夫の祖父・大江維時《おおえのこれとき》であった。

撰国史所の四代目別当であった維時は、従兄の大江朝綱《あさつな》とともに、朝堂にその人ありと言われた大学者。共に参議として太政官の要職を為し、承平《じょうへい》や天慶《てんぎょう》といった年号の撰進もした。匡衡《まさひら》は十二歳の時に亡くなったこの祖父を敬愛し、生涯に亘って、祖父に恥じぬよう、大江家の家名を上げることに邁進した。

当節、公卿たちはそれぞれの家で日記をつけ、記録を残しているため、かつてのような史書は滅多に必要とされない。七番目の史書編纂が途中で中断されたのも、大変な苦労をして史書なぞ編まずともいいと、宮城の人々が気づいてしまったためだ。

だが『日本紀《にほんぎ》（日本書紀）』の編纂を主導した舎人《とねり》親王が、『日本三代実録』を編んだ大蔵善行《おおくらのよしゆき》や菅原道真がいまだ歴史に名を残している如く、国史の監修に携わった者は世間から当代一流の学者と認められ、その名は子々孫々まで語り継がれる。

それだけに匡衡は事あるごとに、万一、史書編纂が再開されるならば、その別当職は何としても獲得せねばと漏らしていた。だが結局、匡衡の官位官職は維時に遠く及ばず、新たな国史編纂事業も中断されたままだ。

息子の挙周は曾祖父が七番目の史書編纂に携わっていたことは知っていても、その後を自らが継ぐ意志などさらさらあるまい。そう考えると同じ学問の家でありながらも、大江家と菅原家の差は今や天地ほどにも隔たってしまった、と朝児は思った。

「あいつはこと何かを調べさせると、いつも凄まじくってさ。原子さまが亡くなられた日の前後に宿直《とのい》していた公卿の名から、二官八省の官人たちの勤務状況、果ては天気の模様まで調べてあげているんだ」

学問に関しては、他を顧みぬ宣義だ。それらの調べものはすべて、いずれ執筆するであろう新しい史書に用いるためだろうが、今の頼賢には確かにありがたい助け手に違いない。

「ただささ。幾ら当時の内裏の様子が分かったって、そこで誰がなにを考えていたかまでは、さっぱり見えて来やしねえ。いくら詳細に書かれているといったって、やっぱり史書ってのは生きた人の姿を描いたものじゃねえんだな」

「そうですね。人の生き様を知りたければ、やはり物語の方が詳しいのかもしれません」

「ちぇっ。けど物語なんて、所詮は作り話じゃねえか」

頼賢がつまらなげに、足元の小石を蹴る。ころころと転がったそれが、中庭の藤棚の柱に当たるのを眺めながら、朝児はいつぞやの藤式部の言葉を思い出した。

——この世のいいことや悪いこと、美しいことに醜いこと。それを誰かに伝えるべく、手立てを尽くし、言葉を飾って文字で描いたものが物語じゃ。つまり紛うことなき真実が根になくては、物語とはすべて絵空事になる。

藤式部が記した『源氏物語』は、光源氏という一人の男の生涯を描いた物語。ただ一時期、「日本紀の局」との仇名で呼ばれもしていた藤式部は、史書を通読した自分があえて作り事である物語を描くことに大変な自負を抱いていたのだろう。『源氏物語』蛍の巻で「史書なぞは人間の世の中のほんの一部分しか記していない」と光源氏に語らせ、歴史に対する物語の優位性を解いている。

とはいえあえて冷徹な評価をすれば、『源氏物語』は確かに人間の感情の機微を細やかに捉え、虚構を用いて此岸《しがん》の真実を描くことには成功している。ただそれでもあの物語が描いたのは、光源氏が生きた数十年の期間に過ぎない。また史書が得意とする事実を記録するという行為や、変わるもの変わらぬものに等しく眼を向ける姿勢が、作中にほとんど見受けられないのも事実だ。

もし、わたくしであれば――と考えそうになり、朝児はあわてて首を横に振った。

馬鹿な。そもそも自分には、無理だ。藤式部のように長い物語を描くことも、もちろん義理の祖父のように史書を編むこともできようはずはない。

しかしそう自らに言い聞かせても、一度湧いた思いは胸の底にこびりつき、なかなか離れない。史書は本当に、生きた人間の姿を捉えることはできぬのか。物語と歴史は、相容《あいい》れることは叶わぬのか。

朝児は『源氏物語』を面白く読んだ。同時に『日本紀』を、『続日本紀』をも興味深く読んだ。

知らぬことを知りたいと願うのは、人の性《さが》だ。ならば虚構を描いた物語も、過去の事実も記した史書もどこかに通じ合うものがあるはず。だとすれば歴史の奥に生きた人の姿で以って、人の世の真実を捉えることも、決して不可能ではないのでは——。

熱い油が胸の底をたゆたうような感覚を覚え、朝児は強く両の手を握り合わせた。そんな朝児に不思議そうに首をひねってから、「まあ、いいや」と頼賢は笑った。

「今日はまず、朝児さまにご挨拶に来ただけなんだ。そろそろ慶円さまも内裏をご退出なさる刻限だし、またゆっくりとうかがうさ。なにせここのところ帝と来たら、二、三日おきに慶円さまをお召しになられるから、こっちも忙しくってならねえんだ」

「お加減が優れられぬそうですね。わたくしも先ほど、娘から聞きました」

「そうなんだよ。なにせ慶円さまは加持祈禱の験者としては、都一と誉れの高いお方だからさ。だから以前よりはちょくちょく会いに来られると思うぜ」

「分かりました。これからのことも相談せねばなりません。一度、どこまで調べがついているのかを教えてくださいい」

「それなら、慶円さまが宿直の時の方が、ゆっくり話が出来ていいよな。たとえば明後日の夜はどうだい」

宮城では内供奉十禅師《ないぐぶじゅうぜんじ》と呼ばれる役僧が毎夜道場に詰め、夜居《よい》の僧として天皇のかたわらで加持祈禱を行う。ただ夜通しの加持祈禱とあって、宿直はなるべく年若で頑健な僧に命じられるのがならわしで、すでに高齢の慶円に命が下るのは珍しい。帝の体調はそれほどに優れぬのかと驚きながら、朝児は小さく首肯した。

「では明後日の夜、亥《い》ノ一刻（午後九時頃）にここで待っています」

よろしくな、と破顔して踵を返す頼賢を見送り、朝児は自らの局に戻った。

頼賢がこの半年あまりで調べたことを聞き取るならば、草紙にでもそれらを書き留めた方がいいだろう。だが大江家から運び込んだ唐櫃をひっくり返しても、あいにく書き物に適した草紙や紙が見つからない。

しかたなく朝児はあり合う紙に文を記すと、飛香舎付きの女童《めのわらわ》を呼んだ。まだ墨の香もかぐわしい紙を結び文にしながら、「これを七条東京極大路の大江家に届けてください」と命じた。

「帰りには、家の者から荷を一つ預けられると思います。さして重くはないはずですから、そのままわたくしの元まで持ってきてください」

文は、大江家で留守番をしている小鶴宛て。書き物に相応《ふさわ》しい紙を一束送ってほしいとの内容であった。

だが夕刻、戻った女童から荷を受け取れば、小鶴は朝児の部屋にあった紙をすべてひと包みにして送って寄越したらしい。白紙の草紙や紙屋紙《かみやがみ》（古紙を漉《す》き返した再利用紙）の束に交じり、染み一つない鳥の子紙までが含まれている。

「こんなにたくさんの紙を運んで、さぞ大変だったでしょう。ご苦労さまです」

褒美代わりに甘栗を四、五個与えてやると、女童は嬉しそうに簀子を駆け去った。その軽い足音を聞くともなく聞きながら、朝児は淡い日差しの色をした鳥の子紙に片手を置いた。

もともとこの紙は頼賢が菅原宣義から賜り、それを更に朝児にくれたもの。ただあまりに高価な品であるため、おいそれと使いも出来ず、大切に部屋にしまい込んでいた。

ただ書き物をするだけであれば、廉価な紙屋紙で十分用は足りる。だが、「まったく小鶴と来たらいい加減なのだから」と文句を言いながらも、朝児は不思議にその紙の面から目を引き剝がせなかった。

六国史《りっこくし》の最後は、『日本三代実録』。だとすれば第七の国史は本来、今から約百五十年前に生まれた宇多帝の御代から書き始められる予定だった。

宇多帝は、一度は源氏の姓を賜って臣下となりながらも、是非にと乞われて帝位を踏んだ稀有な帝。その治世は寛平《かんぴょう》の治と讃えられ、後の醍醐《だいご》天皇による延喜《えんぎ》の治、村上天皇の天暦《てんりゃく》の治の基を為した善政であった。

――世、始まりて後。

言葉が一つ、不意に朝児の胸に落ちてきた。

――この国の帝、六十余代にならせ給《たま》ひにけれど、この次第書き尽くすべきにあらず。此方《こち》寄りての事をぞ記すべき。

正直に言って、朝児は人王初代から当今までの御代についての詳細な知識を持ち合わせてはいない。だが此方寄りての事――すなわち現在に近い時代であれば、人づてに聞いた話や現在残されている日記の数々から、各帝の事績を記すことが出来るのではないか。

微かな震えが背を這い上り、指先を揺らす。描けるかもしれない、との思いが恐怖と興奮とともに朝児の胸を揺らした。

　詳細な歴史書は、もちろん無理だ。しかし過去の事件や事績を書き連ね、史書ほどは堅苦しくなく、物語ほどには虚構を含まぬ書物であればどうだろう。朝児は有体に言って、かつての政の話はよく知らない。ただ女房仲間から聞いた昔の噂話や逸話からだけでも、過去の世相は何となく感じられた。同じことは、書き物においても言えるのでは。

　ああ、そうだ。史書にして史書にあらず、物語にして物語にあらざる書物であれば。それならば世間の狭い自分でも、書き記すことが叶うのではあるまいか。

（だけど――）

　宇多帝より当今まで、全九代の逸話を書き記すだけで、はたしてそれでいいのだろうか。仮にも一冊の書物を書く以上、そこには何らかの語るべき信念が要るはずだ。

　藤式部は光源氏の生涯という壮大な虚構を通じて、この世に生きる人々の真実を暴き出そうと試みた。だからこそ全五十四帖という大作にもかかわらず、今なお『源氏物語』は読み継がれ、人々の心を打ち続けている。

　それに引き比べれば朝児には、何としても語りたい真実なぞありはしない。所詮自分は長女の冷淡な態度に落ち込み、息子の不出来に悩む、ただの平凡な女だ。そんな自分に、いまだ誰も読んだことがない史書でも物語でもない書物なぞ、果たして書けるのだろうか。あの博学な藤式部ですら、物語が歴史に勝るという自説を万人に得心させることはできなかったのに。

　まるで広い空を乞う鶏のようだ、と朝児は思った。夢見ることは数多あるのに、それをどうやって叶えればいいのか分からない。

鳥の子紙の束を掴み上げると、朝児はあり合う紐でそれを乱暴にくくった。唐櫃の奥深くに納めて蓋を閉ざしてから、櫃にもたれかかって大きな息をつく。自らの浅学と非力が悔しく、たとえ一時期でも見てしまった愚かな夢が、ひどく胸に刺さる。

どこかで梅が咲いているのだろう。局に吹き込む冷たい風には、微かな芳香が含まれている。胸底のわだかまりを溶かすかのようなその香りに目を細め、朝児は更に櫃に身体を預けた。


頼賢と約束をした二日後は、午後から冷たい雨の降る物憂い天気となった。垂れ込める雲の薄さの割に雨はなかなか上がらず、朝児たち女房はまだ日が落ちきらぬうちから燭台に火を入れ、綿衣《わたぎぬ》（綿を詰めた防寒具）を重ねて立ち働く羽目となった。

「もう二月も九日というのに、冷えること。こんな日は弾棊《だんぎ》でもして、遊びましょうか」

妍子の仰せに従って女房たちが取り出したのは、白黒の石の代わりに色違いの水晶で駒を拵えた唐渡りの遊戯具であった。

弾棊とは盤上に敵味方がそれぞれ八個の石を並べ、相手の石を狙って自分の石を弾き、当たった数を競う遊びである。碁《ご》や双六といった遊びは規則が理解できねば皆目面白くないが、ただ石を弾くだけの弾棊であれば、幼子でも楽しむことができる。そのため最近の妍子は暇があれば姫宮を膝に抱き、女房たちとともに弾棊に興じていた。

「かしこまりました。ただ妍子さま、どうぞ姫宮さまにはお気をつけくださいませ。つい一昨日も、弾棊の石を危うく飲み込みそうになったばかりでいらっしゃいますから」

大鶴が盤上に石を並べながら、妍子に釘を刺す。妍子は機嫌よく笑う姫宮を乳母の手から抱き取り、「大丈夫よ」とほほ笑んだ。

「姫宮は頭のよいお子だもの。あの時にみなに叱られ、していいことと悪いことは、もうちゃんと分かっているわ」

「それであればよろしいのですが。先の帝の二ノ宮（第二皇女）さまは、幼い頃に鼻の穴に賽子《さいころ》を詰めてしまわれ、大急ぎで呼び召された慶円さまの加持祈禱のおかげで、なんとか取り出せたとか。お子がたとはいつの世も、思いがけぬ真似をしては周囲を驚かせるものと聞きます。どうか妍子さまもお気をつけを」

「わかったわ。万一そうなったら、わたくしも慶円さまをお呼びして、姫宮のために祈禱をしてもらいましょう。そういえばその大僧正さまは、今夜も夜居の僧として内裏にお泊りだそうね」

さりげなさを装った妍子の語尾が、微かに震える。居並ぶ女房が返答に窮する中、妍子の乳母がしかたないと言った面持ちで、「そのようでございます」と低頭した。

妍子が内裏に戻ってほぼひと月。帝の飛香舎へのお渡りは、いまだ一度とてない。そうでなくとも二人の仲がよそよそしいところに持ってきて帝の体調が優れぬとあれば、その夜離れは今後も続くに違いない。

妍子は厚く紅を差した唇を、小さく嚙みしめた。なにか考える顔で宙に目を据えていたが、やがて姫宮を抱く手にぐいと力を込め、「乳母や」と呼びかけた。

「土御門第の父さまに、文を送っておくれ。あの屋敷には、唐から到来した妙薬が幾種もあったでしょう。帝のお身体が優れぬ旨を申し上げ、中でも選りすぐりに効く薬を分けてもらってちょうだい」

「まあ、なんとお優しいお気遣い。帝もさぞお喜びになられましょう」

「そうと決まれば、一刻も早く土御門第に行って来て。帝には早くよくなっていただかなきゃ」

かしこまりました、と乳母が急いで退出する間にも、姫宮は興味深そうな顔付きで盤上の石に手を伸ばしている。その一挙手一投足を見逃すまいと目を光らせる大鶴に、妍子が「大げさなんだから」と笑った。

「さあ、今夜は誰が勝つかしら。一番になった者には、わたくしが姉さまからいただいた香木《こうぼく》の扇をあげるわよ」

まだ年若な妍子にふさわしく、その身辺に仕える女房は二十歳前後の娘が半ば以上を占める。わっと声を弾ませて盤を囲む同輩をよそに、朝児は御簾ごしに灰色の雲の垂れ込めた空を仰いだ。賭けを伴うとあれば、今夜はみな遅くまで弾棊に興じるのだろう。だとすればいまだ雨の降り止まぬ中、頼賢を待たせてしまうやもしれない。

（ことによっては妍子さまにお断りを申し上げ、先に局に下がらせていただこう）

しかし夜が更け、雨の音がいっそう耳に付き始めた頃、真っ先に御前を下がろうとしたのは、意外にも朝児ではなく大鶴であった。

すでに姫宮は遊びにも飽き、乳母の腕の中で寝息を立てている。大鶴は一打ちごとにきゃあきゃあと騒ぐ女房たちを尻目に進み出、「申し訳ありませんが、あたくしはこの辺りで――」と妍子に向かって両手をつかえた。

「あら、そうなの。まだ宵の口なのに」

妍子が唇を尖らせるのと合わせたかのように、石と石がぶつかる澄んだ音が盤上で上がる。それに気を取られた妍子にもう一度頭を下げ、大鶴はそそくさと御前を退いて行った。

忠義者の大鶴が、早々に局に下がるのは珍しい。おおかた恋人の清原儀春とやらが訪ねてくる約束なのだろう。

弾棊はますます白熱し、若い女房たちも妍子も固唾《かたず》を呑んで盤を凝視している。大鶴の局は、朝児の隣。すぐに自分までが引き上げては、娘も決まりが悪かろう。しかたがないと腹をくくり、朝児はじりじりしながらその場に座り直した。陰陽寮の鐘鼓が亥ノ一刻を告げるのを待ってようやく暇を乞い、急ぎ足で簀子に出た。

雨は夕刻よりも小やみになり、庭の木々を叩く雨音も弱い。庇の間に立ち、真っ暗な闇に目を凝らせば、蓑笠《みのかさ》を付けた人影が藤棚の下でこちらに背を向けて佇んでいる。

「頼賢どの、お待たせしてすみません」

息を弾ませて呼びかけた朝児に、人影は驚いた様子で肩を揺らした。朝児をうかがうように頭を巡らせたかと思うと、次の瞬間、がばと身を翻して走り出す。再度声をかける暇なぞない。脱兎の如きその勢いに、朝児は目を丸くした。

頼賢ではない。とはいえこんな時刻、普通の官人が内裏に留まっているはずがない。どこぞの局に恋人を訪ってきたとも考えられぬでもないが、ならば朝児の声に泡を食って逃げる必要などあるまい。勾欄から跳ね返る雨滴にも気づかぬまま、朝児は人影が走り去った闇の奥を凝視した。

そんな朝児の眼差しに招かれたかの如く、真っ暗な庭の果てでばしゃばしゃと水を跳ね上げる音が響く。袍《ほう》の裾をたくし上げた頼賢が笠の縁を片手で押さえて駆けてくるや、堂舎の軒下に身を寄せた。犬のようにぶるっと身を震わせ、「まったく、だらだらと降る嫌な雨だぜ」と舌打ちした。

「お待たせしちまってごめんよ。慶円さまの加持の区切りがつかなくって、なかなか清涼殿《せいりょうでん》を抜け出せなかったんだ」

よほどあわてて飛び出してきたのか、夜目にも鮮やかな袈裟の背中は蹴り上げた泥に汚れ、袴もぐっしょりと濡れそぼっている。

「い、いいえ。大丈夫です。それよりも頼賢どのは、ついさっきまで帝のもとにいらしたのですか」

「ああ。もっとも俺みたいな下ッ端は、庇の間の隅っこに控えているだけだけどな。——どうしたんだい、朝児さま。顔が真っ青だぜ。そんなに長い時間待たせちまったのかい」

あれはいったい、誰だったのだ。撥ね散る雨滴が、ただでさえ凍えた身体を更に冷たくする。怪訝な顔になった頼賢を、朝児が唇を震わせて見下ろしたその時である。

「か——火事だあッ」

けたたましい叫びが、突如、北東の方角で轟いた。同時にどうと強い風が吹き、むせ返るような煤の臭いが朝児の顔を叩いた。

「なんだって」

頼賢が笠を放り投げ、庭を斜めに横切る。伸び上がるようにして堂宇の向こうに目を凝らし、

「大変だ、朝児さま。近そうだぞ」とこちらを顧みぬまま喚いた。

「炎がちらちらとのぞいていやがる。北の方角だ。こりゃあ、まずいぞ」

あっという間にそこここの堂舎が騒がしくなり、女房や下人が泡を食った顔で飛び出してきた。髪を振り乱した大鶴が袴を両手でたくしあげて簀子を駆けてくるや、「妍子さまと姫宮さまを外にッ。それと誰か、火元を確かめて来なさいッ」と四囲を見回しながら怒鳴った。

「大鶴どの、火元は私が見て参ります」

傾いた烏帽子を押さえて駆け出して行った見慣れぬ小男は、どうやら清原儀春らしい。後涼殿へと至る渡殿をくぐって走るその後を、頼賢が急いで追いかける。だが待つ間もなく、二人してもつれ合うように戻って来ると、

「火は登華殿《とうかでん》ですッ」

「ひでえ勢いで、すでに南の弘徽殿《こきでん》の屋根まで焼き始めているぜ」

と言って、共に濡れた階に尻を下ろした。

登華殿は後宮七殿五舎の中で、もっとも北辺に位置する堂舎。かつて先帝の皇后・藤原定子が住まいしていたものの、その没後は長らく無住のまま放置されている一棟である。

「どうしてッ。なんでこんな雨の夜に、空の登華殿から火が出るのよッ」

「それはわかりません。ただどうにも風向きが悪く、このままではこちらにも飛び火しかねません。中宮さまと姫宮さまには、急ぎご退出いただいたほうがよろしいかと」

冷静な気性と見えて、儀春は大鶴の叫びに動じる気配もなく、北の方角を睨み据えた。

すでに北の空の一角は炎を映じて濁った赤に染まり、金粉と見まごうほどに明るい火の粉が、しきりに庭に降り注いでいる。下人が数人、朝児たちを押しのけるようにして、飛香舎の大屋根に梯子をかけた。水樽《みずだる》と箒《ほうき》を小脇に抱え、我がちにと梯子を登ってゆく。飛んできた火の粉がこちらの屋根を焼かぬよう、片端から濡らした箒で叩き消すのだ。

折からの雨で檜皮葺の屋根が濡れているとはいえ、すでに弘徽殿まで飛び火した炎をそう簡単に消せるわけがない。そうでなくとも、大小の堂舎が建て込んでいる内裏は類焼しやすい。その上、すでに亥ノ刻ともなれば、いくら宿直の衛士や下人が奮闘したところで、鎮火に当たることができる人手は限られている。

帝のおわす清涼殿では、すでに避難が始まっているのだろう。簀子に牛車《ぎっしゃ》が寄せられ、蔵人と思しき官人たちが雑色たちとともに唐櫃や手筥《てばこ》を運び出しているのが、渡廊の向こうに見える。もともと内裏は大規模な火災の害を蒙ることが多く、前回の焼失はまだ先帝の御代であった九年前。その後、二年がかりで再建されてまだ間がないだけに、彼らの動きはひどく迅速であった。

「車が、車が参りましたッ。何卒、妍子さまも早くご遷御をッ」

「お――おお、梅壺の屋根に火が付いたぞ。東宮さまはご無事かッ」

そこここの門は開け放たれ、雑色下人や有位の官人はもちろん、袿の裾をたくし上げた女房までもが怒号とともに庭や簀子を走り回っている。同輩とはぐれたのだろうか。まだ幼い樋洗童が泣きそうな顔で勾欄にしがみつき、ますます朱の色を濃くする空がその頰を明るく照らしつけている。

けたたましい音とともに飛香舎に引き入れられた牛車に、凝華舎から逃げてきたと思しき敦成が妍子ともつれ合いながら乗り込んだ。姫宮を抱いた乳母がその後に続くや否や、牛飼い童が激しく牛の尻を笞《むち》打った。

降りしきる火の粉とそこここで弾ける絶叫に怯え切っていたと見え、牛は角を光らせて首を振ると、まっしぐらに庭を横切り、飛香舎西の陰明門《おんめいもん》へと突進した。そのあまりの勢いに、折しも消火のために内裏に駆け込もうとしていた衛士たちが、うわあッと叫んで四散する。

彼らが運んできたのだろう。溢れんばかりに水が満たされていた桶が牛の蹄にかけられて覆り、牛車の輪を洗う。主の後を追って飛香舎を飛び出してきた女房が、泥をはね上げ、口々に悲鳴を上げながらその後に従う姿は、花が雨風に打たれながら無残に散る様を思わせた。

雨はいまだ止むことなく降り続いているが、もはやその冷たさを感じるだけの余裕は、朝児にはなかった。じっとしていても額際がちりちりと熱いのは、すでに火が登華殿南の弘徽殿や西の襲芳舎《しゅうほうしゃ》、東の貞観殿《じょうがんでん》にも移っているためだろう。ぎょろついた眼で四囲をうかがう頼賢の肩を叩き、「早く慶円さまのもとに参りなさい」と朝児は告げた。

「この分では、間もなく清涼殿にも火が及ぶでしょう。頼賢どのが行方知れずのままでは、慶円さまも逃げるに逃げられぬ思いでいらっしゃるはずです」

こういった火事の場合、天皇や妃はまず、宮城内の火の及ばぬ堂宇に難を避ける。なにせ宮城は東西約二里（約一・二キロメートル）、南北約三里（約一・四キロメートル）と広大なため、内裏から出た火が宮城全てにまで及ぶことは稀なためだ。

夜居の僧として伺候していたとなれば、慶円も帝と共に清涼殿を去るかもしれない。そんな彼らの避難を迅速に進めるためにも、これ以上、頼賢を留めるわけにはいかなかった。

「わかった。朝児さまもさっさと逃げなよ」

言いざま頼賢は、勾欄にしがみついたままの樋洗童を抱え上げた。自らの首に両手を回させると、血の気の引いた顔に無理やり笑みを繕って、少女の髪を撫ぜた。

「安全なところまで連れて行ってやる。しばらくおとなしくしていろよ」

「東宮さまは、東宮さまはいずこじゃッ。すでにお逃げいただいておるかッ」

頼賢の声を圧して、聞き覚えのある絶叫が界隈に響き渡った。

顧みれば、走り回る衛士や下人たちの肩越しに騎乗の人影が見える。焰《ほのお》に怯え、激しく足掻く馬を器用に制しながら飛香舎の南庭に駆け込んできたのは、数人の従僕を従えた藤原道長であった。

狩衣の袖を背で結わえ、袴の裾を強く括り上げている。腰に帯びた黒漆塗の大刀の金具が、降りしきる火の粉を映じて眩く光った。

「左府さま、東宮さまは先ほど妍子さまとともに牛車でお逃げあそばされました。無論、姫宮さまもご一緒でございます」

髪を振り乱して駆け寄った大鶴に、道長は「そうかッ」と顔をほころばせた。

「よかった。安堵いたしたぞ。――おい、おぬし。急ぎ土御門第に戻り、倫子にその旨を伝えて参れ」

指さされた従僕が、はっと応じて身を翻す。それを満足げに見送ってから、道長は夜空を焦がす焔を仰いだ。

とうとう飛香舎の屋根にも焔が回ったらしく、一帯にはぶすぶすと薄い煙が垂れ込め始めている。下人たちが転がるように梯子を下りてきたかと思うと、そのまま手近な門へ向かって逃げて行った。

「東宮さまさえご無事であれば、問題はない。大鶴も赤染も、さっさと逃げよ。こんなところで無駄死にをしても、つまらぬぞ」

辺りかまわぬ大音声で言い放ってから、後宮には珍しい坊主頭に気づいたらしい。道長は樋洗童を抱きかかえた頼賢に眼を走らせるなり、笏を握った手で鞍の前輪を叩いた。

「おお。誰かと思えば、頼賢か。こんな火事場で巡り合うと、てっきりおぬしがあの白狐をいぶり出すために火を放ったのではないかと疑ってしまうな」

「笑えねえ冗談だな。だいたいあの女郎《めろう》は今、後宮にいないんじゃねえか」

顔をしかめた頼賢に、「うむ。確かにそうだ」と道長は首肯した。

「されどあの白狐を寵愛して憚らぬ御仁は、いまだにこの内裏の主でいらっしゃるでな。あの狐の息の根を止めるため、その飼い主の住処《すみか》を焼くというのは、あながち愚策ではあるまいて」

耳をつんざく轟音《ごうおん》とともに、地面が激しく揺れた。うわあぁッという叫びがそれに重なったかと思うと、空がそれまでにも増して真っ赤に染まる。火の粉に交じって、握りこぶしほどの火の塊が降り注ぎ、北の方角から下人や衛士たちが雪崩を打って逃げ出してきた。

「駄目だッ。登華殿が崩れ落ちたぞッ」

「風向きが悪い。常寧殿《じょうねいでん》すら、もはや危ういぞ。みな、急いで逃げろッ」

常寧殿は、火元である登華殿の東南に位置し、皇后がしばしば用いもする殿舎である。現在の主である娍子は宿下がりをして留守だが、それでも女官が宿直をしていたのだろう。目を吊り上げて逃げてくる人々の中には、髪をおどろに乱した女も大勢含まれている。

逃げ惑う人々の勢いに驚いたのか、道長の馬が前足を振り上げて嘶く。道長は小太りの体軀に似合わしからぬ手綱さばきでそれを御し、ちっと一つ舌打ちをした。

「思ったより、火の回りが早い。剣璽《けんじ》やご神鏡《しんきょう》はちゃんとお運びしていような」

思ったより、という言葉に引っかかりを覚え、朝児は馬上の道長を仰いだ。

十七歳で昇殿を許され、爾来《じらい》三十年に亘って宮城に生きてきた道長だ。その言葉は、これまで幾度となく宮城の火災に接した経験から出てきたものかもしれない。だが朝児の脳裏には、つい先ほどこの中庭から逃げて行った胡乱な人影が、いまだくっきりと刻み付けられている。

火は、人気のない登華殿から出た。それがただの失火でないことは、誰の目にも明らかだ。だとすればそこには必ずや、火を放った人間がいるはずである。

「母さま、どうしたの。あたくしたちも逃げるわよ」

大鶴に腕を揺さぶられて我に返れば、すでに道長と従僕の姿は陰明門の向こうに消えようとしている。頼賢が首にひしとしがみつく樋洗童の背を叩き、「それにしてもひどえ口を叩くお人だぜ」と顔をしかめた。

「いくら俺があの白狐を憎んでいたって、こんなだいそれた真似をするもんか。なあ、朝児さま」

「え、ええ。そうですね」

相槌を打つ声が、不自然に上ずる。朝児は頼賢の眼差しを避けて、踵を返した。空を焦がす炎が青ざめた頬の色をごまかしていることを、願わずにはいられなかった。

この夜の火事は翌日午《うま》ノ刻（正午頃）近くになって、清涼殿・紫宸殿《ししんでん》を含めた内裏のほぼ全域を焼いて鎮火した。幸い炎は承明門《しょうめいもん》の南には及ばなかったため、大極殿《だいごくでん》を筆頭とする朝堂院や二官八省の官衙《かんが》は無事。一方で火元に近い後宮七殿五舎では、逃げ遅れた女房や消火に当たっていた雑色などが崩れた堂舎の下敷きになり、消息の分からぬ者は三十名とも五十名とも噂された。

妍子と姫宮、東宮はいったん朝堂院に避難し、その後、帝と落ち合って太政官庁東北にある朝所《あいたんどころ》に座を定めた。だがいざ朝児や大鶴が妍子の元に向かおうにも、さして広くない朝所にはすでに火事を知って参内した諸卿が押し寄せ、立錐《りっすい》の余地すらない。道長の正室・倫子までもが、まだ火勢が収まらぬうちから手輿《てごし》に乗ってやってきたのを文殿《ふどの》の前から遠望し、朝児は大鶴と顔を見合わせた。

「これじゃあ到底、お傍には近づけないわね。どうしよう、母さま」

「そうね。無理に朝所にうかがっても、かえってお邪魔になるかもしれないわ」

太政官庁の庭には朝児たち同様、焼け出された女房や女童たちがひしめき、不安げな面持ちで朝所を遠巻きにしている。

太政官庁は太政官内の庶務を一手に取り扱う部署。官符や宣旨の発布に始まり、諸国・諸官庁と太政官の連絡、諸政務の進行状況の確認などを行う、この国の要である。それだけに太政官庁の役人たちは、庭いっぱいにひしめく顔を煤で汚した女房や泡を食った面持ちの公卿の姿を横目で眺めながらも、寸時も手を休めることなく、今日の政務に取りかかっている。

なにせ内裏は天皇とその妃が暮らす、宮城の中心地。それが焼失したとなれば、早速に再造営の準備をせねばなるまいし、作事の間、帝の御座所をどこに定めるか、造営役（工事を負担する国）はどこに仰せつけるかも協議する必要がある。なさねばならぬ仕事は山積みなのだ。

清涼殿から退避したその足で比叡山に戻ったという慶円を追い、頼賢はすでに宮城を発った。樋洗童は太政官庁の庭で巡り合った後宮の女官に託され、清原儀春は怪我人の手当てのために走り回っている。そんな中で取り立てて出来ることのない我が身が、朝児には情けなく感じられた。

火事に盗人はつきもので、鎮火から何刻も経っていないにもかかわらず、すでにそこここでは焼け跡で死者を捜索していた下人が解け固まった金銀をくすねようとしただの、清涼殿から運び出して朝堂院に置いていた香木が行方知れずになっただのという事件が立て続いている。おかげで検非違使や衛士までがほうぼうを走り回り、まだ濃く漂う煤の臭いと相まって、物々しいことこの上ない。

（けど、それよりも捕まえねばならぬのは――）

蓑笠を着け、朝児から顔を背けて逃げて行った人影。あの人物こそが内裏に火を放った犯科人ではと疑いながらも、朝児はどうしてもそれを口に出せなかった。

火元となった登華殿は、東宮・敦成の暮らす凝華舎とは目と鼻の先。ただ昨夜は風がちょうど東に向いて吹いたこともあり、凝華舎は幸いにも半焼で済んだという。

道長は昨夜、およそ火事場にはふさわしからぬ軽口を口にした。もしやあれは本当に、道長の真意だったのではあるまいか。いや更に推測を逞しくすれば、あの火事そのものが道長が火事師に命じて働かせたものだったのでは。

かつて道長の父親である藤原兼家は、自らの外孫を帝位につけるため、寵妃《ちょうひ》を喪《うしな》って悲嘆に暮れる花山天皇をそそのかし、出家に追い込んだ。この世の天災が神意のなせる業と見なされる当節、理由の分からぬ内裏の火事は、その気になれば帝の不徳の表れと言えなくもない。つまり不審な火事があい続けば、人々はいずれそれを天皇のせいと謗《そし》り始めるはずだ。

まさかそこまでは、と考える一方で、あの道長であれば何を企んだとておかしくはないとの疑いがこみ上げる。朝児は両手で己の肩を抱き締めた。

「どうしたの、母さま。寒いなら、どこぞの曹司《ぞうし》（庁舎）で火に当たらせてもらいましょうよ」

そう言う端から、大鶴が小さなくしゃみを漏らす。おとなしく娘に導かれるまま歩き始めながら、朝児は朝所を振り返った。

朝所は本来は、儀式の折などに太政官の公卿・官人たちの会食場所として用いられる殿舎である。幅十六丈（約四十八メートル）奥行十一丈、瓦葺きの朝所は四方に庇こそ伴っているものの格子がなく、ただ古びた御簾だけがまだ煤の臭いを孕んだ風に揺れている。その内側では、太政官たちが帝と今後のことを協議しているのか、人影が時々、御簾の隙間にちらついていた。

帝はこの正月、火事師・友成の母親を内裏に招いていた。その真意が奈辺にあったのか、朝児には知る術《すべ》はない。だが少なくとも普段から火事師を走狗《そうく》として用いていた道長は、その事実を脅威と感じ、先に手を打ったのではあるまいか。いやもしかしたら他ならぬ友成自身が、帝の招聘《しょうへい》の事実を道長に告げ口したとも考えられる。

一歩間違っていたなら、炎に巻かれ、崩れ落ちた堂舎の下敷きになっていたのは、自分たちだったかもしれない。だが命拾いした安堵より、自らの栄華を守るためなら悪鬼羅刹《あっきらせつ》の所業に手を染めても平然としている道長への恐怖が、背筋を凍えさせる。抑えても抑えきれぬ震えが膝を這い上り、朝児はとうとうその場にしゃがみこんだ。昨夜の夕餉《ゆうげ》以来、何も口にしていないにもかかわらず、喉の奥に生温かいものがこみ上げてくる。大鶴の悲鳴が、まるで深い水を隔てたが如く歪んで聞こえた。

自分はいつの間に、こんな恐ろしいところに迷い込んでしまったのだろう。しかしその事実にも増して恐ろしいのは、自分と同じものを見聞きしながらも、大鶴や挙周といった子供たちが何の恐怖も疑問も感じていないかに映ることだ。

人の世の栄えとは、これほどの昏《くら》さを伴うものなのか。だとすれば道長は己の栄華の初花たる東宮のために、今後どれだけの陰謀を巡らすのだろう。

耳元で「大丈夫ですか」と澄んだ声がして、冷たい手が脇の下に差し入れられた。かと思えば、その手は朝児の額に触れ、汗で張り付いた後れ毛を払いと忙しく動き回った末、朝児の身体を引き起こした。

「先ほどまでは平気な顔をしていたのですけど、急にしゃがみこんでしまって」

「火事の驚きが、今になってこみ上げて来られたのかもしれません。先ほども朝堂院の東廊で休んでいらした凝華舎の青女房が急に倒れて、大騒ぎになったそうです」

冷たいものが唇に押し当てられたのは、誰かが水を汲んできてくれたためだろう。薄目を開けば、少し前から妍子の元に雇い入れられた右近という女房が眉間に皺を寄せながら、水の満たされた金鋺《かなまり》（金属製の椀）を支えていた。

「大丈夫です」とかすれた声で言って、朝児は目の前の金鋺に手を伸ばした。

「ちょっと眩暈がしただけです。お騒がせしました」

「本当に大丈夫なの、母さま。何なら、儀春どのに来ていただくわよ」

こちらの言葉をけたたましく遮る大鶴を、朝児はうるんだ目で見つめた。

大鶴は聡い娘だ。だがそんな長女をしても、道長に歯向かう帝とその一派は忌む存在であり、何より奉じねばならぬのは東宮・敦成や中宮・妍子を擁する道長なのだ。

朝児は別に、帝に何の義理もない。一言の言葉もかけられたこともないし、そもそもその姿を隙見《すきみ》した折すら皆無だ。だが世の道理を虚心に分別すれば、万民が頭《こうべ》を垂れるべきは現在並ぶ者なき位におわす帝であり、謗られるべきは専横を極める道長のはず。それにもかかわらず、多くの人々が道長に肩入れして憚らぬのは、ひとえに左大臣たる彼がいまやこの国の政の中枢に君臨していたために過ぎない。

強き者はますます強くなり、弱き者は従うしかない。それが世の理なのだ、と朝児はぼんやりと考えた。

「平気よ。びっくりさせてごめんなさい」

ほとんど吐息に近い声で詫びて水を飲み、朝児は袴の膝を払って立ち上がった。それをずっと見つめていた右近が、「よろしければ一旦、ご自邸に宿下がりをなさってはいかがですか」と金鋺を引き取りながら言った。

「これまでの例から察しますに、中宮さまの新たなご在所が決まるまで、あと十日ほどはかかるでしょう。こんな朝所では、あまり多くの女房がたがお側に控えても、かえってお邪魔なだけですから」

「そんなに日数が要るのですか」

目を丸くした大鶴に、右近は表情の乏しい顔でええと首肯した。

「九年前の寛弘二年の火事の際には、帝の移徙先《わたまし》が定まるまで、半月近くかかりました。このたびは幼い姫宮さまもおいでてございますので、もう少し早く相談がまとまってほしいものですが」

女房たちの噂話が正しければ、右近は本来は内侍司の女官。まだ若い妍子の教育係として、道長が是非にと乞うて雇い入れた女房である。

年こそまだ三十そこそこながらも、長い宮城暮らしのおかげで、様々な故実に通じているのだろう。「さすがよくご存じでいらっしゃいますね」と感嘆の息をついた大鶴に、いいえ、と短く応じて頭を振った。

「事ここに至っては、なまじぐずぐずと御前に従うことこそかえってご迷惑と知っているだけです。ましてやお加減が優れぬのであればなおさらかと」

確かに、と額の汗を拭いながら朝児がうなずいたとき、何かが砕ける耳障りな音が庭に響いた。思わずその方角を顧みるのと、朝所の御簾がまくれ上がり、漆黒の袍をまとった公卿が一人、庇の間に転がり出てきたのはほぼ同時。朝所の階の下に寄り集まっていた史生《ししよう》や外記《げき》がいっせいに跳ね立ち、きゃあっという絹を裂く悲鳴がそこここの女房たちの間から上がった。

「痛たたたた。何をなさるのでございます」

真っ白な下襲《したがさね》の裾を乱しながら立ち上がった公卿には、見覚えがある。頼賢の父親である参議、源頼定であった。

以前より肉が増えた顔を強張らせ、頼定は御簾の内側を振り返った。転がり出てきた際に打ったのか、その左手はしきりに己の尻を撫でている。

「早う。早う、お入りなされ」

御簾の端がまくり上がり、同じく黒色の束帯姿の初老の男が四囲の眼差しを気にする顔付きで頼定を手招いた。

頼定があたふたと御簾の向こうに駆けこむや、またも土器《かわらけ》が割れるような音が朝所の奥で弾ける。しばしの沈黙の後、ゆっくりと御簾が上げられ、今度は道長が悠然とした足取りで庇の間に現われた。

口元に小さな笑みすら浮かべたその表情は、およそ煤の臭いが濃く垂れ込める宮城には不釣り合いなほど晴れやかである。固唾を飲む庭中の人々を見回し、

「――みな、下がれ」

と、道長は一息に命じた。

「帝はお疲れでいらっしゃる。狭い庭先におぬしらがひしめいておっては、取れるお疲れもこびりついたままになってしまわれよう。せめてはあれなる弁官曹司《べんかんのぞうし》の庭まで退いておけ」

「お待ちあれ、道長どの。疲れ果てて内裏から逃げてきた者たちに、それはあまりに非道ではあるまいか」

先ほど頼定を招き入れた男が、御簾の間から顔を突き出して道長を制した。

宮城の官人は衣の色が官位で定められており、四位以上の公卿は黒、五位は緋、殿上が許されぬ六位は縹《はなだ》色の衣をまとう。だとすればこの男もまた、太政官の一員に違いない。深い皺に囲まれた双眸は炯々《けいけい》として、大きめの鼻と相まって猛禽《もうきん》を思わせる猛々しさを漂わせていた。

「実資どのはお優しゅうございますなあ。されどそうでなくとも帝はこのところ、ご体調が優れぬ日々でいらっしゃる。その上この火災ともなれば、まずは御身を労《ねぎろ》うていただくのが第一でございましょう」

「お待ちあれ、道長どの。その事は」

実資がかっと目を見開いて、道長の言葉を遮る。すると道長はいささか大げさな仕草で両手を宙に浮かせ、「おお、これはとんだ失言をいたしました」と薄ら笑いを浮かべた。

「いやはや、これは内裏の火事に動転し、とんだ迂闊《うかつ》を口走ってしまいました。何卒お許しくだされ」

「道長どの。そなたというお人は今、わざと――」

わなわなと身を震わせる藤原実資は、大納言。故実に通じ、道理を重んじる硬骨漢として、帝の信頼も厚いと評判の人物である。

帝の不予は本来、政を左右しかねぬ大事である。このため後宮の者たちも太政官も、たとえ事実を知ってはいても、表向きは言葉に出さぬのが慣例であった。ましてやそれを樋洗童や地下《じげ》の雑色までがひしめく今の太政官庁で漏らしたりすれば、天皇の病の噂はあっという間に都じゅうに広まってしまう。

若い頃から太政官の末席に身を置いてきた道長が、かようなつまらぬ間違いを犯すはずがない。道長は内裏焼亡という騒動の最中、わざと帝の病を公にすることで、己と不仲な天皇の評判を貶めようとしたのに違いない。

「今の口走り、とんだことでは済まされませぬぞ。左府どのは帝の政を軽んじられるおつもりか」

「――もうよい。止めよ、大納言」

聞き覚えのない低い声が、朝所の奥から響いてきた。顔を真っ赤にしていた実資がはっとその場に膝をつき、「されど」と反論する。

「もうよいと言っておる。左府の申した通り、さっさと庭先の者どもを退かせよ」

「さすがは帝、ことの是非をようご存知でございますなあ」

場違いなほど明るい道長の口調に、実資は怒りに口元をひきつらせた。何かを堪えるかの如く、双の手を二、三度、握ったり開いたりを繰り返した末、薄い肩が上下するほど大きな息をついて、朝所の中ににじり入った。

道長はぽってりとした唇に笑みを浮かべて、御簾の下ろされた朝所を顧みた。すぐに両の手を忙しく打ち鳴らしながら、「さあさあ」とぐるりを見回した。

「帝の仰せの通りじゃ。みな、さっさと弁官曹司の庭まで退け。沙汰が下されるまでは、決してこちらに近づいてはならぬぞ」

全身に煤をこびりつかせた女房や官人たちが、困惑した顔を見合わせる。誰からともなくぞろぞろと立ち上がると、道長に命じられたまま、西方の曹司に向かって移動を始めた。

「母さま、やはりあたくしたちは東京極大路の家に戻りましょう。後で土御門第にその旨さえお伝えしておけば、後日、妍子さまが落ち着かれた後、お知らせをいただけるはずだわ」

言うなり、朱雀門を目指して歩き出した大鶴に手を引かれながら、朝児は朝所を振り返った。人々が潮が引くように去った朝所は静まり返り、海原の果てに佇立《ちょりつ》する小島を思わせる寂しさである。その奥に座す帝は今、道長から向けられるあからさまな敵意を前に、どんな顔をしているのだろう。

なんて、と朝児は拳を握り締めた。目の前がまたくらりと歪んだのは、決して自らの不調のせいだけではあるまい。

（なんてお気の毒な——）

その呻きは決して、帝一人に向けられたものではない。帝の傍らで姫宮を抱いて小さくなっているであろう娍子も、今ごろ里第で内裏焼亡の報を受けているであろう娍子も、誰もかれもが気の毒でならない。

ただそう同情を寄せながらも、大鶴や挙周の将来を思えば、昨夜、胡乱な男を見かけた事実を口にすることも、火事師・友成に関する推測を誰かに漏らすことも、朝児には出来はしない。つまりは結局、自分もまた、道長の光り輝くが如き権勢の前にひれ伏し、おののくしかできぬ弱者なのだ。

その二つの事実に打ちのめされながら自邸に戻れば、都の北空を焦がした激しい火勢に気を揉んでいたのだろう。小鶴が雲を踏むような足取りで渡殿を駆けてくるや、「ああ、よかった」と安堵の吐息をついた。

「内裏がまる焼けになったと聞いて、心配していたのよ。兄さまにはどこかで会わなかった?まだ火の手が収まらぬうちに、これは大変と仰って飛び出して行かれたのだけど」

「いいえ、会わなかったわよ。おおかた内裏じゃなく、土御門第に向かわれたんじゃないかしら」

大鶴が答えた通り、挙周はそれから一刻ほど経ってから、悠然とした足取りで大江家に戻ってきた。なるほど火事場に駆けつけたわけではない証拠に、その身体からは煤の臭い一つ漂って来ない。おおかた忠義面で土御門第に駆けつけ、そのまま内裏からもたらされる知らせだけを聞いて、まっすぐ帰宅したに違いなかった。

「内裏は大変な有様らしゅうございますなあ。いやはや、母上も大鶴も怪我一つなくて、何よりでございます」

挙周によれば、昨夜の土御門第にはかねて道長に引きたてられてきた大宮人が見舞いに押し寄せ、どちらが火事場やら分からぬ混乱ぶりだったという。

「そんな中でわたくしは北の方さまより、客人の整理を任されましてな。押しかけてきた衆の名《みょう》籍《ぜき》（名簿）を作ったり、見舞いの品をお預かりしたりと、席の温まる暇もございませんでした」

「それはそれは。大変な忙しさだったのですね」

労う言葉に、ついわずかな棘が混じる。しかし挙周はそれに気づくどころか、むしろええと自慢げに頤を引いた。

「つい先ほど宮城よりお戻りになられた道長さまからも、過分な褒詞《ほうし》を賜りました。それにしても昨夜の火事に、帝は大変なお怒りようでいらしたそうでございますな。ご遷御先の朝所では、進ぜられた白湯《さゆ》の椀を床に叩き付けられた上、参議の源頼定どのを足蹴になさったとか」

先ほどの朝所での光景が、脳裏をよぎる。あれはそういうことだったのかと得心顔になった朝児に、「八つ当たりなさってもしかたありますまいになあ」と挙周は続けた。

「なるほど頼定どのは昨夜、候宿《こうしゅく》でいらしたそうでございます。しかしだからといって、それで火災が防げる道理もなし。頼定どのこそ、まったくの叱られ損でございますなあ」

公卿の宿直部屋は、宜《ぎ》陽殿《ようでん》東庇の一間。火元である登華殿とは、紫宸殿を挟んで内裏のほぼ両端に位置する。

宿直はとかく公卿にとって、退屈なもの。加えて、そうでなくともわれとわが身にしか関心のない頼定が、身を慎み、内裏の隅々にまで気を配って務めを果たしていたとは思い難い。ただそう考える一方で、胸の奥でちりりと何かが焼け焦げるような音がする。そう、あれは妍子が内裏に戻る数日前、道長は頼定のことをなんと評していたか。

――しかたがない。あ奴には何か、適当な仕事を押し付けておこう。とはいえあれほど頭の悪い輩に任せられるようなことが、はてさて何かあったかのう。

栄達のため、道長に気に入られようと必死だった頼定。よりにもよってその彼が宿直だった夜に人気のない登華殿から火が出たのは、果たして偶然だったのだろうか。

まだ何かしゃべり続けようとする挙周にはお構いなしに、朝児はがばと立ち上がった。驚き顔の息子を置き去りに妻戸を押し開け、そのまま足早に自室へと向かった。

朝児たちの帰宅を知り、紀伊《きい》ノ御《ご》が大急ぎで風を通したのだろう。蔀戸が大きく開け放たれているにもかかわらず、部屋の空気はまだわずかに淀みを残している。湿気を含んだ脇息を抱え込み、朝児はそこに額を伏せた。髪に染みついたままの煤の臭いが、まるであの華やかな内裏の底に隠された人々の悪意の如く感じられる。

日暮れまではまだ間があるせいで、簀子に差し入る日差しはまろやかに温かい。だがそのぬくもりはもちろん、どこからともなく響く鶯《うぐいす》の拙《つたな》い囀《さえず》りまでもが、幾重にも重なった帳を透かしたかの如く、ひどく遠いものと思われてならなかった。

日々の着替えや主だった調度類を飛香舎の局に運んでしまったため、自室は以前よりもがらんとして、どこかよそよそしい。局に置いたあれらの道具類は、昨日の火事のためにきっと見る影もなく焼け落ちてしまったのだろう。一昨々日、唐櫃の底にしまい込んだ鳥の子紙の束も、同様のはずだ。

——世、始まりて後。

いつぞや思い浮かんだ言葉が、水泡のようにまたも朝児の胸を揺らした。

文字として書き記す者がいなければ、自分の疑念も栄華への疑いも、すべては泡沫《ほうまつ》の如く消えてゆく。とはいえこのようなささくれ立った思いをただ書き付けたとて、いったい誰がそれを手に取るものか。

（だけど、それでも——）

鶯の初音《はつね》は、いつしか止んだ。まだ芽吹かぬ梢がわずかに揺れ、庇に落ちる春日をとろりとかき回した。

小望月《こもちづき》

背中の笈《おい》に詰め込まれた石が、頼賢が身じろぎするたび、がたごとと音を立てる。足を洗う賀《か》茂《も》川《がわ》の水は春先とは思えぬほど冷たく、河原を渡る風が枯れた葦《あし》の葉を大きく揺らしていた。

賀茂川に来てからまだ四半刻も経っていないにもかかわらず、草鞋《わらじ》履きの頼賢の爪先はすでに紫色に変じている。小魚が一匹、そんな足元をつるりとすり抜けて泳ぎ、深い淀みのただなかに瞬く間に消え去った。

「おおい。まだ終わらねえのかよ」

両手を口に当てて怒鳴った頼賢に、流れの中ほどで太ももまで水に浸かって川底を覗き込んでいた菅原宣義は、ううんと身体を伸ばした。濡れた両手を振って雫を飛ばし、「もう少し、お待ちくだされ」とこれまた青ざめた唇を震わせて応じた。

「せめて、あと二、三個は細石《さざれいし》を拾わねば。そうでなくては典薬寮《てんやくりょう》の方々にも、ご納得はいただけますまい」

「ちぇっ。おめえがそんなに頑張らなくたって、あいつらはあいつらで薬探しをしているだろうによ」

頼賢のになう笈の中には、すでに握りこぶしほどの細石が五個も詰め込まれている。

細石は小さな石が寄り集まって、凹凸の多い一つの石となったもの。その中でも白黒が斑《まだら》なものは細理石《さいりせき》と呼ばれ、白い部分だけを取り除いて集めると石膏《せっこう》という生薬となる。肌の熱や炎症を取る効果がある他、焼いたものを塗り薬として瘡《きず》の治療に用いることもあった。

河原では宣義の老僕が主を案じ、たき火をしてその帰りを待っている。吹き過ぎる川風は時に轟と音を立てるほど強く、痩せた老従の烏帽子《えぼし》を大きく揺らしていた。

「まったく、いい加減にしろよ。おめえ一人だけならともかく、こっちまで風病（風邪）を引いちまうじゃねえか。先に河原に戻らせてもらうぞ」

足踏みしながら毒づく頼賢に、宣義は渋々といった顔で川から引き揚げてきた。老僕が差し出した布で足を拭ってたき火の傍に座り、ようやく辺りの寒さに気づいたとばかり、ぶるっと身体を震わせた。

「頼賢どのの方はどうでした」

「鹿が角を落とすには、まだちょっと早かったみてえだ。古びた角を見つけたから、とりあえず拾っておいたけどよ。白くなってるから、落ちてから二、三年は経っているかもなあ」

たき火の傍らに置いてあった古びた鹿角《ろくかく》を、頼賢は軽く持ち上げて見せた。

鹿の角は滋養強壮に効くとされ、中でも春に若鹿が落とす角は精血を補い、悪血や寒熱を癒す

文藝春秋の新刊

11

2023

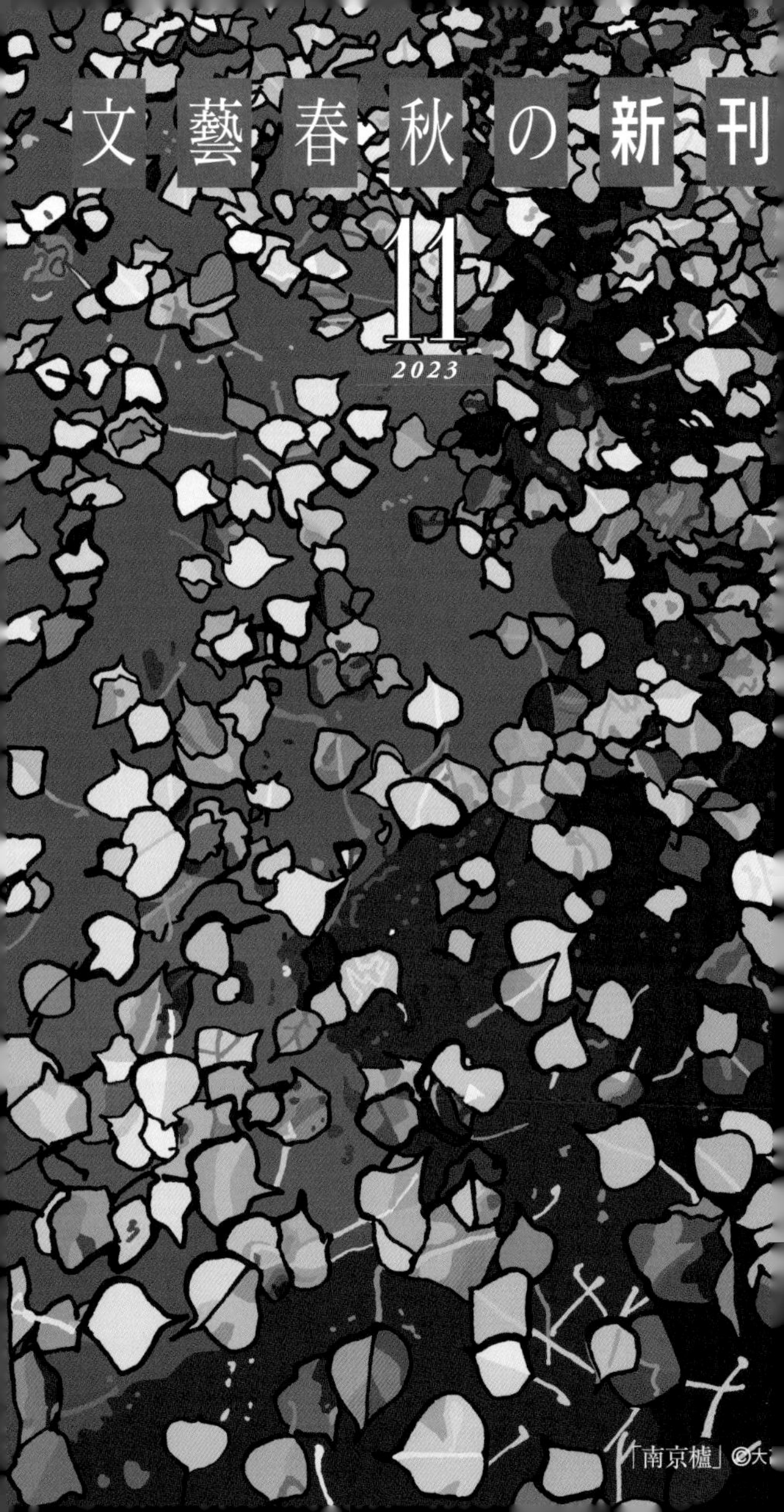

「南京櫨」 ©大

妙薬である。当然、それを目当てに河原をうろつく者たちも多く、不慣れな頼賢が半日や一日探し回っただけでは、ろくな鹿角など拾えるわけがなかった。

「昔はこの賀茂の河原でもしばしば、竜骨や竜歯といった薬が取れたそうです。もっとも近年はめっきり、そんな噂も聞きませんが」

「そりゃ、いつ頃の話だよ」

なにせ国内外の書物に通じ、六国史に続く史書を記そうとしている菅原宣義である。昔といっても、十年や二十年前ではあるまい。

「はあ。まだこの地が山背国《やましろのくに》と称されていた頃と聞きますから、かれこれ二百年以上昔になりますねえ」

やっぱり、と舌打ちをして、頼賢は老僕が差し出した白湯の椀をすすった。

賀茂河原に来てほしいとの宣義の手紙が比叡山の頼賢の元に届いたのは、今朝早く。首をひねりながら京に降りた頼賢に、宣義は「帝の御為に薬探しをします」と言い、さっさと川に入って行ったのであった。

今年の始めから体調を崩していた帝は、半月前の内裏の火事以降、日々の飯もろくに喉を通らないほどに憔悴しているという。慶円が毎日参内し、祈禱を行なっても効がない。典薬頭が次々と薬を奉ったり、皇后娍子がひそかに帝の現在の御座所《ござしょ》である太政官内・松本曹司《まつもとのぞうし》に伺候して、身辺の世話を焼いているとの風聞もしきりであった。

宣義に言わせれば、典薬寮が帝に奉っている金液丹《きんえきたん》は、効き目の激しい薬。長期にわたって服用を続けると、かえって病者の身体を損なうこともある。そこで宣義は効き目が穏やかな石膏加《か》輿《ゆ》湯《とう》を試してはどうかと典薬頭に進言し、その材料集めのために頼賢を河原に呼び寄せたのであった。

「主な材料である石膏は、当座の分はこれで何とかなりましょう。鹿角は古いものでは効き目が乏しいですから、二条の生薬屋で買い求めましょう」

「何だよ。それなら何もこんな寒空に河原をうろつかなくても、最初から店で材料を揃えりゃよかったじゃねえか」

唇を尖らせた頼賢に、「あなたは何も知らぬのですねえ」と宣義はわざとらしく嘆息した。

「薬には品（格）がありましてね。ものの本によれば、服する病人と異なる国で産した薬は下品、同じ国でも遠く離れた地で産した薬は中品。そして病者と同じ国、同じ里で取れた薬は上品として、抜群の効果を発すると申します」

京に生薬屋は数多いが、いずれも唐渡りの生薬を扱う店ばかり。そんな薬よりはまずは京内で生薬を集めるべきなのだ、と宣義は続けた。

「ちえっ、うるさいな。あんたはそもそも学者だろうが。医術はお門違いじゃねえのかい」

「学問と医術は、表裏一体ですよ。病を癒すためには、まず学ばねばなりません。それに今の帝のお加減をうかがうと、典薬寮ばかりに任せてはおけません」

「ああ、まあ。確かにな」

頼賢がうなずいたのは、漏れ聞こえてくる帝の病状が、日に日に悪化の一途をたどっているためだ。

毎夜、決まって同じような時刻になると、何かでとろとろと煮られるにも似た微熱を発し、時には瘧にも似た震えを伴う。それと同時に帝を悩ませているのは目の不調で、火事の少し前から霞がかるようになっていた右目はもはやほとんど見えず、残る左目も物の形がおぼろげに判じられる程度。その癖、傍から見れば瞳は綺麗に澄み、一見、どこが悪いのかと疑うほどという。

加えて最近は日によっては、耳の不調や激しい頭痛までもが帝を襲っているらしい。立ち居に困るほどではないとはいえ、目も耳も患っているとあっては、政務に支障が出ることは明らかであった。

「おん瞳が曇っておらぬとなれば、中翳目病《なかかげめやみ》（虚血性視神経症）か裏瘡目病《うらかさめやみ》（視神経症）、はたまた明盲目病《あきめくらやみ》（網膜剝離）かと拝察されるのですが。ただその上、お耳までお患いとなると、他の病にも罹《かか》っていらっしゃる恐れもございます。いずれにしても、それぞれのお苦しみを少しでも和らげて差し上げたいものです」

宣義は湯気を上げる木椀を両手で抱えたまま、燃え盛る炎を見つめている。まだ身体が温まっていないのか、その手足は蠟燭《ろうそく》を思わせて白い。ひょろりと長い宣義の横顔を、頼賢は上目遣いにうかがった。

「あんた、そんなに帝に治っていただきたいのかい」

慶円に従って宮城に出入りしていれば、世の趨勢《すうせい》は否応なしに目に入る。

帝はもともと、左大臣・藤原道長と不仲。その上、内裏の大半が火災に遭い、帝が病みついた今、宮城の官人ははっきりと帝派と道長派に分裂している。そして国政を執る太政官のほとんどは道長に従い、帝を擁するほどの気概を持つ者は、大納言・藤原実資を始めとするほんの一握りだ。

政の世は、必ずや推移する。ただいまは帝が至高の御位にあるとはいえ、いずれその座は東宮である道長の孫の元に移るだろう。だとすれば今、帝を懸命に支えたとて、やがては必ず道長の世が訪れる。ただ、それが早いか遅いかの違いだけだ。

そんな最中に帝のための薬を求めるなぞ、火中の栗を拾うが如きもの。ただの学問好きとばかり思い込んでいた宣義の進薬が、頼賢には正直、意外であった。

「さあ、どうなのでしょうねえ。ただ、出来るだけのことはして差し上げたいとは思っていますよ」

宣義の口調には、どこか他人事の気配がある。この寒空の下、自ら冷たい川中に入って薬を求めた男とは思い難い物言いであった。

「以前から言っているでしょう。わたくしはただ、この世で何が起きて何が起きなかったかを見極めたいだけなのですよ。わたくしが奉ろうとしている石膏加臾湯は悪血を冷まし、心身の邪気を中和する効があります。もしこれが効けば、帝の御不調はただの眼病ではなく、全身の血流によるものと判じられましょう」

思えば帝の父君の冷泉院《れいぜいいん》さまも気鬱の病をお持ちでしたから、と宣義は続けた。

「推測を逞《たくま》しくすれば、帝の御悩は冷泉院さまと同じ病ゆえとも考えられます。それを確かめるためであれば、春の賀茂川に入る程度、大した苦労ではありますまい」

「それだけ……なのかい」

「ええ。申し訳ありません、不忠者で。わたくしは世上の諍いには関心がないのです」

宣義は薄い笑みとともに、ようやく木椀の中身に唇をつけた。

「かく仰る頼賢どのはどうなのです。帝に治っていただきたいとお考えですか」

頼賢は白湯を飲み干してから、抱え込んだ膝の上に顎を置いた。

二月も末に差しかかり、対岸の土手に生えた桃の梢には小さな花が咲いている。寒風の吹く川岸の中で、花弁の淡紅が目に痛いほどに鮮やかだ。胸の中でその花の数を数えながら、「自分でもよく、分からねえんだよなあ」と頼賢は正直に答えた。

「あんたも知っての通り、俺の仇は皇后娍子だからさ。あの白狐を寵愛しているって点じゃ、帝に対してあまりいい気はしねえんだ。けど、慶円さまから最近のご病状や道長さまとの悶着を聞くと、なんだか少しばかり、帝ってお人が気の毒な気もしてきてよ」

風がどうと勢いを増し、桃の梢を大きく揺さぶった。もはや数が分からなくなった花の赤さが、内裏を襲った紅蓮の炎を思い出させた。

あの日、師僧に数刻遅れて頼賢が叡山に戻るなり、慶円は煤に汚れた法衣もそのままに広縁《ひろえん》に走り出てきた。袈裟のそこここに焼け焦げを拵えた頼賢をかき抱き、「よかった。よかった、無事じゃったか」と皺に囲まれた目にうっすら涙を浮かべた。

「突然の火事の中、わしの従僧が行方知れずになっていることを、帝までもがご案じくださっていたのじゃぞ。そうでなくとも女房がたや雑色やら、随分なお人が火に巻かれた上、叡山の者までが命を落としたとあっては、帝は更にお苦しみになられるところであった。よかった、本当によかったわい」

もちろん帝は、頼賢が皇后娍子を仇と考えていると知らない。だがいずれにしても、七殿五舎を瞬くうちに飲み込んだ火災の中、一介の従僧の身を帝が気にかけていたとの言葉は意外なものであった。

それまで頼賢にとって帝とは、至高の位におわすただ人ならぬ御身であり、血肉を持つ存在ではなかった。それが名も知らぬであろう自分を案じ、原因の分からぬ病に苦しめられていると思うと、途端に帝その人に対して関心が湧く。他人事として聞き流していた病状にも、耳をそばだてずにはいられなかった。

いささか子どもじみた姿勢になった頼賢に、宣義は長い顎をひと撫でした。枯れ木をたき火に継ぎ足していた老僕を、軽く片手を振って退かせてから、「包み隠さず申しますとね」と声を落とした。

「わたくしはいまの帝の御代は、もうさして長くはあるまいと思うております。このたびの内裏の火事は恐らく、帝に天道なしと突き付けるために、何者かが火事師に命じて働かせたものでしょう」

聞きなれぬ名に首をひねった頼賢に、宣義は口早に火事師の生業《なりわい》を説いた。

「権勢とは水の如きもの。どこかに向かって流れ始めれば、最後の一滴まで止まりはいたしません。古今の史書を繙《ひもと》けば、それは明々白々です。そして今、この国の権勢が奔流の如く流れ込もうとしている先は、間違いなく左大臣たる道長さまです。――まあもっとも、栄華がひと所に集まるからといって、それがいつまでも同じ場所に留まるとは限らないのですけれど」

道長は、滝から流れ落ちる水を飲みつくし、なおも天に向かって大きな口を開ける鯉だ、と宣義は続けた。

「これで傍から水をせき止めるお方がいれば、話は別ですが。かつて道長さまと争った一族の方々は軒並み凋落し、平氏源氏といった他家の公卿がたも、道長さまの権力の前には膝を折るばかりときたものです」

人とはなまじ一つの欲を叶えられれば、二つ三つと更なる欲求を募らせるもの。氏長者として藤原氏の頂点に立ち、太政官の筆頭たる左大臣職に就き、外孫を皇太子の座に据えまでした藤原道長にとって、もはや今の帝は目の前のたんこぶでしかない。

「それは誰も、止められやしないのかい」

「ええ、難しいでしょう。誰かが道長さまに匹敵するほどの官位官職を持ち、後宮に美しい娘御を奉っていれば、その方が道長さまを抑えてくださるのでしょうがね。お気の毒ながら今の宮城には、そういった方がおいでではありません。となればもはや帝は、蛇に睨まれた蛙同然でいらっしゃいます」

「けど、蛙は蛙なりの意地ってものがあるだろう。蛇に睨まれたって生きたいと思うだろうし、食われる直前までは足搔《あが》き続けるんじゃないのか」

「それは確かに仰る通り。そしてその足掻きもまた、人の世の美しき真実に違いありません」

真実との言葉に、頼賢は「馬鹿を言え」と顔を上げた。宣義の推論が正しければ、病める帝はいずれ道長によって退位に追い込まれる。そんな哀れな弱者の末路に、いったいどんな真実があるというのだ。

「何が美しき真実だよ。人間、負けちまえばそれまでじゃねえか」

「違います。ならば頼賢どのは何故、藤原原子さまの死の謎を追っていらっしゃるのです。養い親の死が辛く悲しく、その敵を取ろうと思っていらっしゃるのも、確かに理由の一つでしょう。ですが一方で心のどこかでは、原子さまが殺されたわけをただ知りたいと思っていらっしゃるのでは」

歴史とは勝った者、生き残った者が作るものです——と宣義は語を継いだ。

「ですから本邦の六国史を繙いても、そこには負けた者、早くに没した者の声は記されません。かく言うわたくしとて自分が史書を作るとなれば、かような弱者の足跡を大っぴらに書くことはできますまい。だからこそせめて歴史に触れる者は、そこに残されぬ弱者の生きざまに目を据え、人の世の真実を知っておかねばならぬのです」

「何だい、そりゃ。史書ってのは案外つまらねえものなんだな」

「仕方ありません。だからこそ史書は時の権勢者に投げ毀《こぼ》たれることもなく、後の世まで残り続けられるのですから。もし古しえの弱者の声をすべてすくい取れるとすれば、きっとそれは史書ではなく、まったく異質の書物でしょうね。頭の堅いわたくしには、想像すらできませんが」

雲は激しい風に流れされて東へ東と移り、その切れ間から差す陽が東山の峰を斜めに照らしつけている。さて、と宣義は尻の土を払って立ち上がった。頼賢がかたわらに引きつけていた笈を肩に打ちかけ、土手に控えていた老僕に向かって手を振った。

「わたくしはそろそろ戻って、調薬の支度をせねばなりません。実は昨年の末から、自室のある北ノ対の床が歪んできましてね。歩くだけでぎしぎしうるさいので、父の没後から閉ざしていた西ノ対に屋移りしたのです。ただそちらはそちらで前庭の木々があまりに茂り過ぎ、昼を過ぎるとまったく日が入らぬので困っております」

「そりゃあつべこべ言ってねえで、さっさと北ノ対を修繕したらどうだよ」

いつぞや入り込んだ菅原宣義の家は築地塀に草が生え、庭の釣殿なぞは池に向かって崩れ落ちていた。あの分ではいずれの対ノ屋も大差なく古びていようと考えた頼賢に、「先立つものがなかなかありませんでねえ」と宣義は苦笑した。

「お恥ずかしながら、欲しい書物があると借財をしてでも買い求めてしまうので、我が家はいつも火の車なのですよ。おかげで妻は子ども共々、ほとんど実家で暮らしたまま、わたくしの家には戻ってきません。従者もあれなる男以外は、全員、妻の家で世話になっている有様で」

「どうせあんたのことだから、家じゅう書物でいっぱいなんだろ。そんなところに対ノ屋の根太《ねだ》がゆるんできたとすりゃ、そのうち床が抜けるか、下手すりゃ家ごと崩れちまうぜ」

「気を付けるようにいたします。新たな国史を記すまでは、まだまだ死ぬわけにはいきませんからね」

土手から河原に降りようとしていた老僕が、不意に足を止めた。そのまま踵を返して土手のあちら側に姿を消したかと思うと、すぐに「頼賢さまァ、お使いがお越しです」と怒鳴りながら、こちらに向かって駆けてきた。

「お父君の源頼定さまがお召しだそうでございます。叡山に尋ねて行ったところ、わが主に呼び出されて出て行ったと教えられ、ほうぼう捜し歩いた末にようやくここにたどりつかれたとか」

「親父だって」

たき火と白湯のおかげで明るんでいた胸に、一度に暗い影が落ちる。頼賢は老僕に背を向け、崩れかけていたたき火を足で強く踏みにじった。「こっちには用事なんぞねえんだ。帰れって言ってくれよ」と背中越しに怒鳴った。

「ですが——」

老僕の当惑の声に、草を踏みしめる足音が重なった。しかたなく頭を巡らせば、よれよれの水干にくくり袴をつけた半白の雑色が二人、河原に生い茂る藪をかき分けて、こちらに近づいて来る。坊主頭の頼賢をすぐにそれと認めた様子で、冷たい地面に膝をつく。まず菅原宣義に向かって一礼してから、改めて頼賢に向き直った。

「突然のお訪ね、ご無礼申し上げます。頼賢さま、お父君がお呼びでございます」

「ふざけるな、何が親父だ。こっちはあいつを親と思ったことなんぞ、一度もねえんだぞ。都合のいい時だけ親父面をするんじゃねえ」

「頼賢どの。お怒りは確かにごもっともですが、話だけでも聞いて差し上げられてはどうですか。

この方々も、それでは戻るに戻れぬでしょう」

宣義のとりなしに勢いづいたのか、雑色たちはひと膝、頼賢に詰め寄った。

「実は異母妹《いもうと》君の輝君《てるぎみ》さまが、一昨日から高熱を発して、臥せっておいでなのです。つきましてはお父君が是非、頼賢さまに平癒の加持をお願いしたいと」

「ちょっと待て。異母妹ってのは何だ」

つい声を荒らげてから、頼賢はああと額に手を当てた。一昨年、頼定が先帝の女御・藤原元子《げんし》と駆け落ちをしたのは、彼女の腹に子が宿ったためだったと思い出したのである。

ただその子供が無事に生まれていたとなれば、やっと二歳になったばかり。そんな幼女が熱に苦しんでいる事実と、すっかり忘れていた異母妹の存在が頼賢の胸に続けざまに大きな波を立てた。

「――平癒祈願なら、うちのお師匠さまの方がお得意だぞ。口添えをしてやるから、あちらにお願いしろ」

「それが頼定さまは是非、頼賢さまにと。ご同行いただかねば、それがしたちが叱られます。何卒、お越しくださいませ」

なにせ頼賢はこれまで、父親と正面から顔を合わせたことがない。藤原元子とともに駆け落ちした後、頼定の側は幾度か頼賢との対面を試みたが、そのたびに朝児《あさこ》を始めとする周囲が隔てとなってくれた。

ただ正直に言えば、頼賢はもう何年も前から、慶円の供で伺候した内裏で、頼定の姿をしばしば遠望していた。親切半分面白半分の兄弟子たちが、「それ、あれがおぬしの父君だぞ」と教えてくれたのが、その始まりであった。

とはいえ目鼻立ちの大きな頼定の面は、池の水面に映した己の顔と似ているとは思い難かった。簀子で話しかけてきた同輩に大仰《おおぎょう》な身振り手振りで応じる様にも、いささか早口な物言いにも、まったく胸が動かない。肉親としての親愛の情ばかりではなく、怒りや憎悪すら覚えぬ自分に、頼賢は少なからず驚きもした。

結局のところ、長じるまでの間の歳月を共に過ごさなければ、親といっても赤の他人と同然なのだ。犬猫の雄は雌と番《つが》った後は、我が子のことなぞ忘れ果てて気ままに生き、生まれた仔もまた父親が誰であるかなぞ考えもしない。自分たちはそんな獣同然の仲なのだ、と頼賢は衣冠束帯《いかんそくたい》に身を固めた頼定を遠目に見るたびに思っていた。

それだけに突然、慶円を差し置き、自分に加持祈禱が求められると、冷や水を浴びせかけられるに似た驚きがまず押し寄せる。頼賢はとうに消えたたき火をなおも踏みにじり、「けどな」と言い返した。

「輝君とやらの母上は、例の藤原元子さまだろう。俺みたいな息子がのこのこ現れちゃあ、元子さまも面白くねえだろう」

「それはご心配いりません。それがし如きが申すのは口はばったくはございますが、頼定さまはかねて元子さまに、頼賢さまのことを様々お話しになっておられます。ましてや姫君の大事ともなれば、なんの文句がおありでしょう」

雑色の口調には、わずかにおもねる色がある。それにひっかかりを覚えはしたが、これ以上言い争っても、ただの押し問答になりそうだ。頼賢はしかたなく、「わかった」と首肯《しゅこう》した。

「言っておくが、親父のためじゃねえぞ。まだ小さい輝君とやらのためを思えばこそだ。それにしてもその輝君と母御は、今どこに暮らしておいでなんだ」

藤原元子は源頼定との恋愛のせいで父親から勘当され、駆け落ち直後には乳母の知り合いの家に身を寄せていたはず。あれから二年が経った今、まさか幼子を抱えたまま仮の宿暮しなのかと頼賢は案じた。

「はい、現在は二条大路にございます、頼定さまの母君のお屋敷に身を寄せておいでです。頼定さまもここのところはほぼ毎日、そちらからご出仕で、ほとんどご本宅と呼んでも差し支えのないお暮しです」

「――話がまとまったご様子でございますな。では、わたくしはこれで」

雑色の言葉を遮《さえぎ》るように、菅原宣義が踵を返した。

なにせ頼定の北の方は、菅原宣義の妻の実妹である。それだけに義理の妹がないがしろにされている事実を突きつけられ、宣義はさぞ腹を立てていようと頼賢は思った。だが急いで駆け寄った頼賢に、宣義は「今日はお付き合いくださり、助かりましたよ」と屈託のない笑みを向けた。

「いや、別に。こっちも暇だったからな。それにしても、頼定の野郎が本当にすまねえな」

「お気になさらないでください。そりゃあもちろん、わたくしの妻は常々、頼定どのの不貞には腹を立てておりますし、義妹の心中はさぞ穏やかならぬものがございましょう」

ああ、やっぱり、とうなだれた頼賢に、宣義は軽く含み笑った。

「とはいえ血がつながっていようとも、親と子はまったく別個の人間です。頼定どのの行いについて、そなたさまが後ろめたさを覚える必要なぞないのですよ」

「俺だって、そう思えりゃ気楽だけどよ。けど俺がかように開き直るわけにゃいかねえだろ」

「頼賢どの、それはいったい誰に対するご遠慮ですか」

宣義は傾きかけた烏帽子を片手で支え、背の笈を揺すり上げた。

「うちの北の方もその妹も、腹を立てている相手はあくまで頼定どのです。だいたい親類だからというだけで誰かの責めを背負い込まねばならぬのならば、わたくしとて義弟である頼定どのの愚行の咎を負わねばならぬ道理となります」

気にしてはいけませんよ、ともう一度言って、宣義は土手の枯れすすきをかき分けた。老僕に手を引かせながら堤を登っていく痩せた背を、頼賢は息を詰めて見送った。

実の父親とはいえ、頼賢はこれまで頼定から下衣一枚、優しい言葉一つ与えられたことがない。それにもかかわらず頼定の不貞に後ろめたさを覚えてしまうのは、他ならぬ自分自身が父親との血縁に縛られているためと指摘された気分であった。

とはいえ世の中の大半は、宣義のような理知的な考え方をしない。人の世とは、それほど優しいものではないのだ。

「どうなさいました。さあ、参りましょう」

雑色に促されて堤を登れば、宣義主従の姿はすでに東京極大路に向かう細道に消えようとしている。生い茂った左右の藪に見えつ隠れつする人影に、「あいつ……何も知らねえ癖に」と頼賢はつい唇だけで呟いた。

菅原家は大江家同様、累代の学者の家柄。宣義もこれまで宮城で重く用いられ、その学識を褒めたたえる声は高い。それだけにあの男はきっと己には非がないことで責められたり、故なき嘲笑や蔑視を受けた経験なぞないのだろう。

宣義の言葉が親切ゆえとは承知している。だからこそ世人からの声なき罵りがいかに人をすくませるか、縁もゆかりもなき者が弱き者にどれほど冷淡な眼差しを向けるかも身をもって知らぬであろう宣義に、小さな苛立ちが湧いた。

頼定の母の持ち物なのか、迎えの牛車は手入れが行き届き、轅《くびき》に繋がれた牛も毛《け》艶《つや》がよい。勧められるままに錦の褥を尻に敷き、頼賢は壁に肩をもたせかけた。

頼定の父、つまり頼賢には実の祖父に当たる為平《ためひら》親王は、村上天皇の皇子。一時期は冷泉《れいぜい》天皇の皇太弟にと目されながらも遂に帝位を踏めなかった、悲運の皇子である。

為平親王自身はすでに故人であるが、その北の方にして参議・源頼定の母親ともなれば、各地の荘園からもたらされる財物だけで相当豊かに暮らして行けると見える。やがて案内された屋敷は決して広くはないが、池の遣水《やりみず》は澄み、対ノ屋に揺れる御簾の鉤丸《こまる》（御簾を止める金具に着く房）の紅に濃色の緒をあしらった様も品がいい。

「お待ちしておりました。どうぞこちらへ」

年配の女房に導かれた一間は四囲に几帳が立てられ、花鳥紋を染め出した帷《とばり》の奥に小さな衾《ふすま》

（寝具）が見える。その枕上に座っていた頼定がこちらをがばと振り返り、几帳を倒さんばかりの勢いで飛び出してきた。
　頼賢の両肩を強く摑み、感に耐えぬとばかり、「大きくなったな」と声を落とした。
「顔を合わせるのはこれが初めてだが、こうやって眺めれば亡き綏子さまになんと似ておること
か。年は幾つになった。十八か、十九か」
　まだ十七歳だ、と胸の底で毒づき、頼賢は静かに頼定の指をもぎ離した。
　対面がこれまで叶わなかったのは、頼賢の誕生直後、他ならぬ頼定自身が自分は父親ではない
と主張して逃げ回り続けたためではないか。この男が不義の責任はもちろん、生まれてきた子の
養育まで藤原原子に押し付けたことを、知らぬ頼賢ではない。
　部屋の北壁には半丈六の薬師《やくし》如来《にょらい》坐像《ざぞう》が据えられ、護摩《ごま》炉《ろ》や左右脇机、一面器まで並べられて
いる。加持祈禱の際に焚《た》く芥子《けし》の匂いが微かに漂っていることから察するに、頼賢以外にもすで
に誰かが病平癒の修法を行ったと見える。
　祈禱とはすぐに効を発揮するものではない。ましてや輝君の発熱が一昨日からであれば、せめ
てあと一日二日は同じ験者《げんざ》に加持を続けさせればよかろうに。
「姫君の具合はどうなんだい」
　不快と不審がつい声に滲《にじ》む。頼定は上目遣いに頼賢をうかがい、「水も薬も受けつけんのだ」
と首を横に振った。
「元子さまは不眠不休で看病を続けていらしたのだが、このままでは母子が共に倒れてしまいそ

うでな。懸命に説得して、つい先ほどお休みいただいたのだ」

「俺以外にも、加持僧を呼んでいたみてえだな。そいつはもう帰っちまったのかよ」

長い間、娘の枕頭《ちんとう》に詰めていたせいで、芥子の匂いに鼻が慣れてしまっていたのだろう。頼定は眉間を礫で打たれたかのように、一歩後じさった。仏前の修法具と頼賢を忙しく見比べ、「あ、いや。あれは」と胸の前で両手を揉みしだいた。

「わが母が勝手に、大覚寺《だいかくじ》より僧を招き、修法を行わせてしまっただけだ。そなたは知らぬか、その昔、わたくしの従兄が隠棲《いんせい》して、嵯峨野《さがの》に庵を結んでいてな。その師僧に当たる大覚寺の御坊に、かねて我が家は世話になっているのだ」

「知るわけあるか。だいたいこの家のことなんざ、聞きたくもねえよ」

頼賢は頼定を押しのけ、護摩炉の前にどっかりと尻を下ろした。大覚寺の僧を去らせた後、よほど慌てて片付けさせたのだろう。床の板目には灰がこびりつき、炉の胴はまだほんのり温かい。

慶円の従僧としてその祈禱を間近に見、一通りの勉学を積んではいるが、頼賢自身が加持を行ったことは一度もない。それは頼定とて承知であろうに、なぜ昵懇の僧の修法を途中にしてまで、自分を招いたのか。本当に娘の身を案じてであれば、決してかような真似はせぬはずだ。

耳を澄ませば几帳の向こうからは、およそ幼女のものとは思えぬほど荒々しい吐息が響いてくる。子どもは体力が乏しい。ましてや一昨日から高熱を発しているとなれば、もはや猶予はなかろう。

頼賢は敷物を蹴立てて立ち上がった。そのまま大股に庇の間に出ようとする袖に、頼定が狼狽した顔で追いすがった。

「おい、待て。どこに行くのだ」

「お山だ。慶円さまをお呼びしてくる」

なに、と頼定はその場に棒立ちになった。だがすぐに両手で頼賢に摑みかかり、「それはまずい。やめてくれ」と声を上ずらせた。

「馬鹿ぬかせ。そこで苦しんでいるのは、あんたの娘だろうが。このままじゃ、取り返しのつかねえことになるかもしれねえぞ」

「いいや。馬鹿はそなただ。誰に何を言われようとも、慶円さまなぞを今、この家にお招きしては、わたくしまでがいらぬご勘気を蒙ってしまうではないか」

「ご勘気だって。いったい、誰のことを言ってるんだ」

「決まっておろう。道長さまだ」

父を振り払おうとした手の力が、刹那、緩む。頼定はその隙を逃さぬとばかり、頼賢を無理やり板戸のかたわらに座らせた。

「このところの帝と道長さまの不仲は、そなたとて小耳に挟んでいよう。しかし慶円さまは病みつかれた帝のもとに頻繁に伺候し、その御悩を癒さんと必死になっておられる。かような御坊をこの家にお招きしてみろ。わたくしまでが帝の一派と思われてしまうのは必定だ」

昨今の宮城が真っ二つに割れていることは、もはや疑いようがない。とはいえさすがの道長も、慶円の験力には一目置いているはず。幼い娘の病平癒の祈禱を行わせるぐらい、なんの問題もなかろう――と考えかけて、頼賢は目を見開いた。

「もしかしてあんた、俺を口実に道長さまに取り入ろうとしたのか」

頼定は過去の藤原綏子との密通のせいで、当今の御代になって以来、昇進が滞っている。加えて、藤原元子との関係も続く今、かろうじて参議職に留まっていられているだけでもありがたいと思わねばならぬ立場のはずだ。

母である藤原綏子の縁から言えば、頼賢は道長の甥。それだけに頼定は長年無沙汰が続いていた息子との縁を復活させることで、道長との関係を少しでも強めんとしたわけか。

（畜生――）

異母妹への哀れみなぞ抱いたのが、間違いだった。この男にとっては結局、血縁など栄達の手駒でしかないのだ。

験者として名高い慶円ではなく、あえて頼賢を呼んだのも、道長への忠誠を誇示せんがため。それで輝君が亡くなったとしても、結果として慶円に頼らなかったとの事実は残る。頼定からすれば、それは決して損な話ではないわけだ。

「ふざけるな。こんな家にいられるものか。すぐに帰らせてもらうぞ」

押さえられた肩に力を込めた頼賢に、頼定は形のよい目を泳がせた。しかしすぐに開き直った様子でその場に座り直し、頼賢にぐいと顔を近づけた。

「こうなれば、包み隠さず言おう。実は輝君は生来身体が弱く、もはや手の施しようがないと告げられるほどの熱を、これまでにも二度も出しておる。どう考えたところで、元より健やかに育つはずのない娘なのだ」

わずかに落ちた沈黙を、几帳の奥からの荒い息が破る。それをかき消そうとするかのように、頼定は早口に続けた。

「一方で今、元子さまの腹には、またもわたくしの子が宿っておる。新たに生まれてくる子のためにも、私は道長さまのお引き立てを得、更に官位を上げねばならん。そのためにどう振る舞うのが正しいか。我が息子であれば、そなたもよく分かるだろう」

強い夏の陽を受けたかの如く、頭の奥が真っ白に熱を持った。握り締めた拳が視界の隅で弧を描き、一瞬の衝撃の後、目の前の頼定の身体が斜めに倒れ込んだ。

じんじんと拍動しているのは自分の拳か、それともこめかみか。頼賢は床を鳴らして撥ね立ち、板間に頬をつけて倒れた頼定を睨んだ。

何が起きたのか、まだ理解できていないのだろう。頼定は床に伏したまま、頼賢に殴られた左頬に手を当てた。その鼻から赤いものがつと流れ、男にしては白い指先に滴った。

「ふ――ふざけるなッ。てめえなんぞ、俺の父親なものかッ。母君はそれはそれは美しい方だったと聞くからな。愛人はてめえだけじゃなかっただろうし、俺の親父はそのうちの一人に決まってら。少なくともてめえみてえな腐れきった野郎に父親面されるのは、真っ平ごめんだッ」

「待て、頼賢。これは決して、我が身一つだけのためではない。我が栄達はひいては、そなたのためでもあるのだぞ。叡山でそれなりの御坊になるためには、生家の援助も必要というではないか」

「うるせえッ。仮にそうだとしても、てめえなんぞの施しを受けるものかッ」

怒鳴れば怒鳴るほど怒りは募り、頼定の腹を力いっぱい蹴飛ばしてやりたい衝動が全身を貫く。それを辛うじて堪えたのは、折しも渡殿を進んできた女房が、倒れ伏した頼定と床にも落ちた血の色に、絹を裂くにも似た悲鳴を上げたからだ。

「た、誰か。頼定さまが、頼定さまが」

「お、おい、待て。大丈夫だ。心配はいらぬ。ちょっと転んでしもうただけだ」

髪を振り乱して駆けて行く女房に、頼定があわてて起き直る。顔の下半分を朱に染めながら、彼女を追って駆け出した。

とはいえそれは決して己の息子をかばってではなく、道長の甥である頼賢と揉めてはならぬとの保身であろう。両手でがしがしと頭を掻きむしると、頼賢は床板をぐいと踏みつけて踵を返した。輝君の喘鳴《ぜんめい》から逃げるように渡廊を駆け、そのまま往来へと飛び出した。

街路が東西南北真っすぐに走る京の町は風が吹き通りやすく、ことに北山から吹き下ろす冷たい風は、なにも遮るものがない分、痛いほどに肌身を刺す。

どこぞの門口から吹き飛ばされたと思しき笊が、乾いた音とともに辻の真ん中を転がっていく。誰にも拾い上げられず、ただ風に吹かれるばかりの笊を、頼賢は見るともなく目で追った。

源頼定が我が身より他に関心のない輩であることは、承知していた。だが改めてその我意を目にすれば、あんな男の血を受け継いだ我が身が情けなくてならない。衾に埋もれて荒い息をついていた輝君を救えぬことも悔しければ、自分同様、あんな父親を持った童女がひどく哀れとも感じられた。

また強い風が吹き、かたわらの屋敷の塀の内側から伸びていた槻《つき》の枝が、大きく揺れる。京都では毎年、爛漫の春に差しかかる直前、激しい風が吹き荒れてそここの家屋敷を壊す。だがどうやら今年は、その春嵐が少し早くやってきたようだ。

「おおい、誰か。その笊を拾ってくれえ」

どこぞの屋敷の下人と思しき老爺が、往来の果てからよたよたと駆けて来て叫ぶ。その声になぜかわずかな安堵を覚え、頼賢は「おう」と応じて走り出した。折しも強まった風に負けまいと大路を走り、溝に落ちかけた笊を引っ摑んだ。

「すまねえなあ。ありがとうよ」

腰をさすりさすり近づいてきた翁は、頼賢の手から笊を受け取ろうとして、目をしばたたいた。笊と頼賢の顔をせわしく見比べた挙句、「どうしたんだい、お坊さま」と問うた。

「砂が目に入ったんじゃねえかい。悪いことは言わねえ。すぐに洗っておきなよ。目病《めやみ》は後が厄介だからよ」

老翁の言葉の意味がわからず、頼賢は返答に窮した。すると翁は空いた片手で頼賢の手を取り、辻の脇の路地へと導いた。

陽の射し入らぬ小道の突き当たりには白石作りの井桁《いげた》が据えられ、かたわらに枝ぶりの悪い松の木が茂っている。老人は木の根方に縄で結わえられた手桶を、井戸に放り込んだ。水の満たされた桶を慣れた手つきで頼賢の足元に据え、「それ、早く洗いなって」と急かした。

「おいらの笊を追いかけたとき、砂が目に入っちまったんだろ。すまねえなあ」

別に頼賢は、目に痛みを覚えてはいない。怪訝に思いつつもあまりに熱心な老爺の勧めに抗いきれず、頼賢は桶のかたわらに膝をついた。その途端、水滴がひと粒、桶に満たされた水の面を叩く。え、と思う端から、雫はぽたぽたと立て続けに滴り、桶の水を騒がせた。

雨が降り出したわけではない。ならばこの雫はいったい何だ、と四囲を見回した手に、またも冷たいものが落ちる。はたと己の頬に当てた手がひんやりと濡れ、頼賢は身体を堅くした。

（俺は――）

「ああ、早く目を洗いなって。そんなにぼろぼろと涙が出ているじゃないか」

老爺の促しに背を叩かれ、頼賢は桶に顔を突っ込んだ。水がひどく冷たく感じるのは、それだけ瞼が火照《ほて》っていればこそか。

奥歯に自《おの》ずと力が籠《こも》る。頼賢は桶から顔を上げるや、両手で水をすくい、衣が濡れるのも構わずそれを顔に叩き付けた。飛び散った飛沫の勢いに、老爺が驚いた面持ちで後じさるのが、視界の隅をよぎった。

父母の不在を哀しく思ったことは、これまで一度もなかった。叡山の学侶堂衆が聞えよがしに語る母の不貞や父の放埒にも、さして心は動きはしなかった。それだけにこの涙は決して、源頼定ゆえではない。ただあんな男が己の父という変えようのない事実が、悔しくて悔しくてたまらなかった。

「お、おい。どうかしたのかい」

両手で桶の端を握り締めてうな垂れた頼賢に、老爺が恐る恐る声をかける。いいや、と応じてから、頼賢は片袖で強く顔を拭った。濡れた犬そっくりにぶるっと身を震わせてから、「ようやく砂が取れたみたいだ。ありがとよ」と老爺を顧みた。

「そりゃあ、よかった。最近は帝も目病持ちって噂だが、目ってのは一度こじらせると、治るのにけっこうな日にちがかかるっていうからな」

「爺さん、帝のご病状なんぞ、よく知っているな」

不審顔になった頼賢に、「なんだ。あんた、田舎から出てきたばかりかい」と老爺は笑った。

「最近は市やそこここの社寺の境内でも、寄ると触るとその噂で持ち切りさ。そりゃ帝だって時には、お怪我やご病気をなさるだろう。けど最近は目ばかりか、お耳だってお悪いというからなあ。天照大御神《あまてらすおおみかみ》さまの裔《すえ》でいらっしゃるお方がそんなひどい病に罹られるとは、何かの祟《たた》りじゃないかってもっぱらの評判さ」

立て板に水の勢いでしゃべる老爺を、頼賢を信じられぬ思いで見つめた。

帝の詳細な病状は、叡山であれば慶円とその近侍《きんじ》の僧だけが知る秘事である。いくら官人の間に御悩の噂が流れているにしても、それが都の人々の間で周知の事実となっているとはどういうわけだ。

京ではあまりに怪しげな風聞が流れた際は、検非違使がそれを取り締まる。だが老爺のあけすけな態度から推すに、都大路を闊歩《かっぽ》する放免《ほうめん》（検非違使の下働き）も帝の病臥《びょうが》については禁制を加えてはいないようだ。

（今の検非違使別当は、確か道長さまの五男坊の藤原教通《のりみち》さま――）

冷たいものが背筋を這い上がったのは、濡れそぼった衣のせいだけではあるまい。

藤原教通は長男である頼通《よりみち》と並ぶ道長の愛児《めぐしご》で、四年前、わずか十五歳で公卿に列した貴公子である。ただ老獪な公卿が跋扈《ばっこ》する宮城にあっては、教通なぞいまだ乳臭児《にゅうしゅうじ》も同然。その行状はすべて道長の支配下にある。

つまり検非違使が帝にまつわる風聞を取り締まらぬ背後には、道長の意があるとしか考えられない。いや更に言えば、その噂自体、道長が検非違使の放免を用いてばらまかせているとも推測しうる。

ごほんと咳払いをして、頼賢は「ちょっと待ってくれよ」と老爺の話を遮った。

「祟りってのは、いったい何の祟りだい。かつての崇道天皇《すどう》（早良《さわら》親王）や菅公《かんこう》（菅原道真）みたいに、今の帝を脅かさんとするお方がおいでってことか」

「いや、町の衆は天照大御神さまの祟りだと言っているな。帝があまりに不甲斐ないから、天照さまが病気を与えて、その行いを責めていらっしゃるんだってよ。本当のところがどうかは知らねえけどな」

皇祖神として厚い崇敬を受ける天照大御神は、時に激しい祟りを為す神でもある。このため大御神を祀る伊勢神宮に不敬が働かれたり、帝が天照大御神に不遜《ふそん》を行うと、疫病や天候不順などの「神之咎《かみのとが》」が国を襲うと信じられていた。

「半月前には内裏で不審火が出て、帝や東宮さまのお住まいが丸焼けになっちまってな。それも帝の不道を責める神火だったんじゃねえかと、もっぱらの噂さ」

頼賢は老爺に気づかれぬよう、両の拳を握り締めた。都の衆が噂に振り回されているだけであることは、分かる。だがそうでもしなければ、胸の奥底から湧き上がってきた怒りを抑えられなかった。

本来であれば、天照大御神が天皇を責めているなぞという噂を、検非違使が取り締まらぬわけがない。道長はそうまでして帝を排除し、己の孫を天皇の座に据えたいのか。

道長が権勢欲を剝き出しにすればするほど、その歓心を買おうとする輩は花の蜜に群がる虫の如く寄り集まって来る。源頼定があまでして頼賢に近づくのも、つまりあまりにあからさまな道長の欲望に惹かれてだ。

この世において、人は決して一人で生きているわけではない。ましてや道長の如き男の言動は、逆巻く野分の如く人々を巻き込み、翻弄する。

頼賢は自分がまるで、賀茂の流れに漂う紅葉の一葉になった気がした。そのかたわらには帝が、亡き藤原原子が同じく漂い、抗うすべのない力の前にただただ流されていく。

なぜ人は欲望を抱き、相争うのだろう。どれほど栄華を極めた者も永劫に生きられはせぬし、彼岸に財物を運べるわけではない。それにもかかわらず道長が、頼定が、我欲のために奔走する姿が、頼賢には情けなかった。

いや、彼らだけではない。頼賢自身、藤原原子の死の謎を解き明かせたとて、それで原子が蘇るわけではない。人の喜怒哀楽なぞ、所詮は此岸のみでの出来事。しかし頭ではそう理解しつつも、やはり今なお原子の死に怒り、犯科人を探さずにはいられぬ己のなんと愚かしいことか。

急に黙り込んだ頼賢に首をひねり、老爺は笊を抱えて立ち去った。しんと静まり返った井戸端から空を仰げば、綿の切れ端に似た雲がゆっくりと西へと流れてゆく。風に吹かれ、見る見る形を変えるその儚《はかな》さに、頼賢は息をついた。

かつて藤原原子と背の君の寵愛を争った娍子は、確かに皇后の座についた。だが今となってはその帝までもが道長に脅かされ、内裏を失い、至高の御位すら危うくなっている。栄枯盛衰は人の世の常。だが娍子を敵と睨んできた頼賢からすれば、あまりに早すぎるその凋落ぶりには拍子抜けすら覚える。「畜生」と呻いて、頼賢は跳ね立った。

「畜生、畜生、畜生――ッ」

桶を蹴飛ばし、井戸の石組みを拳で打つ。そうでもしなければ、自分がこの十数年、抱え込み続けてきた悲しみや怒りが無駄なものであったのではと思い悩みそうであった。

桶に満々と満たされていた水が溢れ、草履履きの足を濡らす。しかしいまの頼賢には、その冷たさは皆目気にならなかった。

あれほど美しく優しかった原子がなぜ死なねばならなかったのか。その疑念と怒りだけを胸に、自分は叡山での修行の日々を耐えてきた。ならば今、帝や娍子が逆境のただなかにあろうとも、それで心くじけてなるものか。

強く双眸を閉じ、頼賢は両手で頭を抱えた。刹那、目裏に広がったのは、あの日、原子の顔中から噴き出していた血の紅。ぽっかりと見開かれた眸の吸い込まれるような黒さであった。

もはやぐずぐずしている暇はない。あの白狐が皇后の座を追われる前に、その罪を突き付け、その凋落をあざ笑ってやらねばならない。

とはいえ内裏が焼失し、帝を始め東宮も娍子も仮住まいの身とあって、頼みの綱の朝児は娘ともども、東京極大路の自邸に宿下がりしている。帝はすでに内裏再建の指示を百官に下したと聞くが、幾ら作事を急いだとて三月や半年で造営が終わるものではない。

頼賢は両の手を胸の前で強く握り合わせた。源頼定は許しがたく、また彼がしきりに機嫌を取ろうとする藤原道長も虫が好く相手とは言い難い。さりながらこと自分の生きる意義を考えれば、道長への嫌悪なぞ大事の前の小事。こうなれば利用できるものは何でも使ってやるしかない。

三日後、帝のもとに伺候する慶円に従って都に向かった頼賢は、太政官の車宿りで牛車を降りた師僧に近づき、「しばし、お側を離れてもよろしいでしょうか」と願い出た。

「はて。今日は帝のもとで夜居を申し上げるため障りはないが、いったいどこに行くつもりじゃ」

「はい。久方ぶりに大江家にうかがい、朝児さまにご挨拶申し上げたく存じます。あの火事以来、とんとご無沙汰しておりますので」

なにせ不肖の弟子だけに、これまで慶円に嘘をついたことは一度や二度ではない。しかし今度ばかりは唇の端が大きく震えそうになり、頼賢はあわてて深く面伏せた。

「おお、それはよい心がけじゃ。北の方さまもお喜びになられよう。わしがよろしく申していたとも、伝えておいてくれよ」

かしこまりました、と口早に答え、頼賢は小走りに車宿りを飛び出した。

官衙の北を回り込みながら目をやれば、内裏の焼け跡は早くも整地が始まり、袖を肩までたくし上げた工匠たちがかろうじて焼け残った柱を引き倒している。轟音とともに巻き起こる煤に顔をしかめ、頼賢は陽明門《ようめいもん》から近衛大路《このえおおじ》へと出た。

やがて左手に見えてきた枇杷殿《びわどの》は、藤原道長の私邸の一つ。内裏が完成するまでの間、帝や東宮、妍子は土御門第にほど近いこの屋敷を里内裏（臨時の内裏）として用いることが定まっている。それに先立っての修繕や掃除に当たる工人だろう。瓦葺きの四脚門は大きく開け放たれ、その内側でこれまた半裸の男たちが忙し気に立ち働いていた。

里内裏には本来、天皇の母親や皇后の親族の屋敷が用いられるのが慣例である。ただいくら皇后の座に在るといっても、藤原娍子は所詮、故・大納言の娘に過ぎない。天皇および東宮の仮住まいに足るだけの屋敷を領しているわけがなく、結果、中宮である妍子の父である道長の屋敷が選ばれたわけだ。

それだけに帝は枇杷殿を御座所とせねばならぬことに、内心、腸が煮えくり返るほどの怒りを覚えているはず。そう思うと築地塀越しに響いてくる槌音がひどく耳に障り、頼賢の足は自ずと速まった。

やがて見えてきた土御門第の門の脇では、誰か客人を送り出したばかりなのだろう、家司の惟《これ》憲《のり》が色の悪い顔を大路の果てに向けている。頼賢の姿に、どこか輪郭のぼやけたような双眸を眇《すが》めた。

「どこの坊主かと思えば、おぬしか」

その口調は、主の甥に対するとは思えぬほどそっけない。道長は頼賢に磊落な態度を取るが、それ以外のこの屋敷の者は、不義の子である自分を一族と認めていないのだ。

それならそうで、いっそ気が楽だ。頼賢は小柄な惟憲を、ぐいと見おろした。

「道長さまはおいでかい」

「いらっしゃるにはいらっしゃるが、たやすく目通りはさせられぬぞ。殿はご多忙でいらっしゃる」

「ふん、さして手間は取らせねえよ」

立ちふさがろうとする惟憲を押しのけ、頼賢は無理やり邸内に駆け込んだ。さすがに力ずくで阻むのは憚られるのか、惟憲はちっと舌打ちをしただけで追って来ない。頼賢は忙し気に行き交う女房や家人の間をすり抜け、かつて案内された通りに庭を横切り、透廊《すきろう》の端を進んだ。

視界の端を何かがよぎった気がして目をやれば、対ノ屋の御簾の隙間から、七、八歳と思しき少女がまじまじとこちらを眺めている。頼賢の眼差しに臆病な小鳥そっくりに跳び上がり、紅の細長の裾をひらめかせて踵を返した。

肩をすぎたばかりのその髪の艶やかさと、珍獣を見るに似た眼差しが、妙に鮮やかに胸に残る。いつぞや導かれた堂宇の階《きざはし》の下まで駆けると、頼賢はそれを振り払う気分で声を張り上げた。

「おおい、道長さま。おいでかい」

わずかな沈黙の後、ぎぎ、と音を立てて板戸が開く。書見でもしていたのか、道長が片手に草紙を摑んだまま、のっそりと簀子に顔を出した。

「なんと、頼賢か。これは驚いた。そちらから出向いてくるとはな」

「頼みがあるんだ」

時節の挨拶もご機嫌うかがいもなく切り出した頼賢に、道長は刹那、虚を突かれた顔をした。だがすぐににやりと口元を歪め、「——話せ」と円座も敷かぬまま、その場に腰を下ろした。

「どんな手を使ってでもいい。俺を帝のお側に行かせてくれ。枇杷殿付きか、もしくは妍子さま付き僧にするとか、あんたなら幾らでも手立てはあるだろう」

「確かに出来ぬ話ではない。されどそんな真似をすれば、まず慶円がおぬしの内奥に気づこう。師僧の怒りを買い、下手をすれば、二度とお山に戻れぬかもしれんぞ」

ちくりと痛んだ胸を堪え、「構うものか」と頼賢は声を昂らせた。

「今この時を逃したら、二度と原子さまの仇を討てなくなるかもしれねえ。そうなっちまうぐらいなら、慶円さまに破門される方がよっぽどましさ」

「破門、破門か。そうか、おぬし、そこまで腹を据えておるか」

「ああ、もちろんだ」

道長に言い返しながら、頼賢は初めて慶円に出会った日の光景を思い出していた。あれはまだ頼賢が十歳になるやならずの頃、当時の師であった尋光《じんこう》の念持仏を倒して右腕を折り、大人たちから激しい折檻《せっかん》を受けた日であった。

兄弟子たちに襟髪を摑まれて引きずり出された広縁に、小雪がはらはらと降りかかっていた。だからきっとあれは、冬だったのだろう。ただ冷たい縁に押さえつけられ、激しく尻を打たれた頼賢はその時、風の冷たさなぞ微塵《みじん》も感じてはいなかった。「まことに役に立たぬ餓鬼じゃ」「これだけ打っても詫びも泣きもせぬとは、可愛げのないことよ」と口々に浴びせられる罵りも、まったく耳に入っていなかった。

頼賢はなにも好き好んで、寄木造《よせぎづくり》の観世音菩薩像を壊したわけではない。掃除を命じられ、御像の背後まで拭き清めようと身体を潜り込ませた際、誤って台座に手を触れてしまっただけだ。だが尋光はもともと頼賢に冷淡で、居並ぶ弟子もまた、師に倣《なら》って僻目《ひがめ》で頼賢を見る。そんな相手になにを抗弁しても、聞いてくれるわけがない。泣くまいと奥歯を食いしばり、頼賢は冬枯れた山肌に目を凝らした。老猿が一匹、杉の梢に腰かけ、うつろな目をじっとこちらに向けているのが、折り重なった枝の陰にわずかに見えた。

自分が望まれて生まれてきた子でないことぐらい、周囲の陰口からとうに理解していた。終生、叡山で飼い殺され、崇《あが》めてもおらぬ御仏とやらに仕えさせられるのだと知れば知るほど、御寺の人々が憎らしかった。

山深くに御堂を連ねる叡山では、時折、獣が堂宇に入り込む。もし御像を壊したのが猿であれば、二度と悪さをせぬよう、焼鏝《やきごて》を軽く手に押し付けられ、山に放たれる。そう思うと、毛艶の悪いあの猿の方が、自分より随意に生きている気がした。

「おやおや。妙ににぎやかと思えば、これはまたどういうわけじゃ」

素っ頓狂な声に目を転じれば、東塔に続く小道の奥から、見覚えのある老僧が一人、近づいてくる。頼賢を押さえつけていた堂衆たちが、「これは慶円さま」とあわてて居住まいを正した。

「お見苦しいところをお目にかけ、申し訳ありません。こ奴が尋光さまの念持仏を損ないましたゆえ、折檻を行うておりました」

「なんと、あの名工・康尚《こうしょう》の手になる観世音菩薩さまをか。それはまた、大変な真似をしでかしたの」

「はい、まったくでございます」

慶円は不意に、頼賢の傍らに膝をついた。怪訝な面持ちになった堂衆にはお構いなしに、頼賢のまくれあがった裳付衣《もつけごろも》の裾を下ろし、両手を差し伸べてその身体を引き起こした。

「おぬしが壊した御像を拵えた康尚は、昨今、都の上つ方の間で評判の仏師でな。造像を頼んでから、三年、五年と待たされるのも珍しくないとやら聞いておる。尋光どのもあの像が届くまで、さぞかしお待ちになったじゃろう」

噛んで含める口調に、頼賢は拍子抜けした。それは堂衆も同じと見え、戸惑った面持ちで慶円と頼賢を見比べた。

「されどどれだけ巧みに彫られていようとも、所詮、この世は虚仮《こけ》。何かに執着いたすなぞ、愚かな話じゃ。おぬしはまだまだ幼いのに、あの観世音菩薩像を損なうことで此岸の生者必滅《しょうじゃひつめつ》、会《え》者定離《しゃじょうり》の理《ことわり》を体現しよった。いやはや、大変な童《わらわ》じゃ」

命あるものは必ず滅び、会う者は必ず別れる。この世には一つとて定かなものはないとの仏道の教えは、形あるものに執着する衆生《しゅじょう》の愚かさへの戒めでもある。

言葉に窮した堂衆を見回し、慶円は頼賢の頭に軽く手を置いた。

「お山であろうとも、所詮は苦界。辛い目に遭う折も多かろう。されどおぬしを叱る者も侮る者もまた、この世の泥濘《でいねい》に等しく足掻く哀れな衆生と考えれば、心の憂さも少しは晴れようて」

あの時の慶円の言葉の意味は、正直、まだ理解できない。ただそれから間もなく、尋光の従僧の任を解かれ、慶円の元にやられた時、頼賢は物心ついてから初めて、他人がまっすぐに自分を見てくれたと感じられた。

思えば罵声や叱責ではなく説諭や訓戒をもって頼賢に向き合ってくれたのは、あの折の慶円が初めてであった。そんな師僧を裏切ると思えば、膝に握り締めた拳が震える。とはいえもはや、引き返すわけにはいかぬのだ。

傲然《ごうぜん》と顔を上げた頼賢に、道長は顎先を掻きながら、ふうむと唸った。瞼の厚い目を宙に据え、しばらくの間、身体を前後に揺らしていたが、「よし」と勢いをつけて己の両膝を打った。

「おぬしの覚悟のほど、よう分かった。それにしてもおぬし、坊主にしておくのは惜しいな。いっそ還俗《げんぞく》して、わしの猶子《ゆうし》（養い子）にならぬか。さすればあの愚かな源頼定も、うかうかとはおぬしに手出しはしなくなるぞ」

冗談だろ、と言い返そうとして、頼賢は口をつぐんだ。男にしてはくっきりと大きすぎる道長の双眸が、射貫くようにまっすぐ頼賢の面上に据えられていた。

「すぐにとは言わん。されど考えておけ。そうなれば、官位官職とて望み放題だ」

「あんたにゃ、片手の数に余るほど男子がいるじゃねえか。なにもわざわざ俺みてえな変わり者を手許に置く必要はねえだろう」

「双六の駒は多ければ多いほどよい。ましてや男であれば、おぬしの如き跳ね馬を一度は飼うてみたいと思うたとて奇妙はあるまい」

「けっ、俺は馬かよ。けどあんた、何のためにそんな必死に出世しようとするんだい」

「決まっておろう。己の憧憬を形にするためだ」

間髪を入れずに戻ってきた答えに、頼賢は面食らった。政敵を相次いで蹴散らし、今や当今すら排斥しようとしている道長の口から、憧憬なぞという言葉が飛び出してきたことが信じられなかった。

酢を飲むに似た顔付きになった頼賢に、道長は口を尖らせた。「なんだ、その面《つら》は。およそ信じられぬと言いたげだな」と苦笑して、立てた片膝に肘を預けた。

「知っておるやもしれんが、わしは摂政太政大臣《せっしょう》たる父君の五男として、この世に生を受けた。五男だぞ、五男。しかも兄君たちはいずれも傑物揃いで、わし如きが宮城で幅を利かす日なぞ決して来ぬと、誰もが考えていたはずだ」

されど、と道長はわずかに目を細めた。

「思えば東三条の大臣《おとど》と呼ばれ、位人臣を極めた父君も、亡きお祖父さまの三男坊でいらした。いや、父君だけではない。醍醐の帝に重用され、摂政関白として権勢をほしいままになさった貞《てい》信《しん》公（藤原忠平《ただひら》）さまもまた、昭宣公《しょうせん》（藤原基経《もとつね》）の四男。つまり人にとって、この世に生まれ落ちた順序なぞ大した妨げではない。そう気づいたわしは、父君や貞信公さまにも負けぬ出世を果してやろうと思った。権勢を極め、それで何かを成したいわけではない。ただ藤原の五男に生まれついた己がどこまでやれるかを見極めたいだけだ」

「見極めてそれでどうするんだい」

「どうもせぬよ。わしはただ見てみたいのだ。おぬしら坊主もしばしば申すではないか。どうせあの世とやらには、何も持っては行けぬ。ならば此岸でしたい限りのことをなさねば、つまらぬではないか」

（ああ——）

唐突な得心《とくしん》が、頼賢の胸を貫いた。だからこそ道長は余人の目を恐れず、帝の排斥すら目論めるのか。

目的のためには方途を選ばぬ豪胆さも、世人の謗りを恐れぬ僭上《せんじょう》も、結局はその目的が自らの裡にあればこそ。先ほど道長は己の息子たちを双六の駒にたとえたが、彼の目にはこの国の政そのものが巨大な盤としか映っておらぬのに違いない。

「さっきここに来る途中、御簾の中に愛らしい女の子を見かけたぜ。俺の顔見るなり逃げちまったけど、あれもあんたの手駒かよ」

「ああ、それは恐らくわしの末娘だ。ゆくゆくは彰子の産んだ敦良《あつなが》親王さまに娶《めあ》わせるつもりだが、どうにも人見知りでいかん。あれには四歳年上の異母姉がおるゆえ、そちらを入内させる案もあるものの、そうなると親王さまといささか年が開きすぎてな」

その口調はまるで、庭の花がいつ咲くかと数えているかのように楽しげである。自らの半生そのものを賭け事の如く扱い、すべての局面に勝利してきたこの男には、己の手駒と盤面以外は何の関心もないのだ。

ならばつまり盤面から弾き飛ばされた駒も、敗北して盤の前から去った相手も、道長には過去の人物でしかない。だとすれば道長に踏みにじられ、零落した人々の何と哀れであることか。

(だとすりゃこいつには、原子さまのことも――)

「ただそれはそうとして、頼賢。何としてでも宮城に入り込む覚悟があるのなら、やはりここは一度、還俗してみぬか。それであれば、我が家の一類としておぬしを童殿上《わらわてんじょう》させられる。勤めに縛られることがない分、気ままに宮城のあちこちを歩き回れるぞ」

童殿上とは公卿の子弟が宮中のしきたりに慣れるため、元服前に見習いとして出仕すること。通常は父親や兄、叔父などを手伝う形で殿上するため、官位官職を持たずとも天皇に近侍し、その謦咳《けいがい》に接することが叶う。

頼賢はすでに十七歳。童と呼ばれる年齢ではない。ただ通常、男子の初冠《ういこうぶり》(元服)は十一歳から二十歳の間に行われる。それを思えば道長の申し出も、あながち突飛ではなかった。

「実を申せば二月の火事以来、帝に侍《さぶら》う小童が次々お暇をいただいてしもうてな。枇杷殿への遷御も近いだけに、帝も困っておられるのだ」

それは子弟を童殿上させていた公卿衆が、これ以上帝と関わり合って道長に睨まれてはと案じ、童を致仕《ちし》させたためだろう。ただそうでなくとも慣れぬ仮住まいに加え、身の回りの雑用を務める小童までが去ったとあっては、帝は相当な不便を強いられているはず。そこに頼賢が出仕すれば、帝は道長の息のかかった者だと警戒しながらも、召し使わずにはいられぬはずだ。

「髪はどうするんだよ。無髪の童なんて、見たためしがねえぞ」

「なあに、髢《かもじ》（付け毛）を使えばよい。前帝の皇后であった定子さまは、兄弟の不始末を恥じて一度は落飾なさったが、帝に是非と乞われた末、足りぬ髪に髢を足して宮中に戻った。最近は髢と申してもよく出来ているゆえ、誰にも気づかれはせぬだろう」

帝や娍子の身辺を探るためとはいえ、よもや還俗とは。意外な提案に押し黙った頼賢に、道長は「なんだ。そこまでは覚悟がつかぬか」とせせら笑った。

「原子の仇を取るなぞと大口を叩いても、おぬしは所詮、危害の及ばぬところから、きゃんきゃんと吠えておるだけだったのだな。なるほど、なるほど。面は皆目似ておらんが、さすがはあの腰抜けの頼定の息子だ」

なんだと、と頼賢は道長を睨み上げた。そんな頼賢をにやにやと眺め、「原子も気の毒になあ」と道長は続けた。

「背の君のご勘気覚悟で引き取った男児が、よもやこれほど情けない男に育つとは。さぞや泉下《せんか》で嘆いていようて」

「黙れッ。原子さまは関係ないだろう」

床を平手で打って声を昂らせた頼賢にも、道長はひるまなかった。「ほう、怒ったか」と、脇息を膝の前に抱え込んだ。

「腹を立てるだけ、あの腰抜けよりは骨があると見える。それであれば童殿上にもさして怖気《おじけ》づくことはあるまい。おぬしはもはや、引き返せぬところまで来てしまったのだ。今更何をためらっておる」

「もし俺が嫌だと言ったら、どうするんだよ」

「決まっておろう。このままひっとらえ、慶円の元に引きずって参る。あの忠義者の御坊は、おぬしが何を企んでわしの元に来たのかを知り、さぞ怒ろうな。もしかしたらおぬしが嫌だと申しても、無理やりお山から叩き出されるかもしれぬ」

それにもちろん、と道長はついでのように付け加えた。

「この旨は帝にも奏上せねばならぬ。お気に入りの僧正の弟子がわしの甥であり、親しく頼み事をしてくる間柄と知ってもなお、帝は慶円をこれまで通りに重用なさるかな」

これが脅しであることは承知している。だが目の前のこの男は必要となれば、ためらいもなくその脅しをやってのけるだろう。

畜生、しかたねえな、と毒づいて、頼賢は舌打ちした。

自分一人であれば到底、童殿上なぞ思いもつかない。力づくで自分を従わせようとする道長は忌々しいが、しかしここはその案に乗るのが目的のためには一番とも思える。

「分かったよ。俺が還俗すれば、あんたは満足なんだな」

「その上で、童殿上をし、わしのために働けば、だ。そうすればおぬしは帝やあの白狐の近辺を、好きなように嗅ぎ回れる。決して悪い話ではあるまい」

「この欲深野郎が」

歯を剝いた頼賢を、道長は平然と見おろした。いつの間にか取り出した蝙蝠扇で胸元を扇ぎ立て、「誉め言葉だな」と笑った。

「わしを憎みたければ、憎めばよい。されど欲と欲がぶつかるこの世で何かをなそうとすれば、必ずや己が両手を血で汚さねばならぬ。他者から恨みを買い、罵詈雑言《ばりぞうごん》をぶつけられもする。そんなことも知らぬまま叡山でのうのうと育つことができたのを、おぬしは幸運と思わねばな」

「ふん。お山だって息苦しくって、狭いだけの場さ。あんたが考えているような清浄の地じゃねえよ」

「それは、当然だ。坊主どもとて人間ゆえ、欲はあろうしな。それでもこの狭い都に暮らすことを思えば、よっぽどおぬしは幸せだったはずだ。現にわしの三男坊なぞ、政の世のいざこざが嫌になったとぬかした末、せっかくの右馬頭《うまのかみ》の職を擲《なげう》って叡山に遁世してしもうたぞ。そんな苦衷《くちゅう》を知らずに済む己が幸運すら、おぬしには分からぬか」

道長は軽く両手を打った。すぐさま庇の間に軽い足音が立ち、頼賢と似た年頃の青女房《あおにょうぼう》が御簾の際に膝をついた。

「されど、おぬしは自らわしの元に飛び込んで参った。されば叡山の如き幸せな日々は、もう終わりだ。自ら選んだ道と諦めて、奮闘しろ。――こ奴に似合いそうな直衣《のうし》を見繕ってやれ。顕信《あきのぶ》の残して行った衣が、まだ誰にもやらずに置いてあろうて」

かしこまりましたと低頭して、青女房が立ち上がる。道長はその背に軽く顎をしゃくり、「それ、頼賢。おぬしも付いて行け」と促した。

「着替えが済んだら、またここに戻って来い。実は今日はこれより、異母兄の道綱《みちつな》とともに参内する手はずになっておってな。せっかくの折ゆえ、おぬしも連れていってやろう」

頼賢は中途半端に腰を浮かせたまま、眉根を寄せた。

宮城の官吏は原則、日の出とともに出勤する。道長のごとき太政官の上卿《しょうけい》は多少なら遅刻が許されているが、それでも天皇が臨席して政務を執る朝政はどれだけ遅くとも辰《たつ》ノ下刻（午前九時頃）までに終わる。つまりもし今日、道長が直（日中勤務）だとすれば、こんな時間まで自邸でのんびりしているのは奇妙である。

その一方で、官人たちには交替で候宿（宿直）が命じられるものの、直を伴わぬ候宿はよほどの例外でもない限りありえない。つまりこの時刻から道長が宮城に出向く理由は、およそ公務とは考え難かった。

「なあに、心配せずとも慶円と顔を合わせはすまいよ。すでに帝には内々の話があると申し上げてあるからな」

早く行けとばかり片手を振られ、頼賢は急いで青女房の後を追った。幾つもの渡廊を過ぎ、対ノ屋をよぎった末に連れて行かれた一間はがらんとして調度がなく、床にも薄く埃が積もっている。そこに頼賢を待たせると、青女房はやがて数人の朋輩に手伝わせて、大きな櫃を三棹も運んできた。菊綴《きくとじ》の朱色も鮮やかな綾織《あやおり》の水干や小葵文様《こあおいもんよう》の直衣を次々と取り出した末、頼賢を無理やり下襲《したがさね》（肌着）一枚にして、臥蝶丸紋《ふせちょうまるもん》の指貫《さしぬき》と二藍《ふたあい》の直衣を着せた。

まだ原子の元にいた頃は、半尻《はんじり》（子供用の狩衣）に葛袴《くずばかま》姿で日々を過ごしていた。それゆえ直衣にも、少しは馴染みがある。ただそれでも法衣以外の衣を身に着けるのは久々のため、脇や襟元が心もとなくてならない。足首が括紐《くくりひも》で縛られているのも、どうにも窮屈だった。

一方でさすがに髻までは邸内になかったと見え、頭だけは剃髪のまま。それだけに青女房が頼賢を元の広縁に連れて戻るや、道長はあっけにとられた様子で口を開き、ついでげらげらと腹を抱えて笑い出した。

「に、似合わぬなあ。ただ髪がないというだけでこれほど妙な姿になろうとは、わしはついぞ知らなんだ」

元服前の男児は、原則、髪を結い上げない。特に童殿上を許されるほどの貴顕の子弟は、大人の直衣を仕立て直した童直衣をまとい、総角《あげまき》の左右の輪を長く伸ばした下げみずらを結う慣例である。

なまじ大人の直衣を着こなせるほど背が高いだけに、なおさら禿頭の奇妙さが際立つのだろう。床に転がらんばかりの勢いで笑う道長の目尻には、うっすら涙まで浮かんでいた。

「これ、道長。かように笑っては悪かろう」

遠慮がちな制止に顧みれば、道長より十歳ほど年上と思しき白髪の男が、おろおろと道長と頼賢を見比べている。頼賢の眼差しにいっそう狼狽したのか、気の弱そうな色白の頬を朱に染め、「まったく、笑うなと言うに」とわずかに声を尖らせた。

「されど、異母兄上《あにうえ》。これが笑わずにいられるものか」

先ほど自身が語った通り、道長には四人の兄がいたが、現在も存命なのは異母兄であるこの道綱のみ。嫡妻腹ではない道綱は他の兄弟より格段に出世が遅かったが、互いの妻が姉妹であることから、道長はこの異母兄と仲がいいとの評判であった。

長い時間をかけて笑いを嚙み殺すと、道長はようやく居住まいを正した。まだ唇の端をひきつらせたまま頼賢を眺め、「髢を早く作らせねばならぬなあ」と語尾を震わせながら呟いた。

「とりあえず今日は被衣《かつぎ》でもかぶって、庭先に控えておけ。本当ならば帝にも引き合わせておきたかったが、さすがにこれではな。それはまた日を改めるとしよう」

「なんと。こ奴を本日、連れて参るのか」

「さよう。先ほども話した通り、この頼賢にはこれから、我が家のために働いてもらわねばならぬ。さすれば帝がどのようなお方かを教えるためにも、同道させるのが一番だろう」

「確かにそれは道理だ。しかし何も今日の如き大切な場でなくともよかろう」

異母兄上、と道長は不意に声を低めた。両の拳を床につき、ずいとひと膝、道綱に詰め寄った。

「よもや今更、怖気づいたのではあるまいな」

「な、なんだと」

母親が違うせいか、道長と道綱の容貌はまったくと言っていいほど似ていない。異母弟とは正反対にやせっぽちな肩を、道綱はびくっと震わせた。

「まだ東宮であった頃の帝に、異母兄上が親しくお仕えしていたのは承知しておる。されど事ここに至っては、もはやかような情は捨ててくだされ」

「わ、分かっておる。わしとて藤氏の一員にして、皇太子さまの大伯父。またとないこの好機を逃すつもりはさらさらないわい」

「ならばよい。あの帝とて、東宮傅《とうぐうふ》として長らく身近におった異母兄上の奏上ともなれば、少しは耳を傾けてくださろうて」

満足げに幾度もうなずく道長に、道綱が恐ろしいものを見るような目を向けている。道長はそれには知らぬ顔で、「よし、では参るか」と勢いをつけて立ち上がった。

「頼賢、よくよく見ておけよ。我らが藤氏は長らく皇統を補佐し、時には帝に成り代わって政を執って参った。されど藤氏の女が代々、帝に侍り続けてきた今、かような君臣の序に捕らわれる必要はもはやあるまい。蛟竜《こうりゅう》水を得れば神立つべしの語も、世の中にはあるからな」

竜の幼生である蛟《みずち》や竜が一滴の水を得て奮起の神力を発揮する如く、英雄も時に逢えば群を抜いた力を示す——という『管子《かんし》』の語を引く表情は、赫々《かくかく》たる陽に照らし付けられたかの如く明るい。

ただ一方で、そんな道長と一つ牛車に乗り込み、宮城に向かう大路を揺られる道綱の表情は、刑場に引かれる罪人かと疑うほど沈んでいた。その顔色は陽明門で車を降り、徒歩で太政官曹司に近づけば近づくほど暗くなり、反対に道長の足取りは軽くなる。とうとうたまりかね、頼賢はすっぽりと頭からかぶせられた被衣の端から顔を出した。

「大丈夫かい、伯父さまよ」

よもや頼賢から話しかけてくると思わなかったのか、道綱は浅沓《あさぐつ》を鳴らして半間あまりも飛び退いた。

「お、伯父さまとな。そうか、わしはおぬしの伯父さまか」

額の汗を袖端で拭い、「うむ、当然だ。確かにそうなのだな」と道綱は繰り返した。思い出したように頼賢を眺め、道綱は「おぬし、綏子によう似ておるな」とひとりごちる口調で言った。

「そうかい。自分じゃ分からねえけどよ」

「ああ、似ておる。もっともあれは咲き誇る牡丹の如く驕慢《きょうまん》で、気性は道長と瓜二つであった。幸いおぬしは、そこは母に似なんだようだな。いや、その方がよい」

一歩前を行く道長の背に、道綱は目を当てた。よほど心弾んでいるのか、道長の歩みは空を翔けるのではと思われるほど軽く、小刻みな冠の纓《えい》の揺れまでがその胸裡《きょうり》を物語っているかのようだ。

「それにしてもおぬし、道長に命じられたとはいえ、よくも同行する気になったな」

半ば無理やりとも白状できず、頼賢はまあなと口ごもった。しかし道綱は端から返答なぞ期待していなかったのか、「わしは恐ろしいのだ」と嘆息まじりに呻いた。

「道長は先ほど蛟竜水を得れば神立つべしなぞと申したが、古人はまた、満つれば則ち覆るとも仰っておる。あ奴自身はすでに左大臣の地位を得ておるし、現在東宮の座におわすはその孫。それだけでも藤氏の繁栄が世々久しきことは間違いないのに、あ奴はこれ以上何を望むというのだ」

満つれば則ち覆る——望月が次の夜より刻々と欠けてゆくが如く、物事は満ちればすなわち欠け、驕れる者は必ずや滅びる。

自らがどれほどの権勢を揮えるかを試したい道長は、己の栄華の果てには関心がないのか。いや、もしかしたら満つれば則ち覆る世の理を熟知しつつも、それでもなお己の手腕がどこまで通じるのかと試さずにはいられないのかもしれない。

これが並みの男であれば、銭を得れば高価な衣や家財を求め、地位を得れば他者を陵虐して喜びと成すのだろう。その点で言えば道長の欲望はひどく純粋であるが、一方でなまじ目に見える成果を求めぬ分、果てがないとも言える。

慶円がなぜ道長を嫌うのか、頼賢はようやく分かった。この世の虚しさを知るあの師は、一口だけ果実を齧《かじ》って捨てる子どもに似た道長の政への関心が、腹立たしいのだ。金品への渇望でも出世の欲望でもなく、ただ自らを試したいがだけに他者を踏みつけて憚らぬ道長に、快楽のために人を殺《あや》める輩に似たおぞましさを覚えているのだ。

「あれでも昔は違ったのだがな。童の頃はただただ書物を好み、自らが藤氏の一員として何を成し得るのかと胸弾ませておった。今から思うと、まるで嘘のようだ」

それは変わっていねえよ、と胸の中で呟いた頼賢には目もくれず、道長はまっすぐ太政官の南門に向かった。

通常、宮城内の各官衙に衛士は配されていない。だが帝の臨時の御座所ともなれば勝手が違うと見え、今日は謹厳な面構《つらがま》えの武官が四脚門の左右を固めている。

太政官の敷地は上卿が政務を執り行う正殿を中心に、北東に公卿たちの会食場である朝所《あいたんどころ》、南西に文書を保管する文殿、北西には勘解由使《かげゆし》庁などが置かれ、先だって帝が移御《いぎょ》した松本曹司は勘解由使庁のすぐ隣。本来は宮城内の人事や内政を司る太政官左弁官の曹司だけに、その堂宇は太政官正殿にもひけを取らぬほど広い。

鉋《かんな》をかけ直したばかりと思しき広縁や簀子の白さが、折しも照り始めた日と相まって、頼賢の目にはひどく白々しく映った。

「おぬしは、植え込みの陰に控えておれ。話がややこしくなるゆえ、決して被衣を取らず、とにかく目立たぬようにするのだぞ」

口早に命じるや、道長は浅沓を脱ぎ捨て、道綱を急き立てて階《きざはし》を上がった。その奥には御簾が下ろされ、東京錦《とうぎょうき》の褥が敷かれているのが辛うじて見える。

道長は簀子にどっかりと座るや、御簾に向かって深々と低頭した。それと共に、御簾の奥で微かな衣擦《きぬず》れの音が立つ。長く裾を引いた白直衣の人影がゆっくりと進み出て、褥に座るのが御簾越しに望まれた。

（あれが――）

慶円に従って参内した折、帝の御座所を遠くから眺めたことはある。しかしその息遣いまでが感じられるほど間近に天皇に接するのは初めてだけに、頼賢の身体は小さく震えた。

ただそうしながらも上目遣いに様子をうかがわずにはいられないのは、道長と並んで座す道綱の身体もまた、頼賢に負けず劣らず震えているためだ。織りのしっかりした束帯をまとい、垂纓《すいえい》冠を頂いている分、道綱の震えは瘧《おこり》にでも罹っているのかと思われるほど激しく見える。

加えて、傍らの道長の悠然とした面持ちとは裏腹に、道綱の顔色は今や紙の如く青ざめていた。あまりに正反対な兄弟の姿に不審を抱いたのか、「これはどうした」との声が御簾の内側から洩れてきた。

「そなたたちが揃って参内とは、珍しい。しかも見れば、道綱はどこか具合が悪そうな」

これまでの頼賢にとって帝とは、あの忌まわしい白狐・娍子を寵愛し、まだ若く直向《ひたむき》な妍子に冷淡に当たる暴虐な男であった。だがいざ近くに寄れば、その音吐は男にしては芯が乏しく、御簾越しに揺れる人影は頼賢よりも背丈が低そうである。

目立つな、と命じられたにもかかわらず、頼賢は身を潜めていた橘の植え込みからひと膝にじり出た。橘の棘が直衣の裾にひっかかり、ちりりと小さな音を立てた。

「異母兄にお気遣いを賜り、御礼申し上げます。久々にお元気そうな帝のご様子をうかがい、喜びのあまり動転しているのでございましょう。なにせこの御仁はとかく、気の弱い男でございますれば」

道長が口元に笑みを刻んで、「のう、異母兄上」と道綱を顧みる。その途端、道綱は誰かに頭を押さえつけられたかのように、幾度も首を縦に振った。

「さ、さよう。松本曹司でのお暮しはご不便も多うございましょうに、お健やかそうで安堵いたしました」

「何を愚かな。健やかなはずがあろうか」

帝の口調が、険しくなる。植え込みにひっかかった裾を外そうとしていた手を、頼賢は止めた。

「どれだけ丹薬を服し、祈願を行わせても、一向に目はよくならぬ。陽のよく差すうちは、まだかろうじて二、三間（三・六メートルから五・四メートル）先まで見えるが、少し辺りが暗くなればもういかん」

「お耳のご様子も優れぬとやら」

道長の問いに、「これも昼のうちはまだよいが」と帝は応じた。

「少し具合が悪くなれば、右耳はまったく何も聞こえぬ。ただ幸い、典薬寮が先日、いい唐薬《からぐすり》を進上申してな。それで耳を洗うと、少しは聞こえがよくなるようだ」

「いや、さようでございましたか。唐薬であれば我が家にも、幾種も揃ってございますゆえ、近々、献上申し上げましょう。――されど、帝」

道長は言いざま、手にしていた笏で簀子を突いた。澄んだその響きに道綱が怯えた様子で、がばと身を引いた。

「実は我ら二人が揃って参内致しましたのには、理由がございます。実は我らが藤氏には父の代より懇意にしておる陰陽師《おんみようじ》がおりましてな。その者が一昨日、こっそりと土御門第を訪れ、かようなことを申したのです。いわく、先の内裏炎上は天道が主上《おかみ》を責め奉ったものである、と」

御簾の向こうの人影が、わずかに揺れる。天道だと、という乾いた声が頼賢の耳を叩いた。

「さよう。お心当たりがおありでしょう」

大陸では古来、皇帝は天の意に成り代わって国土を治めると考えられている。皇帝が道に悖《もと》れば、その天命は革《あらた》まって新たな王者が生まれる。聡明な皇帝であれば自ら禅譲（譲位）し、天命を悟れぬ皇帝は武力によって放伐される。

この思想は日本にも広く浸透しており、帝が善政を行なえば白亀や朱雀といった瑞兆《ずいちよう》が、悪政が敷かれれば白虹が日輪を貫くといった凶兆が起きるのも、すべて天道がこの国の政に目を光らせていればこそと考えられている。つまり先の火事を天道が主上を責めたものとは、天皇が帝位に相応しからぬ人物だと語っているに等しかった。

「愚かな。心当たりなぞあるものか。だいたいあの火事は、付け火であろう。それが誰の意を受けてのものか、朕《わたし》はちゃんと存じているぞ」

「ほう、それは異なことを仰せでございますな。確かに先だっての火は人気のない殿舎から出たらしゅうございますが、だからと言ってそれが付け火とは、なぜ帝は断言できるのでございます」

奇妙でございますなあ、と道長は歌うような口調で続けた。

「そういえば帝はこの春先、西京極大路の某とやら申す歯抜きの媼《おうな》を呼び召し、悪い歯を抜かせられたとやら。ご存知ないとは存じますが、実はその息子の友成は、かねて我が家に出入りしておりましてな。そうそう、いつぞや我が家に参りました折も、友成め、帝から直々にお言葉をかけられたとやら自慢申しておりました」

「なんだと――」

今度こそはっきりと、御簾の中の人影が跳ね立つ。それに誘われたように、道長の面上の笑みが大きくなった。

「残念でございましたなあ、帝。友成を雇い入れ、何事か命じんとお考えになられたのでございましょうが、なにせあ奴は父親の代から我が家の股肱《ここう》でございましてな。如何に帝のご下命とはいえ、そう容易にわしに歯を剝くような真似はいたしませぬよ」

火事師だ、と頼賢は気づいた。

いくら思いがけぬ火事に遭ったからといって、尊い生まれ育ちである帝が付け火なぞという言葉に思い至るはずがない。帝は、友成なる火事師を雇い入れて道長に害成すことで、左大臣たる彼の権勢を削ごうと考えたのだろう。だが友成はそれに従うどころか、かえって帝の策略を道長に密告したのだ。

これでまだ帝と妍子の仲が睦《むつ》まじく、両者の間に男児が生まれていれば、道長とて帝にある程度の敬意を払っただろう。だが残念ながら帝は妍子を疎んじ、せっかく生まれた子も姫宮。その上、帝が火事師を雇おうとしていると知り、道長はもはや臣下としての遠慮をかなぐり捨てたのだろう。

「――ご退位なさいませ、帝」

道長の声は更に低くなり、いまや曹司の庭を吹き過ぎる風の音に吹き消されてしまいそうなほどだ。だからこそかえってその静けさには、有無を言わさぬ響きがあった。

「東宮に帝位を譲り、院（上皇）とおなりあそばされれば、療治も思うままに出来ましょう。故実にちなんで有馬や紀伊の出湯《いでゆ》（温泉）に赴かれるもよし、唐医《からい》を召されるのもよし。ああ、遠出が面倒と仰せであれば、有馬より湯を汲ませて新院に運ばせてもよろしゅうございますなあ」

日《ひ》嗣《つぎ》の位におわす帝は、天照大御神の神意を受けた現人神《あらひとがみ》。それだけに病に伏しても、鍼や灸など身体に傷を残す治療は受けられぬのが慣例である。

なるほど帝位を降りて上皇となれば、これまで以上に眼病治療に専念できる。だがその勧めがただの親切ごかしに過ぎぬことは、五歳の童でも分かる話だ。

いまや御簾のうちは静まり返り、棒立ちになった帝の肩だけが激しく上下している。ひりひりとした怒りが、御簾の向こうから庭先の頼賢にまで伝わってくるかのようだ。

古今、天皇に歯向かった者は数多いるが、面と向かって退位を勧めた臣下は道長が初めてに違いない。道長の父にして、先帝の外祖父であった藤原兼家ですら、当時、帝位にあった花山《かざん》天皇の退位を目論みながらも、さすがに直接手を下すことは憚ったというのに。

(月が満ちる——)

満ちた月は、必ずや欠ける。その道理を知りつつもなお道長は、その手に望月を摑まずにはいられぬのか。だとすればもはやそれは、滅びへとひた走る愚行でしかない。

淡い笑みを浮かべ続ける道長が、頼賢の目にはそのとき、ひどく哀れと映った。余人の如く地位や金品に満足できず、位人臣を極めてもなお栄達を求めずにはいられないその姿は、喰らっても喰らっても飢え続ける餓鬼道の亡者そのものだ。

「友成の如き地下人《じげびと》ですらご下命に背く当節、もはや天命が誰の上にあるかは、ご自身もようお分かりでございましょう。院暮らしは悪うございませぬぞ。花山院さまなぞ、退位なさってからというものほうぼうに恋人をお作りになられ、それはそれは楽しげに日々を過ごしておられたではないですか」

「朕は……朕はあのお方とは違う」

ようやく戻って来た声は怒りに震え、上ずっている。道長は我が意を得たりとばかり、笏で己の膝を打った。

「おお、仰る通りでございます。あのお方の東宮は、我が甥。あなたさまの東宮は我が孫。どちらも藤氏の栄達の前に立ち塞がった方でございますが、あなたさまは花山院さまと異なり、火事師なんぞを用いてわしを邪魔しようとなさいましたな」

「それはおぬしが朕をないがしろにするからであろう」

「さような真似はしておりませぬよ。まことにそうであれば、娘の妍子をあなたさまの元に入内させなぞいたしませんでした」

その口調は不思議なほどいたわり深く、何故か親愛の情すら籠っている。奇異の念に打たれたのは、頼賢だけではないらしい。道綱までが信じられぬと言わんばかりの表情で、かたわらの道長を顧みた。

「わたくしはね、帝。なにも最初からあなたさまを厭うていたわけではありません。むしろわが娘との間に皇子が生まれ、いずれはその御子を天皇に出来る日が来ればと願っておりましたよ」

「なにを調子のいいことを。いずれにしたところで、おぬしは結局、自らの権勢を極めることしか頭にないのじゃろう」

帝の罵声に、道長は無言であった。ただ痛ましげな眼で御簾の裡をじっと見つめ、軽く首を横に振った。

「朕は——朕は決して、退位なぞせぬぞ。いかにおぬしが専横を極めようとも、臣下の分際で朕を帝位より引きずり下ろしはできまい」

「それは、確かに仰せの通りでございます。だからこそご退位なされよと申し上げたのですが、お分かりいただけませせぬかな」

「くどいぞ、道長。いい加減にしろ」

現在、朝堂《ちょうどう》の重職のほとんどは藤原氏に占められているが、だからといって藤原氏が帝位に就けるわけではない。かれこれ三百年もの間、この国の法典として用いられている律令において、臣下と皇族の境界は明確に定められており、どれだけ功のある臣下であろうとも、皇族に転じられはしない。唯一の例外が娘を天皇に奉り、その胎《たい》を通じて臣下の血を天皇の血脈に混ぜること。そんな胡乱な策を取らねば手を伸ばせぬほど、本来、天皇と臣は隔たった存在であった。

いくらその権力が絶大とはいえ、よもや天皇を内々に弑《しい》し奉るような無謀は、道長とて企まぬだろう。そんな真似をすれば天下の道理は根本より覆り、この国の基たる律令すら立ち行かなくなる。

それだけに天皇はその全身を怒りに震わせながらも、一歩も引かぬとばかり、「この国の天皇は朕なのだ」と語気を強めた。

「おぬしが何と言おうとも、朕は帝位を降りはせぬ。誰もがおぬしの脅しに従うと思うのは、間違いだぞ」

「――ふうむ。なるほど、さようでございますか」

道長は唐突に、己の両膝をぽんと叩いた。笏を懐に納めるや、呆気に取られる道綱を尻目に、いきなりその場から立ち上がった。

階を素早く降り、浅沓を履いてから、御簾の内側に向かって深々と一礼した。

「帝のお考え、ようく承知いたしました。そこまで仰せられるのであれば、この左大臣道長、もはや何も申しませぬ。どうぞご自身の宝算の限り、この国をしろしめしあそばされませ」

あまりに突然の物言いに、御簾の中がしんと静まり返る。広縁の道綱が転がるように異母弟の後を追って、階を降りてきた。道長の袖をむんずと摑み、「お、おぬし。それは本心からか」と顔をひきつらせた。

「おお、本心でございますとも。天道がお責めしておるとお伝えしても聞き入れ下さらぬのであれば、これ以上申し上げることなぞありませぬ。かくなる上はお気が済むまで政をお執りいただき、我らはそれを支え申し上げるしかありますまい」

あまりに急激な転身に、道綱は鬼羅刹でも見たかのように顔を強張らせた。天皇に直接退位を勧めるほどの男が、かくも容易《たやす》く持論を引っ込めるわけがない。からりと明るいその口ぶりが、なおさら不気味であった。

「ああ、ご心配なさらずとも、致仕も乞暇《こうか》（休暇を取る事）もいたしませぬよ。そうまで仰せであれば、このお方がどこまでお出来になるか、しかと見せていただきましょう」

それはそうと、と続けながら、道長は植え込みに身を隠していた頼賢に歩み寄った。頼賢が身を硬くする暇もあればこそ、直衣の襟首を両手で摑んだ。

「ちょ、ちょっと。何をするんだよ」

おとなしく隠れていろと言ったのは、他ならぬ道長ではないか。そうでなくとも帝の御前とあって、頼賢は懸命にその場にうずくまろうとした。すると道長はその袴腰を後ろから強く蹴り、無理やり頼賢を庭によろめき出させた。

禿頭に直衣という奇妙な姿を見られる恥ずかしさに、頼賢はとっさに被衣の端を頭上で強く握った。不審と不快の入り混じった眼差しが、御簾の内側から降り注いでくるのが分かる。まさか逃げ出すことも叶わず、頼賢は被衣で顔を隠したまま、その場に蹲《うずくま》った。

「これなるはわが甥でございますが、近々、童殿上をさせていただくことになりましてな。かような曹司でお暮しとなれば、帝も何かとご不便が多うございましょう。以後は何でもこ奴にお申しつけいただければと存じます」

応じる声はない。当然だ。いったい何を考えているのだと歯がみしながら傍らの道長を仰げば、その唇には悠然とした笑みが刻まれている。

「ただ帝もかつて一度ぐらい、こ奴に会ったことがおありのはずでございますよ。覚えておいでではありませんか。それ、亡き淑景舎女御《しげいしゃのにょうご》さまがお育て申し上げておられた男児でございます」

てめえ、と頼賢が叫んだのと、殿舎の御簾が内側から大きく揺れたのはほぼ同時。綏子の息子か――との震えを孕んだ呻きが、微かに頼賢の耳を突いた。

「さようでございます。顎の形なぞ、どことなく面影がございましょう」

帝からすれば頼賢は、かつての妃が密通の果てに産んだ子。本来であれば、名も顔も耳目に触れたくない相手のはずだ。

だが見れば御簾の向こうでは、白い人影が御簾に顔を寄せて膝をつき、こちらを凝視している。どういうことだ、と混乱する頼賢にはお構いなしに、道長は楽しげに続けた。

「淑景舎女御さまが亡くなられてから、かれこれ十二、三年になりますのに、こ奴はいまだにあのお方の死の理由が知りたくて知りたくてならぬそうでございますよ。まったく、見上げた孝心でございますなあ」

「原子の――」

「なにせあの当時は、畏《おそ》れ多くも皇后さまが傍仕えの者に命じ、女御さまを殺めさせたとの噂もございましたからな。こ奴がかように思いつめるのも、無理はありますまい」

「道長ッ。おぬし、どういうつもりだ」

道綱が狼狽しきった表情で、道長を止めにかかる。しかし道長は顔を青ざめさせた異母兄に苦笑して、「なあに、帝とてこの程度の話にいちいち動じはなさいますまい」と言い放った。

「こ奴はただ淑景舎女御さまの仇を討ちたいがために、大嫌いなわしをわざわざ頼り、こんな格好までしております。何があっても帝位を手放さぬとまで仰せられた豪胆な帝であれば、その孝心を嘉《よみ》せられこそすれ、ご不快にはお思いなされぬはず。――のう、帝。さようでございましょう。かような者の殿上を許さぬなどという狭量は、まかり間違っても仰せられますまいな」

頼賢が童殿上の覚悟を決めたのは、原子殺しの犯人と目されている皇后・娍子の身辺を嗅ぎ回るため。その理由をこうまで大っぴらにされれば、確かに誰の目をも憚らずにあちこちを調べ回り得る。ただ一方で、下手をすれば頼賢の身に危険が迫る恐れがあるのもまた事実だ。

こいつは、と頼賢は道長を睨みつけた。

この男にとってはやはり、すべての人間は手駒に過ぎぬのだ。これで頼賢が見事、娍子の悪行を暴き立てられればよし。もし頼賢が失敗し、何者かに危害を加えられたとて、道長にとっては大した損にはならない。

つまるところ、頼賢には味方なぞおらぬのだ。そう思えば唯一の庇護者であった原子を失ったあの日から、自分を取り巻く周囲はほとんど変わっていないのだろう。ならばあの幼い日同様、徒手空拳《としゅくうけん》で目に見えぬ敵に立ち向かうことに、何怯える必要があるものか。

（どうせ、誰からも望まれずに生まれてきた俺だものな）

僧はみな、衆生は六道輪廻《りくどうりんね》すると説く。だが頼賢は生まれてこの方、人間道以外の五道を経験したと語る者に会ったことがない。仮に死後、再び人間に生まれ変わったとしても、記憶も顔貌《がんぼう》も変わるのであれば、それはもはや赤の他人に等しい。だとすれば人は畢竟、死ねばそれまで。ましてや頼賢の如く、唯一の肉親である父親からも愛情を注がれぬとなれば、どんな生き方をしたところで誰も気に止めまい。

頼賢は唇を真一文字に引き結んで、殿舎を仰いだ。頼賢から帝の姿ははっきり見えぬが、明るい春の日が遊ぶ庭に座るこちらの有様は、帝の目に鮮明に捕らえられているはずだ。

頼賢は被衣の端から、手を離した。なまじ髪がないせいで、菊立涌文《きくたてわくもん》を織りなした紫綾《しりょう》の被衣が、途端に水が流れるかの如く、するりと頼賢の背に向かって落ちる。

さすがの道長もこれは意外だったのか、大きな眼をはっと見開く。頼賢はその一瞬の隙を盗んで、「よろしくお願いいたしますッ」と声も限りに叫んで平伏した。

「何分、俗世を知らぬ身でございますので、至らぬところも数あろうとは存じます。ですが殿上を致す以上は赤心《せきしん》を以て、お仕え申し上げる所存でございますッ」

応えはない。その代わり微かな衣擦れの音がして目を上げれば、すでに御簾の向こうに帝の姿はなく、ただ鉤丸がわずかに揺れているばかりである。

肩で息をついた頼賢の鼻先に、微かな芳香が漂ってきた。冷たい冬の土の匂いを想起させるそれが、帝の薫物の残り香と気づく暇もあればこそ、道綱が頼賢の頭に乱暴に被衣をかぶせる。

「まったく。道長が道長なら、おぬしもおぬしじゃ。とんだ真似をしよって」

と舌打ちをして、頼賢の肩を突いた。

「されど異母兄上、帝はお怒りになられなんだではないか」

「馬鹿を言え。お怒りを通り越して、あきれ果てられたのじゃろうよ。これから先、どんなことが起こっても、わしは知らぬぞ」

まくしたてるや、道綱は玉石を蹴立てて、松本曹司の庭を飛び出して行った。道長はやれやれと呟いてそれを見送っていたが、「さてと。これで後はすべておぬし次第だな」と笑って、頼賢を顧みた。

「おぬしが目的を果すための支度は、すべて整えてやったのだ。ありがたく思えよ」

ふんと鼻を鳴らしただけで無言の頼賢にも、道長は気を悪くする素振りを見せなかった。親し気にその背を叩いて歩き出しながら、「そうそう、言い忘れておった」と大小の官衙が軒を連ねる西の方角に向かって顎をしゃくった。

「例の白狐は昨年より宮城を出て、皇后宮太夫である藤原懐平《かねひら》の邸宅に暮らしておる。わが娘の妍子は現在、帝の御座所に近い造曹司《ぞうぞうし》に東宮さまともども寝起きしておるが、帝は相変わらず妍子には見向きもしてくださらぬままでな。代わってあてつけがましく、白狐をわざわざ松本曹司に召され、添い臥しを命じておられるらしい」

月の障りや出産、はたまた身内の不幸などにあった帝の妃が、内裏の外に退出することは珍しくない。ただそれが一年近くの長きに亘るのは、他ならぬ娍子が道長の威光を憚ればこそだろう。

「白狐ってのは、どんな気性の女なんだい」

頼賢の問いに、道長は楽しそうに両の掌《てのひら》を揉み合わせた。

「少なくとも、愚かではないな。自らと背の君の置かれた境涯をよくよく理解し、その上でうまく立ち回っておる。ふむ。その点だけで言えば、帝よりも聡明な女子と申してもよいかもしれん」

帝が娍子に生ませた子は、四男二女。中でも長男・敦明《あつあきら》親王は帝の即位時、すでに十八歳の青年であったが、娍子は東宮の座が先帝の遺児である敦成に譲られることに異議を唱えなかった。むしろ帝の方がわが子の立太子に執着し、娍子になだめられたらしい、と道長は付け加えた。

「なまじ自らに後ろ盾がない分、白狐はわしを敵に回すことの恐ろしさをよう承知していると見える。とはいえそれで帝のお召しを拒んだり、宿下がりを願ったりせぬあたりが、なんとも図太いがな」

「俺が白狐を犯科人と考えていることは――」

「それはもちろん、すぐに帝が知らせを送り、あ奴の耳にも届こうよ。まあ、聡明な女子ゆえ、おぬしが正面切って尋ねていけば、原子の昔話の一つもし、涙のひと粒なりとこぼして見せるに違いあるまい」

寄っていくか、と道長に目顔で問われ、頼賢は首を横に振った。目通りを請うた娍子が高慢で意地の悪い女であれば、その面の皮を剝ぐ気も募るが、仮に虫も殺せぬ嫋《たお》やかさだったりすれば、自らの目が曇る恐れもある。

(だが、それにしても——)

先ほど帝はなぜ頼賢に対し、あれほどむくつけな眼差しを向けたのだろう。汚物に触れたが如く顔を背けられても当然だと考えていただけに、その挙動がなかなか胸の裡から去らなかった。

目を転じれば官衙の甍《いらか》の重なりあった空は驚くほど狭く、そのわずかな隙間に灰色の雲がひどく居心地悪げに浮かんでいる。急峻《きゅうしゅん》な斜《なぞえ》の上に広がる叡山の広い空が急に思い出され、頼賢は強く頭を振った。

「さあて、では土御門第に帰るとするか。明日からのおぬしの出仕の支度もせねばならぬでなあ」

言いざま、道長が空に両手を突き上げる。ただでさえ小さな空が、ますます窮屈になったように頼賢には感じられた。

十六夜《いざよい》

造曹司《ぞうぞうし》に仮住まいしていた中宮・妍子《けんし》が、帝ともども枇杷殿《びわどの》に移るとの知らせが大江家にもたらされたのは、東山が叢濃《むらご》い緑に覆われた四月朔日《ついたち》であった。

内裏を焼き尽くした火事から、すでに二か月。自邸での穏やかな日々に慣れ切っていただけに、あわただしく駆け込んできた土御門第からの使いに、朝児《あさこ》は心の臓を摑み上げられるにも似た感覚すら覚えた。

しかしながら忠義者の大鶴の目には、同じ使いの姿がまったく異なるものと映っていたらしい。正式な妍子の遷御《せんぎょ》は、四月九日。ただし調度品などの搬出はその三日前から始まる、と告げて使者が駆け去るや、面上に喜色を浮かべて朝児を顧みた。

「まだご動座《どうざ》には日があるけれど、あれこれお支度もおありでしょう。あたくしは明日から、中宮さまのもとにお手伝いに行くわ。母さまはどうする？」

その一途な眼差しを眩く感じつつ、「そうねえ」と朝児は言葉を濁した。

「本当はわたくしもうかがうべきなのでしょうけど……まだ狭い造曹司にお暮しのところに我も我もと押しかけては、かえってご迷惑になるのじゃないかしら」

「ああ、それもそうよね。じゃあ、とりあえずお手伝いにはあたくしだけが参上するわ。どうせ枇杷殿に移られたら、元通りに出仕することになるんだから、母さまはそれまでゆっくりしていらっしゃいよ」

もともと、朝児が引っ越しに役立つとは考えていなかったのだろう。一人決めに言い放つ娘にうなずきながら、朝児は己の胸が早鐘を打ち始めるのを止められなかった。

宮城から離れたこの東京極大路の大江家にも、帝の病状が優れぬとの噂は頻々《ひんぴん》と聞こえてくる。加えてほんの十日ほど前には、息子の挙周《たかちか》が宮城から戻るなり、

「ここだけの話ですが。ついに道長《みちなが》さまが帝に退位をお勧めあそばされたそうですよ」

と声をひそめて語ったばかりであった。

「それで、帝はどんなお返事を」

息せき切って問うた朝児に、挙周は束の間、怪訝な顔をした。だがすぐにわざとらしく眉根を寄せ、軽く首を横に振った。

「それが取り付く島もなく、お断りになられたそうです」

およそ天皇について語るとは思い難い、呆れたと言わんばかりの挙措であった。

「このところは目耳に加え、鼻までお悪いらしいとやらうかがいますのに、いかがなさるおつもりでしょうな。さっさとご退位して療養に専念なさる方が、ご自身もお楽になられましょうに」

枇杷殿はもともと、藤原道長の私邸の一つ。そこを里内裏とすれば、道長は更に激しく帝に退位を迫るだろう。ただ朝児が間もなくやって来る再出仕に不安を抱くのは、それだけが理由ではなかった。

「朝児さま、ただいま戻りました」

軽い足音がして、従僕の秋緒《あきお》が勾欄《こうらん》の下に膝をつく。朝児は四囲に人気がないのを確かめてから、「ご苦労でしたね。慶円《けいえん》さまにはお目にかかれましたか」と格子越しに声を投げた。

「はい。ご従僧を通じてお方さまの文をお渡ししたところ、直々に庭先までお出まし下さりました。ただやはり頼賢《らいけん》さまの行方は、慶円さまもご存知ないそうです。誰にも行く先を告げずに出かけられたまま、そのままお戻りにならぬとか」

「やはり、そうですか。いったいどこに行ってしまわれたのでしょう」

朝児が頼賢を最後に見たのは、内裏焼亡の翌朝。だが互いに落ち着けば、また大江家を訪ねてくるだろうと思っていた頼賢は、あれ以来、ふっつりと姿を見せない。

しかも挙周にそれとなく問うてみれば、最近は帝の加持に伺候する慶円の従僧の中にも、それらしい人物は見当たらないという。矢も楯もたまらず叡山に遣わした秋緒の持ち帰った知らせに、朝児は両手を胸の前で握り合わせた。

「はい。それにつきまして、慶円さまよりお方さまにお言付けを預かって参りました」

目をしばたたいた朝児に、「いわく、案じられるな、との仰せでございます」と秋緒は口早に続けた。

「あ奴にはあ奴なりの考えがあってのことじゃろう、いずれその理由が知れようほどに、ご案じ召さるな――と、慶円さまは仰せでございました」

その生まれ育ちゆえか、頼賢は実際の年齢より肝が据わっている。しかしながらそれでも彼は、叡山の暮らしより他をほとんど知らぬ十七歳の青年に過ぎぬのだ。

そんな従僧について心配無用と断言するとは、慶円はよほど弟子を信頼していると見える。そう思うと年甲斐もなく狼狽《うろた》えた自らが恥ずかしく、朝児は「わかりました」と己に言い聞かせるように呟いた。

明日からの勤めに先駆け、妍子の元に挨拶に参じるつもりと見え、車宿りからは大鶴のけたたましい声が響いてくる。朝児は秋緒をもう一度労って下がらせると、壁際に置かれた文筥の蓋を払った。繊細な女文字が記された三十数枚の紙束を取り出し、文机の上で端を揃える。唇だけでその内容を読み上げながら、一枚ずつ、ゆっくりと繰り始めた。

――世、始まりて後。この国の帝、六十余代にならせ給ひにけれど、この次第書き尽くすべきにあらず。

当今の祖父である村上天皇から花山天皇の即位まで、四代の天皇の事績を思い付くままに綴ったこれは、決して物語ではない。しかしでは史書かといえば、それも異なる。なぜなら国史とは本来、男性が漢文にて記すべきもの。だが朝児にはそれだけの教養も知識もないため、その筆は当然、仮名文字となる。内容も政のあれこれを記す歴代国史とは異なり、帝やその近辺の人々の雑事が中心である。

しかも勢いに任せて書き出したはいいが、ここから先はどうすればいいのだろう。

なにせ先々帝の花山天皇は、最愛の女御を失った心の穴を時の右大臣・藤原兼家《かねいえ》に突かれ、半ばだまし討ちのように退位に追い込まれた。つまりこれ以上筆を進めれば、道長を筆頭とする藤原氏への言及を避けるのは難しい。そしてそれはすなわち、書き手である自らの裡にひそむ道長への嫌悪や恐怖と向き合うことを意味する。

朝児が初めてこの紙に筆を走らせたのは、宮城から大江家に戻ってきた日の深更《しんこう》過ぎ。己の髪から離れぬ煤の匂いに急かされながら墨を磨ったあの時、朝児の胸を占めていたのは道長の——いやこの世の栄華に対する激しい疑念であった。

しかしながらいざ筆が当代に近づけば、道長の引き立てを受ける大江家の一員としての自制が手を鈍らせる。朝児は草稿を伏せて、大きく息をついた。

自分は道長を弾劾したいわけでも、貶めたいわけでもない。ただ誰かが書き記さねば、その栄華の影にこぼれた多くの人々の涙は、いずれなかったことになってしまう。その事実に知らぬ顔をしていいのかとの逡巡《しゅんじゅん》が、朝児の胸の中を騒がせていた。

「母さま、ちょっといいかしら」

思いがけず近くから聞こえた声に、朝児は音を立てて草稿を文机の端に移した。見れば小鶴が妻戸の傍らに座っている。「どうしたの」と声を尖らせた朝児に目をしばたたいてから、車宿りの方角をちらりと見た。

「相談があるのよ。ついさっき姉さまがあたしの部屋に来られて、なにか流行の面白い草紙があれば教えてほしいと仰ったの。中宮さまのつれづれのお慰めにお持ちしたいんですって」

宮仕えにも恋愛にも関心のない小鶴は、相も変わらず、毎日好き勝手に書物を漁っている。妍子はかつて実姉の彰子《しょうし》が贈って寄越した絵草紙には、激しい癇癪を起こした。しかし稀代の本好きの小鶴であれば、そんな妍子の意に沿う書物の一冊や二冊知っているのでは、と大鶴は思いついたに違いなかった。

「だけどほら、仮にも中宮さまがお読みになるとなれば、あまり奇想天外な物語はお勧めできないじゃない。『忍泣《しのびなき》』や『我が身』、『扇流《おうぎながし》』あたりは面白いのだけど、やっぱりやめた方がいいわよねえ」

最近流行している物語について、朝児は小鶴ほど詳しくない。ただそれでも『忍泣』は美貌の姫君と中納言を主人公とした悲恋物語、『我が身』は乱倫著しい宮城の愛憎を描いた作との噂程度は耳にしていた。

「さすがにそれはおやめなさい。そんな軽佻《けいちょう》な物語をお勧めし、大鶴や挙周がお叱りを受けたらどうするの」

「やっぱり、そうよねえ。面白い物語の一つも読めないなんて、中宮さまってなんてお気の毒なのかしら」

大きくため息をつきながら、小鶴が再度、ちらりと文机の端を盗み見る。その好奇の眼差しに自分でも思いがけぬほどの苛立ちを覚え、朝児は机の端を手で打った。

「何を言っているの。物語とは、ただ目新しかったり奇想天外であればいいわけではないのよ。

たとえば藤式部さまは『源氏物語』五十四帖の中に、人のありとあらゆる感情を込められたわ。そうすることで人の世のまことを読み手に伝えようとなさったのに、ただ珍奇な筋ばかりに目を取られるとは、あなたはこれまで何のために数多くの書物を読んできたの」

「はいはい。それぐらい、あたしはよく分かっているわよ。けど『源氏物語』を読む人のほとんどは、そんな穿《うが》った読み方はしないものよ。だからこそ『忍泣』や『我が身』みたいな奇想天外な話が、こんなに喜んで読まれるんじゃない」

小鶴はむっと口を尖らせた。床を両手で突いて立ち上がりながら、結局、と不機嫌に言い放った。

「物語なんてものはなかなか、書き手の思うようには読まれないんだわ。たとえば『源氏』だって、読んだお人のほとんどは、ただのまめ男の色恋話と勘違いしているはずよ。けどそんな様々な読み方が出来るからこそ、読書はかえって面白いんじゃないかしら」

眉間を何かで弾かれるに似た衝撃を覚え、朝児は目を見開いた。しかし小鶴はそれにはお構いなしに、すでにどすどすと踏みつけるようにして広縁を去っていく。しかし今の朝児の目には、そんな娘の挙動すらほとんど入ってはいなかった。

文机に向き直り、伏せていた草稿をひっくり返す。紙の両端を強く摑み、「その通りだわ」と呟いた。

物語とは、書き手の感情や理念を言葉に仮託するもの。藤式部はそのために架空の出来事を素材としたが、だからといって読者のすべてが筆者の目指すところに気づくわけではない。

だとすれば自分が抱く世の栄華への疑念もまた、すべて読者に届くはずがない。いやむしろ、これまでに起きた出来事をただ書き連ねてゆけば、読み手のほとんどはこれが藤原氏の繁栄を描き出した華々しき物語と勘違いするのではないか。

書ける、と朝児は唇を小さく震わせた。そうだ。ただ、自分が思う通りに書けばいいのだ。そこにおのずとにじみ出た栄華への疑念を、ある人は気づき、ある人は見逃す。その差異こそが物語の真骨頂とすれば、この作がどう読まれるかなぞ、朝児が案じるべき事柄ではない。

朝児の物語はいま、先々代の帝・花山天皇が即位し、道長には甥に当たる懐仁《やすひと》が東宮に選ばれたばかり。このまま書き続ければ、その内容はおのずと道長の栄達に及び、やがては朝児がいま目にしている事柄まで記すに至るはずだ。

（たった今を、物語にする――）

それは藤式部はもちろん、過去のどんな書き手ですら行い得なかった行為である。だがそれであれば朝児は、自らが抱く当世に対する不快も疑念すらも、言葉として残すことが出来るのではないか。

だとすればどれだけ恐ろしくとも、このまま家に留まっているべきではない。この世の中で何が起きているかを、わが目で確かめねば。

恐怖とも歓喜ともつかぬ細かな震えが、背中をゆっくり伝い上がる。それを必死に堪えた朝児の胸裏を汲み取ったかのように、この日の夕刻、大鶴は宮城から戻って来るや、埃に汚れた袿もそのままにあわただしく朝児の部屋に駆けこんできた。

「ちょっと聞いてちょうだいよ、母さま」

と頬に緊張を走らせて、乱暴に円座に腰を下ろした。

「どうしたの。妍子さまはご息災でいらしたかしら」

「ご息災なものですか。あんなお顔の妍子さまに拝したのは、あたくし、初めてで」

大鶴の唇の端はぴくぴくと癇性《かんしょう》に震えている。たまりかねたように両手を拳に変え「あたくし、もっと早くお側に戻るべきだったわ」とうめいた。

「お乳の人（乳母）さまによれば、火事からかれこれ二か月が経つというのに、帝は一度として妍子さまをお召しにならず、あろうことか姫宮さまの息災を問うお便りすらお送りくださらないのですって」

しかも妍子は帝が眼病で苦しんでいると聞き、土御門第から唐渡りの薬を取り寄せ、丁寧な文とともに松本曹司に送った。しかし帝はそれに対する礼の歌すら寄越さぬため、薬が本当に帝の手に渡ったかどうかすら、妍子には分からぬ有様という。

「そりゃ確かに、帝と道長さまは不仲でいらっしゃるわよ。だからといって、ひたすら御身を案じていらっしゃる妍子さまに、こうまで知らぬ顔をなさらなくたっていいじゃない」

大鶴の両目にはうっすら涙まで浮かんでいる。それを素早く指先で拭い、「こうなれば母さまも早く、お側に戻ってちょうだい」と大鶴は声を昂ぶらせた。

「ご生家に近い枇杷殿に入られれば、妍子さまも少しはお元気になられるはずだわ。その上であたくしたち女房で妍子さまを盛り立て、帝との仲を取り持って差し上げなきゃ」

「それは構わないけど……だからといってそれでお二人が仲睦まじくなられるのは、いささか難しいんじゃないかしら」

帝と妍子を隔てる溝は、もはや女房の尽力で埋まるようなものではない。それは大鶴とて、よく分かっているのだろう。朝児の言葉に、悔しげに唇を噛んで俯《うつむ》いた。

「とはいえ、出仕は喜んでさせてもらいましょう。わたくしみたいな年寄りがご遷御の際にうろうろしていては、かえってご迷惑かもしれないけれど」

「ありがとう、母さま。それなら再出仕は妍子さまが枇杷殿に入られた日からでどうかしら。北ノ対をそのまま御座所として使われるそうだから、あたくしたちもそこに局をいただけるわよ」

「わかったわ。ではその日、枇杷殿にうかがうことにしましょう」

ところがいざ四月九日を待って枇杷殿に赴けば、帝と妍子の動座はおろか、まだ主だった調度品すら運び終えていないと見え、近衛大路に面した門は大きく開かれ、筵で荷台を覆った荷車が、地響きとともに次々と庭に引き入れられている。萎《な》え烏帽子姿の従僕たちがあわただしくその縄を解き、唐櫃や御帳台、畳といった品々を殿舎に運び上げていた。

道長がよほど念入りに手を入れさせたのか、邸内の殿宇は柱といわず蔀戸《しとみど》といわず清々しい木の香を漂わせ、八双《はっそう》や長押金具が折からの初夏の日差しに眩い光をちらちらと四囲に放っている。しかし額に汗をにじませた従僕たちも、帳面を手にそれを指図する官人たちも、その美々しさに目をやる暇は皆無と見える。

「これはまた大変な騒ぎでございますねえ」

荷物運びかたがた大江家から供をしてきた秋緒が、もうもうと立ち上る土煙を手で振り払いながら階に歩み寄った。背負ってきた葛箱を広縁に押し上げてから、目を丸くして四囲を見回している朝児を振り返る。主を残して屋敷に帰っていいのやら、迷っている様子であった。

「お方さま、お一人で大丈夫でございますか。まだ大鶴さまはこちらにお着きでないご様子ですが」

「おおかた妍子さまに従って、枇杷殿にやってくるのでしょう。とはいえそれもこれも、この混雑が落ち着いてからになるのでしょうねえ」

天皇の里内裏への移御は、当節さして珍しくない。ただ天皇の動座はすなわち、この国の政の中枢の移動を意味する。執務官たる太政官こそ引き続き宮城内で政務に当たるものの、天皇を護衛する衛府は、里内裏と定められた屋敷の内外に陣を張り、衛士を置く。

遷御の日が決まったその時から、少しずつ屋移りの支度は進められていたはず。だがなにせ天皇の動座ともなれば、神鏡《しんきょう》や剣璽《けんじ》を始めとする累代の重宝、帝の御座所を荘厳《しょうごん》する荒海障子《あらうみのしょうじ》に昆《こん》明池障子《めいちしょうじ》、時刻を里内裏に告げる時《とき》ノ簡《ふだ》など、運ばねばならぬ調度も膨大で、この分では夕刻までにすべての荷物が運び終わるかどうかも怪しい。

「赤染《あかぞめ》どの、赤染どのではございませんか」

名を呼ばれた気がして見回せば、袿を壺折にした女が、行き交う荷車越しにこちらに手を振っている。飛香舎《ひぎょうしゃ》で相役だった、女房の右近であった。

たった今、自邸から馳せ参じたばかりと見え、朝児同様、荷を担いだ従僕を背後に従えている。

地響きを立てて駆け去る荷車を避けながら歩み寄り、「お互い、いささか早く推参してしまったようですね」と右近は色白の顔に困惑を浮かべた。

「ええ、本当に。妍子さまのお住まいは北ノ対だと、娘より聞いたのですが。この分では、勝手にうかがっていいのやらどうか」

「それはさしつかえありますまい。むしろこのまま留まっていた方が、雑色たちには迷惑かと」

言うが早いか、右近は従僕を促し、車の轍がくっきりと刻まれた庭を北ノ対へと歩き出した。

公卿の屋敷はおおむねどこも似た造りで、敷地の中央に主屋である寝殿（正殿）を配し、その南は池を伴った庭。東・西・北には渡殿でつないだ対ノ屋を建て、場合によってはその更に奥に侍廊や棟廊を設ける。

そのため、初めての屋敷とはいえ迷う恐れは滅多にないが、あまりにきっぱりした右近の態度に、朝児は戸惑いながらその後に続いた。

これまであまり話をしたことはないものの、右近は大鶴より一、二歳年上だろう。化粧っけの乏しい顔の中で、ぽってりとした一重瞼の双眸が、常に落ち着いた光を湛えている女であった。

「そういえば右近さまは、これまでも帝の遷御にご同行していらっしゃるのでしたね」

「ええ。内侍司《ないしのつかさ》の女官は、里内裏にもお供するのが慣例ですから。この枇杷殿には先の帝が渡御なさった時以来なので、懐かしゅうございます」

なるほど、勝手知ったる様子なのはそれゆえか、と納得した朝児を先導して、右近は渡殿から北ノ対へと踏み入った。すでに妍子の荷物の搬入は終わっているのか、北庭には一輛も荷車の影がなく、先ほどまでの喧騒が嘘のようだ。

土御門第から手伝いに寄越されたと思しき女房が数人、早くも母屋に御帳台《みちょうだい》を据え、屛風《びょうぶ》を巡らしている。彼女たちの指示に従って侍廊の局に荷物を置くと、朝児は秋緒を大江家に戻らせ、右近とともに北ノ対の飾りつけにかかった。

しかしながら唐櫃に納められていた調度品を並べ、殿舎を綺麗に拭き清めてなお、妍子はもちろん、帝の到着を告げる先ぶれの声すら聞こえてこない。陽はとうの昔に頭上を過ぎ、庭の樹々は長い影を庇の間に落とし始めている。

「どうなさったのでしょうね」

主である妍子が到着せねば、手伝いの女房は土御門第に引き揚げられぬらしい。怪訝そうに顔を見合わせる彼女たちを見るに見かね、「わたくし、様子を見て参ります」と朝児は立ち上がった。

「それであれば、わたくしが」

「いいえ、右近さま。わたくしも枇杷殿にも慣れておきたいので、邸内を歩くよい機会です。しばし、お待ちください」

言い置いて渡殿を南に渡れば、南庭にはいまだ荷車が行き交い、そのけたたましさは耳を聾《ろう》するほどである。ただそれでも先ほどより、束帯姿の衛士や官吏の姿が増えている点から推すに、さすがに帝のお渡りは間近と見える。

折しも寝殿の階に荷車が寄せられ、水干をまとった小舎人たちが白布に包まれた板状のものを荷台から下ろし始めた。それを待っていたように、直衣に長く髪を結わえた青年が一人、寝殿のただなかから駆けて来た。「ゆっくりだ。傷をつけるなよ」と姿に似合わぬ太い声で怒鳴った。

「よおし、そのままこっちの広廂《ひろびさし》に運び上げろ。丁寧にやれよ」

内裏における帝の御座所・清涼殿《せいりようでん》では、広廂の荒海障子や上御局前の昆明池障子など、置かれる調度品が慣例で定められている。里内裏でも可能な限り内裏同様の生活が出来るよう、それらの品を運び入れているらしいが、指図を与える声には覚えがある。

この時、青年が長い髪を揺らしてこちらを振り返った。朝児を凝視し、顎を落とすようにぽかんと口を開いた。

姿かたちから推すに、どうやら殿上を許された童と見える。はて、そんな出自のいい若人《わこうど》に知り合いはいただろうか、と考えかけ、朝児はわが目を疑った。それと同時に青年が勢いよく身を翻し、寝殿奥深くに走り入る。それを追いかけることも忘れ、朝児はその場に立ちすくんだ。

どういうことだ、という疑念が頭の中で渦を巻き、辺りの喧騒が一度に遠のいた気がした。背にかかるほどの長い髪も、きらびやかな錦の直衣もまるで似合っていなかった。だが、見紛《みまが》うはずがない。いったい何故、頼賢があんな形で殿上しているのだ。

まずは落ち着かねば、と自らに言い聞かせ、朝児は小走りに北ノ対に駆け戻った。まるでそれを待っていたかのように、南門の方角で帝の動座を知らせる警蹕《けいひつ》の声が湧き起こったが、今の朝児の耳には厳めしいその声すらろくに届いてはいなかった。

「ちょっと。母さま、どうしたの。顔色が悪いわよ」

美々しく着飾った妍子に従って北ノ対にやってきた大鶴が、朝児の顔を見るや、周囲も憚らぬ大声を上げる。それに生返事を返しながら、「あれは頼賢どのだった」と朝児は熱に浮かされたように胸の中で呟いた。

どういうことだ。あれほど慶円に目をかけられていた頼賢が、なぜ俗体で里内裏にいるのだ。しかもこれまでの頼賢であれば、それほどの境涯の変化が起きたなら、真っ先に自分に知らせてくれたはず。それを朝児の顔を見るなり、後ろを見せて逃げ出すとは。——そうか。

道長さまだ、と朝児は呻いた。そう考えれば、慶円が頼賢の行方を知らなかったのも得心できる。帝の御悩著しい今、道長はその追い落としの切り札に頼賢を選んだのだ。

とはいえ頼賢とて、道長がどんな人物であるかはよく承知していように。それともすべてを飲み込んでもなお道長に従おうと決めるほど、頼賢は原子の仇討ちに躍起になっているのか。そう思えば頼賢のために宮仕えをしながらも、結局、いまだ何の証拠も摑めぬままの我が身が情けなくなってくる。頼賢が還俗を決意したのもやむをえないのかもしれない。そう情けない思いでため息をついた数日後、朝児は珍しく、妍子の召し出しを受けた。

これまで朝児一人が妍子から名指しされたのは、帝への返歌を詠めと命じられたあの時だけ。それだけにわずかな怯えすら抱いて御座所に赴けば、脇息にもたれかかった妍子の顔はまたも険しく、鼻梁《びりよう》の脇には灰色の影が兆している。

もともと肉付きの薄い妍子は、実際の年齢より幼く見えるきらいがあった。しかし今、手首の骨が浮き出るほどに痩せた姿は、豊かな黒髪さえなければ、朝児とさして年の変わらぬ老婆と映りそうなほど憔悴していた。

人払いを命じたのか、その左右には大鶴と乳母だけが侍り、四囲の蔀も堅く下ろされている。床につかえた朝児の手が、自ずと震えた。

「そなたに頼みがあるのです。皇后娍子《せいし》さまの元に、使いに行ってくれませぬか」

意外な下命に、「わたくしがですか」と朝児はつい問い返した。その途端、妍子が助けを求めるように、かたわらの乳母に目をやる。すると乳母は心得顔で一つうなずき、主に代わって静かに口を開いた。

「実は娍子さまのご長男でいらっしゃる敦明《あつあきら》親王さまのお妃が、ご懐妊あそばされたのです。赤染どのもご存知の通り、先だって妍子さまご懐妊の折には、皇后さま、敦明親王さまご両名から心づくしのお品を頂戴しました。ついてはこたびのご懐妊に際し、こちらもお祝いの使者をお送りせねばなりません」

乳母の言葉につれて、妍子の瞼がぴくぴくと癇性に動く。かたわらの大鶴がそんな主を気づかわし気に仰ぐのが、朝児の視界の隅にひっかかった。

敦明親王はすでに二十一歳と立派な大人である。政の世に、有為転変はつきもの。妍子が帝との間に男子を生せぬ今、万一、生まれてくる子が男であったとすれば、この先、帝位が敦明とその息子のもとに転がり込む恐れとて皆無ではない。

そんな女主の内奥を思えば、手放しで祝意を述べるわけにもいかず、さりとて礼儀として寿《ことほ》ぎの使者を送らぬわけにも行かない。朝児がその使いに選ばれたのは、女房たちの中でもっとも年嵩の朝児であれば、複雑な後宮の情勢をうまく飲み込んで使いを果そうと期待されたわけだ。

すでに錦の唐衣を二領と生絹《すずし》の袿二襲《うちぎふたがさね》を祝いの品として用意してある、と付け加えられては、拒む理由はない。かしこまりましたと応じて御前を辞せば、早くも車宿りには牛車《ぎっしゃ》が引き回されている。

帝が里内裏に入ってもなお、娍子は御前への参入を辞し、いまだ皇后宮太夫・藤原懐平の邸宅に寄宿している。ただ幾ら仮住まいとはいえ、仮にも娍子は当今の皇后。おそらくは寝殿を懐平から譲り受け、さぞ晴れやかな暮しを送っているに違いない、と朝児は牛車に揺られながら考えた。

ところがいざ二条大路に面した懐平邸にたどり着けば、出迎えた家司は白髪の額際を真っ赤に染め、「まことに恐れ入りますが、こちらで車を降り、庭をお歩きいただけますでしょうか」と牛車を押しとどめた。

「庭を歩けとは、どういうことです」

牛車を止める車宿りは、通常、屋敷の東隅に設えられている。娍子の御座所がどこであろうとも、そこから渡廊伝いに訪《おとな》うことができるはずだ。

「その、実は……皇后さまは現在、邸内西端の透殿《すきどの》でお暮しでございまして。車宿りで牛車をお降りあそばしますと、ずいぶんと遠回りとなるのです」

それよりはここから庭を斜めに横切ってもらった方が、と付け加えた家司の顔を、朝児は驚いて凝視した。

透殿とは通常の渡殿とは異なり、壁の代わりに蔀格子のみを巡らした殿舎である。戸外から区切られた壁を持たぬため、朝児たちのような女房が局とすることはあっても、仮にも皇后である娍子の御座所には相応しくない。

朝児の無言を、責められていると取ったのだろう。家司は額の汗を袖口で拭いつつ、「皇后さまが御自ら、透殿に移ると仰せられたのです」と早口に続けた。

「わが主は当初、皇后さまにと正殿を整えていたのです。ですが皇后さまは数日、正殿にご逗留あそばしたものの、すぐにここは落ち着かぬと仰せられまして――」

「わかりました。とにかく、西の透殿にご案内ください」

ほっとした顔になった家司に従って庭を横切れば、池に面した透殿の格子はそろって高く上げられ、数人の女房たちが笑いさざめきながら針仕事に勤《いそ》しんでいる姿が丸見えであった。近づきつつある盛夏を前に、長櫃《ながびつ》の整理をしたらしい。生絹の白汗衫《しろかざみ》に紺青《こんじょう》の濡緯《ぬれぬき》の切袴《きりばかま》……秘色、花《はな》橘《たちばな》、濃色と色とりどりの袿や水干が庇ノ間いっぱいに広げられた様は、春爛漫の野面と見まごう華やかさであった。

「まあ、憎らしいこと。せっかくの練薄《ねりうす》にすっかり染みが浮いております」

「あれあれ、そなたさま。糸の後ろが綴じ付けられておりませんよ。ああ、おかしい」

一針縫っては声を上げ、二針縫ってはどっと笑い合うにぎやかさに、朝児は面食らった。女房の一人がそんな朝児に気付き、「あれ、これは失礼を。どちらからのお客人でございますか」と膝の糸切れを払って立ち上がった。

「わたくしは枇杷殿の中宮・妍子さまにお仕えする赤染衛門と申します。中宮さまよりのお祝いをお届けに参りました」

帝の寵を争う一点を以てしても、妍子と娍子は敵同士。朝児の口調は自ずと堅くなった。しかし女房は「ああ、中宮さまの」とうなずくや、気負う風もなく隣の女に目をやった。

「いかがしましょう、皇后さま。ここはあまりに取り散らかっておりますので、北廂《きたひさし》にお上がりいただきますか」

「そうねえ。ここではあまりに失礼ですからね」

満月を思わせる円満な顔をうなずかせたのは、先ほど、練薄に染みが浮いていると頬を膨らませていた女であった。唐衣や裳を着さず、手にした針で髪の生え際を掻くその身形《みなり》は地味で、周囲の女房と皆目区別がつかない。呆気に取られた朝児に笑いかけ、娍子は「ああ、でも」と膝を打った。

「考えてみればあちらは今、琴や箏《そう》を出しっぱなしですよ。まだこちらの方が、手早く片付けられましょう。ちょっとお待ちくださいね」

言うが早いや、娍子は膝先に広げていた練薄の汗衫を乱暴に丸めた。周囲に広げられていた衣ともども、ぐいぐいと両手で壁際に押しやり、かろうじて人一人が座れるだけの場所を拵えた。

見回せば透殿の隅には綿埃が丸まり、朝の洗面に使われたと思しき耳盥が出しっぱなしになっている。あまりの雑駁《ざっぱく》さに目を丸くした朝児に、「中宮さまの殿舎とは比べ物にならぬ散らかりようでしょう」と娍子は首をすくめた。

「わたくしはどうにも片付けものが駄目なのです。何でも手の届くところにないと落ち着かなくて。しかもまたうちの女房たちはみな、主に輪をかけた怠け者ときていますのでまったくお恥ずかしい」

「それはひどうございますよ、娍子さま」

「そうそう。掃除をしようとする我々をその都度止められ、あれは今から使う、そちらはまだ片付けてはならぬと仰せられるのは、どなたでございますか」

女房たちが一斉に口を尖らせる。娍子はそれに、あははと声を上げて笑った。

その肌の色はなるほど雪かと見まごうほどで、壁際に片寄せられた衣の華やかさが透き通るような白さをますます引き立たせている。だがふっくらと肉付きのいい丸顔のせいか、その姿は白狐というより、山の端にゆっくりと昇り始めた満月に似ている。

妍子から託された唐衣と袿を衣箱に入れて奉ると、娍子は「わたくしたちもこうやってちゃんと衣を箱に納めるようにしなければねえ」とふっくらとした眉を器用に上げ下げした。

「それにしても中宮さまはまだお若いのに、万事お気がつかれるお方ですこと。何卒よろしくお伝えくださいませね」

その屈託のない態度のせいで、何も知らなければ朝児と同じ中流貴族の北の方としか見えない。これが本当に頼賢が仇と信じ、道長が白狐と謗る女なのか。

世の人々がどれほど栄華を欲し、そのために手段を選ばぬかを、朝児はこの二年あまりの間に嫌ほど見聞きしてきた。それだけにこの娍子もまた、人の好さげな面の下にどす黒い欲望を隠しているのかもしれないが、だとすれば人はこの世でいったい何を信じて生きて行けばいいのだろう。「かしこまりました」と礼を述べる声が、おのずと上ずった。

このとき、年の割に引き締まった身体つきの老女が母屋から近付いてくると、まあまあと大げさな声を上げた。

「娍子さまときたら、お使いの方をこんな散らかったところにお上げして。どれ、せめてもう少し片付けましょう」

「いいじゃないの、乳母。これでも常よりはまだ綺麗なのだから」

「いいえ。そうは参りません」

白い眉をきりりと吊り上げたこの女が、どうやら原子殺しの直接の犯科人と囁かれる少納言ノ乳母らしい。さすがの娍子も乳母には頭が上がらないと見え、積み上げられた衣を片っ端から畳み始めた彼女に苦笑を振り向けている。だが少納言ノ乳母が、「あれまあ」と素っ頓狂な声を上げて衣の山の中から古びた半尻《はんじり》（子供用の狩衣）を取り上げるや、その頬が目に見えて強張《こわば》った。

「こんな破れ衣がどこから紛れ込んだのやら。これ、誰か。さっさと捨てておしまい」

言いざま乳母が取り上げた早緑《さみどり》色の半尻の左袖には、なるほど大きなかぎ裂きが生じ、泥と思しき汚れが前身頃に点々と散っている。袖括《そでくくり》の緒が黄ばんでいるところから推すに、ずいぶん古い衣のようだ。

女房の一人が乳母に命じられるまま、半尻を預かろうとする。刹那、娍子はがばと立ち上がり、

「待ちなさい。それはわたくしが繕おうと思っていた品です」とそれを制した。

「繕うと仰せられても、皇后さま。こんな古びた半尻をどうなさるのです。汚れだって落ちるかどうか分かりませんし、四ノ宮さまにお着せ申し上げるにしても小さすぎましょう」

娍子が帝との間に産んだ子供のうち、末っ子の四ノ宮・師明《もろあきら》親王は今年十歳。だが乳母が指の先で広げた半尻は小さく、どう見てももっと幼い男児向けの衣であった。

「いいのです。つべこべ言わずに寄こしなさい」

納得の行かぬ面もちの乳母から半尻をひったくり、娍子はそれを小脇に抱え込んだ。その忙しい挙措に、朝児はつい「大切なお品なのですね」と口を差し挟んだ。

「え、ええ。いずれ繕って差し上げると、とある方とお約束をしたのです」

これが無地の絹であれば、確かに修繕もしやすかろう。ただ若松の柄を立涌《たてわく》に織りなした地紋は細かく、かぎ裂きを目立たぬように繕うのは難しそうだ。

「もう十年余りも前にそう申し上げ、なかなか手に付かぬままになってしまっているのです。そのお方もとうに亡くなられ、これを着ていらしたお子もすでに大人になってしまわれましたが」

かたわらに控えた少納言ノ乳母が不思議そうに首をひねる。乳飲み子の頃から娍子にかしづいてきた彼女が知らぬとは、よほど内々の約束と見える。そう思い至った刹那、朝児の背に小さな震えが走った。

娍子が帝の元に入内したのは、二十余年も昔。大納言の娘に過ぎず、後ろ盾も乏しい娍子に、繕い物の約束を交わすほど親しい人物が幾人もいたはずがない。ましてや幼い男児を養っていた相手ともなれば――。

「もしや、原子さま……でいらっしゃいますか」

胸に浮かんだままを口にした朝児に、娍子はがばと顔を上げた。ぽってりとした瞼の下の双眸が、驚愕に見開かれている。朝児には、それがすべての答えと感じられた。

後宮の女は、帝の御座所を取り囲むように建つ殿舎のいずれかに局を賜る。このためその気になれば互いの局を行き来することは、決して難しくはない。まして原子に養われていた当時の頼賢は、やんちゃ盛り。局同士を隔てる垣根をくぐり、他の局や堂舎まで遊びに出る折もあったろう。

帝の妃は、これまでに四人。うち頼賢の母たる綏子は早くに実家に戻り、妍子はいまだ男児を生さぬ。だとすれば残るは、娍子が殺めたと噂される藤原原子ただ一人。加えて、東宮時代の娍子の住まいは、内裏東北の宣耀殿《せんようでん》。そして原子の御座所は、そこから渡殿一つ挟んだだけの淑景舎だったはずだ。

「まさか、娍子さま」

少納言ノ乳母が腰を浮かせる。それには目もくれず、娍子は肩が上下するほどに大きな息をついた。「――お可愛らしいお方でした」と耳を澄まさねば聞こえぬほどの小声で呟いて、一瞬、瞑目《めいもく》した。

「原子さまのことを仰せですか」

「いいえ、お二人とも。原子さまも、名は忘れてしまいましたが、原子さまが養っておられたあの御子も……どちらもにこにことよく笑う、春の日差しの如きお方でした」

その男児が娍子の暮らす宣耀殿の庭に初めて迷い込んできたのは、もう十年以上昔の風の寒い早春だった、と娍子は唇を震わせた。

「年はまだ三つか四つになったばかりだったでしょう。小柴垣《こしばがき》を無理やり潜り抜けてきたと見えて、半尻の袖は裂け、頬と言わず手足と言わずひっかき傷だらけでした。その癖、泣きもむずかりもせず、にこにこと笑って軒下に座っている御子を見たときには、春が愛らしい童と化して遊びに来たような気がしたものです」

いささか言葉が遅いのか、男児は娍子がどこから来たのかと尋ねても、確とした答えを返さなかった。

当時の内裏は、藤原道長の娘である彰子が入内したばかり。皇后定子《ていし》こそ宿下がりしていたものの、その他にも複数の女御が各堂舎に住まいしていたため、それぞれの親類縁者がひっきりなしに出入りし、ひどく騒々しかった。

それだけに娍子は、目の前の男児はそんな彼らが伴ってきた子供だと考えた。うっかり長く引き留め、迷子だの人さらいだのと騒がれても厄介である。急いで泥まみれの半尻を脱がせ、年頃の近い二ノ宮の衣を着せて帰らせた。すると数日後、同じ童が今度は文を結んだ梅の枝を持って、またも宣耀殿に現われたのであった。

——梅香よし　よき人の替ふささらがた　ささら人よし誰かとぞ問ふ

男児の母が書いて寄越したのだろう。梅の香の漂い始めた春の日、小さいお方の衣を替えて下さったのはどなたですか――との和歌を記した手蹟《しゅせき》は繊細で、娍子の胸を躍らせた。

内裏の住人となって、もはや十年。すでに三人の子に恵まれているものの、後ろ盾の乏しい娍子に対する公卿の目は冷たい。そんな心もとない暮しの中に、その童は春風の如きぬくもりを運んで来た気がした。

ほんの数日で再び男児が現れたところから推すに、この歌を記した人物は宮城内の女性と近しい間柄と見える。その手蹟から、年齢も自分とさして離れていないのではと思われた。

――誰かとも　知らねど春は盛りなば　香匂ふ影を共に眺めん

相手が誰であるかも分からぬとしても、この春の盛りです。どなたであろうとも、ともに梅の花を眺めることが出来たらよろしいのに――との返歌を記し、ほころびかけた桃の枝に結んで男児に託したのは、文の送り主に春の梅にも似た親しみを抱けばこそ。かくしてこの日から娍子は、男児を文使いに見知らぬ相手と文の往還をするようになった。

頻繁な歌のやりとりを重ね、どうやら相手が自分と同じ東宮妃・藤原原子らしいと分かった時、娍子は息が止まるほどの驚きを覚えた。だが同時に娍子は、文筥に少しずつ交わした文が増えてゆく中で、まだ見ぬ原子を同じ夫の寵愛を競う仇とは考えられなくなっていった。

少納言ノ乳母を筆頭とする周囲の女房衆は、娍子に四年遅れて入内した原子を敵と見なし、聞えよがしの悪口を淑景舎に浴びせ付ける。娍子自身、九歳年下の原子の美貌の噂を聞き、心騒がせた折も皆無ではない。しかし少なくとも童が運んでくる文は、常に穏やかさと優しさに満ちていた。

それとなく女房たちに尋ねれば、原子は叔母である綏子が産み棄てた不義の子を引き取り、背の君の勘気覚悟で養っていると聞く。それがただ周囲の讃美を買うための行いでないことは、数日おきに通ってくる童の朗らかな表情を見れば明らかであった。

「とはいえ、同じ東宮妃とお近づきになったなどと知れば、お互い、さぞ乳母に叱られましょう。ですから二年余りにわたって文をやりとりしながらも、互いに顔を合わせたのはたった一度きり。少納言ノ乳母が瘧にかかって宿下がりをした時だけです」

「それはつまり――」

声をかすれさせた朝児に、娍子は小さくうなずいた。

「はい。原子さまがお亡くなりになる、二日前です。その頃には、お子もずいぶん流暢に話ができるようになっておりました。ですので淑景舎の女房に余計なことを漏らさぬよう、お子が昼寝をしている隙に、原子さまは慌ただしくこちらの局にお渡りくださったのです」

とはいえ、と娍子は己の膝に目を落とした。

「その時の原子さまは、ひどくお健やかでいらっしゃいました。それがまさか間もなく、無残なお亡くなり方をなさるなんて」

表向き、原子と娍子は反目し合う仲。それだけに娍子は原子の急逝を知っても、女房たちの前では涙一つこぼすわけにいかなかった。臥所《ふしど》に入るなり、衾を嚙みしめて忍び泣きながら思い浮かべたのは、初めて童が宣耀殿に現われたあの日、着替えさせてそのまま手許に留めていたあの草色の半尻であった。

——まだ半尻をお預けしたままでしたね。いただいて帰りましょう。

たった一度だけの対面の折、原子は娍子と顔を合わせるや、白梅を思わせる顔をおっとりと傾けて、まずそう言った。その鮮やかな美貌に目を奪われながら、あわてて娍子は「いいえ」と首を横に振ったのであった。

——あれは原子さまとのご縁をつないでくれた衣ですもの。破れたまま、お戻しはできません。綺麗に洗い、繕ってお返しいたします。針仕事は不得手ですが。

主を失った淑景舎は無人となり、あの童は叡山に入れられたと娍子は聞いた。乳母たちの目を盗んで半尻を取り出せば、たった一度だけ言葉を交わした美しい人の面差しが目裏に浮かぶ。約束を果たしてももはや二度と彼女には会えぬ虚しさに、そのまま半尻を衣櫃《きぬびつ》に納め、今まで保ち続けてきたと語り、娍子はほうと息をついた。

少納言ノ乳母が物言いたげな顔で主を仰いだのは、叱責すべきかどうかをためらってであろう。幾度か口を開いては半端に閉じた末、結局、眉間に皺を寄せてぐいと唇を結んだ。

「聞けばあの童はわたくしを原子さまの仇と思い込み、遂には還俗して、童殿上を遂げられたとか。おおかた帝の身辺を探り、わたくしの面の皮を引っぺがそうと思われてでしょう。かつてはあれほどに愛らしい笑顔を見せてくれたお子がと思うと、哀しくてなりません」

「頼賢どのは……いえ、その御仁は、宣耀殿にしばしば使いに参っていたことは忘れ果てていらっしゃるのでしょうか」

朝児の問いに、「ええ、おそらく」とうなずく娍子の口元には、寂しげな笑みが刻まれていた。

「あの当時、内裏には大勢の女人がおいででした。幼い頃の記憶とは、後からの知識によって曲げられてしまうものです。他所の局に出かけていたことは覚えていらしても、その主がわたくしであるとは考えてもいらっしゃらないのではないでしょうか。原子さまもお子の口走りを恐れて、わたくしの名はお子に告げていなかったご様子でしたし」

それに、と続けかけて、娍子は声を詰まらせた。

「わたくしと原子さまは、傍目《はため》には敵同士。あのお方が亡くなって一番得をしたのはわたくしだと、いまだ誰もが申しておりましょう」

後宮の情勢のみで判断すれば、その評価は間違いではない。しかし落ち着いて考えれば、幾ら原子が美貌で若かったとはいえ、当時、娍子はすでに三人の男児の母。帝の寵愛も篤い彼女が、周囲からすぐさま疑われることを承知の上で、原子を手にかける必要はどこにもなかったはずだ。

少納言ノ乳母が差し出した手巾《しゅきん》で目元を拭い、娍子は「ついついい昔話に気を取られ、お使者をお引止めしてしまいました」と大きな息をついた。

「とはいえわたくしは、いつか妍子さまにこの話をお伝えせねばと思っておりました」

「妍子さまにでいらっしゃいますか」

「ええ。自ら申すのも妙ですが、妍子さまはきっとわたくしを敵とお考えでございましょう。ですがわたくしは妍子さまを仲間と思うてこそおれ、敵意なぞはまったく持ち合わせてはおりません。どうぞお心を安んじていただきたいのです」

思えば後宮の女はみな親兄弟の期待を受けて入内し、その思惑にがんじがらめにされている。しかしそんな浮き世のしがらみを取り払えば、妍子も娍子もただの一人の女。計らずも同じ夫の寵愛を争う境涯に追いやられてはいるものの、政の具として用いられる哀れな立場は等しいのだ。

宮城とは奇妙な場所だ、と朝児は思った。本来、争う必要がない者たちも、こと政が絡めば、その血縁だけで区分され、互いが憎み合って当然と考えてしまう。それぞれの思惑なぞは遠くに追いやられ、すべてを敵か味方で判別する。

頼賢も朝児も知らず知らずのうちにそんな政の道理に目を曇らされ、娍子や原子の真実の姿なぞ考えもしなかった。だがいかに政争著しき宮城でも、そこに生きるのは紛れもなく生身の人間なのだ。

(だとすれば——)

若く美しかった原子の死。自分たちは激しき政争にばかり気を取られ、その本質を見誤っているのではないか。そう、あの聡明な頼賢が、最初から存在しなかった後宮の女たちの諍いを信じ、娍子を敵と信じ込んでしまったように。

「まことに無礼をうかがいますが、娍子さまがたった一度お会いになられたとき、原子さまに奇妙なご様子はございませんでしたか」

突然、朝児が話を引き戻したと感じたのだろう。娍子は虚を突かれた顔になった。だが朝児の真剣な眼差しに気圧されたのか、すぐにふくよかな顎に片手を当てた。

「さあ、奇妙と申しても。なにせ原子さまにお目にかかるのは初めてでしたし、お互い人目につかないかと、それればかりを案じてそわそわしておりました」

どこなら誰にも姿を見られぬかと勘案した末、二人が密会の場に選んだのは宣耀殿の塗籠《ぬりごめ》。それも堆《うずたか》く積み上げられた葛箱に身を隠し、声をひそめてのやりとりになった、と付け加える娍子の表情には、懐かし気な気配が漂っていた。

「お話しできたのは、ほんの四半刻ほどでした。ですが嬉しいやら恐ろしいやらで、あっという間のようにも、その癖、二、三刻も過ぎたかにも思われる不思議な時でした」

「では、お二人が会われたのを知る人は、どなたもいらっしゃらないのですか」

朝児の問いにうなずこうとして、「ああ、違いました。一人だけおりましたよ」と娍子は目を上げた。

「しがない大納言の娘のわたくしとは異なり、原子さまは中関白家の姫君です。それだけに屋形の中であろうとも、一人でお出かけになることはそれまで皆無でいらしたのでしょう。わたくしの局にお渡りになる際も、信頼できる青女房によくよく因果を含めて、供を命じていらっしゃいました」

娍子と原子が忙しい語らいに花を咲かせる間、その青女房が塗籠の入口で見張りをしていた、と娍子は付け加えた。

「あれから長い年月が経ちましたが、いまだわたくしと原子さまの語らいの件が漏れて来ぬところを見るに、あの女房は亡き御主の命を今も堅く守っているのでしょう。まだ十六、七歳の若さでしたが、感心なものです」

「それ以外に覚えておられることは」

娍子は考え込む様子で目を虚空に据えた末、軽く首を横に振った。

「色々な語らいをいたしましたよ。今でもよく覚えています。ですがそれはいただいた歌が嬉しかったとか、折枝（手紙を結ぶ枝）の花が美しかったというような、愚にもつかぬ話ばかり。それを語るのは容易いですが、いずれもわたくしにとって、大切な原子さまの思い出です。誰彼となく語って聞かせるべきものではありません」

「なるほど、仰せの通りです。失礼いたしました」

娍子は嘘を言っていない。朝児はそう確信した。もし彼女が原子に害をなしたのであれば、亡き人との思い出を過剰に語り、その仲の良さを誇示するはずである。

それを自分だけの秘密だと口をつぐんだのは、原子への思いが深ければこそ。間違いない。娍子は無実だ。

「たまさかとはいえ、長らく秘していらしたお話をお聞かせくださったこと、御礼申し上げます」

一刻も早くこのことを、頼賢に伝えねばなるまい。焦りすら覚えながら透殿を辞そうとした朝児に、娍子は虚脱したような顔でうなずいた。

「いいえ。わたくしこそ、長年の肩の荷を下ろしたが如き思いです。よくぞ聞いてくれました。それにしても、原子さまは本当になぜお亡くなりにならねばいけなかったのでしょう」

原子の急逝から十余年が経つが、その問いを言葉に出す機会は皆無だったのだろう。まるでたったいま原子の死に触れたかのように、娍子の丸い目に見る見る涙の粒が盛り上がった。

「あれほど心優しくお美しいお方を、わたくしは存じませんでした。もしご存命であれば、帝とてどれほどお心を慰められたことか」

娍子が細やかに帝に仕え続けているのは、亡き原子の分も背の君を支えねばと思ってのことだろう。一方で昨今の宮城は誰もが藤原道長の顔色をうかがい、中関白家の娘である原子を思い出す者なぞ皆無に近い。娍子はそんな政の世の険しさを目の当たりにして来ただけに、妍子にかつての原子を重ね合わせているのかもしれなかった。

もし原子が存命であれば、頼賢は憎しみに血を滾《たぎ》らせる必要もなく、案外、平凡な官吏として出仕していたかもしれない。――いや、今からでも遅くはないはずだ。

「思いがけず長居をして、申し訳ありません。これにて失礼申し上げます」

取るものもとりあえず枇杷殿に戻るや、朝児は通りがかりの蔵人《くろうど》を摑まえ、「頼賢どのはどちらにおいででしょうか」と問うた。

「はて、頼賢どのとは」

蔵人は律令の埒外の官職ながら、天皇の身辺に侍ってその生活を支える。当然、童殿上の童についても把握していようと思ったが、三十がらみの蔵人は怪訝そうに首をひねった。

「お名前は異なるかもしれません。藤原道長さまの縁故で童殿上をなさったお方です」

「ああ、御坊《ごぼう》ノ君《きみ》ですか」

蔵人はわずかな侮りを目元に走らせた。

「元は叡山の御坊でいらしたとかで、いまだ髪が生えそろわず、髢を用いていらっしゃるのでそうお呼びしているのですよ。奴であれば先ほど用事を言いつけられて御匣殿《みくしげどの》に——ああ、ちょうど戻って参りましたな」

蔵人の眼差しの先を追えば、螺鈿《らでん》の御衣箱を捧げ持った頼賢が、渡殿をこちらに歩んでくる。朝児の姿に目を瞠《みは》ったものの、さすがに蔵人を前にしては逃げ出すこともかなわぬと見え、すぐに腹をくくった面持ちになった。

「突然お訪ねして申し訳ありません。実は話があるのです」

「——わかりました。これを置いてまいりますので、しばしお待ちください」

言い置いてそのまま簀子を行き過ぎる背は逞しく、派手な濃藍の童直衣が妙に似合っている。長く背に垂らした髪は髢とのことだが、物怖じをせぬ挙措と相まって、明日、初冠を果しても立派に宮仕えを出来るのではないかと朝児は感じた。

待つ間もなく駆け戻ってきた頼賢は、大きな目を底光らせ、しきりにこめかみをひくつかせている。

たとえ一時とはいえ、朝児は頼賢の師だった身だ。何を考えて道長に頼ったのか、慶円にはこのまま何も伝えぬつもりなのか、叱りたいことは山のようにある。それらをまとめてぐいと飲み下し、「実は皇后娍子さまから、原子さまのお話をうかがったのです」と一息に切り出す。その途端、頼賢の頬に明らかな動揺が走った。

「頼賢どの、そなたの見立ては間違っております。わたくしが拝察した限り、皇后さまは無実でいらっしゃいます」

もともと大きな頼賢の目が、飛び出しそうなほど見開かれる。見る見る紅潮するその頬に痛ましさすら感じながら、朝児は娍子から聞いた一部始終を包み隠さず語った。

早緑色の半尻について触れるや、頼賢の眼差しがわずかに揺らぐ。やがて娍子と原子の文のやり取りに話が及ぶに至り、頼賢は頭を抱えるようにして階の真ん中に座り込んだ。その相手が誰であるかは覚えておらぬとしても、微かに記憶が残っているのだと朝児には分かった。

「そんな……そんな馬鹿があるものか。白狐じゃないとしたら、じゃあ誰が原子さまを殺めたって言うんだよ」

「それはまだ分かりません。ただいずれにしても、もう一度すべての思い込みを解く必要がありそうです」

「もう一度だって」

頼賢はがばと顔を起こすや、血走った目で朝児を睨みつけた。

「それはどこからやり直せって言うんだ。この十二年、俺はあの白狐を敵と考え、来る日も来る日も奴の面の皮を剥ぐことばかり考えてきたんだ。それを今更やっぱり違ったと言われて、はい、そうですかと思い直せるものか」

「落ち着いてください、頼賢どの。ならばなおさら、そなたは思い直さねばなりません。皇后さまを犯科人と疑っていたことは、致し方ありません。ですがそうではないと説かれてもなお疑いを捨てぬとは、いったいあなたは誰のために仇を取ろうとしているのです。それはもはや、原子さまの仇討ちではありません。頼賢どのは己自身の憎しみをぶつけたいがために、ただ闇雲《やみくも》に仇探しをしているだけではないですか」

頼賢の眉が跳ね上がり、厚い肩がわななく。その全身から立ち上る怒りの気配に負けじと、朝児は頼賢を睨みつけた。

頼賢は仇と思い定めた娍子を狙うことで、この十数年を生きてきた。その目的が誤りだったと告げられ、行き場を失った瞋恚《しんい》に苦しむのは分かる。しかしだからといって、なおも誤った憎悪に身を焦がし続けては、それはもはや仇討ちではない。

「慶円さまの元を離れ、そんな形《なり》で童殿上を始めたのも、すべては原子さまのためでしょう。ですが、思い出してください。頼賢どのがいまだそれほどに慕う原子さまは、大変お優しいお方だったのではないですか。そんなお方が、頼賢どのが敵でもないお人を憎み続けているとお知りになれば、彼岸でどれほどに悲しまれましょう」

「ふざけるなッ。朝児さまに何が分かるっていうんだ」

「ええ、確かにわたくしには、頼賢どのの過ごしてこられた日々は知るべくもありません。ですが亡き人をそれほどに慕う頼賢どのの直向さは、よく存じております。たとえ一時でも師だった身として、そなたさまが誤った憎悪に捕らわれる様は見たくありません」

頼賢のこめかみが、肌の下で虫でも這いずっているかのようにますますひくつく。逃げ出したい思いを堪えながら、朝児は似た感覚をかつて覚えた気がした。

（ああ、そうか――）

初めて頼賢と出会った法華八講の日、この青年は怒りに目を血走らせて辺りを睥睨《へいげい》していた。だがそれは師僧である慶円を思い、その説法に深く感じ入ればこその激憤だった。

結局頼賢はいつの時も、自分ではなく、他者のために怒らずにはいられぬのだ。だとすれば逞しいその体軀に宿る心根の、何と無垢《むく》であることか。

亡き原子の顔貌も声も、朝児はなに一つ知らない。それにもかかわらず朝児は怒りに身体をわななかせる頼賢の中に、嫋やかなる女人の姿を確かに見たと思った。原子の慈しみを受けた頼賢がかほど無垢に育ったとすれば、死してなお彼女はこの青年の母代わりであったのだ。

だとすればここから先は、仮にも師たる己の務めだ。朝児は大きく息をつき、両足を踏ん張った。精一杯威厳を繕って胸を張り、「頼賢どの」とその名を呼んだ。

「そなたさまは以前わたくしの元で、『呉子』を学びましたね。その料敵編、『可を見て進み』の後は、なんとありましたか」

頼賢の目が、記憶を探るように揺れる。さあ、と朝児は精一杯威厳を繕って畳みかけた。

「卜《うらな》わず之《これ》を避くる者に六あり――の後です。覚えているでしょう」

「難を知りては退く……だったかな」

少々頼りない口調で呟いた頼賢に、朝児は「そうです」と静かにうなずきかけた。

「ご自分の行いを顧みるのは難しくとも、古しえ人の箴言《しんげん》に仮託すれば、今、己が何をすべきか、お分かりでしょう」

「何が言いたいんだよ、朝児さま」

「勝ちそうならば進撃し、困難を察すればすぐに退く。それこそが敵に勝つ最大の秘訣です。そしてそなたさまの敵とはすなわち、原子さまを殺めた真の犯科人以外にはおらぬはずです」

頼賢の肩から、少しずつ力が抜ける。その双眸がわずかに潤みかかるのには気づかぬふりで、「少なくとも、娍子さまが関わっておられぬことが分かっただけでも、よかったではないですか」と朝児は続けた。

「いずれにしたところで、その頓死の原因が宮城にあるのは間違いありますまい。ついては頼賢どのは童殿上を始めて以来、何か分かったことはおありですか」

頼賢は唇を嚙みしめ、己の足元に目を落とした。だがすぐにいささか艶のよすぎる髷を揺らして朝児を見つめ、首を横に振った。

「いいや。俺からすれば、原子さまの死はついこの間みたいに思えるんだがな。途中で御代《みよ》替わりまであったせいで、官人はみな原子さまのことなんぞ忘れ果てているらしい。むくつけに聞きほじっても、怪訝な顔すらされねえと来たもんだ」

僧侶が還俗して官人となる例は往古皆無ではないが、そこで童殿上を経るのは珍しい。それだけに頼賢は自分が亡き淑景舎女御の横死についてあからさまに探れば、犯科人が危害を加えてくるやもと考えていたという。だが実際はどれだけ頼賢が露骨《ろこつ》に動き回っても小石一つ飛んで来ず、むしろ、「そんな昔の騒動を覚えておるとは。いや、感心、感心」と老官人から褒められることすらある、と頼賢は語った。

「俺の出自と出仕の目的を道長さまが漏らしたとき、帝がひどく仰天なさったのが、奇妙といえば奇妙だったけどな。けどまさか、原子さまをご寵愛していらした帝が、何か企まれるわけがないしなあ」

「わかりました。頼賢どのがそれほど大っぴらに動いておられるとなれば、わたくしももはやそこそする必要はありますまい。ありがたいことに、皇后娍子さまはいまだ原子さまに友誼《ゆうぎ》を覚えておられるご様子です」

自分は今後、娍子を始めとする後宮の女人たちに話を聞く。頼賢は引き続き、官人衆から聞き取りを行い、今後は月に一度、必ず寄り合ってそれぞれ集めた情報を持ち寄ろう——と申し出た朝児にああと応じてから、頼賢はもの言いたげに上目を使った。

「その……朝児さまは怒っていないのかい」

それが慶円に背き、道長の元に走った自らの所業を指していることは問うまでもない。笑って首を横に振ろうとして、朝児は己の顎先を軽く撫ぜた。

「そうですね。もちろんひどく怒っていますよ」

頼賢の大きな体が、塩をかけられた青菜の如くしぼむ。朝児はわざと口調を厳しく転じた。

「まったく、幾ら宮仕えが多忙とはいえ、あれほど必死に覚えた『呉子』がすぐさま出て来なかったのは、どういうわけですか。この調子ではせっかく読んだ他の書物についても、同様なのではありませんか。ついてはこれからは寝る前に、せめて半刻は時間を作り、勉学に努めなさい」

頼賢の唇が半開きになる。いいですね、と朝児は間の抜けたその顔に指を突きつけた。

「お互い致仕したあかつきには、また東京極大路の我が家でみっちり勉学を仕込んで差し上げます。その時、またも『呉子』如きで詰まったら、今度はこの程度では許しませんからね」

朝児たちが致仕する時とはすなわち、原子の死の謎が明らかとなり、頼賢がすべての怒りから解き放たれる日である。それが一日も早く訪れるようにと願いながら念押しした朝児に、頼賢は幾度も首をうなずかせた。

「あ、ああ。分かってら。さっきは急に問われたんで、思い出せなかっただけさ」

「それならいいです。――あと、もう一つ」

朝児は頼賢の袖端を摑み、ぐいと顔を寄せた。

「せめて慶円さまにだけは、思うところを包み隠さずお伝えなさい。そなたさまは決して一人で生きているのではないのです」

人はとかく、目を惹くものばかりを信じがちである。だが娍子が秘かに原子を友と思い続けていた如く、人目にはつかねど内心で頼賢を案じている者は幾人もいる。ただ頼賢の側に、それに目を配る暇がないだけだ。

「ちぇっ、分かったよ」

むっつりと唇を結び、頼賢は朝児の手を振り払った。

「叡山には知らせを送るさ。それでいいんだろう?」

「今の暮らしを知らせるだけではなく、落ち着いたら真っ先にご連絡するとも添えなさい。できれば季節の水菓子（果物）の一つも合わせて。慶円さまとていいお年なのですから、そなたが労わって差し上げねばなりませんよ」

しかしいざ互いに近辺に目を配り始めれば、枇杷殿での生活はあわただしく、月に一度の談合すら、満足に行えぬ日が続いた。

夏五月、焼亡した内裏の再建が立案され、造宮は翌年三月までに終了するとの案が触れ出された。ただかねて腹心の藤原懐平を造宮別当（造宮責任者）としたい帝の意に反し、藤原道長が選出したのは自身の五男・教通を含めた三人。不快を覚えた帝が道長を詰問し、公卿たちが総出でとりなす騒ぎとなった。

一方で帝の病はいよいよ篤く、頼賢によれば時には急に両目の光を失い、何もない場所で転倒する折もあるという。典薬寮を始めとするほうぼうから奉られる薬も一向に効かず、この間など苛立った帝から薬椀を投げつけられもした、と頼賢は眉を寄せた。

「道長さまの息がかかった俺にまで八つ当たりなさるんだから、よほど御悩は深くていらっしゃるんだろう。お気の毒だよなあ」

娍子を仇と思い込んでいた頃、頼賢は彼女を寵愛する帝に対しても冷ややかであった。だが娍子の疑いが晴れた今となってはむしろ、原子に深い思いを寄せていた帝に同情を示しすらする。

道長の帝への背反は日ごとに露骨となり、本来、帝前で決められる小除目《こじもく》（臨時の官人任命）を道長が独断で行ったり、官人たちの儀式への参加を妨害する事態も続出……さすがにこれには太政官の中からも異論が出たが、道長は冷然とそれを無視し、両者の溝は深まるばかり。帝が自身の病平癒を祈願し、左京一条四坊三町の花山院《かざんいん》で慶円に百日御修法《みしほ》を行わせると布告しても、道長は知らぬ顔を決め込みすらした。

もはやどちらかが折れねば、この対立は収束しない。誰もがそう溜め息をついていた矢先、思いがけぬ知らせが枇杷殿に飛び込んできた。修法が執り行われるはずの花山院が、突如火災に見舞われたのである。

花山院はもともと、清和天皇の皇子・貞保《さだやす》親王の邸宅。現在は皇后・娍子が所有し、十日後に行われる帝の病平癒の祈願のため、娍子自らが御修法を修する壇所《だんじょ》ノ舎《しゃ》の掃除に当たったたと噂されていた。

幸い、深夜に出た火は五棟の殿舎を焼き尽くしたところで収まり、壇所ノ舎は屋根が少々焦げただけで無事。下郎や女房にも怪我人は出なかったという。ただそれでも枇杷殿は早朝から、火事見舞いに駆けつけた公卿でごった返し、その喧騒に朝児は妍子の朝の支度の介添えも忘れて、呆然とした。

そうでなくとも帝と道長の対立が著しい最中、百日御修法を妨げるように火事が起きるなぞ、あまりに出来過ぎている。火事師、と呟き、朝児は煤の匂いを孕んだ空を仰いだ。

すでに暦は師走半ばに差しかかっているが、内裏の造営は遅々として進まない。この分では、来年三月の造畢《ぞうひつ》は難しいだろうとの噂が早くも囁かれ、妍子なぞは造宮別当に任ぜられた弟の教通をこっそり呼び寄せ、その進捗を尋ねもしていた。

「朝児さま、朝児さまッ」

けたたましい足音に顧みれば、頼賢が髻を乱して庭に駆け込んでくる。「聞いたかい」との問いに、朝児は小さく首肯した。

「帝は大変なお怒りで、さっきから道長を呼べと怒鳴っていらっしゃるぜ。下手に近づくと何が飛んでくるか分からねえから、御目の具合が悪いのをいいことに逃げてきたんだ」

「まだ御修法が執り行われる前で幸いでした。これでもし、慶円さまが花山院にいらっしゃりでもしたら――」

自分で口にした言葉の恐ろしさに、朝児は身体を震わせた。

火事は風向き一つで、被害の大きさが変化する。道長はそれをすべて承知の上で、火事師を使ったのに違いない。内裏造営と病平癒は、今や帝の悲願。その一方を目に見える形で挫《くじ》くことで、退位を促しているのだ。

これでもなお帝が皇位から降りずば、道長は更に何を企むのだろう。そんな恐ろしい事態になる前に落着がついてくれれば――と考えかけ、朝児は慌ててそんな己を叱りつけた。恐怖ゆえに強者の前に屈し、弱き者の声に知らぬ顔を決め込む。それはただの保身ではないか。

もはや四面楚歌に近い現状にもかかわらず帝が皇位にしがみついているのは、道長に対する怒りと意地ゆえか。その頑なさは余所目《よそめ》には冷静さを失っているとも映るが、だからといって道長の専横が許されるわけでもない。様々な思い込みをすべて排除して鑑《かんが》みれば、本来憎むべきは道長でしかなかった。

「壇所ノ舎が焼け残ったことだけは、帝もお慶びでさ。これも慶円さまの験力に違いないと仰り、火事見舞いに来た公卿の名簿を取るようにと、蔵人に命じていらしたぜ」

「とはいえそうなると、道長さまはまた、帝のお振る舞いにお怒りになられるのでしょうねえ」

朝児のため息に、頼賢は「そうだよなあ」とこめかみを掻いた。

「実は先だってから帝は、慶円さまを天台座主《てんだいざす》に補したいと周囲に諮《はか》っていらっしゃるんだ。ただなにせ道長さまは以前から、慶円さまを毛嫌いしていらっしゃるだろう？　おかげでなかなか話が進まなくてずっと見送りになっていたんだが、こんな騒ぎが起きるとますますお二人とも意地になられるよなあ」

天台座主は比叡山延暦寺の住持であるとともに、宗祖・伝教大師最澄《でんぎょうだいしさいちょう》の法脈を相承して諸国天台寺院を束ねる要職である。長らく帝を支え、学識と験力に秀でた慶円が天台座主にふさわしいことは衆目にも一致するところだけに、今後なおさら帝と道長の軋轢《あつれき》は大きくなりそうだ。

この時、渡殿の方角で軽い足音がして、「赤染どのはいずこにおられますか」という女の呼び声が響いた。

勤めを怠けていたのは露見しても構わないが、明らかに帝の近侍と分かる半尻姿の頼賢を見咎められては厄介である。

だが頼賢が走り去ろうとするよりも早く、呼び声はこちらに近づいてくる。頼賢はさっと四囲を見回すと、青々とした葉を茂らせた椿の藪陰にしゃがみこんだ。ようやくほころびかけた紅の花の揺れが収まる暇もあればこそ、「こんなとこにおられましたか」と息を切らしながら、女房の右近が簀子に姿を見せた。

「大鶴どのがお探しですよ。かような庭でなにをしていらっしゃるのです」

「いいえ、その――椿がもうすぐ咲くなと眺めておりました」

椿、とひとりごちて、右近が点々と花をつけた椿の茂みに目を据える。頼賢を見付けてくれといわんばかりの己の失言に、朝児は内心、歯がみした。

だが右近はすぐに庭から目を逸らし、「赤染どのは椿がお好きですか」となぜか平板な口調で問うた。

「ええ、まあ。そうですね。物悲しい冬の庭の中で、華やかな花があると嬉しくなります」

「わたくしは好きませんせん。まるで、ぽたぽたと血が滴っているようで気持ち悪うございます」

なるほど華やぎの乏しい冬の庭にあって、椿の紅は目に沁みるほどに鮮やかだ。とはいえ桜の如く群咲くわけでもなく、梅の如く香り高いわけでもない慎ましやかな椿を、そこまで嫌わずともよかろうに。

朝児の不審を撥ね退けるかのように、右近はぷいと顔を背けた。「早くお戻りなされませよ」とわずかな棘をにじませて言い放ち、北ノ対へと去った。

その足音が耳を澄まさねば聞こえなくなるのを待って、頼賢ががさがさと藪陰から這い出して来る。

袖にひっかけて、枝から叩き落したのだろう。半端にほころんだ椿の花を掌に載せ、「あれは右近だよな」と彼女が去った方角に目を据えた。

「ええ。頼賢どの、ご存知なのですか」

「ご存知もなにも、昔、原子さまにお仕えしていた青女房だぜ。そういや今は娍子さまにかしづいているとか、宣義《のぶよし》の野郎が話していたな」

「野郎はおやめなさい。仮にも目上のお方なのですから」

頼賢をたしなめながら、朝児は右近は確か以前、内侍司の女孺《にょうじゅ》をしていたはずだと思い出していた。

「原子さまが亡くなられた後、大半の女房たちは暇を取ったり、原子さまのご兄弟のお屋敷に勤め替えをしたりしたんだ。ただその中で右近だけは、宮城に残って女官になったと聞いたぜ。内侍司に入ったのは、その後なんじゃねえか」

朝児に問われるまま告げ、「ただ、妙だな」と頼賢は首をひねった。

「原子さまは椿の花がお好きで、淑景舎の庭にも唐渡りの名木を数え切れねえほど植えさせていらしたんだ。だからよく覚えているんだが、確か右近も原子さまに負けねえほどの椿好きだったはずだぜ」

だいたい椿が嫌いで、当時の淑景舎で働けるものか、と頼賢は付け加えた。

「それは本当ですか」

「ああ。原子さまが亡くなられる前年の冬には、椿を題にした歌合《うたあわせ》が淑景舎で行われたんだ。その時にも右近はどちらかの陣に加わって、歌を詠んだんじゃなかったっけな。俺はまだ小さかったんで、もちろん歌合の席には加えてもらえなかったけどさ」

歌合とは左陣・右陣に分かれた人々が歌を詠み、その優劣を競う遊びである。原子の母方である高階《たかしな》家は代々学問の名家として知られ、その血を濃く受け継いだ原子の兄弟はみな、漢詩や和歌の上手として名高い。それだけに淑景舎で名椿《めいちん》を題材に歌合が行われたのは不思議ではない。ただあのように椿を嫌う右近がそこに加わっていた事実に、朝児はひっかかりを覚えた。

「その歌合の記録はどこにありますか。私的な歌合であればともかく、仮にも東宮さまのお妃が催された会であれば、誰かが歌集としてまとめているでしょう」

誰かが名歌を詠めばすぐに口伝えで広まる当節にあって、右近の作はまったく人口に膾炙していない。ということは彼女は決して、歌が得意ではないのだろう。勢い込んで尋ねる朝児に面食らいながらも、頼賢は団栗眼《どんぐりまなこ》を宙に据えた。

「全く覚えちゃいないけど、恐らく淑景舎にしまわれていたんじゃねえかな。となると、原子さまが亡くなられた後はご実家の中関白家に引き取られたんだと思うぜ」

原子の実家である中関白家はすでに落魄《らくはく》し、長兄・藤原伊周は四年前に病死。次兄の隆家は先月大宰権帥《だざいごんのそち》に任ぜられ、とうに任国に下ったと聞く。さすがに留守宅に押し掛けて、原子の遺品を探させてくれと頼み込むことは難しい。なんて折悪《あ》しい、と唇を嚙みしめた朝児に、「ああ、でも」と頼賢は素っ頓狂な声を上げた。

「思い出した。列席していた誰ぞが是非にと乞うて、記録を写して帰られたと聞いたような。確か、判者《はんじゃ》（歌の優劣を判じる係）のお一人じゃなかったっけな」

「ではその方のお宅には、記録が残っているかもしれません。いったいどなたです」

「そこまではさすがに覚えちゃいねえよ。これでもよく思い出せたと自分でも思っているんだ。無理を言わねえでくれ」

「男性か女性か、年配か若人かぐらい分かりませんか。些細なことでもいいのです。思い出してください」

歌合の折、頼賢は四歳。思い出すのに無理があるのは承知だが、なにせ彼の記憶しか糸口はない。

珍しく詰め寄る朝児にたじろぎながらも、頼賢はううむと呻いた。ずいぶん長い間考え込んだ末、「爺さんだった気がするな。もっとも子どもの目から見てなんで、四十歳でも十分爺に見えたのかもしれねえけど」と虚空に目を据えた。

「原子さまも客人たちも、その爺さんには随分気を遣っていた覚えがあるな。とはいえ、官位は高くなかったのか、妙に腰の低い御仁だったような」

歌合の判者には、学識が求められる。帝の寵愛厚い原子主催の歌合となれば、名だたる公卿が抜擢されても不思議ではないところ、あえて官位が低い人物を招聘したのだから、その人物はよほどの歌の名手かはたまた学者であろう。

学識という点からいえば、朝児の亡夫・大江匡衡とてその条件に合う。ただ歌合が行われた長保《ちょうほう》三年の冬、彼は任国である尾張《おわり》にいた。あの当時の文人で名高かった者といえば、藤式部の父である藤原為時《ためとき》、漢詩人として知られた高階積善《もりよし》に、菅原宣義の父である菅原惟熙《のぶひろ》――と懸命に朝児が思い起こしていると、頼賢がぽんと両手を打ち鳴らした。

「そうだ。その爺さん、歌合が終わった後もしばらくの間、淑景舎に通って来ていたな。遊びの相手をしてもらった覚えがあるから、間違いねえ。机を出して、ずっと書き物をしていたような」

「それはつまり――」

「俺が知ってる野郎がやりそうなことだな」

ただ歌合の判者を勤めるだけなら、当日一日で済むはず。数日間にわたって淑景舎に来ていたとなればその老人は殿舎にある他の記録もついでに書写していたと考えられる。

いつぞや、熱心に大江家の文蔵の見学を請うた男の姿が、脳裏に蘇る。菅原家は累代の学者の家。先代の惟熙は今の宣義以上に書籍収集に熱心であったが、息子が出仕を果す数年前、まだ四十そこそこで病死したはずだ。

頼賢も同じことを考えているのだろう。大きく見開かれた双眸には、戸惑いとも喜びともつかぬ色が浮かんでいる。その背を強く叩き、「なにをしているのです。行きますよ、頼賢どの」と朝児は叱りつけた。

また新たな公卿が火事見舞いにやってきたのか、けたたましい牛車の音が堂舎の向こうから響いてくる。今ごろ右近や大鶴は、いっこうに戻って来ない自分にさぞ焦れているだろう。わずかに胸をよぎった後ろめたさを振り捨てて、朝児はさあさあと頼賢をうながした。

折しも吹き付けた北風に、椿の藪が音を立てて騒いだ。

「淑景舎女御さまが行われた歌合の記録ですか。ええ、もちろん当家にございますよ」

東京極大路に面した菅原家の屋敷に駆け込んだ朝児と頼賢に、宣義はひょろ長い背を屈め、あっさりと応じた。

「待ってくれよ。なんであんた今まで、俺に教えてくれなかったんだ」

「だって頼賢どのは仇討ちには必死でしたが、淑景舎女御さまの来し方にはほとんど関心をお持ちではなかったでしょう。和歌にもあまり興味がおありではないご様子でしたし、そもそも原子さまの養い子でいらっしゃる方に、わざわざお伝えする必要もないかと思って」

どれ、と膝を叩いて、宣義は身軽に立ち上がった。

「蔵より出してまいりますよ。少々お待ちください」

「そんな。お手を煩わせるのは、申し訳ない。わたくしも共に参ります」

あわてて立ち上がりかけた足許が、ふわりと揺らぐ。驚いて尻餅をついた朝児に、「ああ、だからお待ちくださいと申しましたのに」と宣義はあきれ顔を向けた。

「頼賢どのはご存じですが、この家はあちこち根太が緩んでいるのです。わたくしは無事な場所を知っているので歩けるものの、慣れぬ方の中には床を踏み抜いてしまう方も多いのですよ」

確かに門は傾き、庭は荒れ、池の水も涸れ果てて底の石が覗いている。この庇の間に通されるまでも、しきりに床がぎいぎいと鳴っていたが、まさかそれほどとは。恐る恐る円座に座り直した朝児に、「そういうわけですから、どうかそこでお待ちください」と宣義は語気を強めた。

「ここで北の方さまに怪我を負わせては、ご子息に申し訳が立ちません。すぐに戻りますので、どうぞお気になさらず」

わかりました、と朝児は渋々うなずいた。

大江家とて手入れが行き届いている家とは言い難いが、それにしても菅原家の荒廃は度を越している。学問より他に関心がない男とはいえ、さすがにこれはあんまりだ。

「宣義どのの北の方さまは、文句を仰らないのでしょうかね」

「とうの昔にお子を連れてご実家に戻り、そちらで暮らしておられるらしいぜ。別に不仲なわけじゃなく、この家での寝起きは無理だと諦めていなさるんだと」

「なるほど。菅原家さまのお屋敷にしては従僕も少ないと思いましたが、そうかがえば納得できます」

頼賢とひそひそと話し合っていると、「ございましたよ」と声がして、宣義が戻ってきた。簀子をまっすぐに歩かず、時折、不自然に斜めに歩を進めるのは、どうやら根太の腐った場所を避けてのことらしい。

「右近どのの歌は、これでございます。右近どのは右方、対する左方は原子さまの乳母でいらした讃岐《さぬき》ノ局《つぼね》さまと記されております」

朝児と頼賢、双方によく見えるように、宣義は薄い草紙を床に置いた。

「題は椿。参加者は右方左方それぞれ十名。原子さまの兄君でいらっしゃる伊周さまに隆家さま、叡山にお入りの僧都《そうづ》ノ君《きみ》（隆円《りゅうえん》）、妹君の御匣殿《みくしげどの》さまとご同母の兄弟姉妹方五名が勢ぞろいしておいでです。これは華やかな歌合でございますね」

「へええ、そんな顔ぶれだったのか。ただ、賑やかな集まりだった覚えはないぜ。どちらかといえばみな言葉少なで、はしゃいじゃいけねえ気配があったような」

頼賢が首をひねるのに、宣義は長い顎を撫でた。

「なるほど、実際の様子はそうだったとも考えられます。なにせ長保三年の冬といえば、原子さまの姉君である藤原定子さまが亡くなられてちょうど一年。歌合は実のところ、定子さまを偲んでのものだったのかもしれませんね」

原子の兄である藤原伊周と隆家は中関白家の御曹司として順調に出世していたが、叔父である藤原道長との政争に敗れて失脚。また姉の定子は時の帝の皇后として寵愛厚かったにもかかわらず、道長の長女・彰子の入内によってその座を脅かされ、第二皇女の出産と引き換えに命を失った。

御匣殿はこの歌合の半年後、また伊周は八年後に病没し、現在も存命なのは隆家と隆円のみ。そう考えれば一見賑やかと映る歌合が、亡き人々の涙の凝りとも映る。胸の奥に氷を押し当てられたような寂しさを覚え、朝児は唇を引き結んだ。


——霜置きし　苔に色添ふ玉椿　千代ましませど色は変はらじ

「それにしても、右近は歌が下手だったんだなあ。ただ見たまんまを詠んだだけじゃないか」

頼賢が呆れ顔で呟いた通り、右近の作は平凡で、実際、記録によれば左方に負けている。

「まあ、しかたがないでしょう。当時の右近どのはまだ十六、七歳です。宮仕えに出て日も浅い上、中関白家の皆さまの居並ぶ前で歌を詠めと命じられては、緊張のあまり出来る歌もうまく作れぬのが当然です」

宣義が苦笑して、頼賢をなだめる。傍らの朝児に目を移し、「いかがなさいました。難しいお顔をしておられますが」と首をひねった。

「いえ……。この千代という言葉がいささか、気にかかりまして」

『古今和歌集』の詠み人知らずの一首、「我が君は　千代にやちよに　さざれ石の巌となりて苔のむすまで」の詠草がそうであるように、通常、千代の語句には「長くあれ」との祈願の意が含まれる。

もちろん右近が本当にただ歌が下手で、さして深い意図はなく、千代の語を用いたとも考えられはする。ただ桜などとは異なり、椿は盛りを過ぎて色を変える花ではなく、ある日いきなり花を落とす。だとすればやはり「千代ましませど　色は変はらじ」の下の句は、題に対して不釣り合いではないか。

朝児がそう説くと、宣義は「確かに」と首肯して、胸の前で腕を組んだ。

「さすがは歌の上手で名高い北の方さまです、そこにはまったく気がつきませんでした。だとすればこれはただ冬の椿を詠んだわけではなく、他の意味があると考えるべきですねえ。頼賢どのから見て、右近どのはどんな女房だったのですか」

「以前も教えただろう。とにかくおとなしくって、始終下を向いているような奴だったぜ。けど原子さまのことは心の底から崇め奉っていたらしく、御用を言いつけられるといそいそと嬉しそうに勤めていたっけ」

頼賢がどこか懐かしげに語る逸話を、「お待ちください」と朝児は遮った。

「当時の淑景舎には、右近どのと年頃の青女房はおいででしたか」

「いや、いなかったんじゃねえかな。あいつが一番年若だった気がするぜ。おかげで俺もよく右近には遊んでもらったものさ」

――あれから十年以上が経ちますが、いまだわたくしと原子さまの語らいの件が漏れて来ぬところを見るに、あの女房は亡き御主の命を今も堅く守っているのでしょう。まだ十六、七歳の若さでしたが、感心なものです。

娍子の訥々《とつとつ》とした口調が、耳の底に蘇る。朝児は膝先に置かれた草紙を、両手で強く握り締めた。

間違いない。原子が娍子との面会に連れてきたという若い女房。あれは右近だ。

中関白家の娘として、親兄弟の期待を一身に受けて皇太子の妃となった原子。だがその入内からわずか三月後に関白であった父・道隆は没し、中関白家は坂道を転がり落ちるように没落の一途をたどった。一家の政敵である道長の出世と、伊周・隆家兄弟の左降。そして一族の衆望を担っていた皇后・定子の死没によって、原子自身もさぞ心細い日々を送っていたはずだ。

若い主に赤心から仕え、また原子からも深い信頼を寄せられていた右近は、淑景舎を取り巻く暗鬱《あんうつ》な気配にさぞ心を痛めていただろう。霜が置かれた苔の色を映じて花咲く玉椿の色が、千年経っても変わりませんように――との詠草は、椿を愛する女主の今後の幸せを願って詠まれたのではあるまいか。

口早に解釈をまくし立てる朝児に、頼賢と宣義は顔を見合わせた。話の内容に驚いたというより、いつになく急き込んだ朝児の挙措に面食らった面持ちであった。

「わたくしがあまり歌に詳しくないこともありますが、確かにその推測は正しい気がします。それで北の方さまは、それほどに女御さまを慕っていた右近どのがいま椿を嫌うのは、女御さまを殺めた犯科人と関わりがあるためとお考えなのですか」

「ええ。そう考えれば辻褄が合います」

「いいえ、それはいささか無理がありましょう。それほど敬愛していた女主を殺めるには、よほどの理由がなければ奇妙です。仮にそれが誰かの意を受けていたとしても、右近どのであればむしろそれを止めに回るのが当然では」

「確かに……仰る通りですね」

声をすぼませた朝児に、「とはいえ」と頼賢が言葉をかぶせた。髭のせいで不自然に際立つ毛の生え際が、興奮で紅く染まっていた。

「右近の挙動に不審があるってのは、その通りだよな。――よし。こうなりゃ無理やりにでも聞き出してみようぜ」

言いざま跳ね立つ頼賢の袖を、宣義がむずと摑む。鈍い音を立てて頼賢が尻餅をつき、床がまたしてもふわふわと揺れた。

「お待ちなさい。万一、本当に右近どのが関わっているとすれば、原子さまの死にはその忠義心をもねじ曲げる力が働いているのでしょう。だとすれば力ずくで迫ったとて、決して右近どのは口を割りますまい」

「じゃあ、どうしろっていうんだよ」

「今はとにかく、待つのです」

声を尖らせた頼賢に、宣義は打てば響く速さで応じた。反論しようとする口を封じるように、「得心が行かぬであろうことは、分かっています」と畳みかけた。

「わたくしはこれまで、古今東西の万巻の書を学んで参りました。その中で知った事柄に、罪を犯した者は大抵、自らの罪に振り回されるとの事実がございます」

自ら司直に名乗り出る者は稀としても、妻や親に犯罪を打ち明ける者、盗みで得た金を親の仇のようにばらまく者……犯罪に関わった後もそれまでと同じ行動を取る者はほんの一握りだ、と宣義は語った。

「それに比べて右近どのはこの十数年、表向きは何一つ変わらぬご様子で宮仕えを続けておいでです。その腹の据わりようを思えば、頼賢どのが少々凄んだ程度では、真実を打ち明けはしますまい。ましてやその凶行に余人がからんでいるやもとなれば、なおさらです」

「それならますます、待ったとしても何も変わらねえだろう」

「いいえ。変わります。間違いありません」

きっぱりと言い放ち、宣義は放り出されていた草紙を懐に納めた。

「次なる春で、帝のご在位は四年目となります。先だっての花山院の不審火から察するに、道長さまもいい加減、そのご譲位を待つのにくたびれて来られたご様子です。そうでなくとも道長さまも来春で五十歳。ご自身の目が黒いうちに、一族の先行きを定めたいとのお思いがございましょう」

「つまり、いよいよ激しく、帝にご譲位を迫られるだろうと仰りたいのですか」

声を上ずらせた朝児に、宣義はさようですと応じた。

「そうなれば、宮城の有様は一変します。右近どのの陰におわす方も否応なしにその波をかぶり、今度こそ尻尾を見せるやも」

現在、真実にたどり着けぬのは、それにふさわしい時節ではないからだ。この半年、一年のうちに政情が大きく変わるのが明らかな以上、今は潮目を待つべきだ、と宣義は説いた。

頼賢が唇を嚙みしめて、天井を睨み据える。膝に置いた拳を二度、三度と握り直した挙句、「よし、わかった」と宣義を顧みた。

「おめえがそこまで言うなら、間違いないんだろ。けどそうなると俺は帝のご退位を指折り数えて待たなきゃならねえってわけか。それはちょっと嫌だなあ」

「おやおや、宮仕えを始めた途端、ずいぶん帝に肩入れを始めましたね。まあ、わたくしもこれ以上、帝がお苦しみになるのを見たくはないのですが」

菅原宣義の言葉を宜《うべな》うかのように、長和《ちようわ》四年の年明けは季節外れの大雨とともに始まった。あまりの土砂降りに百官が天皇に拝礼する小朝拝《こちようはい》は停止され、元旦の宴会である元日節会《がんじつのせちえ》にも帝は不出御となった。

雨が上がった三日以降、枇杷殿では例年通りの正月儀式が行われた。しかし今度は道長が物忌《ものいみ》と称し、数日に渡って諸儀を欠席。いささか嫌がらせめいたそのやり口に怒りを募らせたのが悪かったのか、季節が春から夏へと移り変わっても、帝の病状は一向に好転の兆しを見せなかった。

「どうにもお気の毒で見ていられねえぜ。慶円さまは帝がお求めになるがままに伺候して、熱心に加持を修していらっしゃる。ただその他の坊主どもの中には、祈禱を行えとのご下命が下っても、病臥中だの物忌だのと言い立てて出て来ねえ奴がいやがる」

法力がそのまま名声につながる僧侶たちからすれば、どれだけ祈っても帝の病を治せぬ事実は、自身の信頼失墜につながる。それだけになかなか回復の兆しを見せぬ帝にこれ以上付き合いたくない思いは、分からぬでもない。この国の主でありながら衆僧からすら避けられる帝の哀れさに、朝児はため息をつかずにはいられなかった。

枇杷殿に引き移って以降もなお、妍子の元への帝のお渡りはない。ただ妍子はその事実に嘆きつつも、それでも背の君を憎むことはできぬと見え、引き続き唐渡りの薬を土御門第から次々取り寄せては、帝に奉り続けていた。

「帝はあれらのお薬を服してくださっているのでしょうか」

簀子から朝児がそう問うた途端、庭に立つ頼賢はわずかに目を泳がせた。まさか、と身を乗り出した朝児に、ぷいと横を向いた。

「――しかたねえだろう。帝のお気持ちも汲んで差し上げろよ。ご自身の安寧を脅かす奴の娘が進上した薬なんぞ、危なっかしくて飲めるわけがないさ」

「何ということを。いくら血がつながっていても、親子とは所詮、別の人間。考えとて、当然異なっているものです。それは頼賢どのが一番よくご承知でしょう」

激昂のあまりつい口を滑らせ、朝児はしまったと内心舌打ちをした。だが怒るとばかり思った頼賢は不機嫌に頰をひきつらせつつも、「まあな」とあっさりうなずいた。

意外な反応に、嫌な予感が胸に兆す。頼賢とは、もはや数年越しの付き合いだ。こういう態度を取るときは、頭を悩ませている事柄が他所にあると分かっている。まさか、と朝児は呟いた。

「源頼定どのと何かありましたか」

頼定は仮にも太政官の一員。厚顔無恥《こうがんむち》なあの男のことだ。頼賢が童殿上を果たした以上、あれは自分の息子だと触れ回っているであろうことは、疑うまでもない。ただ、父を厭《いと》う頼賢はそれに知らぬ顔を決め込み、頼定から話しかけられたとて無視を貫いているとばかり思っていたのだが。

「いいや、大した話じゃねえよ。以前、病平癒の祈願をした異母妹《いもうと》がとうとう死んだって話を、無理やり聞かされただけさ」

「異母妹君――」

「ああ。一度しか会っちゃいねえがな。俺と同じで、あの糞みてえな親父の子に産まれたばっかりに、味わう必要のねえ苦労をさせられた子どもさ。――なあ、朝児さまよ」

右近が血のようと評した椿の花はとうに失せ、艶やかな葉が初夏の陽に光っている。その照り返しが眩しいとばかり、頼賢は眼を細めた。

「俺はお山からまだ都に降りることが許されなかった頃、どうしてお釈迦さまが妻子を捨てて出家したのか、釈迦族の王子というご立派な立場を嫌ったんだか、今一つ、よく分からなかったんだ。けどあの糞親父を間近にしたり、帝のお苦しみを見たりしていると、お釈迦さまの気持ちが少し分かる気がするぜ。何かが有るってことは、それだけで苦の始まりだ。言い換えれば生きることは、苦とともに日々を過ごす行為なんだな」

どれほど憎しみ合っていようとも、親子は血のつながりまで断ち切れはしない。血ゆえに生じる執着がなければ、人はどれだけ楽に生きられることか。

有り余る富や名声とて、それは同様。もしそれらに全く縁がなければ、人の思い煩いは減る。結局、人は目の前に存在する様々なものによって、心を惑わされるのだ。

「けどどういうわけか俺たちはこの世に生まれ落ちちまった。きっとこれまでにも幾人もの奴らが俺と同じような話で苦しんで来たんだろうし、これからもまた似た話で悩む奴が出るんだろうな」

「ああ、確かに。人は長い時を重ねても、さして変われぬ存在なのかもしれませんね」

「昔、宣義がな。この世で何が起き、何が起きなかったかを知りたいんだって言いやがったんだ」

その時は、なぜ過去を知ることに関心があるのか、理解できなかった。だが今ならば分かる、と頼賢は続けた。

「人ってのは今も昔も、同じ行いを繰り返すんだな。もちろん、昔の出来事を知ったからって、それで今、賢く振る舞えるわけじゃねえんだろう。でも世の中の辛いこと哀しいことに出会った時、苦しいのが自分一人じゃないと分かれば、少しは心慰められもすらあ。同じようにこの世のどこかで起きているはずの嬉しいことにもいつか巡り合えると思えば、生きる力も湧いてくらあな」

朝児は目をしばたたいた。頼賢が古しえを知る意義として語った言葉が、朝児が常々、物語の徳と考えている内容とそっくり同じだったからだ。

物語の中には、人が己の一生だけでは味わえぬ数多の喜怒哀楽が描かれている。それを虚構ではなく現実の出来事に敷衍《ふえん》すれば、なるほど歴史を知るとは物語を読むことと同一だ。だとすれば歴史と物語は決して相容れぬものではない。この半年余り、時に執筆の意味にすら惑いながら書き連ねてきた己の文章。四角四面な漢文ではない物語調で過去のあれこれを綴ったあの作は、歴史・物語双方の意義を明確に人々の心に届け得るのではないか。

ならば、良きこと悪しきこと、美しいことに醜いこと、それらをえり好みしてはならない。花山天皇の御代から先、藤原道長とその一族が何を成し、政を担うに至ったか。その栄華の裏でどれだけの人々が傷つき、涙を流してきたかとの真実を根に描かねば、歴史物語とも呼ぶべき拙作はその意義を完全に失ってしまう。

実のところ妍子が枇杷殿に入って以来、日々の多忙に追われて、その筆は鈍りがちとなっている。だが、書き続けねば、と朝児は胸の中で己に言い聞かせた。決して、道長を貶めるためではない。この世で何が起きて何が起きなかったか。その晴れがましき栄華と、その陰にある数々の涙を。その双方を自分が描くことで、後々、救われた思いを抱く者がきっとどこかにいるはずだ。

大江家の家名を挙げることに邁進し、『新国史』の編纂に携わった祖父を敬愛しながらもその事績に遠く及ばなかった亡き夫のことが、唐突に脳裏をよぎる。自分が遂に記し得なかった史書を、家刀自として屋敷奥深くに引きこもっていた妻が記すと知れば、出世欲が強く、自分勝手で――そのくせ不器用で真面目だった夫は泉下でどれだけ悔しがるだろう。

匡衡の病没からすでに三年。馴れ合いと諦念だけで添い続けた夫を、こんな形で唐突に思い出すとは。自分も案外、情が厚いと見える。朝児の口元に、思わず小さな笑みがにじんだ。

「ちょっと。なにがおかしいんだよ、朝児さま。こっちが珍しく真面目な話をしているっていうのにさ」

頼賢がむっと頬を膨らませる。逞しい体軀に似付かわしからぬその表情にますます笑み崩れながら、「いいえ、なんでもありませんよ」と朝児は顔の前で片手を振った。

「そんなわけがねえだろう。一人でそんなににやにやしてさ」

「頼賢どのには関係のない話ですよ。気にしないでくださいな」

もしあの作を書き上げたら、その時は子供たちに真っ先に読んでもらおう。きっと大鶴は怒り、挙周は青ざめ、小鶴は文辞の拙《つたな》さをけなすだろう。しかし、それでも構わない。

自分は己自身と後の人のために、物語を紡ぐ。ならばその成否は現在を生きる彼らが知るところではないはずだ。

（ああ、そうか――）

物語の徳はもう一つある。それはどんな虚しさ悲しさが胸に宿っていたとしても、筆を執り、文字に織りなせば、書き手の中の感情は次第に薄らいでいくことだ。

人は時に己の感動を、恋を、嘆きを歌に詠む。それは己の感情を文字として留めるとともに、自らの胸裏を整理するための行為。同様に自分の喜怒哀楽も、物語のただなかに織り込んでしまった途端、別の場所で生き生きと息づき始める。ならば子供たちとの齟齬も、亡夫への苛立ちも、いずれ自分はすべて、物語の中に葬り去りえるのではないか。

「なあ、朝児さまってば。聞いているのかよ」

頼賢が焦れた子供のように、どんと拳で勾欄を打つ。

軒先から降りてきた雀が椿の枝に止まろうとして、荒々しい物音に驚いて再び飛び上がる。その小さな影を見るともなく見送りながら、朝児は胸の中の夫の影に小さく笑いかけた。

暁月《あかつき》

生温かい夜風が、閉ざされた蔀戸《しとみど》の金具を細かく鳴らしている。月の出には、まだ少し間があるのだろう。頼賢が宿直《とのい》のために与えられている枇杷殿正殿東庇《せいでんひがしひさし》前の庭は漆を流したにも似た闇に沈み、目をこらしてもそこに流れているはずの遣水も庭の木々も、皆目見えはしない。

低い読経の声が母屋から絶えず聞こえてくるのは、慶円が夕刻から帝のもとに伺候して加持を行っているからだ。

帝の慶円への信頼は、このところますます増すばかり。五日後の五月一日からは、慶円を含めた七人の高僧に、七体の薬師仏の尊像を用いた七壇《しちだん》ノ御修法を行わせるという。そうでなくとも慶円は高齢。その上こんなに次々と加持祈禱を修していては、さぞ疲れが溜まっていよう。

（お手伝いして差し上げたいが、なにせ今の俺は、この形《なり》だからなあ）

昨年の師走、頼賢と久方ぶりに枇杷殿で顔を合わせた慶円は、髻に童直衣の頼賢に、一瞬、零《こぼ》れ落ちるかと思われるほどに目を見開き、ついでにやりと悪童めいた笑みを浮かべた。咄嗟《とっさ》に膝をついて頭を垂れた頼賢の肩を軽く叩き、そのまま足早に帝の元へと向かった師僧の姿を思い出しながら、頼賢はううんと大きく伸びをした。

勝手に師の元を離れたばかりか、慶円と犬猿の仲である藤原道長の手を借りて、還俗までしたのだ。破門されても当然の自分に何も言わぬのは、頼賢の出奔の理由を承知していればこそ。そしてそれほどに心優しい慶円であればこそ、病身の帝の懇願に否と言えず、老骨に鞭打って、日夜叡山と都を往復し続けているのだ。

十日前、帝は大和国《やまとのくに》長谷寺《はせでら》に三十日間の不断読経を、また近江国《おうみのくに》園城寺《おんじょうじ》に二十一日間の不動《ふどう》明王調伏法《みょうおうちょうぶくほう》を命じた。加えて一昨々日には伊勢神宮に勅使を立てて自らの病平癒を祈らせるとともに、石清水八幡宮《いわしみずはちまんぐう》・賀茂社への行幸《ぎょうこう》を行うと布告した。

眼の光を半ば失い、日によっては耳すら聞こえぬ帝にとって、洛外への行幸は並々ならぬ苦痛を伴うはず。それでももはや神仏にすがるしかないその心中に、頼賢の胸は鋭く痛んだ。

不意に読経が止み、闇の色が濃さを増した。ひたひたと軽い足音が近づいてきたかと思うと、「誰ぞ、宿直の者はおるか」との慶円の声がした。

「はい、おります。頼賢でございます」

「――なんじゃ。御坊ノ君か」

あわてて宿直所を飛び出して膝をついた頼賢を、慶円は苦笑気味に仇名で呼んだ。返事に窮した頼賢にぐいと顔を寄せ、「蔵人どもを叩き起こしてまいれ。帝を夜御殿《よるのおとど》（寝間）にお運びするのじゃ」と命じた。

「祈禱の最中に、急に突っ伏されてな。すわ何事かと狼狽したのじゃが、よくよく見れば寝息を立ててお休みになっておられる。眠りが深い今のうちに、衾《ふすま》にお入れして差し上げよ」

年が改まった頃から、帝の眼病は激しい頭痛を伴うようになっている。頼賢もこれまで宿直の折に幾度となく、夜御殿から漏れ聞こえてくる呻吟《しんぎん》を耳にしていた。それだけに突然とはいえ帝が眠りについたのは、わずかではあるが病状の好転を意味している。

頼賢は蔵人所まで駆けていくと、宿直の蔵人を叩き起こした。加持が行われていた母屋に向かう彼らを見送って宿直所に戻れば、慶円が下長押《しもなげし》に座り込み、折しも昇り始めた月を眺めていた。

「今、蔵人がたが帝の元に向かわれました。このまま平癒なされればよろしいのですが」

「ああ、さようじゃのう。じゃが、わずかに痛みが和らがれた程度では、快癒までは程遠い。それまで帝のご気力が保《も》ってくだされればよいがのう」

「ご気力、ですか」

呟いた頼賢に、慶円はおおとうなずいた。

「おぬしのような若人には分からぬかもしれぬな。病との戦いには、とかく気力が要る。病が徐々に癒え始めても、気力の方が先に萎えてしまえばそれまでじゃ。ましてや帝の場合は病と同時に、左大臣さまとも戦っておわすでなあ」

自分が見た限りでは、帝の眼病は決して命を脅かす類のものではない。ただそれに伴う気力の衰えの方が著しくていらっしゃる、と慶円は溜息混じりに語った。

「おかげでこのところ帝は、ご自身が誰ぞに呪詛《じゅそ》されているのではとお疑いでな。来月一日からの御修法に際しては、寄坐《よりまし》を用い、病の理由を問わしめよとのご下命じゃ」

僧侶の加持祈禱は、御仏の力で以て病を平癒させるのが目的である。それに対して寄坐は物の怪や生霊など、病を起こしている理由を探るために用いられる。

「それはまた随分、お心を荒《すさ》ませておいでですなあ」

「とはいえ、是非にとの仰せでは否と言えぬ。しかたないので今、叡山で寄坐に用いる童を探しておるのじゃが、道長さまが同じく五月一日より土御門第で法華三十講を始められるそうでな。叡山の者どもの多くはそちらに手が取られてしまい、頃合いの稚児《ちご》がおらぬと来たものじゃ」

法華三十講とは法華経二十八品に開経（導入）である無量義経《むりょうぎきょう》と結経《けつきょう》（補足）・観普賢経《かんふげんきょう》を加えたものを、三十日かけて講ずる法要。法華経の各種講讃の中でももっとも盛大な法会であるが、よりにもよって内裏での御修法に併せての開催は、嫌がらせとしか思えない。

神仏もしくは生霊・物の怪を乗り移らせる寄坐は、古来、童子や女性が選ばれるのが慣例である。どうしてもふさわしい人間が見つからぬ場合は人形《ひとがた》を用いることもあるが、自分を呪詛している相手を見付けたい帝のことだ。物言わぬ人形を使いたいと上奏すれば、必ずや異を唱えよう。

「おぬしが法体であれば、無理やり寄坐にさせたのじゃがな。いや、さすがにいささか年が行きすぎておるか」

唇をへの字に歪める師僧の横顔を見つめ、あの、と頼賢は身を乗り出した。

「その寄坐、必ずや叡山の者でなければならぬのですか」

「なんじゃ。おぬし、勤めてくれるのか」

「いいえ、その……寄坐は女房衆でも差し支えないのですよね。それでしたら、中宮さまにお仕えの女房どのをお借りしてはいかがかと」

「妍子さまの側仕えの者をじゃと。それは確かに妙案じゃが、帝が得心《とくしん》なさるかのう」

朝児《あさこ》とは裏腹に、右近が原子の死に関わっているのではとの推測に、頼賢はいまだ納得のゆかぬ思いを抱いていた。

記憶にある右近はとかく気弱で、原子の一笑一顰《いっしょういっぴん》に右往左往する直向な娘だった。背後で誰が糸を引いていたとしても、あの右近が原子に仇なせるとは思い難い。

時節を待てとの宣義の言葉の意味は、理解できる。それでも可能であれば右近と言葉を交わし、自らの疑念が正しいと確かめたかった。

「とはいえ、人形を用いるよりはましでしょう。差し支えなければ、俺に心当たりがあります。以前は内侍司で女嬬として働いていた右近という女房で、このお人であれば帝も得心なさるかと。もし差し支えなければ、俺がその寄坐の介添えをいたしますよ」

内侍司の女官は天皇に近侍《きんじ》し、時には宣命の伝達を行う重要な役職である。原子亡き後、十年に亘って内侍司で働いていたとなれば、帝も右近のことを見覚えているはずだ。

熱心に勧める頼賢に、「よし、わかった」と慶円は両膝を掌《てのひら》で打った。

「そういう女性《にょしょう》であれば、帝も否やは申されまい。それにしても、頼賢。おぬし、叡山を離れてさして日は経っておらぬと申すに、物言いが随分変わったな。面構《つらがま》えも急にしっかりしよって」

「さようで——そうでしょうか」

気恥ずかしさから口調を砕けさせた頼賢に、「わしは間違っておったのかもしれぬな」と慶円は不意に声を細めた。

「わしは師僧として、おぬしに学問を積ませ、立派な学僧に育て上げねばならんと思っておった。されどおぬしは別に好き好んで、お山に参ったわけではない。もっと早くに世俗に戻してやっていれば、おぬしにはもっと様々な道があったのかもしれぬな」

「そんな。なにを仰るのですか。俺は慶円さまの弟子にしていただけたことを、ありがたく思っております」

「言ったな、確かに聞いたぞ。ではこの内裏で成すべきことが終わったら、わしの元に戻って来るか」

その口調はおどけているが、頼賢に注がれた眼差しは鋭い。結局はこれが言いたかったのかと胸の中で苦笑しながら、「戻りますとも」と頼賢は急いで応じた。

「決して遠い話ではありません。それまでは、どうか俗に在ることをお許しください」

「しかたがない。許してやるわい。その代わり、お山に戻ってきて当分は、御坊ノ君と呼ばれると覚悟しておけよ。すでに当節のおぬしの風貌については、皆に存分に伝えてあるでなあ」

お許し下さいよ、という軽口とは反対に、熱いものが胸の奥にこみ上げる。それを懸命に堪えて幾度もうなずいた翌々日、頼賢は上役に当たる蔵人から、七壇ノ御修法に列席するよう命じられた。慶円の奏上が取り上げられたのだろう。寄坐には妍子付き女房の右近が選ばれ、帝も加持に臨席するとも付け加えられた。

七壇ノ御修法に伺候するのは、慶円が選りすぐった験力あらたかな高僧たち。それだけにいざ当日、日の出とともに加持の席に赴いてみれば、御簾《みす》で隔てられた庇には上卿が垣根を成して座り、立錐《りっすい》の余地もない。はるばる藤原懐平邸からやってきたのか、几帳で区切られた一角には皇后・娍子まで座しているようだ。

押し合いへし合いする公卿衆の中に、頭一つ分飛び出している菅原宣義の姿を見出し、頼賢は「どけ、どいてくれ」と喚きながら、そちらに近づいた。

「なんだよ、この見物人の多さは。聞いちゃいねえぞ」

壁に飾られた七枚の薬師如来坐像の前にはそれぞれ加持壇が築かれ、用意の芥子の匂いが早くも漂い始めている。だが加持僧と寄坐女房、更に帝はまだ出御していないだけに、御簾の裡は庇の間の雑踏が嘘のように静まり返っている。

せっかく右近と顔を合わせる機会を拵えたのに、こんなに人目があっては言葉を交わせるかどうかも怪しい。不平顔の頼賢に、宣義は「しかたがないでしょう」と苦笑いした。

「諸寺に様々な調伏を行わせていらっしゃる最中の七壇ノ御修法。これで効き目がなければ、帝のご運も尽きたとの天の託宣も同然です。それゆえみな政務なぞ放り出して、物見高く押しかけてきたわけですよ」

「ちぇっ。要はおめえも含め、帝が退位なさるか否かを一刻も早く知りたいわけか」

毒づいた頼賢に、「そういうことです」と小声で宜《うべな》った宣義の眼が、御簾の向こうに据えられた。

「それよりほら、お出ましのようですよ」

眼差しの先を追えば、七条袈裟に帽子を着した僧たちが、慶円を先頭にしずしずと母屋に入って来る。最後に白い練絹の袿に身を包んだ女が一人、これまた白衣姿の朝児に手を取られるようにして歩み、加持壇から離れた壁際に座った。

緊張のせいか、その顔は紙を思わせるほどに青ざめ、強く結ばれた唇の端が震えている。記憶よりも随分頬の薄い横顔を凝視しながら、頼賢は再度公卿たちの間をすり抜けた。御簾をはね上げて母屋に入ると、それぞれの加持壇に座した僧の表袴の裾を整える。塗香器《ずこうき》や洒水器《しゃすいき》の蓋を取りながら、壁際に近づいた。

その密《ひそ》やかな挙措にまず朝児が顔を上げ、ついでそれに誘われたように右近が目だけで四囲をうかがった。頼賢を見るや、瞼の厚い双眸が大きく開かれ、血の気の乏しい唇からひっと上ずった声が漏れた。

恐怖すら孕んだ右近の表情に、頼賢はその場に立ちすくんだ。自分の姿を目にすれば、驚くだろうとは分かっていた。しかしなぜこの女は、頼賢の姿にこれほど驚愕を露わにするのだ。

傍らの朝児にも、右近の驚きぶりは意外だったのだろう。「どうなさいましたか」と言いざま、その肘に手をかけたとき、帝の渡御を告げる警蹕の声が辺りに響いた。四人の蔵人に前後を守られた人影が、母屋のもっとも奥に据えられた御帳台によろめくように上がる。御帳台のぐるりに据えられた几帳が揺れ、獅子形の鎮子《ちんし》（御帳台の置石）がごとりと音を立てた。

通常、帝の出御の場には、畳に茵《しとね》を重ねた昼御座《ひのおまし》と呼ばれる御座が敷かれるのが慣例である。それにもかかわらず、三方に几帳を立て、内側の様子を人目から隔てる御帳台が用いられるのは、今日の帝の体調がよほどすぐれぬためだ。恐らく蔵人たちの介添えがなければ歩けぬほどに目は暗く、耳もほとんど聞こえぬのだろう。それでも加持に臨席し、病を癒そうとする必死さは、哀れを通し越して痛々しくすらある。

慶円と六人の僧がうなずき合い、ざっと音を立てて数珠を揉みしだく。薬師如来の功徳を説く『薬師瑠璃光如来本願功徳経《るりこうにょらいほんがん》』を口々に誦しながら、護摩壇に火を入れた。

あっという間に天井を焦がさんばかりに燃え上がった護摩の炎が、僧たちの影を大きく壁に伸び上がらせる。耳を聾するばかりの読経と数珠の音に背を押され、頼賢は右近の傍らに尻を下ろした。

「久しぶりだな、右近。覚えているかい。原子さまに養われていた、荻君《おぎぎみ》だ。いまは頼賢とも御坊ノ君とも呼ばれているけどさ」

応えはない。だが加持の音が頼賢の声をかき消したわけではない証拠に、その横顔は臘《ろう》を塗りこめた如く強張り、額には脂汗が浮いている。

頼賢は小さく唇を嚙みしめた。ぶるっと頭を振るって居住まいを正し、「椿が嫌いになったんだってな」と続けた。

「原子さまがお好きだった椿を嫌うなんて、どうしちまったんだよ。おめえがそれじゃ、原子さまはご自分が忘れ去られたように思われ、泉下で悲しまれるかもしれねえぜ」

頼賢の言葉を封じるかのように、右近はいきなりその場に跳ね立った。そのあまりの勢いに、右近の肘を掴んでいた朝児がつんのめり、床に両手を突いた。

「おお、寄坐が——」

「何者かが憑いたに相違ない。物の怪か、それとも怨霊か」

御簾の向こうで固唾《かたず》を飲んでいた公卿たちがざわめく。壇上の僧侶たちもまた、誦経を続けながらこちらを顧みた。御帳台の几帳までもが小さく揺れたのが、頼賢の視界の端にひっかかった。

右近は追い詰められた獣に似た目で、ぐるりを見回した。ついで、不意にその場に膝をつくや、呻き声を上げて両手で頭を抱えた。激しく首を横に振るのに合わせ、長い髪がざんばらに乱れ、蛇の如くのたうった。

母屋に響き渡る朗々たる読経と数珠の音のために、人々の目にそれは、右近に物の怪が憑いたと映っただろう。だが慶円の弟子として、多くの加持に列席してきた頼賢は知っている。寄坐が物狂いになるのは、祈禱が始まってから一刻か二刻——場合によっては半日も経ち、誰もが疲労困憊した頃というのが大半だ。

こいつ、と頼賢は唇を嚙んだ。右近の挙動は嘘だ。この女は物の怪に乗り移られたふりで、自分の言葉を拒んだだけだ。

僧侶の一人が壇から降り、床をけたたましく踏み鳴らして、右近に駆け寄った。裂帛《れっぱく》の気合とともに、手にした数珠でその背を強く打つ。一層高まる右近の呻きに唇を嚙みしめ、なぜだ、と頼賢は呟いた。

右近が潔白とすれば、そもそも自分を避ける必要はない。ましてや物の怪憑きを装ってまで、追及を拒みもすまい。

やはり、朝児は正しかったのか。詳しい手段はまだ分からねど、右近は原子の死に関わっているのか。

出来るものなら、今すぐ右近の襟髪を掴み、その胸の裡を全て白状させてやりたい。

ただ一方で、そのために今、もはや神仏にすがるしかない帝の加持を邪魔してよいものかとの逡巡が、頼賢の足をその場に縫い留めた。

「ええい、おぬしは何者じゃ。帝に祟りを成す物の怪かッ」

右近を続けざまに数珠で打ちながら、僧侶が太い声で問いただす。右近は大げさな仕草で首をうなずかせ、身体を激しく前後に揺さぶった。

「名を名乗れッ。名乗らぬかッ」

繰り返される怒号を後押しするかのように、残る六人の読経が更に高まる。護摩壇の炎が、ごおっと音を立てて燃え上がった。

頼賢はこれまでに、慶円の加持祈禱の場に嫌というほど立ち会った。物狂いとなって暴れた寄坐を取り押さえようとして、怪我を負ったことことて一度や二度ではない。

ただ加持の席で寄坐が病の原因として口走る生霊・怨霊の名は、往々にして病人が「なるほど」と納得する身近な人物。結局のところ、寄坐は病人の周辺の諍いや悶着の気配を敏感に察し、誰もが納得する者を名指して、人々を納得させているに過ぎない。寄坐を叡山から連れて行った場合は物狂いになることが少なく、病者の身辺から寄坐を選ぶとはっきり個人が名指しされる例が増えるのが、何よりの証拠。いわば祈禱とは、病の理由を無理やり見つけるための手立てなのだ。

「我は——我は護念院律師《ごねんいんりつし》の霊魂なり——」

押し殺した声が右近の口から漏れ、御簾の向こうの公卿たちがおおっとどよめく。頼賢は傍らの朝児を振り返った。

「誰だい、護念院律師ってのは」

「確か、村上帝の御宇《ぎょう》に律師でいらした叡山の御坊かと。お名を賀静《がしょう》と仰り、天台座主の位を望みながら果たせず、憤死なさったお方と聞いております」

朝児が不思議なほどに素速く応じる。頼賢は朝児の隣に腰を下ろしながら、「なんでまた右近は、そんな古い怨霊を引っ張り出して来たんだか」と呟いた。

「賀静さまに代わって天台座主となられた元三大師《がんざんだいし》（良源《りょうげん》）さまは、坊城大臣《ぼうじょう》（藤原師輔《もろすけ》）さまの帰依《きえ》が厚かったお人です。かの大臣は帝の曾祖父に当たられますから、なるほど祟りを成すと言い立てれば納得できぬでもありません。頼賢どのの追及を逃れようとしての嘘としても、とっさによく思い付かれたものです」

「ちぇっ、意外とずるがしこいと来たもんだ。それにしても朝児さま、なんでそんな昔の話に詳しいんだい」

「え、ええ。少し調べる必要があって」

この日の加持は夕刻まで続いたが、結局、右近は賀静以外の名を漏らさなかった。僧侶たちは蔵人と相談の上、右近を翌朝まで塗籠に押し込め、明日も再度、寄坐として用い、怨霊に対して更なる詮議を行うと話がまとまった。

蔵人たちに両腕を摑まれて連れて行かれる右近を見送りながら、うまく考えたものだ、と頼賢は舌打ちをした。

七壇ノ御修法は結願《けちがん》まで十日を要する。衆僧もその間は自坊に戻らず、枇杷殿内に起き臥しせねばならない。つまり御修法が行われる間、右近は賀静に憑依《ひょうい》されているふりさえし続ければ厳重な警固の元に置かれ、頼賢如きには近づくことが叶わない。ただそんな芝居を打ってまで頼賢の追及を免れんとは、右近は何を隠しているのか。

苦々しい思いで法会の席から退く右近たちを見送っていると、慶円がちらりとこちらを振り返り、小さく頼賢を手招いた。

目顔で庭の方角を指すのにうなずいて母屋を飛び出せば、渡殿の中ほどに慶円がたたずみ、折から差し入る西日に目を細めている。その横顔ににじんだ疲労に胸を突かれながら、「ご苦労様でございます」と頼賢は渡殿の下に膝をついた。

「あの女房どのの物狂いは、偽りじゃな」

「お分かりになられましたか」

「わしを誰と思っておる。これまでに何百人もの寄坐を見てきたのじゃぞ」

ただ、と続けながら、慶円は胸元に散った煤を指先で払った。

「あの右近とか申す女房と帝には、何か関わりがおありなのじゃろうか。実はわしが中宮さまにお仕えする右近とやらを寄坐にと申し上げると、帝はあの右近かとわずかにためらうご様子を示されてな」

逡巡を見せた帝に、慶円は「別の女房どのにした方がよろしいでしょうか」と問うた。すると帝はしばしの無言の後、「いいや。構わぬ。右近に命じよ」と言い放ち、話はそれきりになってしまったという。

「かつて添い臥しを命じた夜がおありとかいう程度の話かもしれぬがな。念のため、おぬしには聞かせておくぞ」

翌朝、加持が再開されると、右近は早々に母屋の真ん中に歩み出て、狂おし気に床に突っ伏した。だがその日もまた次の日も、苦し気な呻きを上げるだけで一日は過ぎ、事態がようやく進展したのは、六日目の午後。僧侶の一人が例によって、数珠で右近を打ち据えていると、「帝の御目が優れぬのは、わしがその御前に座し、巨大な翼で以てそのお顔をふさいでいるのじゃ」と切れ切れに右近が語り始めたのである。

「とはいえ帝の御運はまだ尽きておられぬ。わしの追善供養を行い、法位を贈位くだされば、たちどころにわしは退散しようぞ」

死後、怨霊となって太政大臣位を贈られた菅原道真を始め、故人の霊をなだめるために官位・法位の贈る例は、枚挙にいとまがない。それだけに帝はさっそく太政官に諮って賀静への贈位の支度を始めさせたが、自分に祟りを成す者が明らかになったとの事実が、わずかなりとも気持ちを晴れさせたのだろう。

翌日から、帝の病状は少しずつ軽快し、二日も経った頃には常人と変わらぬ視界を取り戻した。御帳台が取り払われ、御修法の座にも昼御座を用いて列席する姿に、僧侶たちもまた加持の験があったと心弾ませたらしい。七壇ノ御修法終了後には、引き続き眼病平癒の秘法加持が行われることが定められ、右近がそのまま寄坐として用いられると決まった。

「あの女郎《めろう》め。何が何でも俺を近づけまいとしていやがる」

「賀静の名が分かった以上、もはや寄坐は要るまいとわしも申したのじゃがな。他の僧侶どもが念のためと言い立てて、右近を引き留めよった」

慶円は高齢ということもあり、五月十一日から開始される秘法加持には加わらぬと決まっている。しかしながらいざ七壇ノ御修法が終わり、慶円が叡山に戻ると、帝の眼はまたしても悪化し、それに併せて心身の不調を訴える折も増えてきた。

枇杷殿に留まっていた僧たちは、あわてて等身の不動明王図像を絵所に描かせ、不動調伏法を修し始めた。しかし帝の体調は坂を転がり落ちるかの如く悪化し、遂には昼と言わず夜と言わず、幻影を見るほどとなった。

知らせを受けた慶円が叡山から取って返して祈禱すると、わずかに病状は改善するが、ほんの二、三日でまたしても目は暗くなる。その間、右近はひっきりなしに寄坐として働き続けており、朝な夕な間近にその姿を眺めながらも、頼賢が話しかける暇はなかなか訪れなかった。

ようやく機会がやってきたのは、五月も終わりに近づいた二十二日。二日前から降り続く雨が激しさを増し、強い風がしきりに吹き荒れる昼であった。

朝からの強風のせいで、枇杷殿の庭木は至るところで折れ、閉め切った蔀戸までがばたばたと激しく騒いでいる。吹き入る隙間風が護摩壇の火を荒れ狂わせ、四方に巡らされた壇線が柱ごと倒れる騒ぎに、壇所は急遽、別の対に移されると決まった。そこで伺候していた頼賢に、僧侶や寄坐の案内が命じられたのである。

とはいえ現在、加持に当たっている僧はみな、長年内裏に出入りしている高僧揃い。枇杷殿の間取りを知る者も多く、頼賢が懇切丁寧に先導する必要などない。

「新たな壇所は、西ノ対でございます。さあ、皆さま。あちらの渡殿からお移りを」

大声で喚いて渡殿を指すと、頼賢は母屋の中央に座り込んでいた右近に駆け寄った。かれこれひと月近く、寄坐の勤めを続けているとあって、白かった袿はあちこち煤に汚れ、目の下には隈が浮かんでいる。

肘を摑んだ頼賢に、右近は鋭い眼差しを向けた。腕を振り払って立ち上がるその目の前に、頼賢は無言で立ちふさがった。

すでに衆僧はぞろぞろと渡殿に向かい、母屋では蔵人が二人、雑色《ぞうしき》に命じて昼御座を運び出させている。

頼賢が右近を先導しようとしていると見えたのか、蔵人たちが忙しく渡殿へと出て行く。それを見送ってから、「俺が何を言いたいのか、分かっているんだろう」と頼賢は低く声を落とした。

「おめえ、原子さまに何かしたのか。とはいえそれは、おめえ一人の考えでの所業じゃねえだろ。

誰がおめえを操《あやつ》っている」

「突然、何を言うかと思えば。原子さまに害成した者がいるとすれば、それは皇后娍子さまでいらっしゃいましょう」

こちらの眼を見ぬまま言い放ち、右近は頼賢を押しのけようとした。その腕を再度摑み、「ふざけるな」と頼賢は目を吊り上げた。

「娍子と原子さまが親しかったことは、すでに分かっているんだ。だいたいそれはおめえが一番よく知っているんじゃねえのか」

右近の頰が、目に見えて強張る。黒眸の小さな目がほんの一瞬左右に泳ぐのに合わせ、頼賢の胸にかっと熱いものが燃え上がった。

「なあ、どういうことなんだ。おめえは本当に原子さまに背く真似をしたのか」

「――そなたさえ」

微かな呟きに、え、と問い返す暇もあればこそ、右近は突如、険しく頼賢を睨み上げた。その双眸には、燃えるが如き輝きが宿っている。摑まれていた腕をひねるようにして頼賢の襟もとを握り、「そなたさえいなければ」と不意に奥歯をぎりぎりと食いしばった。

「原子さまが死なねばならなかったとすれば、それはすべて荻君、そなたのせいです。この世に生まれ落ちてはならぬ不義の子の咎を、原子さまはすべてお一人で引き受けてしまわれたのです」

「なんだと」

意外な言葉に、頼賢の手から一瞬、力が抜ける。右近はその胸元を両手で突くや、長い髪をひらめかせて身を翻した。床をけたたましく鳴らして、衆僧が去った渡殿へと駆け出した。

「ま、待てッ」

我に返ってその後を追う耳の底に、不義の子との言葉がこだましていた。

自分が生まれて来てはならぬ子だったのは、承知している。とはいえその生まれながらの咎がすべての元凶とすれば、何故自分はいまだに命永らえ、あの美しく優しかった原子が死なねばならぬのだ。

一歩、渡殿に出れば、雨混じりの風は横殴りに頬を叩き、床のそこここに吹き込んだ水が溜まっている。逆巻く風が右近の長い髪を巻き上げ、その様はまるで鎌首をもたげる蛇そっくりだ。頼賢の怒声に振り返った雑色たちが、昼御座を担いだまま、呆然と口を開ける。右近はそれを突き飛ばすようにして駆け、西ノ対に飛び込んだ。

蔀戸の閉め切られた西ノ対にはすでに護摩壇が据えられ、途中となった祈禱を再開すべく、衆僧が支度を始めている。その奥に几帳が立てられ、蔵人が左右を固めているのは、帝が臨席しているためと見える。

少なくとも右近は先ほど、己の関与を否定しなかった。事ここに至っては、加持の最中だろうが帝がおろうが、もはや知ったことか。あの日、いったい何が起きたのかを、今度こそあの女に問い糺してやる。

頼賢は声にならぬ怒号を上げながら、右近の腕を背後から摑んだ。そのままの勢いで、もがく身体を引き倒す。すると右近は押さえつけようとする腕に嚙みつき、ひるんだ頼賢の腹を裾を乱して蹴飛ばした。

思いがけぬ反撃に倒れた頼賢に、僧侶たちが悲鳴を上げて後じさる。蔵人が帝を守らんと、几帳の前に走り出た。

「こいつッ」

怒声とともに再び右近に組み付こうとして、頼賢は目を見開いた。青ざめ、目を吊り上げた右近の頰には、なぜか光るものが伝っている。あまりに場違いなその涙にたじろいだ頼賢に、右近は奇声とともに殴りかかった。

後じさる足がもつれ、頼賢は床に尻餅をついた。すると右近はその頭と言わず肩と言わず拳で打ちながら、「そなたさえいなければッ」と再度ひび割れた声で喚いた。

「この疫病神が。そなたが——そなたが原子さまを殺したのも同然ではないですかッ。そなたなぞ、麗景殿女御（綏子）さまの腹の中で、そのまま水になってしまえばよかったのですッ」

「やめよ、右近ッ」

甲高い男の声が突如、右近の絶叫を遮った。両手で頭をかばいながら四囲を見回した頼賢の眼に、生絹の几帳がばたりと倒れるのが映った。禁色の束帯をまとった帝がふらふらと立ち上がり、几帳の土居《どい》（台）に足を取られて、その場に仰向けに倒れ伏した。

駆け寄った蔵人の手を振りほどいて再びよろめき立つや、帝は覚束《おぼつか》ない足で頼賢たちに歩み寄った。その目は白濁し、虚《うつ》ろに宙をさまよっている。呆気に取られ、「主上《おかみ》——」と呟いた頼賢の声を頼りにするかのように床に膝を突き、震える手で辺りを探った。

筋の目立つその手が、頼賢の肩に当たる。糊の利いた半尻から、帝はそれが誰であるか、すぐに気づいたはずだ。だが突き放すかと思われたその腕は、かえって強く頼賢の肩に回され、「やめよ、右近」との制止が、再度、帝の唇から洩れた。

「ですが、主上。お分かりでいらっしゃるのですか。その者は、あの麗景殿女御さまが産み落とされた不義の子なのですよ」

右近が目を見開いて、言い募る。その唇の端には、小さな泡がこびりついていた。

「何もかも、こ奴が悪いのではないですか。この者さえいなければ、何もかも――」

「それは違うぞ、右近。悪いのは朕《わたし》だ。綏子の過ちを許せなかった朕の心の狭さが、原子を死なせてしもうたのだ」

帝の唇は、こみ上げるものを飲み下そうとするかのようにわなないている。右近は膝立ちのまま、がくりとその場に両手を突いた。拳で床を一つ打ち、「そんな」と声を震わせた。

「帝がかように仰せられては、わたくしはどうすればいいのです。わたくしはただ、原子さまをお支えしたかった。それだけをひたすら願っておりましたのにッ」

「そなたの忠義はよく分かっておる。されど結局は朕とそなたの心根が、原子を死なせてしもうた。こ奴がここまでたどり着いた以上、もはやその事実を繕い続けるべきではなかろう」

蔵人が帝を立ち上がらせ、無理やり頼賢から引き剝がそうとする。すると帝はまるでわが子を奪われんとするかの如く、頼賢の肩に巡らせた腕に更に力を込めた。

風がますます強くなったのだろう。対ノ屋がどうと音を立てて揺れ、黒い埃がぱらぱらと梁《はり》から降って来る。抱きすくめられた腕を振り払いも出来ず、頼賢は帝の肩を汚す埃をただただ見つめ続けた。

帝がどうしても頼賢を放さなかったためだろう。結局、頼賢は帝ともども別室へと連れて行かれ、加持はそのまま中断された。

「あの、主上。御手をお放しいただけぬでしょうか」

本心ではどういうことだと問いただしたいが、病身の帝を詰問する図太さはさすがにない。その代わりとばかり頼賢がおずおず請願すると、帝は見えぬ目を宙にさまよわせ、「もはや右近はおらぬのか」とかすれ声で問うた。

「はい。おりませぬ。蔵人がたが、いずこかへと押し込められた様子です」

加持の場を乱した不埒を罰したくとも、その理由に帝が関わっていたらしいとあっては、あからさまな詮議は行えぬと見える。右近を連れて行った蔵人たちは、いずれもいったい何が起きているのか分からぬと言いたげな顔をしていた。

そうでなくとも蔵人衆は、頼賢の出自を承知している。それだけに帝が頼賢を助けた事実をどう理解すればいいのか分からぬ模様で、二人だけを残し、首をひねりながら隣の間へ退いていった。

そうか、と呟き、帝はようやく頼賢の身体に回していた腕を解いた。しばらくの間、すべての力を使い果たしたかの如く、細い顎を胸元に埋めて項垂れていた。やがて、「淑景舎女御にはすまぬことをした」と、口早に言って、薄い肩をすぼませた。

「童殿上をしたおぬしに初めて会ったその時から、いつかこのことを打ち明ける日が来るやもとは思うておった。しかしよもや朕ではなく、右近を通して真実に近づいて参るとは思いもよらなんだ」

「それはもしや……主上が右近を用い、原子さまを殺めさせたというわけですか」

尋ねる声が詰まったのは、まだ東宮だった帝をひたむきに慕い、そのお渡りの折は嬉しそうに頰を染めていた原子の姿が思い出されたからだ。

帝は逡巡するように、見えぬ目を堅く閉ざした。肩が上下するほど大きな息を吐いてから、小さく首を横に振った。

「唐渡りの鴆毒《ちんどく》を右近に渡したのは、確かに朕だ。されどそれは、原子を殺めるためではなかった」

「では誰に害をなすおつもりだったのです」

険しい口調になった頼賢を見ようとするかのように、帝は目を見開いた。

白濁し、白目と黒目の境が不明瞭となった眸《ひとみ》は、そこだけが死んだ魚の眼を押し入れたかの如く生気が乏しい。おぬしだ、との苦し気な声が、頼賢の耳をしんと打った。

「朕はおぬしを殺めんと思うた。女御に密通を働かれた上、のうのうと子まで産まれた怒りがどうにも拭い難くてな。ただただ、幼いおぬしが目障りでならなんだ」

伸び始めたばかりの項《うなじ》の毛が、ざっと逆立つ。呻きすら上げることが叶わぬのは、自分の身に及んでいた害意におののいたためではない。目の前の男の憎悪が、我が身ではなく、原子を死なせた事実が恐ろしくてならなかった。

そもそも、と続けながら、帝は再度目を閉じた。濁った眼が瞼の下に隠れたせいか、その面上に不思議な生気がゆるゆるとにじんだ。

「すべての発端は、側仕えどもが案じるほどに、原子の気立てがよかったことだ。おぬしはすでに存じていよう。普通の女子であれば、夫の寵愛を争って妃同士鎬《しのぎ》を削るというに、原子はこともあろうに同じ女御である娍子とすら親しくなりよった」

「それの……それのどこが悪いんだい」

「確かに並みの者なら、その心根は褒められてしかるべきだな。されど、ここは宮城だ。周囲の平穏や自らを守るためにも、原子は己とその一家のみを大切に思うべきであった」

原子が頼賢を引き取ると決めたとき、原子に仕える女房衆は女主が帝の不興を買わぬかと不安を抱いた。他の局の女たちは、帝がその心根の優しさに感じ入り、いっそう原子を寵愛するのではと案じた。結局、帝はすべてに知らぬ顔を決め込み、原子への寵愛は増しも薄れもしなかった。だがその後も原子付きの女房は事あるごとに、「あの子さえいなければ」「そうです。もっと帝の淑景舎へのお渡りは繁《しげ》くなりましょうに」と囁き交わしていたという。

「それからしばらくは、何も起きなんだ。されどおぬしが来てから、二、三年のちになろうか。原子は女房どもの目を盗んで、娍子と親しくなりおったな。たった一人、その事実を知った右近は、激しく不安を抱いたのだ。そうでなくとも当時、原子の生家である中関白家は没落しており、いまだ子を産まぬ原子の後ろ盾は乏しかった。そんな中で娍子と昵懇になれば、原子は新たな朋友に遠慮し、帝の寵愛を争うまいとし始めるやも、とな」

「だから、俺さえいなければ、と――」

「ああ、おぬしが淑景舎から消えれば、朕は更に原子を愛すはず。主のためには自らが鬼となろうと、右近は思い定めたのだ」

とはいえ池に突き落としたり、顔を衾で覆って息の根を止めるには、後宮は人目が多い。そこで右近は官人の診療に当たる典薬寮を訪ね、毒を手に入れられぬかとそれとなく問うた。しかし不審を抱いた典薬頭に通報され、遂には内々に検非違使から糾問される事態となった。

「検非違使別当は当初、右近が原子を殺めんとしていると考えたらしい。されど朕はそんな別当からの知らせに、いささか不審を抱いてな。直に問いただすべく、あの者を庭に引き出させたのだ」

頼賢は天井を仰いだ。そこから先は聞かずとも分かる。頼賢を邪魔と考える点において、帝と右近の思いは一致していたのだ。

「毒はおぬしの膳に入れる、と右近は申した。子どもが急に亡くなることは珍しくない。原子もしばらくは悲しもうが、それでもおぬしさえ消えてくれれば、すべては平穏に収まるはずだったのだ」

当時、頼賢の食事の介添えは女房が行い、原子が手を出すことは稀であった。しかしごくたまに、頼賢が膳のものを残すと、「これでは膳司《かしわでのつかさ》（後宮の食事作りを司る役所）が哀しみましょう」と言って、原子が代わりに箸をつけた。

あの日の膳が何だったのかは、記憶にない。また自分が膳を残したのかどうかも、その後の原子の死の衝撃でうろ覚えだ。いずれにしても口と言わず鼻と言わず鮮血を吹き出させて息絶えるべきは、本来、自分だった。

俺が、との呟きが唇を突く。思わず帝に摑みかかりそうになる両手を拳に変え、頼賢は強く床を打った。

自分が生まれてきてはならぬ子であることぐらい、分かっていた。しかし自らの存在が育ての親の命すら奪ったとすれば、この身は長幼《ちょうよう》の序すら弁《わきま》えぬ獣同然ではないか。

「――俺が原子さまを死なせたってわけか」

「それは違うぞ。心得違いをするな」

帝は病人とは思えぬ力で、頼賢の直衣の裾を握った。「確かに朕はおぬしを憎んだ」と一言一言区切るように続けた。

「されどあの日、亡骸《なきがら》となった原子と御簾越しに対面し、朕は己の悪心の醜さを突きつけられた思いがした。悪いのはおぬしではなく、寛容な心を持てなんだ朕だ。おぬしをかような境涯に追いやったおぬしの父母だ。おぬしは何も悪うはない。それを原子は身をもって、朕に示してくれたのだ」

「けどよ」

「うるさいッ。つべこべぬかすなッ」

見えぬ目を見開いて、帝は頼賢を一喝した。息を吞んだ頼賢の衣を静かに放し、「悪いのは朕だ」と繰り返した。

「この目の病は、その報いに決まっておる。左大臣は天が朕を見放したもうたなぞとぬかしよったがな。我が身がどれほどの悪事を働いたかは、誰に言われずとも己がよう分かっておるよ」

ああ、と頼賢は言葉にならぬ呻きを漏らした。目の前の男がなぜ眼病に苦しめられながらも帝位を放そうとしないのか、ようやくわかった。

帝にとって自らの病は、逃げてはならぬ責め苦なのだ。帝位を降り、遁世でも果たして御仏にすがれば、その御悩は多少軽くなるかもしれない。しかし頼賢を憎み、その結果として原子を死なせたからこそ、帝は己の病と戦うことで、せめてその報いを一身に受けんとしているのだ。

原子の敵に巡り合ったなら、あらゆる罵詈を浴びせつけ、半死半生の目に遭わせるつもりだった。しかし頼賢が手を下すまでもなく、この男はこの男なりのやり方で原子の死を受け止めている。それはもしかしたら、頼賢が考えていた以上に厳しい責め苦ではあるまいか。

(わが背の君が帝位に就かれたら、どんな凜々しい帝となられるかしらねえ)

鈴を打ち振るに似た涼しい声が、不意に耳の底に蘇る。どうして今まで忘れていたのだろう。背後から回された手の白さ、柔らかな膝の温もりの記憶に、胸の奥が締め付けられるように痛んだ。

(きっと素晴らしいお姿に違いないわよね。ああ、その日が楽しみだこと)

原子の姿かたちは、もはや忘れた。たった今、思い出した声とて、もう一度と目をしばたたく端から、十余年の歳月の彼方へと吹き散らされる。はっきりしているのは自分は間違いなく原子に慈しまれたこと、そして原子がそれと共に、目の前の帝を慕っていた事実だけだ。

「原子さまは……主上が立派な帝におなりになることを望んでいらっしゃったんだ」

存じておるよ、と首肯する帝の唇の端は震え、目尻に光るものがきらめいている。それを拭いもせず、帝は虚空を見据えた。

「朕の即位が楽しみだと、原子はいつも無邪気に笑っていた。おぬしもそれを聞かされていたか」

ああ、と頼賢はうなずいた。自分とこの帝は、確かに同じ時、同じ女性と時を過ごしたのだと思った。

「原子のことは、何一つ忘れておらぬ。椿が好きだったことも、宮城で生きるにはあまりに優し過ぎた心根もすべて、すべてな。だからこそ、朕は帝であり続けねばならぬのだ」

帝の見えぬその目の裏にはきっと今も、原子の面影がありありと浮かんでいるのだろう。この濁世《じょくせ》の様々をもはや目にせずともよい帝を、ほんの束の間、頼賢はうらやんだ。

雨風は激しさを増す一方と見え、堂宇は今なおしきりに揺れ続けている。吹き入る隙間風を追うかのように頭を巡らし、「それにしてもひどい嵐じゃな」と帝は呟いた。

「こういう日は火事が恐ろしい。内裏の作事場《さくじば》は構えて火の気を慎んでおろうな」

昨夏始まった新内裏造営は、本来ならば今年三月には造畢の予定であった。しかしすでに期限から二か月を過ぎたというのに、後宮の七殿五舎はもちろん、帝のおわす清涼殿・紫宸殿すら完成していない。

枇杷殿は道長の私邸だけに、帝からすれば居心地が悪いのは当然である。とはいえ雨風の強さを知り作事場に思いを致すとは、万乗《ばんじょう》の位におわす者にしてはいささか細やかに過ぎる。怪訝な思いで、「恐らくは」と応じた頼賢に、帝は考え込む顔になった。

「いかがなさいましたか」

「いや。朕があ奴であれば、こんな日を狙って作事場に火を放たせようと思うてな」

それが誰を指しているのかは、もはや考えるまでもない。そういえば菅原宣義はいつぞや、昨年の内裏炎上は道長が火事師を雇っての付け火だと語っていた。確かに、と答えながら、頼賢は居住まいを正した。

「仰せの通りでございます。すぐに内裏の様子を見に行かせましょう」

「うむ。そうしてくれ。本心を言えば、いかに左大臣が悪辣《あくらつ》でも、そうまでするまいとは思うておるのだ。ただ道長が何も命じずとも、世の中にはあ奴の歓心を買おうと勇み立つ輩が幾人もおるからな」

実父である源頼定の顔が、頼賢の胸をよぎる。軽く頭を振って無理やりそれを追い払い、頼賢は妻戸を押し開けた。その途端、雨混じりの暴風がごうっと屋内に渦巻き、直衣の袖がばたばたとはためく。先ほどよりも更に風が強くなったようだと考えながら正殿に急ぐと、「いかがした」と言いながら四十がらみの蔵人が顔を出した。

「作事場の様子を見に行かせよと、主上が仰せでございます。こういった日は、火でも出ると恐ろしいと」

「それは確かにごもっともだが、なにせこの風だからなあ。使部を走らせても、無事に宮城までたどり着けるかどうか。まあ、とりあえず人を出すだけ出しはするが」

蔵人が烏帽子を押さえながら見やった庭では、数本の木々が根本から倒れ、頼賢の腕ほどもある大枝が、階に白い折れ口を見せて引っかかっている。幸い、枇杷殿の堂宇には被害が出ていない様子だが、この分ではみな、明日は邸内の片付けに奔走せねばなるまい。

「先ほどほうほうの体で東寺から戻って来た者が申していたが、この暴風で東京極大路では菅原家の母屋が倒壊したそうだ。かねて陋屋《ろうおく》同然と陰口を叩かれていた屋敷とはいえ、仮にも文章博士の家が倒れるとは前代未聞だな」

「それはまことでございますか」

問い返す声が上ずったのは、誰かが歩むだけで床が揺れる屋敷の古さを承知していればこそだ。詰め寄る頼賢に怪訝な面持ちになりながら、おおと蔵人は頤《おとがい》を引いた。

「文章博士さまは、それで」

「近隣の家々の者が総がかりで、倒れた家の下から引っ張り出したそうだ。ただ使部が見た限りではぐったりなさっておいでで、生死のほどは分からぬとか――」

蔵人の言葉を皆まで聞かず、頼賢は階を駆け下りた。遣水をせき止めるように倒れた欅《けやき》の大木の下を潜り抜け、そのままの勢いで南門を飛び出した。

低い雲が垂れ込めた大路には犬の仔一匹おらず、往来に面した家々の木戸はそろって固く閉ざされている。暴風が横面をはたく勢いで吹き荒れ、葉を茂らせた枝や木切れがけたたましい音とともに目の前を飛んで行く。

これが狩衣や半尻であれば袖括りの緒をたくし上げられるが、残念ながら童直衣にはそれがない。けたたましくはためく袖に歯がみしながら、頼賢は築地塀や大木の陰を選んで道を急いだ。

菅原家同様、暴風にやられたのだろう。あるいは門が横倒しに倒れ、あるいは雑舎の屋根が吹っ飛んだ家々に、胸底がざわめく。往来に点々と散る黒いものは、そこここの屋敷から飛んできた瓦らしい。跳ね上げた泥が指貫を汚すのを気に病む暇なぞない。畜生ッと荒れ狂う風に向かって叫びながら東京極大路を南に向かううち、不意に視界がぽっかりと開けた。

大路の左右にそびえるばかりに建ち並んでいた屋敷の一角が欠け、代わって灰色の空が大きく広がっている。それが菅原家の方角だと気づいて更に足を急がせるうち、まず目に飛び込んできたのは巨大な足で踏みつぶされたように傾いだ門であった。

完全に倒壊はしておらず、かろうじて人が通り抜けられるほどの隙間は空いている。ただ、なだれ落ちた瓦が築地塀の脇に小山を築き、雨と土の入り混じった臭いが辺りに満ちていた。

風に揉まれ、ゆらゆらと揺れる門を潜り抜ければ、堂舎が建っていたはずの敷地は一面瓦礫の山と変じている。その向こうに土作りの倉が二棟、こちらは荒れ狂う風にもびくともせぬ姿で佇立しているのが、かえって邸内の惨状を際立たせていた。

轟音に驚き、助けに駆けつけた人々だろう。全身濡れ鼠になった男たちが、「そっちはどうだッ」「もう誰もいないようだぞッ」と叫びかわしながら、ひしゃげた屋根や柱の下を覗き込んでいる。

「の、宣義さまッ。どうかお気を確かにッ」

聞き覚えのある声に頭を巡らせば、庭の隅に延べられた筵の上に宣義が横たえられ、あの老僕がかたわらで泣き伏している。頼賢の背中にざっと粟粒が立った。

「う、嘘だろう。宣義ッ」

雲を踏む足取りで駆け寄った視界の隅に、宣義同様、筵に横たえられた二人の男の姿がひっかかる。この屋敷に他にも奉公人がいたのかと思いながら、頼賢は宣義の両肩をがばと引っ摑んだ。

「痛ッ。何をなさいます。乱暴ですねえ」

その途端、宣義がうっすらと目を開け、頼賢を仰ぐ。案外しっかりした口調に、頼賢はへなへなとその場に座り込んだ。

「い、生きていたのか」

「人を勝手に殺さないでください。ただあちらこちらをぶつけた上、どうやら脛の骨が折れているようです。頭もまだ痛みますから、横になったままで失礼しますよ。――まったく、お前が大げさに騒ぐから、勘違いされてしまったではないですか」

「ですが、宣義さま。わたくしがいながら御主をかような目に遭わせたとは。わたくしは北の方さまや狛君《こまぎみ》さまに、なんとお詫びを申し上げればよいのでしょう」

老僕が鬢《びん》の毛を掻きむしって、肩を震わせる。庭にでもいたために難を逃れたのか、こちらはどうやら擦り傷一つ負っていないようだ。――と、そこまで考え、頼賢は背後に横たわる男たちをがばと振り返った。

やはりおかしい。確か菅原家の従者は、この老僕一人を残して、全て北の方に従っているはず。

ならばここで昏倒している彼らは、何者なのだ。

男たちが身に着けているのは、共に小綺麗な水干。まだ気を取り戻していないと見え、ともに苦しげに顔を歪めて、唇からうなりを漏らしている。

そのどちらにも見覚えがあると気づき、頼賢は「こいつら」と呟いた。すると宣義は首だけを頼賢に向かって捻じ曲げ、「覚えておいでですか」となぜか嬉しげに問うた。

「ああ。こっちはいつぞや俺を迎えに来た、親父の従僕じゃないか。それにこちらは確か、西京極三条の歯抜きの媼《おうな》の息子だろ。名は友成《ともなり》とか今成《いまなり》とか。なんでこいつらがお前の屋敷にいたんだ」

「わたくしが招いたのですよ。頼賢どののお父君に是非にとお願いして、用事があると渋るところを無理やりね。ご存知だと思いますが、友成なるその男は火事師です。それもとびっきりの腕の」

頼賢はあっと声を上げた。そうだ。あれは初めて自分が帝に引き合わされた折、確かに道長は友成を自分の股肱《ここう》の火事師と語っていた。

「なにせ今日は朝から、この風でしょう。道長さまのご機嫌を取りたいお方が、火事師を雇い、内裏の作事場に火を放たせるのではないかと思ったのです。それで西京極三条に人をやってみれば、友成はすでに源頼定どののお召しを受けて留守。そこでしばし友成をお貸しいただけぬかと頼定どのにお願いして、どこぞに向かおうとしている道中に我が家に立ち寄らせた最中、ご覧の通りの有様となったわけです。本当はあれこれ口実を作って、二人をこの家に押し込めるつもりだったのです。しかし、思いがけぬ形で足止めが叶いました」

「それはつまり、あの糞親父が内裏に火を放たせようとしていたってことか」

「ええ。おそらくは帝の作事を挫き、道長さまを喜ばせようとなさってでしょう。もしかしたら先だっての内裏の火災にも、頼定どのは何らかの形で関与なさっているのかもしれません」

とはいえ一介の参議に過ぎぬ源頼定が、一人で内裏焼亡なぞという大事を企むわけがない。それもこれもすべては帝と対立する道長の歓心を買わんがための行為だろう、と付け加えた宣義に、頼賢は首肯した。

幾ら帝を疎ましく思っていても、道長は自らの手を汚すほど愚かな男ではない。あの諂上傲下《てんじょうごうか》の権化の如き頼定は、そんな道長の望むところを的確に汲み、自らの栄達につなげようとしたわけか。

ただ如何にそれを妨げんためとはいえ、火事師を自邸に招くなぞ、無謀にも程がある。万一、危害を加えられたらどうするつもりだったのだ、と呆れた頼賢に、「なあに、そこはぬかりはありませんでしたよ」と宣義は笑った。

「二人を我が家に立ち寄らせるに当たって、頼定どのにはわたくしが頼賢どのと旧知の仲とお伝えしました。頼定どのからすれば、道長さまに目をかけられているあなたは大切な秘蔵っ子。それゆえ、いくら功を焦ったとしても、頼賢どのの機嫌を損ねる真似はするはずがないと睨んでいたのです」

「ちぇっ、勝手に俺を利用しやがって」

舌打ちをした頼賢に含み笑い、宣義は額を軽く押さえながら起き直った。あわてて身体を支える老爺の腕を叩いて安心させながら、「さてさて、この二人はどうしましょう」と悪戯《いたずら》めいた口調で言った。

「縛り上げて、そのまま親父のところに送り返したらどうだい。何なら、俺が使いとして付いて行ってやるぜ。どだい気弱なあの野郎のことだ。それだけで自分の企みが露見したと震え上がり、しばらくは大それた真似は企まねえんじゃないか」

「なるほど。それは妙案ですね」

軽く手を打ってうなずいてから、宣義は頼賢を上目遣いで仰いだ。物言いたげな眼差しに首をひねった頼賢に、すり傷だらけの顔をにっこりとほころばせた。

「いえ。頼賢どのはお変わりになられましたね。かつてであれば悪しざまに頼定どのを罵り、こ奴らのことと賀茂川《かもがわ》に沈めちまえとぐらい仰ったでしょうに」

「——ああ、確かに。そうだったかもな」

言葉少なに応じ、頼賢は空を仰いだ。

嵐はどうやら峠を越えたと見え、いつしか風は和らぎ、横殴りだった雨も小雨に変じている。篠突くばかりの雨を降らせる雲も、晴れやかな日差しで地を温める日輪も、同じ空に宿るもの。同様にどれだけ激しい愛憎も、一人の人間の胸の中で並べれば、畢竟《ひっきょう》、その根は同じでしかない。

源頼定の怯懦《きょうだ》を——母たる綏子の自堕落を許すつもりにはなれない。しかし少なくとも自分は間違いなく原子に愛され、その原子は帝や右近たち多くの人々に激しく愛されていた。

誰かを強く憎むのは、自分自身を厭う行為の裏返しだ。ならばこれ以上誰かを憎悪し続けては、幼い自分にあれほどの慈愛を注いでくれた原子を裏切ってしまう。

己さえいなければ原子は今も命永らえていたのでは、との思いはいまだ消えはしない。さりながらだからこそ、己は真っ当に生き続けねばなるまい。それこそが原子の死の理由を知った自分に、新たに課せられた使命のはずだ。

遠い目になった頼賢に、宣義はああそうかと言いたげな顔をした。

「何か分かったのですね。淑景舎女御さまの件ですか」

「そのうち教えてやるよ。とりあえず、その怪我を治してからな」

西の雲が細く切れ、微かな日差しが隙間から覗く。晴れやかなその輝きがまるで自らの誓いを宣っているかに思われ、頼賢は目を細めた。

――澄んだ秋の日差しが、茜に色づき始めた東山の峰々を明るく照らし付けている。

夏の終わりから急に朝晩の冷えが厳しくなったせいだろう。山々の紅葉は例年にも増して鮮やかだ。

枇杷殿北ノ対の母屋で妍子の御衣筥《みそばこ》を整頓していた朝児は、重い螺鈿の蓋を手にしたまま、なだらかに続く山嶺を見晴るかした。その途端、かたわらで忙し気に袿を畳んでいた大鶴が、「もう、母さまったら。ちょっと目を離すとすぐに怠けるんだから」と頬を膨らませた。

「別に怠けているわけじゃないわ。ただほら、あんなに山が色づいて。主上や女御さまが枇杷殿に遷《うつ》られてから、もう二度目の秋になったのねえ」

朝児に促されて東山に目をやり、大鶴は「そうね」と応じた。季節の移ろいよりも、母屋いっぱいに広げられた調度や衣の整理をどうすべきかに考えが捕らわれていることが歴然と分かるそっけなさであった。

「秋が深まる前に内裏へのお戻りが決まったのは、何よりだわ。けど母さま、お願いだから手を動かしてくださいな。そうでなくとも右近どのが突然遁世なさったせいで、どうにも手が足りないんだから。この分じゃ、十日後の新造内裏へのご還御に本当に間に合うか、心もとなくてならないわ」

「はいはい。悪かったわよ」

首をすくめて大鶴の小言をやり過ごし、朝児は御衣筥に紐をかけた。

遅延していた内裏の作事に目処がついたのは、ふた月前。同輩である右近が突如、出家遁世を果した直後であった。

帝の御前で行われた眼疾平癒の加持の席で、物の怪に憑かれた右近が子童に殴りかかったとの噂は、その日のうちに枇杷殿じゅうの知るところとなった。帝が身を挺《てい》して童を庇ったとの続報に、ある者は主上の心根の優しさに打たれ、ある者は右近に取りついた物の怪の恐ろしさに震えあがったが、その日を境に、右近の姿はぱったりと枇杷殿から消えた。代わって人々の口に上ったのは、右近が比叡山の慶円を戒師《かいし》に出家を果したとの風評であった。

「淑景舎女御さまを殺めたのは、やはり」

右近が姿を消した数日後、こっそり北ノ対を訪れてきた頼賢に問うた朝児に、頼賢は応とも否とも取れる半端な首の振り方をした。

「確かに直接手を下したのは右近だったけどよ。けど、何者が殺めたのかといえば、あいつ一人とは決めつけがたいな」

どういうことですか、と問うた朝児に、頼賢はしばらくの間、無言だった。やがて考え込む目を宙に据えたまま、「本当の犯科人は、宮城って場所かもしれねえ」と自分に確かめるように呟いた。

「だから俺は、必ずしも右近を憎む気になれねえんだ。あいつも原子さまも――それに帝も、結局は華やかな宮城のせいで傷つき、必要のねえ恨みや不安を抱いちまったんだと思うぜ」

そう前置きしてから原子の死の真相を語る頼賢の横顔は、澄明な水面を思わせて静かであった。

「考えてみりゃあ俺みてえに、端っから出世とも世の栄華とも無縁でいられるってことは、幸せなのかもしれねえな。この間、道長さまが似たようなことを言ったときは、腹を立てもしたんだが」

「確かにそれは仰る通りでしょう。わたくしとてまだ若く、夫を持たぬ身であれば、大鶴や右近どののように、主を取り巻く事柄すべてに心騒がせたかもしれません」

「だからよ。童殿上の目的はこれで果たせちまったけど、もうしばらくは今のまま帝にお仕えしようかと思うんだ。原子さまが大事に思っていらしたお方が今後どうなさるのか、俺も心配でならねえからさ」

かつての頼賢であれば、原子を死に至らしめたとの一点のみに固執し、右近や帝を許しはしなかったはず。悟りにも近いその成長を頼もしくも寂しくも感じつつ、朝児は「わかりました」と応じた。

「それならわたくしももうしばし、妍子さまの元に留まりましょう。右近どのが欠けた分、人手も足りなくなってしまいましたからね」

帝の北ノ対へのお渡りは絶えたままとあって、実のところ、妍子付きの女房はみな暇を持て余している。しかし華やかさと恐ろしさがないまぜとなった宮城の姿を思い、頼賢の覚悟を目前にすれば、成り行きとはいえ妍子の元を離れもしがたかった。

衆僧渾身《しゅうそうこんしん》の祈禱によって一時は平癒に向かったかと思われた帝の病は、夏が終わる頃から再度悪化の一途をたどり始めた。帝自身も、もはや法力の及ぶところではないと腹をくくったのか、慶円を含めた僧を呼び召すことはぱたりと絶え、その代わりとばかり内裏造営への傾注を強めた。

その甲斐あって、秋風が涼しさを増し始めた八月末には主だった堂宇が完成し、内裏への遷御は翌月二十日と触れだされた。北ノ対の女房たちは、妍子も当然それに同行するのだと思い込み、早々に屋移りの支度に取りかかった。だが帝の動座の前日になって妍子のもとを訪れた道長が告げたのは、「中宮さまはもうしばし枇杷殿にお留まりいただくがよかろう」との思いがけぬ言葉であった。

「なぜでございます。皇后娍子さまはすでに内裏還幸への支度を終え、常寧殿の飾りつけまで始めておられるとか。東宮の敦成《あつひら》さまも、数日のうちに土御門第から内裏にお戻りと聞いております。それなのになぜわたくしだけが、内裏に帰れぬのです」

こめかみに青筋を立てて跳ね立った娘を、道長はわずかに唇をすぼめて仰いだ。

「まあまあ、落ち着きなされ、中宮さま。これはそなたさまのためを思うての計らいでございますぞ」

実の娘とはいえ、妍子は帝の妃。それだけに臣下に過ぎぬ道長が、妍子に慇懃《いんぎん》な態度を取るのは当然であったが、その口調には有無を言わせぬ押しつけがましさが漂っていた。

「中宮さまもご存知の通り、帝のお体はいまや満身創痍《まんしんそうい》……皇政は廃忘したに等しく、いつご退位となるか知れたものではありません」

「なんたる不遜を仰せられます」

吐き捨てる妍子に、道長は唇をにっと吊り上げた。

「しかたがありますまい。もはや事実でございますからな。ただ帝が政をお執りになれず、天道が失したとあれば、世は乱れ、いかなる災異が内裏を襲うやもしれませぬ。かようなことに巻き込まれぬためにも、もうしばし枇杷殿にて世の転変をご覧になられた方がよろしいかと」

その途端、妍子の顔がさっと強張った。父親とよく似た大きめの唇をわななかせ、「父君は内裏にて何か起きると仰りたいのですか」と声を震わせた。

「わたくしとて決して愚かではございません。帝の御身の回りで、なぜこうも火事が立て続けに起こるのか、それらの禍を人が何と称しているかは存じております」

「なにを仰せられます。取るに足らぬ噂が、お耳に入ったご様子ですな」

顔の前で軽く手を振り、道長はわざとらしく身をのけぞらせた。

「ただ、臣《やつがれ》は中宮さまの御心を案じているのです。枇杷殿へのご動座以来、帝は北ノ対には絶えて足踏みなさらなんだとか……そんな最中に内裏に戻られても、帝が中宮さまを顧みられるとは思い難い。知れ切った不幸のただなかに中宮さまをお戻しするのは、父として忍びないのですよ」

寵愛の薄さをあからさまに指摘され、妍子は悔し気に俯いた。しばらくの間、つややかな髪に横顔を隠して肩を震わせていたが、やがて「わかりました」とその場に乱暴に座り込んだ。

「そうまでお考えであれば、父君の仰せに従いましょう」

「ええ、ぜひそれがよろしいかと。有体に申せば、帝が中宮さまをお避けになるのは、譲位をお勧めする臣が疎ましいからこそ。ならば位を東宮さまに譲られ、院（上皇）とおなりあそばせば、必ずや中宮さまのお心の優しさに目を覚まされましょう。それまでの辛抱でございますよ」

帝が内裏に還御すれば、日々の朝政の場も枇杷殿から内裏へと移る。その支度に忙しいのか、道長はけたたましくまくし立てると、妍子の応えも待たずに席を立った。

その忙しい姿を妍子のかたわらから見送りながら、朝児は道長の言葉の真意を探らずにはいられなかった。

帝の病の篤さは、もはや万人の知るところ。時には歩むことすら覚束ないとあって、最近では太政官が除目《じもく》や叙位といった政を代行し、最終的な確認のみを帝に仰ぐ例も増えていると聞く。つまりもはや天下の政は道長が掌握していると言っても過言ではないが、さりとて帝自身が退位を口にしない限り、皇位はあくまで帝の上に在る。

孫である東宮・敦成の即位を願う道長からすれば、自らの野望を果す最後の一手が決まらぬ事実は、なんとももどかしくてならぬはず。あの道長にそこまで対抗し続ける帝の胆力に、朝児は感嘆とともに不安を覚えた。

両人の和解が望めぬ今、もはや決定的な出来事が起こらねば事態は変わらない。その日が迫っていることがありありと感じられ、鳩尾《みぞおち》が強く痛んだ。

帝の還御当日の朝は、抜けるような晴天となった。

しかし御動座とともにおびただしい荷物が搬出され、がらんと静まり返った枇杷殿で妍子付きの女房たちが不安げな顔を見合わせるいとまもあらばこそ、巨大な黒雲がむくむくと西空に湧き起こった。あっという間に、篠突く雨が北ノ対の庭に飛沫を立て始めた。

「これは大変、蔀戸を下ろしなさい」

大鶴の指示に、女房たちが蔀戸を支える軒金具を外す。昼とは思えぬ薄暗さに姫宮が怯えぬよう、急いで高灯台に灯を入れながら、朝児は内裏の方角に目をやった。

おそらく今ごろ内裏では、無事の落慶《らっけい》を祝う宴席が設けられ、公卿や殿上人にも禄が授けられているだろう。そんな矢先の大雨に、列席の人々はまさに冷や水をぶっかけられた思いで鼻白んでいるはずだ。

まるで天までが帝を見限ったが如き大雨に、朝児は暗澹たる気持ちとなった。だがそれから間もなく枇杷殿に聞こえてきたのは、内裏への遷御の疲れが出たのか、帝の体調がますます優れぬとの噂であった。

驚いた妍子はすぐさま土御門第に人をやり、道長から話を聞こうとした。しかし道長は多忙を口実に姿を見せず、たまりかねた妍子が、

「父君がなんと仰ろうが、わたくしも内裏に入るわ。ええ、入ってやりますとも」

と声を昂らせ、女房が総出で押し留める羽目となった。

帝が妍子を厭い、また道長が妍子と帝を会わせまいとする気持ちは、よく分かる。ただその一方で、若い妍子がいまだ帝のつれなさを憎み切れぬままでいるのも、また事実だ。

乳母や大鶴たちになだめられ、わっと声を上げて泣き伏した妍子の背の震えに、朝児は足早に簀子に走り出た。けたたましい屋内を物見高くうかがっていた女童が、朝児の姿に決まり悪げに踵を返す。そんな彼女の袖を捕え、朝児は「内裏まで使いを頼みます」と命じた。

「頼賢どの——ではなかった、御坊ノ君と仰るお方が、童殿上をしていらっしゃいます。赤染に命じられたと言って、枇杷殿のこの様子をお伝えしてくださいさい。それですべて、お分かりになられるはずですから」

朝児の如き女房に、帝の内奥を知る術はない。だが少なくとも頼賢から聞く限り、帝は自らの悪心やそれゆえの過ちから顔を背けぬ人物と見える。ならば今の妍子の懊悩を知れば、道長の娘としてではなく、一人の中宮として彼女を遇してくれるのではあるまいか。

しかし朝児の期待を裏切るように、待つ間もなく女童とともに内裏から駆け付けてきた頼賢の眉間には、重い翳《かげ》りが淀んでいた。対ノ屋から響く妍子の歔欷《きょき》に深いため息をつき、たくしあげ

た大口の裾も下ろさぬまま、朝児を目顔で勾欄際に差し招いた。

「どうにかして差し上げたいのは、やまやまだけどさ。さすがに難しいと思うぜ」

視線を感じて顧みれば、先ほどの女童が簀子の端から物珍し気にこちらを見ている。大きく手を振って彼女を下がらせてから、朝児は頼賢に詰め寄った。

「ですが。中宮さまはただただ帝をお慕いすればこそ、あれほどお苦しみなのですよ」

「それは、俺にだって分かっちゃいるさ。けど、今は無理だ。朝児さまは知らねえだろうけど、この数日、道長さまが帝のもとに足しげく伺候しては、またも退位しろ退位しろとやかましく責め立てていらっしゃるからな」

「なんですって」

頼賢によれば、道長の訪れが激しくなり始めたのは新造内裏への還幸《かんこう》直後。しかもただ譲位を勧めるのみならず、新帝の東宮には先帝の三ノ宮——つまり敦成親王の同母弟にして道長の外孫である敦良《あつなが》こそがふさわしい、とまで口にしているという。

帝には現在、皇后・娍子に生ませた四人の皇子がおり、長男・敦明親王はすでに二十二歳。まだ八つの敦成親王より、ましてやその弟である敦良より、もっとも帝位にふさわしいのが彼であることは考えるまでもない。

ただ退位を勧めるのみならず、皇子たちの将来すら塞ごうとする道長の進言に、朝児は言葉を失った。

「しかも昨日なんぞは、権中納言の源俊賢さまと権大納言の藤原公任《きんとう》さまが二人して内々のおめもじを帝に請うてさ。したり顔で道長さまの勧めは正しゅうございますと言い出しやがった。怒った帝が脇息を投げつけるやら、折しも薬湯《やくとう》を運んできた蔵人があおりを食らってひっくり返るやら、大変な騒ぎだったんだぜ」

源俊賢と藤原公任は能吏《のうり》として知られ、当今はもちろん、先帝からの信頼も厚かった人物である。そんな彼らが、己の意志で退位という大事を奏上するわけがない。背後に道長の影があることは、一目瞭然であった。

内裏の新造と還御は、帝の悲願。それだけに道長は、二つの願いが叶ったのだから、いい加減、位を降りろと言いたいのだろう。しかし帝からすれば、病身を押しての執政は、咎なくして死なせた原子への供養でもある。それだけにただ権力を貪《むさぼ》らんとする道長への怒りは、他のあらゆる感情を凌駕しているはず。そんな最中に道長の娘たる姸子を受け入れてほしいと頼んでも聞き入れられまいとの頼賢の弁は、至極筋が通っていた。

「とはいえ最近の帝のお加減の悪さと来たら、見ているこっちが辛いほどでさ。朝、這いずるように臥所から起きて来られるお姿なんぞ、まるで物の怪だ。ありゃあ、もはや意地だけで帝位におわすぜ。原子さまが生きていらしたら、さぞ嘆かれただろうなあ」

源俊賢や藤原公任が道長の意向に従ったのは、一向に回復の兆しが見えぬ帝では、もはや執政は無理との判断によるものだろう。まるで櫛の歯が欠けるかの如く、誰もが一人また一人と帝を見限ってゆく。彼自身の懊悩もさることながら、姸子や娍子、頼賢など、帝を慕いながら、その力になれぬ者たちの苦しみの深さと来たらどうだ。

とはいえ道長とて、東宮の即位が叶えば、次の東宮は誰にすべきか、そこに娶《めあ》わせる娘は誰がよいかと思い悩み、心休まる時はひと時もあるまい。人の欲がもたらすものは畢竟、更なる渇望でしかない。そして栄華とは華やかであればあるほど、足元に落ちる影は濃さを増すのだ。

頼賢と言葉を交わした半月後の十月二十七日、道長を准摂政《せつしょう》に任ずとの宣旨が、突如、帝から下された。摂政とは天皇に代わって政を執る臣下を意味する。ただ逆に言えばそれは、道長に政を任せても、帝位までは譲らぬとの意思表示でもある。少しでも病が癒え次第、自ら政務を行うと告げているのも同義であった。

妍子の内裏参入はいまだ日取りが決まらず、このままでは新年を枇杷殿で過ごすこととなりかねない。かつての如き癇癪《かんしやく》こそ起こさぬものの、日がな一日、うつろな顔で座り込んでいる女主のせいで、枇杷殿北ノ対は始終、室内に薄い帳が巡らされたにも似た小暗さに包まれていた。

「このままでは、姫宮さまのためにもよくないわ。母さま、何かいい策はないかしら」

たまりかねた顔付きで大鶴が朝児に相談を持ち掛けた頃には、山々はもちろん枇杷殿の紅葉までもがとうに終わり、掃いても掃いてもなくならぬ葉が庭の隅にわだかまっていた。椿の葉叢に明るい冬陽がまろび、小さな蕾を輝かせている。ころころと円いその蕾は、真冬の澄んだ月によく似ていた。

「少しでもお気持ちが慰められればと、妍子さまをこれまでありとあらゆる遊びにお誘いしてきたわ。だけど貝覆い（貝合わせ）も絵合も草紙も飽きたと仰せられては、何をすればいいのかしら」

妍子の懊悩を日々、息を詰めて見守り続けているせいだろう。大鶴の頬はこけ、化粧でも隠せぬ翳りが落ちている。

勝気なこの娘が、主のことで朝児に相談を持ちかけるのは珍しい。宮城に渦巻く我欲がもたらす波の大きさに改めて慄きながら、朝児はそうねえと考え込んだ。

「たとえば猫を飼ってみるのはどう。姫宮さまも喜ばれないかしら」

犬に比べて小柄で鳴き声もうるさくない猫は、当節貴人の愛玩動物として人気である。先帝などは「命婦《みょうぶ》のおとど」と名付けられた愛猫に、殿上のための五位の位階まで与えていたほどだ。

「駄目よ。猫は爪が鋭いもの。万一、姫宮さまが怪我を負われたりしたらどうするの」

「とはいえ紅葉狩りにはすでに遅いし、風の冷たい季節、姫宮さまが風病でも召されたら大変よね。ならば枇杷殿で、管絃の遊びか歌合でもなさるとか」

そう口にしたのは、緑白色の椿の蕾に、原子がかつて淑景舎で行ったという椿の歌合を思い出したためだ。とはいえあの歌合は、失意の中関白家の人々を励ますためのもの。そして参列の人々を嘲るかのように、原子は歌合からわずか半年あまりで非業の死を遂げた。

不吉なことを勧めてしまっただろうか、とすぐさま悔いた母親には頓着せず、大鶴はなるほどと両手を打ち鳴らした。

「確かに歌合は楽しそうね。講師や判者を外からお招きすれば、さぞ賑やかになるでしょうし。ただ、その場合は、母さまも方人《かたひと》（歌合で歌を詠む役）か頭《とう》（方人のまとめ役）として加わって下さるのよね」

わたくしが、と呟いたものの、一度口から出た言葉は取り返しがつかない。庭の椿の木を一瞥してから、朝児はやれやれと溜息をついた。

「しかたないわね。その代わり、他の人選は大鶴に任せるわよ。なるべく妍子さまがお喜びになられそうな方々を集めなさいな」

歌合は右方・左方に分かれた読み手が歌を詠み合ってその優劣を競うが、歌題が数十番に及び、数夜がかりで催されることも珍しくない。勝利者に与えられる褒美を選んだり、会場となる部屋に飾りつける洲浜《すはま》や文台《ぶんだい》を決めるだけでも、今の妍子にはいい気晴らしになるはずだ。

「そうね。なるべくお喜びいただけるよう計らわなきゃ。とはいえ今から人を選び、お招きするとなると、支度には日がかかるわね。せめてひと月は見ておかなきゃ」

とはいえ極月《ごくげつ》（十二月）はなにかと慌ただしいし、と大鶴は以前より細くなった頤に指先を添えた。考え込む様子で目を虚空にさまよわせた末、「月見を兼ねた歌合なんて、どうかしら」と呟いた。

「最近は姫宮さまも、ずいぶん宵っ張りになられたもの。そうよ、冬の月を愛でながらの歌合をお勧めしてみるわ。だとすれば、来月十一月の十五夜辺りがいいわね」

気分が塞いでいるのは妍子のみならず、大鶴も同じだったとみえる。弾んだ様子で踵を返した大鶴は、すぐさま妍子や乳母と計らい、来る十一月十七日の立待月《たちまちづき》の夜に歌合を開くと決めた。

開催が満月の夜から二日も遅れたのは、ぜひ判者にと来席を請うた皇太后・彰子が、その日は物忌みだと知らせてきたため。歌合の開催を知った土御門第の道長や兄の頼通からは、当日の褒美に使うようにと螺鈿の手筥や錦が届けられ、日に日に葉を落とす庭のうら寂しさとは反対に、枇杷殿には一時、華やぎが戻った。

朝児は右方の頭を命じられ、妍子やその姉妹付きの女房から選りすぐられた九人を率いることとなった。大抵の歌合では、題は前もって参加の詠み手に告げられ、当日までの間にみな知恵を絞って詠草するのが慣例。それだけに忍恋《しのぶこい》・初雪・椿・月の四番の歌題が触れだされるや、朝児はほうぼうから歌の添削を頼まれ、昼と言わず夜と言わず草稿と首ったけの毎日となった。

「ふうん。歌合なあ。子どもの頃は退屈にしか見えなかったけど、いま見物してみると違うんだろうか」

月が霜月《しもつき》に改まった数日後、久々に枇杷殿に顔を出した頼賢は、いつになく浮かれた気配の北ノ対に首をひねった。

庭は昨夜降った雨にぬかるみ、鉛色の雲がまだ重苦しく空を塞いでいる。例年であればそろそろ初雪を迎えてもおかしくない季節だが、今年はどうやら冷えが足りぬらしい。歌合の夜の空模様はどうだろうと案じながら、朝児は頼賢に笑みかけた。

「歌が苦手でも、判詞《はんし》（歌の判定結果とその理由）を聞いているだけでも面白いですよ。時には激しい難陳《なんちん》（議論）の末、つかみ合いの喧嘩も起きます。よかったら遊びにいらっしゃいな」

「立待月の夜だっけ。何刻に始めるんだい」

「戌《いぬ》ノ一刻（午後七時頃）に始めて、深更過ぎに終わる予定です。皇太后さまをはじめ、お客人がたもほとんどはお泊りになられますから、頼賢どのもそのまま残っていらしても構いませんよ」

「外で泊まるとなると、蔵人どもがうるさいからな。まあ、適当に帰らせてもらうさ」

だがそう答えた頼賢は、翌々日、今度は人目を憚る面持ちで枇杷殿にやってきた。周囲に人気がないのを確かめてから、朝児に向かって「あのさ」と声を低めた。

「実は昨夜、珍しく帝のご体調がよさそうだったんで、中宮さまの歌合についてお話ししたんだ。そうしたらわずかに微笑まれて、楽しそうでよいなと仰せられてさ。つい、ご臨席になられますかと尋ねちまった」

すると帝は口元の笑みをすぐさまかき消し、無言で首を横に振ったという。

「とはいえそれでも、帝が中宮さまのお暮しにご関心を持たれるのは珍しいだろ。だから差し支えなければ、後で歌合の記録の写しをもらえないだろうか。俺が読んでお聞かせすれば、いいお慰めになると思うんだ」

「もちろんですとも。中宮さまも喜ばれましょう」

当節の貴人同様、帝もまた事あるごとに歌を詠じており、ことにまだ東宮の頃、親しく近侍していた藤原統理《むねまさ》が出家した際に詠んだ、

——月かげの　山の端分けて隠れなば　そむくうき世を我やながめむ

は、今日でも時折、人の口に上る名歌である。

それだけに一対の男女としては困難でも、歌という遊びを通じてであれば、帝も妍子に少しは

優しく接せられるのかもしれない。そういう次第なら、もっと早く歌合を催すのだった。いや、今回は無理でも、日を改めてまた歌合を開催すれば、帝の臨席すらあり得るのではないか。

いつぞや帝が妍子に送った歌を、朝児は思い出した。あの折、妍子は激しく悲しみ、朝児に代作を命じた。いつか二人が歌合の席にそろって臨席すれば、今度こそ歌を通じて互いを労わり合えるのやもしれない。

「もし……もしですよ、頼賢どの。帝がこの先、御製《ぎょせい》（歌）をお詠みになることがあったら、ぜひわたくしにお教えくださいさい。その中に少しでも中宮さまへの思いが込められていれば、妍子さまは飛び上がるほどにお喜びになられるでしょうから」

「わかった。俺も歌合の夜は帝に、月が昇りましたと申し上げてみるさ。うまくいけば、それで中宮さまに歌でも送ろうとお考えになるかもしれねえしな」

心得顔でうなずき、頼賢は頭上をあおいだ。その眼差しの先を追えば、白いものがちらちらと虚空を舞っている。叡山の先に引っかかっていた雲がみるみる大きくなり、都を押し包むかのようにこちらに向かって流れてきた。

「——降って来やがった。初雪だな」

この日、雪は夕刻まで降り続き、屋敷を辺り一面に生絹《すずし》を敷き詰めたが如き眩さに押し包んだ。大人の足首を埋めるほどの雪に姫宮は喜び、翌朝、随身たちに命じて雪の小山を築かせたり、麻《お》笥《け》に入れさせた白雪に手を埋め、その冷たさを楽しんだ。

ただ、重い雪に覆われたせいだろう。椿の根方に目をやれば、そこには枝から離れた蕾が幾つも転がっている。先端に紅色を含み始めたばかりの蕾の痛ましさに朝児は胸を突かれたが、その夜遅くから更に降り始めた雪は、翌朝には落ちた蕾すらを隠してしまった。

当日、厚い雲が空を覆っていようとも、少なくとも庭の雪山だけは訪れる人々の眼を楽しませよう。歌題に初雪が含まれていることも、歌合に興趣《きょうしゅ》を添えるはずだ。

そう考えた朝児を安心させるかのように、歌合の日は朝から雲一つなく晴れ上がり、身を切るほどの寒風が時折都大路を吹き過ぎた。とはいえ、大勢の来客を迎える北ノ対の女房たちは、その冷ややかさに震えあがっている暇はない。

きらびやかな洲浜で部屋を飾り、赤々と熾した炭を火箱や炭櫃に入れて、屋内を暖める。歌合終了後に勧める酒肴《しゅこう》の支度や、来臨の人々およびその従者の宿所の手配。果ては明朝渡す礼物（土産）の確認に奔走していた朝児は、客人が三々五々、集まり始めても、なかなか会場と定められた西ノ対に向かうことが出来なかった。

「そろそろ、座におつきなさいな、赤染どの。そなたさまの姿がなくては、右方の衆が不安になってしまいますよ」

妍子の乳母に促されて向かえば、高灯台がずらりと並んだ庇の間は昼を欺くほどに明るい。上座に据えられた几帳の陰におわすのは、妍子の姉である皇太后・彰子、その隣に座しているのは妍子と二人の妹たちである。色鮮やかな出衣《いだしぎぬ》をそろって几帳の裾からのぞかせた華やかさは、まるで季節外れの花畑が現出したかのようであった。

全員が女性である右方に比べ、左方は皇太后宮に仕える朝臣を始め、みな男性。ただ朝児がおずおずと座についてもなお、左方の席には二つ、三つ空きがあり、左方頭である東宮大夫《とうぐうのだいぶ》・藤原斉信《ただのぶ》の姿もまだない。

「遅うございますね。もしや日を間違えられたのでしょうか」

朝児の左隣に座る青女房《あおにょうぼう》が、物怖じせぬ目で四囲を見回した。年の頃はまだ十六、七であろうに、隙なく化粧を施した顔にはふてぶてしさすら漂っている。確か彰子から歌の上手と推挙されて寄越された女房で、先ほど同輩からは小式部《こしきぶ》と呼ばれていた。

「そんなはずはありますまい。もうしばしお待ち申し上げましょう」

久々に会う姉妹と話が弾んでいるのか、几帳の向こうからは妍子たちの笑いさざめきが聞こえてくる。その快活な響きにほっと胸を撫で下ろしながら、朝児がそう小式部に応じたとき、どこか遠くで声にならぬどよめきが起きた。

枇杷殿内ではない。表の大路だろうかと怪訝に思う暇もあればこそ、今度ははっきりと「火事だあッ」という絶叫が轟いた。

「宮城だ。宮城が燃えているぞッ」

左方の朝臣たちが、なにッと相次いで席を立つ。その後を追って駆け出せば、ところどころ雪の残る庭の彼方、長い築地塀の向こうに、夜目にも黒々とした煙が太く立ち上っている。風に煽られ、刻々と形を変える有様までが見えるのは、地上からの炎がそれだけ明るければこそだ。

「あれは――あの方角は内裏だ。内裏が燃えておるッ」

凍り付くが如き沈黙が、庇の間に満ちる。次の瞬間、言葉にならぬ悲鳴が人々の口から迸《ほとばし》った。

宮城に伺候せねばと、傾いた烏帽子を押さえて駆け出す朝臣。几帳を倒して跳ね立つ女房……怯えた姫宮の泣き声が、蜂の巣をつついたかのような喧騒を縫って甲高く響いた。

「まずは帝と東宮のご無事を確かめねば。それと、父上にも念のため使いを。昨日から物忌みで小南第《こなんだい》にお籠《こも》りでらっしゃいますから」

言いざま几帳の陰から立ち上がったのは、皇太后・彰子である。顔を青ざめさせた姉に助けを求めるように、妍子がおろおろとその傍らに這い寄った。

「わ、わが背の君は。背の君はご無事でいらっしゃるのかしら」

「それを知るためにも、まずは様子を見に行かせねばなりません。方角から推すにどうやら火は内裏の中ほどから出ているようです。ならば北の朔平門《さくへいもん》から入れば、比較的危難は少ないでしょう」

彰子の長男である東宮・敦成は、現在、内裏内の昭陽舎《しょうようしゃ》に起居している。それだけに内心の動揺は妍子以上であろうに、彰子は血の気の引いた唇をきっと引き結び、「しっかりなさい」と妹の肩を両手で摑んだ。

「そなたが狼狽してどうします。あれほど帝が竣工《しゅんこう》を待ち侘びていらした内裏が今、焼けているのです。誰より愕然となさっているのは、間違いなく帝でいらっしゃいましょう」

妍子の双眸が飛び出しそうなほど大きく見開かれる。わなわなと震え始めた妹の肩を、彰子は強く撫でさすった。

「帝はきっと、ご無事です。なにせ内裏の火災は往古数え切れませんが、それで帝がお怪我をなさった例は皆無なのですから」

　呻きとも嗚咽《おえつ》ともつかぬ声が、妍子の口を衝く。顔を覆ってその場にしゃがみこみ、妍子は激しく首を振った。

「なぜです。なぜ、またも内裏が燃えねばならぬのです。これでは帝があまりにお気の毒ではありませんかッ」

　身もだえする妍子を、彰子は哀し気に見下ろした。だがすぐに再び表情を険しくすると、「とにかく皆、落ち着きなさいッ」と浮足立つ人々を一喝した。

「今宵はわたくしたちが泊まれるよう、枇杷殿の対ノ屋を整えてくれているのでしたね。帝や東宮が避難して来られるやもしれませんから、我々は土御門第に引き揚げましょう。――いいですね、妍子。なにがあろうとも、姫宮と帝の御身を第一に考えるのですよ」

　妹をもう一度励まし、彰子があわただしく土御門第に引き揚げて行く。妍子はしばらくの間、肩を揺らして嗚咽を嚙み殺していたが、やがて両手で顔を拭い、怯え顔の姫宮を抱き締めた。

　そうこうするうちにも炎と黒煙は激しくなり、鼻を突く煤の臭いが枇杷殿にも流れ込み始めた。幸い、今夜の風はさして強くないが、それでも火の粉でももらい火をしてはたまったものではない。水の満たされた桶を抱えた下人たちが、腰帯に箒を挟んで、次々と屋根に上っていく。下界の混乱をよそに昇り始めた十七夜の月が、夜空を焦がすばかりに伸び上がった炎とともに、彼らの白い水干を照らし付けていた。

　前回の内裏焼亡時は、妍子が飛香舎に暮らしていたため、朝児もその他の女房たちも、火事から逃げることで頭がいっぱいであった。だがこうして炎に包まれた内裏を遠望していると、何もできぬ我が身の卑小が情けなく、涙すらこみ上げてくる。

「火は綾綺殿《りようきでん》の南廊から出たそうでございます。すでに温明殿《おんめいでん》を焼き尽くし、宣陽門《せんようもん》にもかかっているとか」

「東宮さまはご無事。すでに御《み》輦車《てぐるま》で縫殿寮《ぬいどのりよう》にお移りになったそうでございます」

宮城に向かった従僕たちが次々駆け戻り、庭先で声を嗄らす。妍子は姫宮を乳母に押し付けると、頬に涙の跡を刻んだまま、よろよろと簀子に歩み出た。几帳を立てようとする女房たちを軽く手を振って下がらせ、もたらされる報に自らうなずき続けた。

「帝は式部卿親王（敦明）さま、兵部卿親王（敦平《あつひら》）さまと逃げ遂《お》せていらっしゃいました。すでに松本曹司にお移りになり、今宵はそちらにお泊りでございますッ」

月が中天にかかった頃、ようやく届いた知らせに、女房たちが一斉に胸を撫で下ろす。朝児もまたようやく息がつける思いで肩の力を抜いたが、妍子だけは相変わらず凍り付いたように庇の間に座り込み、指先一つ動かそうとしない。

「妍子さま、そろそろお休みになられては。妍子さままでがお倒れになっては大変でございますよ」

常にもまして穏やかな口調で乳母が話しかけた途端、「休むなんて」と妍子がしゃがれ声をしぼり出した。

「わたくしだけが休むなんて、できるはずがないわ。背の君が今ごろどれだけ辛いお気持でいられるかと思うと、横になれるわけがないじゃない」

すでに出火から二刻近くが経ったが、火事はいまだ収束の気配を見せない。夜半を過ぎ、北山から風が吹き始めたのか、真っ赤な火の粉が時折ばっと夜空を照らす。辺りに満ちる煤の臭いが、ますます強くなった。

出火元の綾綺殿は、内裏の正殿たる紫宸殿の北東に位置する殿舎。だとすれば今ごろ紫宸殿や帝の御座所たる清涼殿は炎に飲み込まれ、再び灰燼《かいじん》に帰そうとしているはずだ。

両手で髪を掻きむしり、妍子は内裏の方角を睨み据えた。紅が張り付いたまま乾いたその唇が、父君は、とかすれた声を絞り出した。

「それほど、背の君が憎くていらっしゃるの。かような真似をなさらずとも、もはや病は御身を激しく蝕んでいるのに」

「何たることを仰せられます」

乳母が飛び上がらんばかりの勢いで、妍子を遮《さえぎ》る。しかし妍子はそんな乳母には目もくれず、がばとその場に立ち上がった。

「いずこに行かれます、妍子さま」

「決まっているでしょう。背の君にお詫び申し上げるのよ。だってわたくしは――わたくしはあのお方の中宮なんだからッ」

あわてて取りすがった乳母を振り払おうと、妍子は氷重《こおりがさね》（淡黄色と白）に重ねた袿の袖をばたつかせた。放しなさいッと甲高い声で叫び、袴の裾を乱して、乳母を突き退けようとした。

「いいえ、放しません。誰か、誰か。妍子さまを臥所にお連れしてッ」

呆然と二人を見つめていた女房たちが、あわてて妍子に駆け寄る。手足を押さえられるようにして母屋に連れて行かれる妍子を見送り、朝児はその場にしゃがみこんだ。

妍子はすべてを理解しているのだ。あれほど帝が造営と還幸を望んでいた内裏が、竣成からわずか二か月で焼けるのは、どう考えてもおかしい。

道長自身が火を放てと命じたのか、彼に追従したい何者かが気を回したのかは分からない。道長の掌中の珠たる東宮・敦成までもが避難を余儀なくさせられた事実を思えば、後者の可能性が高いだろう。いずれにしたところで、この火災の原因が道長の権勢欲に端を発している事実は、疑いようがない。

そう思うと、道長の娘というだけで夫から疎まれ続けねばならない妍子の哀れさが、痛いほど肌身に迫る。しかしどれだけ妍子が父を恨み、その行いを責めたとて、それで焼けた内裏が元に戻るわけでも、道長と帝が和解するわけでもないのだ。

炎は翌朝も燻《くすぶ》り続け、完全に鎮火したのは出火から一日近くが経った申《さる》ノ刻（午後四時頃）。その頃には帝の御座所は枇杷殿正殿と定められ、早くも調度類を整えるための使いが忙しげに出入りし始めていた。

妍子は頭が痛いと言って、日が西に傾き始めても臥所から出て来ない。誰からも忘れられたままの洲浜や文台、褒美として与えられるはずだった螺鈿の手筥を片づける大鶴たちの目を盗んで、朝児はこっそりと正殿へと向かった。もしかしたら頼賢が来ているのではと思ったためである。

だが急いで集めたと思しき調度を運び込ませる蔵人の中に、見慣れた四角い顔はない。昨夜のあの凄まじい焔は、叡山からも見えたはず。もしかしたら今ごろ松本曹司には慶円が駆けつけ、頼賢に手伝わせて、帝に火難避けの祈禱でも施しているのかもしれない。

しかたなく朝児が踵を返しかけた時、古びた唐櫃を積んだ荷車が、土煙とともに階の前に引き入れられた。足を引きずりながらそのかたわらに従っていた男が、「おや、北の方さま」と笑った。菅原宣義であった。

「これは宣義さま。大変な目にお遭いになったとうかがいましたが、もうお体はよろしいのですか」

「ええ。歩く程度なら。それにしても文筆を事とする我が一族で、あのような怪我を負ったのはわたくしが初めてかもしれませんねえ」

他人事のように笑ってから、宣義は唐櫃にかけられた荒縄を自ら解いた。それを下人に託して殿舎に運び込ませながら、「今朝、左大臣さまのお使いが我が家に来られまして。我が家にある仏典類を枇杷殿に献上せよとのご下命だったのです」と小声で語った。

「はて、仏典とは。どなたかご出家のご予定でもおありでしたでしょうか」

不審を口にした朝児に、「帝のお目にかけるそうですよ」と宣義は溜息をついた。

「さすがは左大臣さまと言うべきか。ご還御直後の火災は天譴《てんけん》に相違ないと仰せられ、帝にまたしても譲位を勧められるおつもりとか。御仏にすがられればお心も安らがれましょうと、すでに法衣や袈裟のご準備までなさっているとやらうかがいます」

寵姫の死没や我が身の病ゆえに世をはかなんで譲位・出家した帝は、古来、数知れない。しかしそれはあくまで当人からの発願であり、周囲から無理やり押し付けられての遁世ではなかった。失意の帝につけ入ろうとするやり口に、朝児は周囲の人目も忘れ、「なんとまあ」と呟いた。すると宣義は素早く四囲をうかがい、そんな朝児を植え込みの陰に誘《いざな》った。

「わたくしとて、かような非道には加担したくはないのですがねえ。とはいえ今朝方、松本曹司に伺候してお目通りした限りでは、帝はお体もお心もすでに限界かと拝察申し上げます。どうせ御位をお降りになるのなら、いっそ少しでもお心を安んじられるお手伝いをいたしたいと考え、選りすぐりの仏典をお持ちした次第です」

あれほど切望していた新造内裏の焼亡を目の当たりにしたのだ。衝撃は余人の比ではあるまいと思いつつも、「そんなにお悪いのですか」と朝児は問わずにはいられなかった。

「ええ。お起きになるのがやっとでいらっしゃるらしく、頼賢どのが傍らでお支えでした。左大臣さまへのお恨みを繰り返し呟かれるお姿のおいたわしさに、つい妙なご下命をお受けしてしまいましたよ」

「妙な……とは」

「内裏に火を放った犯科人探しです」

目を見開いた朝児に、「それを知らずしては、死んでも死に切れぬと仰せられましてねえ」と宣義はそこに帝の姿があるかのように、軽く低頭した。

「九五《きゅうご》の尊位《そんい》におわす帝ともなれば、あまねく太政官を従わせ、咎人を探し出すのが筋でしょうに。わたくしの如き文弱の徒にかような御命を下されねばならぬとは、まさに世も末でございますな」

「それはやはり、道長さまを怪しまれてのお計らいでしょうか」

宣義は唇の前に指を立て、しっと朝児を制した。口の中のものを咀嚼するかのように、唇を二、三度、蠢《うごめ》かせた末、「帝はそうお疑いかと存じます」と早口に言った。

「されど正直、わたくしはさようには思いません。昨夜の火災は、確かに狙いすましたかの如く起きました。ただ昨日、左大臣さまの掌中の珠たる東宮さまは雪見の宴を催し、お住まいの昭陽舎では誰もが酒に酔いしれていらしたとか。東宮さまに害が及びかねぬ夜に付け火を行わせるほど、あの御仁は愚かではいらっしゃいますまい」

それに火事師の友成は、菅原家の倒壊に巻き込まれた際の怪我を悪化させ、いまだ西京極の自宅に臥せっている。万事慎重な道長が友成なしにかような大事を企むはずがない、と宣義は続けた。

「その一方で、こんな早々に新造内裏が焼けるのは、確かに不審でもあります。左大臣さまのお役に立とうとした何者かが、後先考えずに火をつけたのではと、わたくしは睨んでおります。たとえばかつての源頼定どののようにね。――まあもっともあのお方はこの夏、頼賢どのとわたくしが陰ながら脅し付けて以来、震えあがってろくに出仕もなさらぬ有様ですから、今回は無関係でしょうが」

「お待ちください。脅し付けてとは、いったいどういうわけです」

まあ、それはまた機会を改めて、と笑ってから、宣義は表情を引き締めた。

「左大臣さまを犯科人と申し上げれば、帝は得心なさいましょう。ただそうなればあの方のお恨みはますます深くなり、帝位への執着を更に激しくなさるやも」

帝が政に耐えぬ身であるのは、もはや自明の理。これ以上の諍いを招かぬためにも、そして何より帝自身のためにも、退位はすべてが丸く収まる方策。しかしながら、肝心の帝だけがそれに宜わない。

「帝にご譲位をお勧めするなぞ、臣たる身には不忠の極み。それが今ではかえって御身のためになるとは、なんとも辛うございます」

ほろ苦く笑って宣義が引き揚げて行った翌日は、真冬とは思えぬほど激しい雨となった。わずかに雲が切れた隙をついて枇杷殿に遷御してきた帝は、蔵人の肩なくしては歩けぬほどの憔悴ぶりで、夕刻から予定されていた宴は急遽、中止が触れだされた。

皇后娍子は異母兄である皇后宮亮《こうごうぐうのすけ》・藤原為任《ためとう》の屋敷に、また東宮・敦成は土御門第に移御しており、枇杷殿に暮らすのは帝と妍子と姫宮の三人のみ。それだけに妍子付きの女房の中には、今度こそ夫婦らしい団居《まどい》の時が持たれるのではと期待する者も多かった。しかし帝は枇杷殿に入った翌日から高熱を出して寝付き、あっという間に広い殿舎はそこここに薬湯や祈禱の芥子の香が満ちる物々しさとなった。

「お見舞いにうかがわれませ、妍子さま。帝も必ずやお喜びになられましょう」

大鶴は主にそう勧めたが、妍子は火事以来、やつれの目立つ顔を俯かせただけで、返答すらしれない。見かねた乳母が助け舟を出した結果、三歳の姫宮が母の名代を兼ねて、御座所と定められた大殿《おおどの》に向かった。

しかし頑是ない童女からすれば、これまで顔を合わせる機会が数えるほどしかない父親なぞ、赤の他人も同然である。ましてや病み衰え、濁った双眸を宙にさまよわせるばかりの姿に、姫宮はすっかり怯えてしまったらしい。

半刻ほど後、頼賢に抱かれ、狼狽しきった面持ちの乳母とともに北ノ対に戻って来た姫宮の顔は、涙と洟水でぐしゃぐしゃに汚れていた。

「まあまあ、なんということ」

さすがの妍子が腰を浮かせ、駆け寄ってきた姫宮を抱きしめる。

頼賢は孫廂に片膝をつき、声を放って泣き出した姫宮に目を据えている。朝児は彼を労おうと、女房たちの間から立ち上がった。しかし頼賢はそれには目もくれず、

「――いい加減にしてください」

と、読経で鍛えた芯のある音吐を妍子に向かって放った。

「帝はいま、深い御悩の裡におありなのです。かようなお方の御心を惑わされるのは、どうかお止めいただきたい」

考え抜いた末の言葉と見え、頼賢の目は吊り上がり、語尾がわずかに震えている。

また止まぬ姫宮の泣き声を圧する勢いで、「なんですって」と大鶴が声を尖らせた。

「中宮さまはただ背の君を案じられ、姫宮さまを遣わされただけなのですよ。そんな夫婦親子の

睦みを何故、そなた如きに咎められねばならぬのです」

「それは睦みではありますまい。ご自身の罪をどうにかごまかそうとなさっているだけではありませんか」

妍子の顔は蒼白に変じ、姫宮を抱く手が震えている。そんな主をかばうかのように、大鶴は袿の裾を翻して孫廂に走り出た。

「そなたに……そなたに何が分かるのです」

頼賢を見下ろして肩をそびやかすその姿は、雛《ひな》をかばう母鳥に似ていた。

「中宮さまは背の君を深くお慕い申し上げていらっしゃいます。その思いがなかなかご理解いただけぬ辛さが、そなたに分かるものですか」

「ならあんたは、憎い奴の娘を妻として持たなきゃならねえ帝のお気持ちを知っているのかい」

興奮のあまりか、常の乱暴さを取り戻した頼賢の物言いに、所詮は姫育ちの大鶴がわずかにひるんだ。

「そんなに辛いってのなら、同様に苦しんでいる帝のお気持ちだって分かるはずだろうが。そんなことも斟酌《しんしゃく》せず自分の苦しみばかりぶつけて、何が背の君だ。だから中宮さまはこんな時も――」

駄目だ。それ以上、言ってはならない。朝児は同輩たちをかき分けようとした。しかし睨み合う二人の間に割り込む前に、「こんな時も、帝に憎まれちまうんじゃねえか」との言葉が、辺りに響いた。

顧みれば、姫宮の身体に回されていた妍子の腕はだらりと垂れ、双眸が今にも飛び出しそうなほど大きく見開かれている。

本来、妍子に何の罪咎《つみとが》もないことは、頼賢とてよく承知している。だが一方で、帝が道長の娘である妍子を疎んじずにいられぬのもまた事実。それだけに長らく帝の苦しみを間近にしてきた頼賢は、病の父親を前に泣き出した姫宮の姿に、腹を立てずにはいられなかったのだろう。

誰もがただ、帝の身を案じている。それにもかかわらず互いを傷つけてしまう事実が、痛ましくてならない。朝児はその場にがくりと膝をついた。帝は、というかすれた妍子の声が、小さく耳を叩いた。

「帝はやはりわたくしを憎んでおられるのですね――」

「当たり前だろう。それが分かったら、おとなしくして差し上げてくれ。今の中宮さまに出来るのはそれぐらいだ」

容赦のない頼賢の罵詈に、妍子が顔を両手で覆って泣き崩れる。頼賢は狼狽する女房たちを冷たい目で見まわすと、踵を返して北ノ対を出ていった。

「お待ちなさい、頼賢どの」

勾欄を頼りに立ち上がり、朝児は頼賢の後を追った。まだ泥濘《ぬかるみ》の残る庭をよぎりながら見回せば、頼賢は北ノ対のかたわらを流れる遣水の傍らから、澄明な流れに目を落としている。足音に気づいたと見えて朝児を顧み、「――我慢できなかったんだ」と肩を落とした。

「だってよ。帝ときたら、姫宮さまが泣き出された時、まるで自分が泣きたいとばかりに苦し気にお顔を歪められたんだぜ。それでも涙を見せず声も荒らげず、ただただ黙って脇息を握り締めていらしたんだ。あんな……あんなお気の毒な帝が、今までこの日にいらしたかよ」

「妍子さまとてお苦しいのです。帝を深くお慕い申し上げていればこそ、更に」

「それぐらい、よく分かってら。ああ、だけどよ。こん畜生」

頼賢は両手で頭を掻きむしった。童殿上を始めてすでに一年以上が経つだけに、その髪は肩にかかるほどに伸び、一つに結わえた先で髷を足している。異なる髪の艶色《つやいろ》が、妍子を責めずにはいられぬ頼賢の内奥を物語っているかのようであった。

「これでこないだの火事の犯科人が誰か分かりでもすりゃあ、そいつを憎み、恨みをぶつけるあてもあるってのに。宣義の野郎、帝から探索を命じられながら、いまだにその成果を知らせて来ねえ。最近じゃ当の帝までが、あれはただの失火だったのだろうかと呟かれる有様だ」

誰かを憎み続けるには、気力が要る。衆目が疑う火災の理由を、当の帝が失火だと思い始めているのは、それだけ気力が萎えている証だ。

一面に苔むした川石の上に座り込み、頼賢は身体じゅうの息を吐きつくすかと思われるほど大きな息をついた。遣水の絶え間ない飛沫を受けた苔の色は、真冬を迎え、庭の緑が乏しい分、朝児の眼には常にも増して明るく輝いて映る。唇を引き結び、頼賢はそっとその苔を撫でた。

「昨日、道長さまが帝のもとにいらしてよ。例によって御位がどうこうと嫌味を言って帰って行かれたんだが、その際にこっそり俺を手招かれてな。ことここに至っては、もはや帝にお仕えする必要もあるまい。童殿上を続けるつもりがあれば、東宮さまの宮に来ぬか、と仰ったんだ」

そもそも道長が頼賢の童殿上に便宜を図ったのは、帝や皇后娍子に揺さぶりをかける口実を探すため。しかし内裏を再度失い、心身ともに帝が打撃を受けた今、すでに道長は放っておいても退位の日は近いと睨んでいるわけか。

「蔵人どもも最近じゃ、やれ物忌みだ、やれ頭病《ずや》みだと言って、出仕しねえ奴が増え始めてよ。まるでもう、枇杷殿の帝なんぞいらっしゃらないみてえな扱いだ」

「頼賢どのがお側においでてでしょう。それだけでも帝はずいぶん心強くお思いなのではありませんか」

「ああ。そうみてえだな。よりによって麗景殿女御（藤原綏子）の不義の子で、左大臣さまの甥っ子の俺がな」

「それでもいいのですよ。わたくしも当分は枇杷殿におりますから、共にそれぞれの御主にお仕えしましょう」

頼賢が娍子に激怒した最大の理由が、朝児にはようやく分かった。帝から頼られれば頼られるほど、頼賢は自らの存在が帝を苦しめてきたこれまでを顧みずにはいられぬのだ。

血縁で言えば、頼賢と娍子は従姉弟同士。帝を長らく悩ませ続けた道長の一党の中にも、彼らのように帝のために泣き、怒る者がいる。繚乱と咲き誇る桜の陰で、日も当たらぬまま枯れようとしている下草に、涙の雨露を注ごうとする者がいる。

実のところ娍子付きの女房の中にも、もはや娍子が中宮として栄華を極める日は来ぬと見極めたのか、致仕を願い出る者が現れつつある。大鶴は当初、いちいちそれに腹を立て、去っていった女房の悪口をまくし立てていた。しかし最近はすっかり諦めきった面持ちで、昨夜などはついに朝児に向かって、「母さまも宿下がりしたっていいのよ。明後日は三ノ宮（敦良）さまの読書《とくしょ》始《はじめ》の儀で、兄さまが文人として召し出される晴れの日じゃない。あれこれ支度もあるでしょうし、お暇をいただいたらどう」とまで言い出した。

貴人の子弟が初めて漢籍を読む読書始に招かれることは、学者にとってまたとない栄誉。それだけに挙周は今ごろ、当日の衣の支度や捧げ持つ書物の準備に奔走しているだろう。しかし史書ではすくい上げられぬ彼らの行いを己が目で見、筆に記すことが、きっと自分が宮仕えに出た意義。ならば枇杷殿の外にどれだけ華やかな出来事が待ち受けていようとも、己もまた最後までここに留まらねばならぬ。

髪に霜をいただいてもなお皇太后彰子に仕え続ける藤式部を——不運のうちに亡くなった皇后定子の最期に立ち会い、現在は東山の月輪で主の菩提を弔っているという清少納言を、朝児は思った。あの二人の才女はそれぞれの主があるいは栄華を極め、あるいは没落しようとも、常にその傍らを離れなかった。それは果たして、純然たる忠義から出た行いなのか。この世のあらゆる行いを文字に書き留めんとした彼女たちは、今の朝児同様、己が目で見られる限りを見尽くそうとして、浮沈著しき宮城を己が生きる場と定めたのではあるまいか。

女は政に関われぬ。史書を記すことも日々の記録を付けることも、それはすべて男の務めだ。だが自ら国を動かせずとも、そこで何が起きたかを見、それを筆に託す行為は、生まれ持った性別とは関係がない。いや、むしろ日々の政務や争いとは直接関与せねばこそ、宮城に暮らす女たちは包み隠さぬ世の道理の書き手になり得るのではないか。

帝の哀れなまでの御悩を、愛する夫から顧みられぬ妍子の嘆きをあまさず筆に記せば、後の世の人はあからさますぎると眉をひそめるだろう。だが眩しいまでの栄華とそれに伴う数々の涙を同時に記してこそ、物語は人の世の真《まこと》を描き得る。そうでなくては、物語がこの世に在る意味は失われるのではないか。

朝児がそう自らに言い聞かせた四日後の朝、蔵人の一人が傾いた冠を押さえながら、北ノ対に駆けこんできた。

「み、帝が床に臥されました。お熱が高く、御薬湯をお進めしてもすべて吐き戻される有様でいらっしゃいます」

頼賢に罵声を浴びせ付けられて以来、妍子は暗い顔で俯くばかりの日々を過ごしている。狼狽しきった蔵人の奏上にゆるゆると顔を上げ、落ちくぼんだ目をわずかに見開いた。

「医師は」

「すでに枕頭に。風病とのお診立てでございますが、玉体安からざる最中だけにこのままではお命に障りかねぬとか」

そう、とうなずいたものの、妍子の眼は凍り付いたように床の一点に据えられるばかりである。かたわらの乳母が見かねた様子で、「姫宮さまとお見舞いにうかがわれては」と促した。

「恐れ多うはございますが、万一、このまま永のお別れとでもなられては、妍子さまのお心には大きな悔いが残ってしまわれましょう。何としても参られませ」

紅でも隠せぬほどに血の気の引いた妍子の唇が、小さく震える。でも、との呻きが微かに漏れた。

「背の君はわたくしを厭うていらっしゃるのよ。そんな我が身がうかがっては、ますますお心を苦しめるだけだわ」

「残念ながら、仰せの通りかもしれません。ですが長年お側にお仕え申し上げた私には、帝より、妍子さまの方が大切でございます。妍子さまのお心がわずかでも安らぐのであれば、帝がお怒りになられようとも知ったことではありませぬ」

さあ、と手を引かんばかりに促す乳母を、妍子は静かに見つめた。潤みかかる目尻をそっと袖の端で押さえ、「背の君はどうすればお楽になってくださるのかしら」と呟いた。

「万乗の位が安堵されれば……玉体が元の如く復されればとは分かっているけど、そんなことはわたくしには出来ないもの。せめてお慰めできる手立てがあれば」

妍子の頰を透明なものが伝う。乳母はもちろん、大鶴を始めとする女房たちまでがそれに誘われて眸を潤ませるのを見かね、朝児はひと膝、進み出た。

「あの……人づてに聞いた話なのですが、帝は先だっての内裏炎上を放火ではないかと疑われ、内々に犯科人探しを命じられたそうでございます。真実、お心が荒《すさ》んでおられれば、かような世の出来事に意を払われはなさいますまい。ならば世上の出来事や花鳥風月の移ろいをお伝えするだけでも、わずかなりともお心を安んじていただけるのでは」

「帝が火事の犯科人を――」

妍子は閉じた檜扇《ひおうぎ》の先を顎に当てて、俯いた。だがすぐにきっと目元を尖らせるや、表着の裾を払って立ち上がった。

「わかりました。帝のお見舞いに参ります。乳母、大鶴、ついて来なさい」

突然の挙措に、女房たちはえっと狼狽の声を上げた。妍子はそれにはお構いなしに畳を降りると、そのまま庇の間へと歩き出した。遅れじとばかり乳母と大鶴が席を立ち、姫宮を抱いた女房が後を追う。

軒先からの冬陽を受けた妍子の横顔は青ざめてはいたが、一文字に結ばれた唇には鋼を思わせる意志が漲《みなぎ》っている。その時になって朝児は、うら若き女主がひどく道長に似ていると気づいた。無論、華奢な妍子の体の厚みは、福々しい父親のそれの半分ほどしかなく、物言い一つ取ってもいつも嚙みつくように忙しい道長とは正反対だ。

しかし今、濃い睫毛《まつげ》に縁どられた双眸をきっと正面に据えた妍子の横顔は、常の嫋やかさが嘘の如く険しい。その瞬きの乏しさは、にこやかな形相の下に鷹の如き貪欲さを秘めた道長とそっくりであった。

帝から激しく疎まれている妍子だけに、見舞いといってもさしたる時はかかるまい。半刻もあれば戻って来るはずと、朝児は考えた。しかし日が忙しく傾き、宵闇がひたひたと庭に這い始めても、妍子と姫宮は一向に北ノ対に戻って来なかった。

帝の容態がよほど悪いのかと勘繰った女房が大殿に女童を遣わせば、意外にも帝は昨夜からの熱も下がり、先ほどからうとうととまどろみ始めているという。

「妍子さまは見舞いに出向かれるや、蔵人たちを人払いして、ひどく思いつめたお顔で帝とお言葉を交わされたそうです。今は帝の枕頭にお詰めあそばされ、蔵人やお乳母さまが止めるのも聞かずに看病に勤しんでいらっしゃるんですって」

まだ十二、三歳とは思えぬこまっしゃくれた女童の言葉に、北ノ対の女房たちは信じられぬ思いで顔を見合わせた。

「あの帝が、妍子さまをお側になんて」

「いったい何をお話しなさったのかしら」

すでに辺りはとっぷりと暮れ、鋭利な刃物で切り落とされたような上弦の月が、西空に傾いている。

待てど暮らせど戻らぬ女主に、女房が一人また一人と己の局に引き上げて行く。朝児は吹き入る夜風に首をすくめながら、庭に落ちた月影の移ろいを見るともなく眺めていた。だが庇の間に控える女童がふわあと大あくびをしたのをきっかけに立ち上がり、渡殿に与えられた己の局に戻った。

大鶴の局は隣だけに、帰ってくれば気配で分かるだろう。夕餉を取っていないにもかかわらず、胃の腑はひどく重い。白湯《さゆ》をすすり、冷えた指先を暖めると、朝児は湿った臥所に潜り込んだ。

そうして、どれだけ時刻が過ぎたのだろう。微かな音が聞こえて眼を開ければ、格子の向こうから差し入る月光が衾の裾を斜めに照らし付けている。起き直った途端に全身を貫く寒さから推すに、どうやら日の出はもうすぐらしい。

格子の向こうがぎし、と軋み、黒い影が揺れた。

「——母さま。寝ているかしら」

「起きているわよ」

声の主が大鶴と知り、朝児は夜着を羽織った。入るわよ、と小声で断って妻戸を押し開けた娘の眼は、夜目にも明らかに分かるほど涙に濡れていた。

「遅かったのね」

「ええ。妍子さまがどうしても帝のお世話をすると仰せられたもので。風病もさしてひどくはいらっしゃらなくて、ほっとしたわ」

火桶の炭を掻き起こしてやると、大鶴は白粉《おしろい》の浮いた口元を嬉しげにほころばせた。朝児から火《ひ》箸《ばし》を受け取って、赤く熾《おこ》った炭をしきりに転がしながら、あのね、と思い切った様子で口を開いた。

「いまの風病がお治りあそばされたら、帝が北ノ対にお渡りくださることになったわ。月を共に愛で、妍子さまとお酒を酌もうとお約束くださったの」

それに先日行われる予定だった歌合についても帝はご存知だったわ、と大鶴は付け加えた。

「残念ながら火事のせいで中止となってしまいました、と妍子さまが仰せられたら、それは気の毒なと苦笑いなさって。それで、今度二人で歌を詠もうと言ってくださったの」

「それはまた、いったいどうして」

信じ難いほどの睦まじさに、喜びよりも不気味さがこみ上げる。すると大鶴は丸い目を見る見る潤ませ、「母さまのせいよ」と身を震わせた。

「母さまが妍子さまに火災の犯科人の話などをなさるから。だから妍子さまはひどく思いつめてしまわれたんだわ」

大鶴の語尾が、涙にくぐもる。そのままうわっと泣き伏した娘に、朝児は言葉を失った。

「け、娍子さまは帝に、内裏の火事はわたくしが命じて行わせたものですと仰せられたのよ。すべての罪咎は自分の上にあります、何卒わたくしを憎んでくださいと言って、夜御座《よるのおまし》(寝台)の裾に泣き伏されたの」

なんですってとの呻きは、大鶴の号泣にかき消され、朝児自身の耳にすら届かなかった。時ならぬ泣き声に驚いたのか、左右の局で人の起き出す気配がする。朝児はあわてて大鶴の口を掌で塞いだ。

「どういうこと。なぜそんな嘘を」

「背の君のお心を少しでも安んじようと思われてよ。ご自身を憎むことで、少しでも帝にお楽になってもらいたいと願われたんだわ」

仮に天地が覆ろうとも、帝が道長の娘である妍子を虚心に愛する日は来ない。それは妍子自身が、もっともよく分かっていよう。しかしそれでも夫である帝を憎めぬ妍子は、あえて帝がもっとも憎悪している火災の犯人に名乗りを上げることで、その心を少しでも安らげようと思い至ったのだ。

とはいえ深窓育ちの妍子が付け火なぞ行えぬことは、誰の目にも明白である。それだけに眦《まなじり》を釣り上げての妍子の告白に、帝は瞬時、病を忘れた様子で枕箱から頭を起こしたという。すぐにぱたりと再び頭を落とすと、見えぬ目を大きく開き、妍子を追い払うかのように片手を振った。

「馬鹿なことを。世迷言を抜かしたければ、土御門第に宿下がりするがよい。左大臣も娘の話ならば、少しは耳を傾けよう」

「父などうでもいいのです。わたくしは帝をお慕いすればこそ、こうして参り越したのでございます。何卒、この身をお憎みくださ い。わたくしは帝に退位をお迫り申し上げている左大臣の娘にして、あなたさまの中宮でございますッ」

馬鹿な、ともう一度繰り返し、帝が已の顔の上に掌を置く。妍子はそんな帝の傍らにおずおずと這い寄った。

「もはや、お許しをとは申し上げません。それほどの不遜を父は致したのでございますから。ただわたくしは自分が疎まれることにも増して、誰かを憎み、荒ぶる帝を拝見するのは辛うございます。それであればいっそわたくしを憎んでくだされば、妃としてお側に上がった甲斐もあるではございませんか」

妍子の顎先から滴る涙が、帝の痩せた腕を濡らしている。夜御殿（寝間）の隅に控えた乳母や大鶴までもが涙に暮れる中にあって、たった一人、幼い姫宮だけが黒目がちの目で不思議そうに辺りを見回していた。

「――あい分かった」

吐息に紛れるほどの小声で呟き、帝は緩慢に衾を押しやった。まだ熱があるのか、大きく肩を上下させながらも、妍子の肩にゆっくりと手を回した。

「そなたの真情、ありがたいと思うぞ。怒りとは愚かなものだが、それゆえに知り得る誠も世の中にあるのじゃな」

――そんな帝と妍子のやりとりを語る大鶴の声は涙に上ずり、洟をすする音がしきりに混じる。

娘に手巾を渡しながら、夜御殿の隅に詰めていた頼賢はどんな思いで帝の言葉を聞いていたかと朝児は思った。

自らの怒りゆえに原子を死なせた帝は本来、人を憎む虚しさをよく知っているはずだ。しかし人とは愚かなもので、新しい憎悪に駆られれば、かつての経験をすぐ忘れてしまう。かような帝に対し、娍子はわが身を挺して、その憎しみを消し去ろうとした。もしかしたら頼賢は自分を憎むようにと泣き崩れた娍子に、亡き原子の面影を垣間見たのではなかろうか。

眼病を患い、臣から退位を促される帝を、世人は哀れなお人と呼ぼう。だが一方で帝の周囲に集う人々の、何と優しく温かであることか。

当今を脅かすほどの権力を有し、次なる帝の祖父として宮城に君臨する道長には、この世は一分の欠けもない満月の如く映っているはず。おそらく彼にとって此界《しかい》はわが身一つで渡るものであり、誰の助けも情けも、必要ではなかろう。

それに比べれば病身の帝は、頼賢に――原子に、娍子に慕われ、誰もがその苦しみを取り除こうと懸命になっている。傷つき、哀れな弱者である帝はもしや、この苦の多き世においては誰より幸せな男なのではあるまいか。

荒くれ者の頼賢が立派な青年に長じた如く、人は他者と互いの悲しみ苦しみを補い合うことでつながり、その欠けを糧に育つ。ならばこの宮城において真に孤独で哀れな人物は、あの道長なのかもしれない。

「月を……素晴らしく澄んだ月を、帝にご覧いただきましょう。お加減がよろしい日には、光の有無程度はお分かりになられるそうですから。雲一つない佳き月夜なら、きっとお喜びくださるわよ」

ええ、ええ、と幾度もうなずく大鶴の頰に、また新たな涙が伝っている。

人は悲しみの淵にたたずめばこそ、水面に垂れる細き柳枝の強さを知る。ただ天だけを仰ぎ、己を照らす月の明るさに目を奪われている道長は、暗がりにひっそり生える柳の逞《たくま》しさには気づくまい。だが満ちた月は、必ずいつか欠ける。その時、権勢著しき道長の心を慰める者は、彼の周囲にいるのだろうか。

いや、と朝児は心の中で小さくかぶりを振った。己を照らす月が針の如く細い三日月に変じようとも、道長は再び月が満ちる日を信じて、足掻き続けるのだろう。自らの煩悶《はんもん》をも心の支えにして、遥かなる栄華を求めるのだろう。その強靱《きょうじん》さと執着こそが、あの道長という男なのだから。

帝の熱は二日後には下がり、その翌日、見舞いの礼と称して、頼賢が籠いっぱいに盛られた蜜《み》柑《かん》を北ノ対に届けに来た。

妍子が帝のもとに入内して五年が経つが、直接、下されものが届いた例は、数えるほどしかない。それだけに妍子は艶やかな果実を前に涙ぐみ、怪訝な面持ちの姫宮をひしと抱きしめた。

「つきましては三日後の夜、帝が北ノ対にお渡りでございます。みな皆さま、遺漏《いろう》なくお迎えいただきますよう」

前回、妍子を怒鳴りつけただけに、女房たちの頼賢への眼差しは冷たい。それを肌で感じているらしく、口上を述べる頼賢の口調は珍しくぎこちなかった。

「かしこまりました。嬉しくその夜をお待ち申し上げます。何卒美しき月夜となりますよう」

声を詰まらせる妍子に代わって乳母が答えた通り、その日は昼のうちから雲一つない晴天となった。西の空の夕映えが薄らぐのを待ちかねて昇った十三夜《じゅうさんや》の月が、北ノ対の庭に澄んだ光を落とし始めた頃には、庇の間に酒肴が並べられ、母屋には帝から奏楽を求められてもいいように、妍子が得意な琵琶《びわ》と箏の琴が整えられていた。

帝がお運びになる前に、乳母と大鶴以外の女房は下がるよう命じられた。朝児は薄縁に置いた高杯《たかつき》を並べ直し、同輩とともに立ち上がった。

「あ、母さまは残って下さい」

大鶴にあわてて呼び止められ、朝児は「いいえ、わたくし如きが陪従《ばいじゅう》申し上げるのは」と突き膝で答えた。

「妍子さまが帝から御製を賜った際、返歌を詠む手助けが要るのよ。お願い」

帝の来臨を前に緊張していると見え、大鶴の表情は硬い。ちらりとうかがった妍子が小さくうなずく。朝児は「かしこまりました」と応じ、庇の間の隅に腰を下ろした。

「とはいえ、御簾の裡に控えるのは恐れ多うございますので、こちらにてお許しくださいませ。歌が必要となりましたら、すぐに懐紙に記して奉りましょうほどに」

傷心の帝を慰める歌なぞ荷が重いが、こうなっては仕方がない。女童に運ばせた硯の墨を自ら磨りながら、朝児は煌々と明るい月を仰いだ。

帝にも月影のさやけさが分かるよう、庭にはあえて篝火《かがりび》を焚いていない。その代わりとばかり軒先に提げられた釣香炉から、空薫《そらだき》の香の煙がしきりに流れ出している。夜鴉が一羽、怪鳥めいた啼き声とともに空をよぎり、それをかき消すかのように帝の訪れを告げる警蹕が渡殿の彼方から響いてきた。

「お渡りです」

「帝のお運びでございます」

先払いの蔵人が二人、小走りに駆けてきたかと思うと、そのままの勢いで簀子の端に蹲踞《そんきょ》する。彼らにならって手をつかえた朝児の目の前を、錦の指貫を穿いた足が過《よぎ》った。

「お気をつけ下さい。長押《なげし》がございます」

よろめきかかる帝の身体を支えたのだろう。頼賢のささやきが微かに耳を打つ。朝児が恐る恐る眼だけを上げた途端、ばさりと音がして御簾が下ろされ、簀子と庇の間が隔てられた。

この日のために新調された御簾の向こうに垣間見える帝の姿はか細く、頼賢に肩を支えられてもなお、ゆらゆらと上体が揺れている。急いで歩み寄った妍子が反対側から手を差し伸べ、頼賢と二人して、暈繝縁《うげんべり》の畳に帝を座らせた。

「月は……月は出ておるのか」

荒い息に揉まれ、帝の声は細い。

中空高く上った月の面はますます冴え、玻璃《はり》を砕いたが如き光が帝の膝先まで差し入っている。それにもかかわらずの問いに、妍子の身体がわずかに揺れた。

「はい。出ております。もそっと庭にお寄りになられますか」

「そうだな。御簾を上げよ」

蔵人たちがはっと応じて御簾を掲げる。帝は頼賢と妍子の肩を借りてよろめき歩くと、朝児から半間（約九十センチメートル）と離れていない長押に尻を下ろした。あえてそこを選んだというより、わずかな段差に足を取られて崩れ落ちたかのような、力のない挙措であった。

ああ、という呻きが、帝の唇をつく。細い頤をわずかに仰向け、「美しい月じゃな――」と詠嘆した。

とはいえ本当に帝の目が見えていれば、名も知らぬ女房の間近に座ったりはしないだろう。そして改めてうかがえば、帝の面は夜空の月から逸れ、あらぬ方角に向けられている。

妍子の眸が水をくぐったかの如く潤む。大きく肩を上下させつつも、それでも懸命に息を整え、

「本当に」と相槌を打った。

「十日余りの月がこんなに美しいとは、わたくしもついぞ存じませんでした。帝とご一緒に覧じることが叶い、これほどの幸せはございません」

妍子の頬を伝うものを、激しく震える頼賢の肩を、月光が残酷なほど明るく照らしつけている。月影にすべてを暴かれてもなお、帝の苦しみを和らげようとする者たちの澄明な哀しさが、朝児の胸を強く締め付けた。今、この時、土御門第で自身の栄華の極みを待ちわびているであろう道長に、彼らの思いを突き付けてやりたい。

誰よりも深い煩悶ゆえに、この帝は常人には手に入れられぬ人の至誠に触れ得た。これほど哀しく――そして幸せな帝が、かつてこの国にいたであろうか。

酒でも、と小声で勧めた妍子に、帝は小さく首を横に振った。

「何も要らぬ。ただ、墨の匂いがするな。誰ぞいるのか」

びくっと肩を揺らした朝児をかばう口調で、「女房どのがお一人、簀子の端においでです」と頼賢が答えた。

「さようでございます。帝が御製をお詠みになるやもと思い、控えさせてございます」

当の女房がすぐ目の前にいると知れば、帝は深く傷つくだろう。朝児は息を殺し、目だけで四囲をうかがった。だが帝の目にはやはり、ほんの目と鼻の先にいる朝児の姿が映っておらぬと見え、歌か、と呟いて、かたわらの柱に頭をもたせかけた。

「病に臥して以来、歌らしい歌も詠んでおらん。されどこの麗しい月の下であれば、何か浮かんでくるであろうか」

「もちろんでございますとも。ぜひお聞かせくださいませ」

簀子に置かれていた筆を、妍子がひったくる。あわてて朝児が差し出した懐紙を左手に握り、帝の顔を仰いだ。

帝は濁った眼を閉ざして俯いた。月影が移ろうほどの長い時をかけて考え込んだ末、「無理だ――」と呻いて両手で頭を抱えた。

「今の朕には、月の麗しさなぞ詠めぬ。もはや気づいていよう。どれだけ月影が明るくとも、朕には何も見えぬ。そしてどれだけそなたが我が身を慕うてくれても、やはり朕は左大臣が憎いのだ」

「それでよろしいのです。父を、わたくしをどうぞお憎みください。それで御身がお楽になるのであれば、わたくしには構わず、思うがままのお歌をお詠みください」

もはや涙声を隠さぬ妍子に、帝はゆっくりと目を見開いた。そのまま夜空に真っすぐ、見えぬ目を据えた。

「心にも……」

帝の双眸から、一筋の光るものがこぼれた。わずかに揺らいだ声を励まし、帝はもう一度、「心にも」と繰り返した。


――心にも　あらでうき世に長らへば　恋しかるべき夜半《よわ》の月かな

歌を書き取ろうとする妍子の手が、大きくわななく。獣の咆哮《ほうこう》に似た慟哭とともに、頼賢が簀子に突っ伏した。

望んでいないにもかかわらずこの辛い世の中に生きながらえていれば、いずれはきっと恋しく思うであろう。今夜の夜半の美しい月を――という歌の中には、万乗の位にある者の栄華の片鱗すらなかった。そこににじみ出た激しい孤独は、冴えた月光よりもなお痛々しい。まるで脆《もろ》く儚《はかな》い一夜の夢にも似た御製であった。

病身の帝を取り巻く日々が、辛く苦しいものであることは、誰もが理解している。しかし「望んでいないこの世」とはっきりと詠まれた真実が、あまりに衝撃なのだろう。「心にも」の三文字を記しただけで妍子の筆は止まり、懐紙に滴った涙が墨を潤し、薄墨色の流れを刻んでいる。

足音を殺して近づいてきた乳母が、書きかけの懐紙と筆をそんな妍子の手からそっと引き取った。皺の目立つ目をしきりにしばたたき、「中宮さま、御返歌を」と促した。

身も世もあらぬ歌であろうとも、帝に御製をせがんだのは妍子だ。それだけに妍子が歌で返事をするのは当然の習いであるが、かような絶望に満ちた作詠《さくえい》に返歌が出来る者なぞ、そうそういはしない。

乳母の袖を小さく引き、朝児はその手から筆を受け取った。懐から再度懐紙を取り出し、吐息だけで月と呟く。帝の深い絶望に寄り添うためには、言葉面のみが美しい歌であるべきではない。しかしあまりに哀れな御製に深く胸を貫かれ、常ならば次々と浮かぶ歌案が、今日に限って皆目浮かばない。

大鶴が何をぐずぐずしているのだと言わんばかりに、背を突く。横目でそれを睨みながら、とにかく頭に浮かんだ歌を書き取ろうとした、その時である。

「天の河――」

澄んだ声が、夜気をか細く破った。妍子が片手を帝の膝に置き、空の一点を凝視しながら、ゆっくりと歌を続けた。

「雲の水脈《みお》にてはやければ、光とどめず月ぞ流るる――」

朝児は我が耳を疑った。同じ空にかかる月と雲が風に流されて激しく離れてゆく様を詠んだ『古今和歌集』のその歌に、同じ血を分け合いながらも背き合う頼賢と源頼定の姿をかつて重ね合わせたためであった。

生生流転《せいせいるてん》はこの世の定め。激しい孤独と苦悩を吐露した帝の歌に、妍子は月と雲が別れ行く古歌を返すことで、帝の懊悩もいつか必ず晴れる日が来ると伝えている。絶望のみがにじんだ御製に突き合わせれば、「光とどめず」の語はその心の闇を宜っているとも取れた。

ただ、自らの言葉で詠んだ歌ではないこともあり、その慰めはいささかたどたどしい。とはいえ哀しみに沈む帝にも、妍子の懸命さは伝わったのだろう。声の出どころを探るようにおずおずと手を伸ばし、妍子の艶やかな髪を静かに撫ぜた。

「――朕は位を降りるぞ、妍子」

妍子の身体がはっと強張る。それを掌で感じたと見え、「熱に臥せったあの日より考えていたことだ」と帝は続けた。

「朕はずっと、自らは天皇であり続けねばと思うておった。わが即位を望みながら亡くなった原子のために、朕より他に寄る辺のなき娍子のために、帝位を降りるわけには行かぬ、とな」

されど、と続けながら、帝は空を仰いだ。偶然であろうか、濁ったその目は一点の曇りもなく輝く十三夜の月に向けられ、月影が眩しいと言わんばかりに、軽く眉がひそめられていた。

「朕の妃は、あの二人だけではない。朕を裏切った綏子も、憎き左大臣の娘であるそなたも、ともにわが妃だ。そしてそなたは朕のために、己を憎めと申してくれた。夫としてその丹心《たんしん》に応えるには、もはや左大臣を恨まずとも済むように……帝位を譲り、心穏やかに生きるしかないではないか」

「わたくしの……わたくしのせいで万乗の位をお捨てになるのですか」

「そういう意味ではない。病に侵され、政を果たせぬ身でありながらも帝位に縛られていた朕を、そなたが解き放ってくれたのだ。礼を申すぞ、妍子」

更に髪を撫ぜようとする帝の手を、妍子はやんわりと押さえた。頬にはいまだ幾筋も涙の跡が刻まれているものの、その面上は空の十三夜の月を映じたかの如く澄んでいる。

月がどれだけ雲間に流れても、月影は常にその周囲を取り巻き続ける。同様に妍子は帝が帝位を降りてもなお、彼を支えんと決めたに違いない。そう、空にかかる月はいずれは雲を払い、夜空高く上る。この世にたった一つの月は、地上から仰げば激しく孤独である。だからこそ月を慕う者たちは、どんな時もその影を追い続けるのだ。

今や北ノ対に留まる者の中で涙にくれぬ者は一人とておらず、簀子の端の蔵人までが袖端で目元を押さえている。そんな彼らを押しやるようにして、頼賢がいきなり階を駆け下りた。

荒々しい足音に驚き顔となった帝や女たちには構わず、そのまま庭の木々をかき分けて歩き出した。

「御坊ノ君、いずこへ」

目を丸くする蔵人を目顔で制して、朝児は頼賢の後を追った。篝火のない庭に降り立てば、降り注ぐ月影はいよいよ冴え、白砂に似た光が手に取れるのではと思われるほど、夜の底は明るい。

一方で花の乏しい季節だけに、生い茂る庭木の影には深い闇がわだかまっている。その裾を流れる遣水が月光を映じ、小さな輝きを四囲に放っていた。

北ノ対の方角を憚りつつ、朝児は頼賢の名を呼んだ。すると思いがけぬほど近くから、「朝児さまかい」との応えが返ってきた。

目を凝らせば、盛りを過ぎた椿の藪陰に頼賢がしゃがみこみ、地面に落ちた椿花を一つまた一つと掌に拾い上げている。昼間は鮮やかな朱色と見える花は、今ばかりは皓々たる月光の元、水にさらしたにも似た淡紅色に変じていた。

「――妍子さまは、椿はお好きだろうか」

「お嫌いではないはずですよ。籠を持って参りましょう。綺麗な花を選んでお進めすれば、きっと喜ばれるはずです」

小さくうなずいて、頼賢はまた一つ花を取り上げた。

「俺は決めたぜ」

「決めたとは、なにを」

「俺は当分、叡山には帰らねえ。ご退位なさった後もこのままあのお方にお仕えして、すべて見てやるんだ。これから先、道長さまがどんな世を作るのか、何が起きて何が起きなかったかをよ」

「それは、帝はきっとお喜びになられましょう」

一言一言に力を込めた朝児に、「そっちはどうするんだい」と頼賢は問うた。

「そうですね。わたくしももうしばし、宮城に留まろうかと。いささか、やりたいことがあるのです」

妍子の側には大鶴がいる。だから本当はこれ以上、自分が彼女に仕える必要はない。

しかし自分もまた、見ねばならない。この上なく不遇で――そして誰よりも幸せなる当今の悲しみの上に成り立つ次の政を。人々の喜怒哀楽によって紡がれるこの国の物語を、己の筆で描き続けるためにも。

「そうかい。朝児さまが宿下がりなさるなら、帝にお仕えする傍ら、また東京極大路のお屋敷に勉学に通おうかと思っていたんだけどな。じゃあ、それもしばらくはお預けだなあ」

あ、と思わず漏らした声に、頼賢がきょとんとこちらを顧みる。どうしたんだい、と問われて、朝児は小さく首を横に振った。

いつか——いつか己の描く物語が完成した暁には、頼賢に真っ先に読んでもらおう。それがいったいいつになるかは分からない。人々の栄華を記すその物語を、何と名付けるかも不明だ。ただきっと頼賢は栄華を極めてゆく道長の有様に毒づき、哀れな帝の姿に涙し、最後にはあちらこちらの記述に文句をつけるであろう。

だが、それでいい。自分が描きたいのは、ただの事実の羅列ではない。いいことや悪いこと、美しいことに醜いこと。かつて起きた真実を根に、そのただなかで悩み苦しんだ人々を描こうとする以上、読み手が嘆き、笑い、こうではないと腹を立ててこそ初めて、己の目的は果たされる。

空の月はいよいよ明るく、一片の滲《にじ》みもない輪郭が目に痛い。あの輝ける月もきっとどこかに雲を置き去りにし、激しい水脈の果てにこの空に流れ着いたのだ。

すべての栄華の影には無数の哀しみが、そして深い哀しみの奥には涙に泣き濡れた者でなければ手に入れられぬ澄んだ幸いがある。それをあまさず己の筆で捉える日に思いを馳せながら、朝児は頼賢の掌から椿の花を一輪、取り上げた。

袖に移っていた墨の匂いが、月から零れ落ちた香の如く、静かに辺りに満ちた。

主要参考文献

後藤昭雄『大江匡衡』吉川弘文館　二〇〇六年
角田文衞『承香殿の女御』中公新書　一九六三年
倉本一宏『三条天皇』ミネルヴァ書房　二〇一〇年
山中裕『平安朝文学の史的研究』吉川弘文館　一九七四年
山中裕『栄花物語・大鏡の研究』思文閣出版　二〇一二年
上村悦子『王朝の秀歌人　赤染衛門』新典社　一九八四年
山中裕編『王朝歴史物語の世界』吉川弘文館　一九九一年

初出

公明新聞二〇一九年七月一日〜二〇二〇年六月三〇日

装画　中島潔
（橋姫　宇治の姫たち　一九九八）
装幀　野中深雪

澤田瞳子（さわだ・とうこ）
一九七七年、京都府生まれ。同志社大学文学部卒業、同大学院博士前期課程修了。二〇一〇年に『孤鷹の天』でデビューし、二〇一一年同作で中山義秀文学賞を最年少受賞。二〇一三年『満つる月の如し　仏師・定朝』で新田次郎文学賞、二〇一六年『若冲』で親鸞賞、二〇二〇年『駆け入りの寺』で舟橋聖一文学賞、二〇二一年『星落ちて、なお』で第一六五回直木賞受賞。その他の著書に『輝山』『漆花ひとつ』『恋ふらむ鳥は』など多数。

月《つき》ぞ流《なが》るる

二〇二三年一一月三〇日　第一刷発行

著　者　澤《さわ》田《だ》瞳子《とうこ》
発行者　花田朋子
発行所　株式会社 文藝春秋
〒一〇二-八〇〇八
東京都千代田区紀尾井町三-二三
電話〇三-三二六五-一二一一
印刷所　大日本印刷
製本所　若林製本工場
DTP　言語社

ISBN 978-4-16-391778-8
Printed in Japan